清闲丫头 著

御赐

仵作

[上册]

重庆出版集团 重庆出版社

图书在版编目(CIP)数据

御赐小仵作 / 清闲丫头著. —重庆：重庆出版社，
2020.8(2021.6重印)
ISBN 978-7-229-15054-9

Ⅰ.①御… Ⅱ.①清… Ⅲ.①长篇小说—中国—
当代 Ⅳ.①I247.5

中国版本图书馆CIP数据核字(2020)第085114号

御赐小仵作
YUCI XIAOWUZUO
清闲丫头 著

丛书策划：李　子
责任编辑：李　雯　陈劲杉
责任校对：李春燕
封面设计：意书坊
版式设计：侯　建

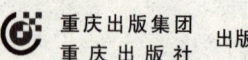
重庆出版集团
重庆出版社 出版

重庆市南岸区南滨路162号1幢　邮政编码：400061　http://www.cqph.com
重庆出版集团艺术设计有限公司制版
重庆一诺印务有限公司印刷
重庆出版集团图书发行有限公司发行
E-MAIL:fxchu@cqph.com　邮购电话：023-61520646
全国新华书店经销

开本：720mm×1000mm　1/16　印张：35.5　字数：790千
2020年12月第1版　2021年6月第2次印刷
ISBN 978-7-229-15054-9
定价：69.80元

如有印装质量问题，请向本集团图书发行有限公司调换：023-61520678

版权所有　侵权必究

目录

第一案　红枣姜汤 ·	1
第二案　糖醋排骨 ·	87
第三案　四喜丸子 ·	179
第四案　香烤全羊 ·	275
第五案　冰糖肘子 ·	361
第六案　满汉全席 ·	457
番外　　蜜汁百合 ·	541

第一案
红枣姜汤

第一章

京城。

楚楚从出了家门上了楚水镇四叔那条破渡船，到搭上农户骆大哥的驴车，再到出了紫竹县之后遇上形形色色或给她指路或干脆捎她一程的陌生人，人家问她去哪儿，她都是抬头挺胸一脸自豪地告诉人家这五个字：京城，六扇门。

她凭着这五个字到了京城，人在京城里了，却死活就是找不着六扇门。

她在街上问的那些人一听"六扇门"这仨字不是笑就是摆手，就遇见两人肯给她指路，一个把她指到了刑部大门口，另一个把她指到了松鹤堂，她往里探了个头才知道那是个医馆，敢情人家是当她脑子有毛病了！

楚楚气得直跳脚，不都说京城的人见多识广学问大吗，怎么连六扇门这么出名的地方都不知道。

就算以前没听说过，她不是已经形容得够清楚的了吗：坐北朝南，门开三间，共安六扇黑漆大门，门前镇石狮两座，门下站差官二人，门上一方乌木大匾，上书镏金大字"六扇门"。

她不但知道六扇门长什么样，还能把六扇门九大神捕的传奇故事一字儿不差地背出来呢。

可董先生只说过六扇门在京城，也没说清楚是在京城的哪儿。

本来以为这么赫赫有名的地方到了京城肯定一问就能找着，出来时就没带多少盘缠，一路上又赶上了几个大风大雨天，耽搁了些时日，现在身上这点儿钱在京城这种地方也就勉强能凑出两碗面，天黑前要是找不到六扇门，她都不知道今天晚上自己能睡在哪儿。

早知道就不出来得这么急了，先跟董先生问清楚就好啦！

楚楚正在心里悔着，突然扫见前面胡同口拐出来个穿深红官服的人，手里还握着把大刀，身形挺拔、脚步有力，就跟董先生说的神捕模样差不离儿，心里一热拔腿追了上去。

从后面追上那神捕模样的人，楚楚早把董先生讲的那些怎么抱拳怎么行礼的事儿忘得干干净净了，一把扯住他的胳膊就道："神捕大人，我要去六扇门！"

把这话说出来，楚楚才看清楚自己抓着的是个二十来岁白白俊俊的年轻男人，像个书生，一点儿也不像神捕，还正一副吓了一跳的模样愣愣地看着她。

楚楚脸上一热，慌乱地松开手，刚想说自己认错人了，这书生已经回过了神儿来，像是看出了她的心思，嘴角一扬笑道："我虽不是什么神捕，倒也是在六扇门里混饭吃的。你要去六扇门做什么？"

楚楚一听他认得六扇门，还是六扇门的人，立时来了精神，一仰头很豪气地道："我也是去混口饭吃的。"

看着书生的笑意更明显了，楚楚忙道："我都知道，六扇门里也有女人的！"

书生笑着点头，颇认真地道："当然有，前院洒扫的、中院伺候的，后院洗衣做饭的，女人多了去了。"

楚楚急得满脸通红："我不是要吃这种饭。我要去当仵作，六扇门的仵作！"

书生微怔了一下，把拿在左手的刀换到了右手上，腾出左手来拍了拍她的肩膀，仍带着点儿笑意看着急得就快哭出来的楚楚："你别着急，我问你，你叫什么？"

"楚楚，楚楚动人的楚楚。"

书生轻笑："姓什么？"

"就姓楚，姓楚名楚。这名字好记还好听，我们镇里有五个女孩叫这个。"

书生认真地点头："确实挺好听。你今年多大了？"

"十七。"说完又想起点儿什么，楚楚赶紧补充，"我三岁就看我爹验尸，七岁就给我爹打下手，我爹和我哥会的我都会，我爹说我比我哥有天分，全县的人都知道。"

书生轻轻蹙了下眉头，笑意还带着："哪个县？"

楚楚抿了抿嘴唇，人家都说京里人瞧不起小地方来的，但他既然是六扇门的人，她就一定得说实话："紫竹县。"

书生脸上的笑意一点儿都没变，点了点头："难怪有苏州口音。"

楚楚眼睛一亮，跟见着亲人似的："你知道紫竹县？"

"我知道你们县令郑大人。"

"郑大人是个好官，断案可清楚了。就是媳妇娶得太多，郑夫人不高兴。"

书生莞尔："这我倒是不清楚了。"

这是出了苏州她遇上的第一个知道紫竹县的人，居然还认识县令郑大人，楚楚顿时觉得这人亲切得就跟老乡似的，正准备跟他好好讲讲郑大人跟郑夫人到底是怎么回事儿，还没开头就听他又用那种好脾气的语调道："你既然在家乡吃得开，何苦大老远地跑到京城来?"

楚楚揪着手指尖,噘起了嘴:"我们那儿不让女人当仵作,但董先生说六扇门九大神捕里是有女捕头的,那肯定也是有女仵作的。"

"董先生是谁?"

"我们镇上添香茶楼里的说书先生,他知道好多六扇门的事儿,六扇门九大神捕的事迹他都知道。"

书生轻咳了几声,忍住笑:"你就这么想当仵作?"

楚楚头一抬,道:"我家从我爷爷的爷爷开始就是当仵作的了。"

书生若有所思地点点头,像是认真琢磨了一下,才道:"你要真想当六扇门的仵作就得参加考试,你能行吗?"

一听有法子能进六扇门,楚楚立马道:"行!怎么不行?"

她不就是奔着这个来的吗?怎么可能轻言放弃。

"明天一早就有场考试,可来得及准备?"

"不用准备,现在考都行!"

书生轻笑:"既是如此,那你明日卯时初刻到刑部正门口,自然有人告诉你怎么考。"

听见刑部俩字儿,楚楚又急了:"不是考六扇门吗,怎么是到刑部去啊?"

"六扇门招人归刑部管,董先生没讲过这个吗?"

楚楚摇头,董先生还真没说过这个。

"那你现在知道的关于六扇门的事儿比董先生多了。"

楚楚诚心诚意发自内心地道:"董先生说得对,六扇门的大人都是好人。"

书生很好脾气地笑着:"明日到刑部见着穿官服的要行礼,可不能再一上去就扯人家胳膊了。"

楚楚脸上一阵发烫,鸡啄米似的直点头:"我记住啦。"

"我姓景,叫景翊,日京景,立羽翊。京里人杂,你一个小姑娘家自己千万要小心,这些天在京里要是遇着什么解决不了的麻烦,可以随便找个衙门报我的名字,我很快就能知道。"

这人的话说得很大,但说话的口气又一点儿都不像是在吹牛,楚楚睁大了眼睛盯着他,舌头都有点儿打结:"你就是,你就是六扇门的老大吧!"

"六扇门的老大?"

"就是来无影去无踪,神龙见首不见尾,九大神捕俯首听命,天下案件尽在掌握之中的六扇门神秘老大,江湖人称玉面判官。"

景翊笑得嘴角发僵,脑门儿上都要渗出汗来了,这都什么乱七八糟的?

"那我可算不上老大,就是当差久了朋友多罢了。"

"那你就是神捕了?"

景翊仍摇头:"我是六扇门里的文官。"

楚楚困惑地看着他手里的那把大刀,董先生讲过,神捕为了办案方便是不会轻易暴露自己身份的,可他连名字都说了,怎么就不能痛痛快快一气儿说完呢?

景翊顺着她的目光看出了她的心思,勾着一抹笑扬了扬手里的刀:"这是一个神捕落在我家的,你要能考进六扇门,我就让他认你当妹妹。"

"你说话算数?"

"董先生没说过六扇门的人言出必行吗?"

"说过!"

安王府。

"景大人。"

景翊向冲他弯腰行礼的两个门童扬了扬手里的大刀算是回礼,脚步不停,熟门熟路地直奔内庭后院了。

从入冬开始一直到过年前一两天是安王府每年来客最多的时候,不熟的客人还招待不过来,对这张熟得不能再熟的脸安王府的人就放任自流悉听尊便了。

反正景翊从来也没把自己当过安王府的外人。反正景翊要去的那个地儿安王府一般人也进不去。

那就是三思阁。

每年这个时候到安王府来找安王爷萧瑾瑜的门帖最终都要送到三思阁门口,交给守在门口的侍卫,然后就可劲儿等着吧。

最后要么直接收到一张写着事情解决办法的纸,要么就依官职级别被安排在某某厅某某堂某某楼见面,反正是甭想进三思阁的门儿。

景翊是三思阁的例外。

打刚才楚楚一口一个六扇门的时候景翊就在想,如今要真在京城里挑出个实打实的房子对应她形容的那个六扇门,最合适的应该就是这三思阁了。

不过他也极少进三思阁的门儿。一般都是翻窗户。

这个时节萧瑾瑜都是在三楼猫着的,景翊嫌爬楼梯麻烦,侍卫也嫌替他通报多此一举,久而久之他跟安王府的侍卫们达成共识,他翻窗户,他们当没看见。

所以站在窗边正要抬手开窗透口气清醒下脑子的萧瑾瑜,刚听到点儿不大对劲儿的动静,下一刻就被突然大开的窗扇"哐当"一声招呼在了脑门儿上。眼前一花,还没来得及伸手抓住什么稳住身子的东西,不知打哪儿杵过来个裹着鹿皮的精钢刀柄又"咣"地一声撞上了他的鼻梁。

混乱中,萧瑾瑜刚抓住窗台,就感觉一只大脚不偏不倚狠狠踩在了他的手背上。

他连半步都没来得及挪,紧接着一个比他身子还沉了三成的重量就把他结结实实砸到了冰凉的地板上。

就算脑袋被窗框撞得生疼发晕，萧瑾瑜还是清楚地听到了自己那把骨头在接触地板的一刻发出的不堪重负的呻吟。

"景翊！"

"我错了我错了我错了……"

景翊手忙脚乱地爬起来，过程中还在萧瑾瑜象牙白的衣服上清晰地留下了几个粘着黑泥的完整鞋印，跟落在他手背上的那个一模一样。

据实践统计，这种误伤发生的可能性是很渺茫的，但在天时地利人和三大条件综合作用下，这种情况倒也不是从来没发生过。

所以景翊爬起来之后就赶紧关上窗户很自觉地双手抱头贴在墙根儿蹲好了，等着萧瑾瑜从地上爬起来之后对他审判量刑发落。

埋头等了半响，只等来萧瑾瑜怨气满满又无可奈何的两个字：

"过来！"

景翊抬起头来看见萧瑾瑜还躺在原地，姿势经过调整倒是明显比刚才倒地的一瞬间优美多了。

萧瑾瑜一只手捂着正往外流血的鼻子，另一只手抓着一根拐杖，显然他尽力尝试过，仅凭这根拐杖的支撑无法把自己从地上弄起来。

在萧瑾瑜以同样的口气说出第二句话之前，景翊以迅雷不及掩耳之势完成了如下一系列动作：

从墙根儿底下站起来；把窗边的轮椅拉过来；把萧瑾瑜搀起来；把萧瑾瑜扶到轮椅上坐好；把那根拐杖收到轮椅后；掏出自己的手绢递给萧瑾瑜；双手抱头，重新贴在墙根儿蹲好。

甚至连他伤得严不严重都没敢问。虽然他是这世上被萧瑾瑜给予例外最多的人，但从一定程度上来说他其实很怕萧瑾瑜，比他爹怕皇上还要怕。跟萧瑾瑜的权位无关，只跟他的脾气有关。

等了有一盏茶的工夫，才听到萧瑾瑜同时带着鼻音和一点点火气的清冷动静。

"吴江的刀怎么在你这儿？"

景翊老老实实蹲在那儿，目视着地板乖乖答话："昨天晚上在我家喝酒打赌藏着玩儿的，我喝多了忘了藏哪儿了，他也喝多了没找着。我今儿睡醒想起来找着了，就给他送过来了。"

"你什么时候睡醒的？"

"有一个多时辰了。"

萧瑾瑜沉默了一小会儿，感觉血止住了就把手绢顺手扔到了一边，用最能让景翊心慌的那种腔调清清淡淡地道："你记得今日巳时要同吏部会审兖州刺史贪污案吧？"

景翊"噌"地跳了起来，正对上萧瑾瑜破例赏给他的白眼，赶紧挂起那个迷倒了京师万千少女少妇老大娘的笑容，弱弱地说道："没忘，就是想起来的时候有点儿晚……"

萧瑾瑜抚着还在发疼的脑门，语调又冷淡了一些："嗯。就照你刚才说的，一字不改写下来给御史台梁大人送去吧。"

"别别别！"景翊听见御史台梁大人这六个字瞬间慌了，"上回我爹撺掇着这老爷子参我一道旷工折子，害得我跟着工部到山沟里挖了仨月运河，这都快到年底了，你可救苦救难积积德行行好吧！"

景翊瞥了眼堆了满满一书案还摞了满满一墙角的卷宗，一脸殷勤："我戴罪立功还不成吗？要不我帮你整理卷宗吧？"

"大理寺九月十月的卷宗你准备什么时候拿来？"

景翊一阵心虚。没事儿找事儿跟他提哪门子的卷宗啊！

"快了，快了……"景翊小声说道。

萧瑾瑜没再就卷宗的问题跟他纠缠，因为跟这个人纠缠这件事一点儿意义都没有。

"明日刑部有个大案要审，五品以上的刑部官员都脱不开身，考选仵作的事就调你去负责监管了。"

提起考选仵作，景翊一下子想起来那个满大街找六扇门的傻丫头："行啊，交给我吧。"

"你笑什么？"

景翊向来不耐烦那种一个人坐那儿半天不动的活儿，以往要给他这种活肯定能看到他摆出张可怜兮兮的脸勉勉强强地答应，可这会儿这人居然在笑，还是快憋出内伤的那种笑。

景翊把笑的幅度收敛得小了一点儿，回到刚才在大街上那副好脾气的翩翩公子模样，正儿八经地道："你年初的时候不是让我帮你留意个身家清白、背景简单、胆大伶俐的仵作吗？"

萧瑾瑜摸着像是要肿起来的脑门儿微怔："找到了？"

"就在明天考试的那些人里，这个人绝对与众不同。"

萧瑾瑜轻蹙眉头，若有所思地点头。景翊看人的本事从来不会让他失望，甚至可以说景翊吃上这碗公门饭凭的就是他看人的本事。

不知道萧瑾瑜还在琢磨什么的时候，景翊就盯上了他隐隐发白的脸色："摔得很厉害？"

"我明日去刑部监审，得空的话就去见见你说的那个仵作。"

这句话在萧瑾瑜嘴里说出来就跟逐客令是一个意思。

这是这个人多得数不过来的毛病之一，他绝不会当着任何人的面着手料理自己身体的问题。任何人也包括景翊。

"行，我明儿在刑部等你。"

景翊起脚走到窗边，正要往外跳，看着已经微暗的天色突然想起件事来，扭过头来似笑非笑地问萧瑾瑜："你有没有想过给你自己起个江湖名号？"

萧瑾瑜微怔，蹙眉说道："江湖名号？"

"六扇门老大'玉面判官'怎么样？"

"我看你脑门儿也撞窗户上了吧？"

从跟景翊分开一直到天黑，楚楚一直在做着同一件事：找客栈。

一定得找家客栈好好睡一觉，考六扇门是大事，得精力充沛。还要找离刑部近的客栈，京城太大，一不留神走迷路误了考试就坏了。可问了一圈楚楚才明白，她身上那点儿钱还不够看京城这些客栈里的枕头一眼的。

眼瞅着天都黑透了，她鼓着勇气进到家又小又旧看起来不那么贵的客栈里，跟掌柜一问最便宜的房价，又泄气了。

"半两银子啊……"

"嫌贵啊？"掌柜瞅了眼她这典型乡下姑娘的打扮，一边继续拨拉算盘一边不带好气儿地道，"那你去对面那家吧，你这样的小姑娘去他们那住，不但不要你钱，还给你钱呢。"

"真的啊？"董先生怎么没说过京城还有这种客栈！

掌柜头也不抬："不信自己过去问啊。"

"谢谢掌柜！"

掌柜一脸错愕抬起头的时候，楚楚已经奔出门儿去了。

"哎，小丫头！那粉衣裳的小丫头！就是你，回来，回来！"

楚楚站定回头，看那掌柜在柜台后面一个劲儿地冲她招手。

"有啥事儿吗？"

"没事……你身上有多少钱啊？"

他好歹在这儿开了快三十年的客栈了，总不能眼睁睁看着这实心眼的小姑娘真冲到对面的妓院去吧。

"就……十七文。"

"就收你十七文了。"

楚楚很豪气地一挥手，笑得甜甜的："不麻烦啦，对面不要钱！"

掌柜一脸错愕："你……你就住下吧，反正我这儿今天客人也不多，不收你钱了。"

楚楚眨着水灵灵的杏眼："对面还给我钱呢。"

只见掌柜的脸漆黑一片："你……你今晚和明早的饭食我白给你了。"

"为什么呀？"

"你……你长得有福相，到哪儿就能给哪儿转运。"

楚楚眼睛睁得溜圆："掌柜的你真神了，跟我们镇上的沈半仙说的一个字都不差！"

"呵呵，是吧……"

"是呢！可惜我们镇上的那些人都不信，还老说我晦气，害得我都嫁不出去，他们要都比得上你一半有眼光就好了。"

"不敢当，不敢当，来福！带这姑娘到二楼地字乙号房。"

"掌柜，"楚楚又眨着眼睛看掌柜，"我能住天字甲号房吗？"

"啊？"

"我来考试的，图个吉利。"

"……成，就天字甲号。"

"谢谢掌柜！您真是好人！"

楚楚在那个天字甲号的小房间里放下她的花包袱，洗了把脸，饱饱地吃了顿三菜一汤。

菜是一大荤一小荤一素，汤是白菜豆腐汤，比她一路上吃的任何一顿饭都好，美中不足就是主食是馒头不是米饭。她想着可能掌柜不知道她是南方人，吃不惯馒头，所以睡前就下楼给掌柜提前说好了，早饭她想喝大米粥，配绿豆糕和小菜。

然后她在花包袱里掏出了一个本子，钻进暖暖的被窝里趴着仔仔细细地看。

那是董先生讲的《六扇门九大神捕传奇》，她听一段就记一段，回家就写下来，得空了还拿去让董先生给她修改，董先生改好了她再回家仔仔细细誊下来，攒得多了就订成本子，已经订了三大本了。

既然是考六扇门的仵作，没准儿就要问六扇门的事儿呢，要是一紧张忘了就惨了，还是再看看的好。

看着看着就睡着了，床头板凳上的蜡烛不知道什么时候怎么灭的，反正她再醒来就是来福拍她的房门给她送早饭的时候了。

楚楚慌张地爬起来，她本打算早起一会儿再看看书的，这会儿就只有吃饭的工夫了。

还好送来的就是她昨晚要的大米粥，还有绿豆糕和小菜。

县太爷夫人说的还真对，这京城的绿豆糕还真是不如她们紫竹县的细腻爽口，大米粥也是，那米就是硬邦邦的，都闻不见什么香味，还有小菜，不应该是酸酸甜甜的吗，哪有这样咸得都能挤出盐粒子来的呀。

难怪这掌柜家客人不多呢！

楚楚这会儿也顾不上那么多，飞快吃完，匆匆跟掌柜道了谢之后背着包袱就奔到了两个胡同口外的刑部大门口。

天还乌漆抹黑的，楚楚还没上台阶就看到一个人从里面把刑部的大门打开了。

好好睡了一觉果然脑子比较清楚，楚楚一下子记起来昨儿在大街上景翊嘱咐她的话，见了刑部的大人得行礼。

楚楚"噔噔噔"地跑上台阶，干脆利索地"咚"一声给那人跪下磕了个头，响响亮亮地喊了一声："楚楚给大人磕头！"

"我的个亲娘哎！"被她跪拜的这人吓了一跳，连连退了两步，没留神儿后面的大门槛，"咣"地一声绊了个四仰八叉。

楚楚赶紧爬起来扶他，这才看清楚这是个五十来岁的老头儿，还没穿官服。

"你不是刑部的大人啊？"

老头儿扶着一把差点儿跌散架的老骨头龇牙咧嘴地道："谁说我是什么大人了啊，我就是个看门儿的！"

"天黑，我没看清楚……"

"没看清楚你乱叫什么啊！"

老头儿见这小姑娘仿佛也吓坏了，正可怜兮兮地望着他，气也气不起来了："你这是要找哪位大人啊？"

"我不找哪位大人，我来考试。"

"考仵作的？"

"对！"

老头儿揉着腰，皱着眉头把楚楚从上到下打量了一遍："这仵作行啥时候也要小闺女了啊？"

"要的，景大哥说要的！"

"哪个景大哥啊？"

"景翊，日京景，立羽翊，景翊景大哥。"

老头儿一副想起点儿什么的神情："哦，你叫楚楚吧？"

"对！楚楚动人的楚楚。"

老头儿点点头："想起来啦，景大人昨儿晚上跟我说了。你来得可真够早的，连安王爷都还没来呢。你在台阶下面等着，一会儿我把官榜贴出来，上面说去哪间屋你就去哪间屋，上面说干什么你就干什么，知道了吗？"

"知道啦！"

老头儿捂着生疼的腰，揣着还怦怦乱跳的心脏往里走，走到门房前刚抬起脚还没迈进去，突然听见楚楚比刚才还清亮的一嗓子："皇上万岁！"

接着就有轿辇着地马蹄停落的声音。

今儿刑部要审的这案子据说牵扯皇室宗亲，安王爷都要亲自出面，皇上临时要来监审也不是不可能的事儿。这小姑娘能得景翊安排，可能也是个见过世面的。

老头儿来不及细想拔腿就奔出去，一着急迈过大门槛的时候又绊了一跤，来不及爬起来就直接跪在地上，也跟着声如洪钟地喊了一嗓子："皇上万岁万万岁！"

跪了半晌没听见人声，老头儿大着胆子抬起点头来往台阶下面瞄了一眼，差点儿当场晕过去。

楚楚一本正经像模像样地埋头跪在道中间，可对面落下的明明是安王爷的轿子，安王府的两员大将正跨在马上擎着灯笼抬着头一脸不解地瞅着他。

这张老脸今儿就这么丢得一点儿不剩了。老头儿赶紧爬起来，一瘸一拐走下台阶，黑着脸把楚楚一把揪了起来，冲着轿子连声道："野丫头不懂事儿，王爷恕罪，王爷恕罪……"

轿子里的人一点动静也没发出，抬轿子的人直接把轿子抬上了台阶抬进刑部大门，俩骑马的打马往后门绕去了。

这些人都在眼前消失了，老头儿还在魂飞魄散中，楚楚一句话就把他的魂儿全扯回来了："那不是皇上啊？"

"你打哪儿看出来那个是皇上啊！"

"金顶小轿莲花灯，高头大马并驾行，董先生就是这么说的。你不也喊皇上万岁了吗，还喊的万岁万万岁呢！"

"姑奶奶你可闭嘴吧！"

吴江进门的时候，萧瑾瑜正坐在屋里捧着那杯刚倒进去热水，叶子还没全展开的茶，等着刑部把待会儿要开审的那件案子的相关文书一样样整理好拿过来。

昨天景翊走了之后他又在三思阁忙了一个通宵，没来得及处理脸上的伤，所以他这张素来喜怒不形于色的脸今天看起来格外热闹。

别人什么反应吴江不知道，反正他这会儿是快憋出内伤了。

"王爷，问清楚了，那姑娘叫楚楚，今年十七，是从苏州紫竹县楚水镇来考仵作的。"

萧瑾瑜轻蹙眉头："就招两个仵作补缺，怎么官榜都发到苏州去了？"

吴江摇头："那倒没有。听说京里应考的有十六七人，京郊来的有近十人，外地的就她一个。听说……"吴江稍稍犹豫了一下，"听说这姑娘是景大人吩咐过的。"

萧瑾瑜眉梢微挑："景翊？"

吴江点头，从身上掏出几页纸恭恭敬敬呈给萧瑾瑜："这是她刚在门房填的应考单子，请王爷过目。"

萧瑾瑜放下茶杯，接过来信手翻着。

那么莽撞个丫头片子，字倒是写得干净秀气。

目光落在一行字上，萧瑾瑜又蹙起了眉头："你对苏州熟悉，可听说紫竹县有户楚姓的官宦世家？"

吴江又摇头："紫竹县是个偏僻小县，一户称得上官宦世家的也没有，倒是这些年报上来的罪案不少。"

萧瑾瑜轻轻点头，把单子递回给吴江："已经开考了吧？"

"这会儿正在西验尸房考检验。"

"文书送来就让他们搁在桌上。"

吴江旋即锁起了眉头："王爷，叶先生再三嘱咐，您决不能……"

萧瑾瑜淡淡地截住吴江的话："我知道。"

"那边人员混杂，卑职陪您过去吧。"

"不必，我就找景翊谈几句。"

"景大人这会儿不在验尸房。"

"我知道。"

楚楚觉得六扇门就是六扇门，考个仵作都比别的地方麻烦得多，进个门就要填那么老长的一份单子。

她本来是来得最早最先填完的，但她刚把单子填完的时候有个五十来岁的老大爷拿着纸笔凑过来，说识字不多，求她帮忙给填填。

楚楚打小愿意帮人，可极少有人愿意找她帮忙，老大爷这么一说她就干干脆脆应下了。

老大爷叫田七，京郊人，这大半辈子在好多衙门里都当过仵作，参与审断过好多大案，她爹、她哥验过的尸体加一块恐怕还赶不上人家的一个零头，楚楚一边替他往纸上写一边羡慕得两眼直发光，一口一个"七叔"地喊他。

等楚楚帮田七填完应考单子，一边听他零零碎碎念叨着京里的事儿一边赶到西验尸房的时候墙根底下已经站了一排人了，刑部书吏正在满院子地喊"一号楚楚"。

"来啦！来啦！"

书吏看见应声儿的是个半大小姑娘，狠狠愣了一下："你是……楚楚？"

楚楚把捏在手里的那个写着"一"的木牌往书吏面前一递："对，楚楚动人的楚楚。"

楚楚一进门就看见屋子正中的地上摆着具用厚布裹得严严实实的尸体，尸体旁边站着个老仵作。

老仵作见进来的是个小姑娘，愣了一下之后跟书吏默默对视了一眼。

倒不是他俩瞧不起这小姑娘，只是选来的这具尸体……

他俩还没对视完，楚楚已经蹲下身子打开那个小花包袱，展开了个插满各种奇形怪状工具的袋子。

老仵作和书吏的注意力刚被那些工具吸引过去，楚楚戴上副白布手套，"唰"地一下就把尸体上的布掀了。

年轻书吏手忙脚乱地抓了块姜片要往嘴里塞，还没来得及塞进去转身就"哇"地吐了一地，老仵作脸色沉了沉。这具尸体是刑部几个老仵作在停尸房的诸多无名尸体里精心挑选的，为保公正，书吏一早到刑部才见到这具尸体的尸单，谁也没法仅在"恶臭"俩字里想象出这么个味儿来啊！

再说了，他在刑部当书吏快一年了，就没见过哪个仵作验尸不先点把皂角苍术的。你不点草药不熏香也就算了，好歹先吱一声啊！

他还没把早点吐干净，楚楚的声音已经平平稳稳清清楚楚地传过来了。

"死者男，年三十有余，尸身溃烂，尸臭中混有微量麝香，生前应内服过含麝香的药。"

书吏忙拿手绢抹了几下嘴，把楚楚这话记了下来。

哪儿来的什么香味，还麝香……

"皮肤头发开始剥落，双唇外翻，两眼突出，应是死了快三个月了。"

书吏觉得胃里又翻了一下。

说完这句，楚楚的眼神儿直接落到了这具男尸的下三路，老仵作眼睁睁看着这个半大小姑娘伸手就摸了过去，看得他下巴都要沉得入地三尺了。

下巴还没收回来，就见楚楚嘴一撇，清亮干脆地道："服用固阳之类的药过度，心瘁而死的。"

这回书吏也扭过头来瞪大了眼睛瞅着她，连胃里的抽搐都静止了。

就连京里那个见大儿死人堆里打滚儿，说话泼泼辣辣的女捕头，也不见得下得了这个手，说得出这个话啊……

看这俩人的神情，楚楚心下一急，抬手就在那个布袋里抄起把小刀子模样的东西："我保证没错！你们要不信，我可以剖开验给你们看！"

一听她要剖尸，老仵作一惊，赶紧干咳了两声道："错是没错，只是这尸身上明显有好几处外伤，你怎么一下就验到那去啦？"

楚楚想不通这有什么好问的，但她觉得这既然是六扇门的考试，没准儿是人家故意考她的呢。

"那些一看就知道是皮外伤，都不在要害上，厉害的那几下子还都是死后加上去的。倒是那股子麝香味儿，这么个身强体壮的大男人还能用什么加了那么些麝香的药啊，都这么久了还散不尽呢！"

老仵作默叹，他们验尸前都是要点皂角苍术去尸臭的，味儿太大的时候就是多少年的老仵作也得含片葱姜，验这具尸体的时候因为实在味儿大还点了熏香，几下里一搅和愣是谁都没闻见这尸臭里还有麝香味儿。

老仵作一时没说话，楚楚以为刚才说的那些还不够，又补充道："这些个有钱人家就爱糟蹋好东西，好端端的——"

老仵作赶紧用几声干咳把她的话截住了，劈手在还傻愣着的书吏手中把那个写着"一"字的木牌拿了过来："成了成了，你从这后面出去，到隔壁那个偏厅考验伤去吧。"

照例肯定是要把尸身上所有的伤都报上一遍全记下的，但看着她那一袋子家伙什儿，这要坚持让她验下去还不知道能搞成啥模样呢。

"谢谢二位大人！"楚楚掀起那厚布仔细把尸体重新盖好，然后麻利地把布包、手套都收起来，接过她的木牌，背起花包袱跑到验尸房后门口，拿瓢在门边的木桶里舀了一瓢醋，往门槛外面摆着的炭火盆里一浇，趁着烟气蒸腾的当儿跨过去，又跨过来，又跨过去，然后蹦蹦跳跳地跑走了。

看着她蒸醋除味儿的仔细劲儿，屋里的俩人一阵面面相觑。还真以为这小姑娘就喜欢那味儿呢……

第二章

楚楚觉得六扇门的考试也没有那么难，不过就是考的花样多点儿，不但要考怎么验死人的尸，还要考怎么验活人的伤，看样子这要进了六扇门，往后还真够忙呢。

楚楚这么想着，抬脚就要迈进偏厅的门了，可余光扫见走廊另一头来了个人，她又把脚收回来了。

见着刑部的大人要行礼，她算是记牢了景翊这句话了。

楚楚扭头看过去才发现，过来的这人根本没穿官服。不但没穿官服，还是坐在轮椅上的。不但坐在轮椅上，还带着一头一脸的伤。

楚楚怔了一怔，刑部怎么还有这样的人？脑瓜儿突然灵光一闪，楚楚眼睛一亮，"噔噔噔"地就冲过去了。

轮椅里的人显然是被她惊了一下，手里一按就把轮椅停住了。

楚楚脚都没落稳就甜甜一笑，清清脆脆地道："你就是那个活尸体吧！"

萧瑾瑜在楚楚那双水灵灵的杏眼里清楚地看到自己瞬间愣成了个什么样子。

他多少年后都依然坚信，可能在天底下再找不出第二个人能当着他的面用这样的表情这样的口气如此亲切地称他为"活尸体"。

萧瑾瑜还愣着，楚楚已经毫不客气地从上到下把他打量了一遍，最后目光落在萧瑾瑜的腿上："他们可真会挑人，你一看就像受了可多伤的。"

被她直直盯着那双腿，萧瑾瑜这才回过神儿来："你——"

楚楚抢着道："我叫楚楚，楚楚动人的楚楚，来考仵作的，就是待会儿进去给你验伤的。"说着一步就蹿到萧瑾瑜的轮椅后面："看你瘦瘦弱弱的，还给人伤成这样，我推你进去好啦。"

"不必。"

楚楚推起来就走："哎呀，你就别跟我客气啦！"

楚楚推着萧瑾瑜进去的时候，景翊正和监考书吏坐在屋里优闲地喝茶。

他知道萧瑾瑜是不会进验尸房的，所以他干脆一大早就直接到这第二场考试的屋子里等他。

他也知道楚楚排到了一号，第一个在这个屋子里出现的肯定是她。

但拿刀抵着他的脖子他也想不到这俩人会以这样的组合方式进来，所以刚一抬眼看见这俩人的时候一口茶就从嘴里喷了出来。

书吏直接从椅子上弹了起来，手里那杯茶泼了自己一身，茶杯"咣"地一声就掉到地上了。

安王爷这脸色可真不好看。

楚楚完全没意识到这俩人的反应说明了什么，一眼认出景翊就奔上前去惊喜地叫道："景大哥，你也在这儿啊！"

刚才跟七叔说这是六扇门的考试，七叔不信，还跟她说六扇门是没影的事儿，害她还真担心了好一阵子，现在六扇门的人就在这儿当考官，看七叔还有什么好说的。

"咳咳咳……是，是啊……咳咳……"

书吏满手心的冷汗，正要对萧瑾瑜跪拜，萧瑾瑜一个眼神递过去，轻摇了下头。

书吏到底是在京城官场混的，立马会意，吞了口唾沫壮了壮胆，拼命稳住声音对楚楚道："你是一号，一号楚楚？"

楚楚赶忙把那个木牌递上去："对！"

"这场是考验伤，你可准备好了？"

楚楚笑容满满地看了眼萧瑾瑜："准备好啦！"

"好，好……"书吏刚要扬声叫人把原定在一刻钟后才会出现在这屋里的伤者带过来，结果嘴刚张开就卡在那儿了。

他跟景翊俩人眼睁睁地看着楚楚两步走到萧瑾瑜跟前儿，两手一伸，捧起萧瑾瑜的脸就看了起来。

突然就这么被她捧住了脸，萧瑾瑜想往后撤轮椅已经来不及了，惊得把头直往后面椅背上靠。

楚楚却一点儿没有要松手的意思，还轻声细语地给他来了一句："你别怕，我不会弄

· 15 ·

疼你的。"

这一惊还没过去,楚楚的脸又凑了过来,鼻尖儿贴近了萧瑾瑜额头上的伤口嗅了几下,又贴近他鼻梁的伤嗅了几下。

楚楚的额头几乎要撞在他的额头上了,细密柔软的刘海就在他眼前刷过来刷过去,温热的气息清清楚楚地直往他脸上扑。

萧瑾瑜不得不屏住了呼吸,一动也不敢动,他都能感觉到自己的脸正呈现出一种史无前例的红色。

等楚楚终于看够了闻够了把脑袋移开的时候,萧瑾瑜深深呼出了一口气,他有强烈的预感,楚楚要是再这么多停一会儿,他肯定要当场昏过去了。

景翊的眼睛还瞪着,书吏的嘴巴还张着,萧瑾瑜的脸还红着,楚楚已经开始用她清清亮亮的嗓音唱报了。

"伤口还没有用过药,看这样子应该就是一天之内的事儿。头上的伤和鼻梁的伤都是被硬物迅速撞击造成的,不过头上的伤除血淤外还有均匀轻微的擦破伤,应该是被打磨不精细的硬木撞的,鼻梁上的伤很光洁,但血淤更深,应该是被一种更重更平整更光滑的硬物撞的。"

她这几句话说完,这三个人才缓过了劲儿,各自迅速把魂儿收了回来。

还是景翊先开了口,声音中隐隐带着点儿飘:"那结论呢?"

轮到楚楚愣了:"结论?"

"就是你推断这凶器到底是什么,可能是什么人干的?"

楚楚连连摇头摆手,一本正经地道:"检验就是检验,是就是,不是就不是,这推断的事儿不是件作分内的,我不能乱说。"

景翊向萧瑾瑜看了一眼,那人脸上的红色还没全褪下去,但那神情说明,楚楚这话在他心中的认可程度至少达到了七成。

就知道这回肯定找对人了。作为这两道伤的始作俑者。景翊勾起嘴角道:"没事儿,你怎么想的就怎么说,这个不算在考试里,我就是想听听,你说错了也无妨。"

楚楚扭头又看向萧瑾瑜,萧瑾瑜只觉得脊背发凉。

好在楚楚没再动手,目光就在那两道伤上晃荡了一阵,突然手一拍:"我知道啦!你一定是脑袋被门挤了,鼻梁被驴踢了!"

萧瑾瑜的脸阴了一下,景翊的脸一片漆黑。

书吏隐隐有种很不祥的预感,正要开口把楚楚打发走,就见楚楚一转身重新面对起萧瑾瑜来。

"我得摸摸你的脉。"

景翊收住了咳嗽,慌忙把目光投向了萧瑾瑜。

认得萧瑾瑜的人都知道,这是萧瑾瑜的一大忌讳,如今天底下敢跟萧瑾瑜提摸脉这两个字的活人，恐怕就只有他府上的那个叶先生了。

他要是真的突然对这小丫头发起那样的脾气……

好在萧瑾瑜尚未从楚楚刚才的一系列惊魂举动中彻底缓过劲儿来，就只是微怔了一下，皱起眉头冷冷看了她一眼，硬生生地回了一句："不行。"

景翊暗暗舒了口气。

可楚楚完全没有就此打住的意思："那我得摸摸你的腿。"

景翊无声地把刚舒出来的那口气又倒吸了回去。这回连他都不知道萧瑾瑜会有什么反应了，反正这话他是从来没听见有人对萧瑾瑜说过。

事实上，这话确实也是萧瑾瑜头一回听见。

萧瑾瑜看向楚楚的目光倏然一冷，却没承想这丫头片子居然迎着他的目光狠狠回瞪了他一眼。

萧瑾瑜一怔之下脑子一片空白，再回过神儿来时已经没脾气可发了，只得又冷冷回了句："不行。"

楚楚是真要生这个人的气了。看他这脸色一会儿红一会儿白一会儿黑的，肯定不止头上这一点儿伤，可这人不让摸脉，又不让摸腿，还用那种眼神瞪她，哪有他这样当活尸体的，这场要是考坏了全都得怨他。但看着这人坐在轮椅上清清瘦瘦还带着伤的样子，楚楚又觉得冲他发火于心不忍，抿了抿嘴，决定退一步海阔天空。

"我不碰你也行，你就把衣裳都脱了让我看看吧。"

景翊抢在萧瑾瑜张嘴出声之前赶紧道："好了，楚楚，这里没事儿了，你可以去后面考对答了。"

楚楚不死心地看着脸色一片阴沉的萧瑾瑜："可我还没验完呢。"

"这是考试，不用验完，我是考官，听我的，听话，赶紧，快点儿，那边要迟了！"景翊几乎都要吼出来了，楚楚倒是觉察不到一点危机，拿过她的木牌之后望着杵在一边已经彻底吓傻了的书吏道："大人，你不是该把我说的那些都记下来吗？你怎么都没拿笔啊？"

"我……我……我记性好，记——记脑子里了，你走了再写，走了再写……"

"好，你可别忘了啊！"

"忘不了，忘不了……"这事儿他怕是死都忘不了了。

"景大哥再见！"

"再见，再见……"

楚楚蹦蹦跳跳跑出去之后，景翊那颗在嗓子眼儿里悬了半响的心也就收回到肚子里了。萧瑾瑜不是那种事后算账的人，当场不发脾气，意味着这事儿也就就此作罢了。

萧瑾瑜脸色缓和了些，趁书吏去一边搜索枯肠寻找合适的词句记录楚楚方才"壮举"

的时候，低声对景翙道："你说的是她？"

景翙凑近了些："我就说她绝对与众不同吧。"

萧瑾瑜已经清冷镇定得好像刚才什么都没发生过一样，浅浅蹙起眉头："我说过，是要找个身家清白，背景简单的。"

景翙哭笑不得："她这都简单得浑然天成了，你还想简单成什么样啊？"

"应考单子上，她是官宦世家出身。"

景翙一愣。在大街上碰见她那会儿，她可不是这么说的。

就是那些狡黠油滑老谋深算的京官撒个谎他都能一眼看得出来，照理来说这小姑娘要是跟他扯谎，他不可能看不出来。

可这应考单子也不是能信口胡诌的。景翙正琢磨着这差错出在哪儿，这时从门外进来个书吏，对着萧瑾瑜一拜道："王爷，尚书大人说时辰差不多了，请您前去监审。"

"跟尚书大人说，我身体稍有不适，不便前去，请吴将军执我印信代为监审吧。"

"是。"书吏回道。

本来刑部衙门里的路一点儿也不难走，一厅一堂都是坐北朝南，排得方正整齐不歪不斜的，从一处到另一处最多拐不了三个弯儿就能到，可这会儿偏偏赶上有个什么大案开审了，一连几条路都有人拦着不让过，明明出了偏厅拐个弯儿一会儿就到的地方，楚楚愣是绕了大半个刑部衙门才赶到。

以为自己肯定是迟了，楚楚就一口气儿直接冲进了那屋里，"咣"地把木牌拍在了考官老书吏面前的桌案上："楚楚……一号楚楚！"

"哎哟，这冒失丫头……不着慌，不着慌……"

老书吏被她这一下子差点儿拍得心脏病发作，一边抚着自己胸口，一边不急不慢地拿过楚楚那牌子，凑近了仔细看了看，才点点头，一边铺纸研墨一边念叨："是了，是了，你这来得可忒早了，别害怕，别着急，那些个跟死人打交道的事儿啊，前面那俩屋里都算考完了。咱们在这儿就说说几个小事儿，说完啊，你就算全考完了，知道了吧？"

等老书吏一句三断地把话说完，楚楚气儿也喘过来了，轻快地应了一声："知道啦！"

"哎，好，好……"老书吏一边儿点头絮叨一边儿默默深呼吸，要不是这会儿正躲在屏风后面的那二位爷下了特别吩咐，就冲刚才那一拍，他也非得清脆利索得跟训孙子似的吼她几嗓子才能顺过气儿来。

那二位爷不但吩咐了让他对这小姑娘和气耐心，还把先前准备好的验尸律法对答换成了几个八竿子打不着的问题。

所幸他在刑部当了二十几年的书吏，也没长别的本事，就一点磨炼得最好——听话。

所以老书吏淡定地把头埋在楚楚先前填的那份应考单子里，慈祥得像邻家老大爷似的问道："小姑娘，你是祥兴二年生人啊？"

"祥兴二年正月初九。"楚楚一时想不出这生辰和当仵作能有啥关系，忽然想到许是京里规矩多，挑仵作还要图吉利算八字的，就赶紧补了一句，"我爹说正月生的女孩有福，是娘娘命。"

"哎哟，说的是啊……"老书吏一边儿慢悠悠地往一旁纸上写着，一边在心里默默叹气，这种话要都应验了，那历朝皇上王爷的不都得是在床上累死的啊。

"家里几口人啊？"

"我爷爷奶奶，我爹，还有我哥。"

"你在单子上写的……你的出身是官宦世家，书香门第，世代忠良？"

楚楚腰板儿一挺下巴一扬："正是！"

老书吏抬眼看着她这一副清汤挂面的打扮，默默捻胡子："那令尊现于何处为官，官拜何职啊？"

"我家世代都是当仵作的，我爷爷的爷爷就在衙门里当仵作了。我爹现在是紫竹县衙门里的当家仵作，给县里办过可多难案了。"看见老书吏愣在那儿，楚楚忙道，"您知道紫竹县吧，就是苏州的那个紫竹县，郑县令的那个紫竹县。"

"知道，知道……这个怎么不知道，郑县令嘛……"待这个此生头一回听说的地名从脑子里飘走，老书吏不动声色地道，"可是姑娘啊，你家这世代仵作，怎么就是官宦世家了啊？"

楚楚眨着眼睛一脸茫然地看着老书吏，"在官府做事儿，不就是官吗？"

这么个官宦世家啊……老书吏松开差点儿就被他捻断的胡子，咳嗽了两声，一边往纸上写一边道："是，是，那你再说说，这书香门第是怎么个解法啊？"

"我家里讲医讲验尸的书可多了，就是看书最快的秀才连着看仨月都看不完！我们县里所有讲验尸的书我都读过，我还知道怎么写尸单。"

好个书香门第啊……老书吏摇头苦笑没话找话地往下说："这填写尸单是刑房书吏干的，可不是仵作的差事。"

"我知道。可尸单也是要仵作画押的，我爹说至少得能看得懂才行，不然被那些刑房书吏骗了都不知道。"

老书吏默默抬头瞅了楚楚一眼，这小姑娘是真不知道坐在她面前的就是个刑房老书吏吗……

"这个世代忠良……"老书吏咳了两嗓子，"你还是说说你对三法司知道多少吧。"

楚楚一愣："三法司？"

她隐约记得，刚才去西验尸房的路上，她跟七叔讲六扇门，七叔就跟她念叨什么三法司来着，她觉得他俩说的完全是两码子事儿，所以也就有一搭没一搭地听，没往心里去多少，自然也就没问这三法司是个什么。

看楚楚愣着,老书吏提醒道:"三法司不知道啊?就是刑部、大理寺、御史台,这仨地方是干什么的,知道吧?"

楚楚一脸茫然地摇头,这仨地方倒是都听说过,都是京城里跟判案有关的地方,可到底哪个是干什么的,她就一点儿也不知道了。

可这会儿要是什么都不说,这个题不就算是没答出来吗?上一场考验伤已经让那个坐轮椅的搅和坏了,这一场可不能再考差了,就是硬说也得说出点儿什么来才行。

楚楚一急,突然想起隐约间记下的七叔的几句话,忙道:"不过……我知道三法司的老大,三法司的老大是王爷,我今天早晨在刑部外面还给他磕头来着。"

老书吏眉毛一挑:"你认得安王爷?"

"对对对,就是安王爷!"

老书吏有心无意地往侧面屏风望了一眼:"那你说说吧,知道安王爷什么啊?"

楚楚一边竭力搜罗着七叔那会儿模模糊糊的念叨,一边往外倒:"安王爷是当今皇上的七皇叔,身体不好,脾气也不好……"

到底是听说来的心里没底儿,楚楚一见老书吏皱了眉头,心里一下子就慌了,急得满脸发红:"我,我还知道王爷的名字,名和字都知道!"

老书吏一见楚楚急了,忙跟哄孙子一样哄道:"好,好,不急,不急啊,你慢慢儿说,慢慢儿说……"

楚楚定了定神儿,舔了下嘴唇,她记得七叔就是这么说的,肯定没错。突然一想,刚才那两句说的都是那个王爷不好,怪不得老书吏要不高兴了,楚楚赶紧补救:"我觉得王爷的名字可有意思了,一点儿也不像脾气不好的人。"

"嗯?"

皇家姓萧,安王爷排瑾字辈,名瑜,至道二十六年出生,是个卯年,古言里又有句"瑾瑜,美玉也"的话,就得了"卯玉"的字。老书吏知道这些也得有十年了,怎么就没看出来安王爷这中规中矩的名和字哪儿有意思了?

"王爷名叫小金鱼,字毛驴,您说有意思不?"

老书吏手一抖,在那张写了大半页字的纸上画出了一条粗粗的黑线。

楚楚意犹未尽:"王爷肯定可喜欢小动物了,要么怎么叫这么个名儿呢,我爷爷说了,喜欢小动物的人都心善,脾气肯定都不差……"

老书吏正一身冷汗的时候,突然听到三声叩响屏风的动静。

这是那两位爷跟他说好的就此打住的信号,老吏书瞬间如释重负。

那三声叩得急,还不轻,楚楚也听见了点儿动静,扭头看向屏风:"那是什么动静啊?"

"毛驴……不是!风,风刮的……"老书吏一阵手忙脚乱,"好了好了好了,我问完了,你……你先回去吧,明儿午时三刻在刑部门口问斩……不是!看榜,看榜……"

"明天才出榜啊？"

"对对对对……明儿，明儿才出榜呢，你先回吧，啊……后面还有人要考试呢，走吧，走吧……"

楚楚暗自庆幸，还好昨晚留了个心眼儿，没先去住掌柜说的那个不花钱还给钱的客栈，这不今天晚上就要用上了！

"谢谢大人！"

"不敢，不敢……不是！不谢，不谢……"

等楚楚蹦蹦跳跳的脚步声听不见了，景翊才和萧瑾瑜从屏风后出来，老书吏慌得就跪到萧瑾瑜面前，连称该死。

景翊笑着拉起老书吏："你别急，我死完了才轮得着你，你等着也是等着，到西验尸房把这丫头刚才验尸的记录拿过来吧，没准儿回来就轮到你了。"

老书吏也顾不得琢磨景翊这话里有几分真假，磕了个头就忙不迭地跑出去了。

屋里就剩下他们两人的时候，景翊抱手看着一脸沉静的萧瑾瑜："怎么样，收了她吧？"

在萧瑾瑜那张常年波澜不惊的脸上，也就他还能分辨得出来萧瑾瑜是在窝火还是在沉思。

他这话说出来之前，萧瑾瑜是在沉思，之后，就是发火了。

萧瑾瑜眉心一蹙，冷冷地掷给景翊一句话："说过多少回，不许往我身上扯女人的事。"

这不但是萧瑾瑜排名前十的禁忌，也是据景翊所知萧瑾瑜那个貌似无懈可击的脑子里为数不多的硬伤。

"谁跟你扯女人的事儿了啊，我这不是在说件作吗，你自己琢磨的什么呀！"

萧瑾瑜隐约觉得脸上刚才被楚楚抚过的地方在微微发烫。

景翊轻勾嘴角："你脸红什么啊？"

"热。"

景翊笑得意味深长，"哪儿热呀？"

"都热……"

景翊憋不住笑出声了，萧瑾瑜这才意识到自己是怎么被他带沟里去的，一眼瞪过去还没来得及张嘴，老书吏及时拿着两张纸气喘吁吁地跑进来了。

景翊带着那个笑得下巴都快脱臼的笑容迎上去接过老书吏手里的尸单，煞有介事地翻看："来来来，看看咱们这官宦世家、书香门第、世代忠良的楚丫头都验出些什么来了……"

景翊对验尸的了解远不及对京城几大名楼美人的了解多，他抢过这尸单来不过就是装模作样扫一眼，准备抓点儿词再逗逗萧瑾瑜罢了。但就是这么装模作样地一扫，偏偏一下子就扫到了最要命的几句。

　　景翊脸上的笑瞬间僵住，急忙看向萧瑾瑜。

　　这人刚才还红得跟颗大樱桃似的脸现在已是白里隐隐泛青了。

　　"你……"景翊刚出声就迎上萧瑾瑜带着警示意味的目光，忙定住心神转了口，"你先忙你的去吧，有事儿我让人带话给你。"

　　萧瑾瑜只轻点了下头，推起轮椅出了门，老书吏对他跪拜相送他也没做出任何回应。

　　萧瑾瑜虽然总是冷着张脸，却极少失礼于人。

　　"景大人，安王爷这是……"

　　景翊没回答，脸色鲜有的凝重，往书案上看了一眼，说："你把刚才记的那些誊一份给我。"

　　"就……就按那姑娘说的写？"

　　"一字不改，你应该知道安王爷的记性吧？"

　　"是，是……"

　　从刑部出来的时候还早得很，楚楚就在京城大街上闲溜达磨工夫。

　　考是考完了，可她觉得这会儿比考前还难熬。她倒是不觉得自己有什么地方答得不好，可一连三场好像每一场都是没答完就让她出去了，记得考前七叔还说来着，要是答到半截就让出去了，要么是答得太好了，不用多考，要么就是答得太烂了，人家听着就嫌浪费工夫，都不愿往下听了。

　　楚楚可不信自己从小学到大的技术能烂到那个程度，可照人家说的，京官都是见过大世面的，她更不信自己那点儿本事在这些京官眼里能好到那个地步。

　　越是回想那几个考官的脸色，楚楚心里就越是打鼓。这回要考不上，那就得另想法子进六扇门了，可要是真考不上，不就说明自己那点儿本事进六扇门根本不够格吗，哪还能有什么别的法子啊！

　　要是进不了六扇门……

　　"请问……"

　　楚楚那已经走到十万八千里外的神儿突然被一个不大不小的动静喊了回来，惊讶间站住脚，发现身边不知道什么时候跟了个牵着马的高个儿大男人，还直直地盯着她的小花包袱。

　　楚楚立马一步跳开，把包袱拉到身前死死捂在怀里，瞪大了眼睛盯着这人："你干吗！"

　　"姑……姑娘别怕，在下不是歹人，只是想问姑娘一句，可是紫竹县楚水镇来的楚楚姑娘？"

楚楚一愣，她确实做梦都想扬名京城来着，可也不至于才来了一天就有人能在大街上把她认出来吧。仔细盯着这张英气十足的脸看了一阵儿，楚楚突然想起来这张脸是在哪儿见过的了，她忙说："你是今天早晨在王爷轿子前骑马打灯笼的那个！靠左边儿的那个！"

吴江嘴角抽了一下，这小姑娘记性倒是好得很。

"正是在下。"

楚楚这才放松了下来，重新背好包袱，看看一脸谦恭的吴江，又看看吴江牵在手里的高头大马，皱起眉头道："你不给王爷打灯笼去，找我干什么呀？"

吴江还没来得及出声，楚楚突然一巴掌拍在自己的脑门儿上："哎呀，瞧我笨的！"

吴江正等着她灵光一闪一语道破自己是找她干吗的，就听楚楚发现天机一样叫道："这大白天的打什么灯笼嘛！"

"是，是……"难怪景翊要他一上来就一口气儿把事情全说完。

吴江好好缓了口气儿，才道："楚姑娘，在下吴江，受景翊景大人之托，为你在京里寻个落脚的地方。"

见楚楚半信半疑地瞅着他，吴江把腰间的佩刀取了下来，递到她眼前："楚姑娘想必还记得这把刀。"

她当然记得，就是昨儿遇上景翊的时候他手里拿的那把刀。楚楚眼睛一亮："你是神捕大哥！"

"不……不敢当，不敢当……"

"景大哥说你是的！"

"那……那就算是吧。"

楚楚激动得都要找不着北了："我还是头一回见着活的神捕呢！"

吴江头皮隐隐发麻："呵呵，你还作作呢。"

楚楚好奇地把吴江从头打量到脚："神捕大哥，你说你叫？"

"吴江。"

"万寿无疆的无疆？"

吴江差点儿给她跪下："不不不，口天吴，江河湖海的江。"

在董先生讲的《六扇门九大神捕传奇》里，神捕们是只称名号不露姓名的，楚楚一边想着那九大神捕各自的名号特点，一边仔仔细细来来回回看着吴江，最后目光落在吴江的那把大刀上："我知道啦！你是'追魂刀'！"

吴江一愣，"我是什么玩意儿？"

"六扇门排行第五的神捕，'追魂刀'！"

吴江脸色微微发黑，怪不得景翊再三嘱咐，要是听见什么六扇门之类的东西就权当她是在说书了。可这哪是当她在说书啊，她这明明就是在说书啊。

吴江正愁这话不知道怎么答，就见楚楚眨着水灵灵的眼睛望着他说："景大哥说，我这回要是考上了，你就会认我当妹妹。"

景翊交代了，她说啥就应啥："既是如此，你就喊我声大哥吧。"

神捕当前，楚楚反应得倒是一点儿也不慢："那我就是考上了？"

这个他可不敢随便应。吴江一笑，收好刀纵身上马，把手伸给楚楚："现在肯跟我走了吧？"

"哎！"楚楚欢快地应道。

吴江在听着楚楚念叨了足足一刻钟六扇门神捕之后，凭着深厚的内家修为稳稳当当地把马勒在了一户大宅院的侧墙小门口。

楚楚觉得眼前这宅院一点儿也不像六扇门，倒像是户富贵人家："大哥，这是哪儿呀？"

吴江翻身下马，转身把楚楚也接了下来，回道："安王府。"

突然想起刚才在考场里说安王爷的那两句不好，楚楚心里一慌，连往后退了两步，忙道："为——为什么到这儿来啊？"

吴江以为是王府大宅的气势把她吓着了，忙道："你别怕，这王府就是地方大点儿，里面一个坏人都没有，我就住在这儿，往后你也住在这儿了。"

"可是神捕怎么会住在安王府里啊？"

吴江算是对"神捕"这俩字儿彻底麻木了，说："我也是王爷的侍卫。"

吴江话音还没落，从小门里迎出来个五十多岁面容和善的老大爷，吴江立马跟见着救星似的，把马撂在一边，拉着楚楚上前一步道："赵管家，这是楚楚姑娘，我刚认的妹子——"

吴江话还没说完，赵管家就摆了摆手，不急不慢地道："景大人吩咐过一遍，都收拾好了，就在你那院子的客房，跟你那屋紧挨着的那间，我这就带她过去，看还有什么需要的我再让人给她添置。"

吴江忙把楚楚往赵管家面前一送，说道："楚楚，这是王府的赵管家，你一切听他的安排，别在王府里乱跑。"

"知道啦。"楚楚说道。

吴江向赵管家一抱拳："麻烦赵管家照应了，我手上还有事儿没办完，先行一步。"

"好，好，放心……"赵管家的话音还拖着，吴江已经连人带马跑没影儿了。

赵管家给楚楚安排的是间宽敞亮堂的南屋，屋里各样东西一应俱全，甚至还依景翊的吩咐给她备了一橱子换洗衣服和一抽屉胭脂水粉。明知道这小丫头是挑不出什么毛病的，赵管家还是客客气气地问她看着还缺点儿什么。

楚楚连连摆手："不，不，什么都不缺了，这都赶上我们镇上周员外家小姐的闺房啦。"

赵管家还是很和气地笑着:"满意就好,要是还有什么需要的就直接跟下面的人说,不用客气。"

"谢谢管家大人!"

"不谢,不谢……"

见赵管家转身要出去,楚楚赶忙叫住了他:"管家大人,我能跟您问个事儿吗?"

赵管家转回身来,看着这小姑娘一副犹犹豫豫的模样,说:"有什么事儿就说吧。"

楚楚把包袱搁下,向赵管家凑近了几步,盯着他的一脸褶子道:"管家大人,您在安王府好些年了吧?"

赵管家心里立时提起些戒备,这种话每年他都会被问个百十来回,每一回问这话的人心里琢磨的都没什么好事儿。尽管如此,他还是保持着一脸和气:"可真是有些年头了,这安王府建了有多少年头,我就在这儿多少年头了。"

楚楚四下张望了一番,确定屋里没别人,外面也没有偷听的了,才凑到赵管家耳朵边儿上悄声道:"那您肯定知道,安王爷他其实就是六扇门的老大吧?"

赵管家一愣,以为是自己一紧张听错了:"六扇门?"

"对!"她打刚才就在想,这个安王爷要不是六扇门的老大,她那神捕大哥怎么会给他当侍卫,还住在他家里呢?

见赵管家还愣着,楚楚忙道:"我知道六扇门的,六扇门就在京城。六扇门的模样我也知道,坐北朝南,门开三间,共安六扇黑漆大门,门前镇石狮两座,门下站差官二人,门上一方乌木大匾,上书镏金大字'六扇门'。"

楚楚说到一半的时候赵管家就在连连摆手,楚楚说完最后一句的时候赵管家都要跳起来了,胡子一翘一翘的,一直慢慢悠悠和和气气的动静都变了:"哎哟!楚丫头啊,你可别再提你这六扇门了啊,那都是外面跑江湖说书的瞎编胡造的,没影儿的事儿,看你这么个灵透的姑娘怎么还把那说书的话当真了。"

楚楚比他还急,急得直跳脚:"真有六扇门,我刚才就在刑部考六扇门的仵作呢!"

赵管家看着这急得快哭出来的小姑娘,直摇头叹气,耐下性子道:"是有六扇门这么一说,可什么叫六扇门啊?世人嘴里那个六扇门,说的就是京城里的三法司衙门。三法司知道吧,就是刑部、大理寺和御史台。你刚从刑部回来,想必是瞧见刑部正门口那三间六扇黑漆大门了吧?大理寺、御史台的大门都是这模样,这就是六扇门。"

赵管家板了板脸孔,又道:"你考的那个就是京城三法司的仵作,你要非说是六扇门的倒也没错,可咱们王爷最容不得别人对衙门的事儿瞎编派,你可别在他面前胡扯惹他生气啊。"

楚楚一点儿也不相信:"景大哥说他就是在六扇门里混饭吃的,是六扇门里的文官。"

"你知道你那景大哥是谁吗?那是当朝一品首辅大人家的小公子,大理寺少卿景大人。他跟你那么说，是跟你谦虚客气呢，京里在这三法司供职的年轻人都爱这么打趣，可谁都不会在咱们王爷面前这么说。"

"还有大哥，大哥就是六扇门排行第五的神捕'追魂刀'！"

赵管家都快哭出来了，在京城里混到这把年纪了都没遇上过一个这么死心眼儿的，只得继续说："我的小姑奶奶，你那大哥可是朝廷堂堂正三品辅国将军，安王府的侍卫长，哪儿来这么个神叨叨的名号啊。"

楚楚这回是真的"哇"一声哭出来了："你骗人！你们都骗人！就是有六扇门，就是有！就是有！"

赵管家一阵头晕脑涨，这要换作别的什么事儿，楚楚这么一哭一闹他肯定会说几句软话哄哄她了，偏偏就是这件事儿没法顺着她。可这小姑娘明显是个用寻常法子讲不通道理的主儿。

赵管家努力板起脸来："你要再敢提六扇门，小心王爷把你拉出去打板子，打得你屁股开花，到时候谁也救不了你！"

楚楚立马不吱声儿了，咬着嘴唇噙着眼泪，满脸委屈地看着他。

赵管家默默松了口气，果然还是吓唬自家小孙子的这手儿最好使啊。看着把楚楚镇住了，赵管家的脸色也就缓下来了，见她眼泪珠子还扑簌簌地往下掉，忍不住哄道："其实王爷人挺好的，这不还给你在京城里找了这么个落脚安身的地方吗？就是脾气犟了点儿，连皇上都对他恭恭敬敬的，你不去惹他就成了。"

楚楚抹了两把泪，仰起一张花猫脸，嘟着小嘴带着哭腔道："那……那王爷到底是个什么官，凭什么这么厉害啊？"

"哟，这个可不好说，没个官名，也没品阶，你就记着王爷奉旨统管三法司，管着这天底下所有的案子，还有这天底下所有办案子的人就行了。"

"那可不就是六扇门的老大吗？"

"你还说！"

第三章

　　萧瑾瑜意识恢复过来之后的第一个感觉就是疼，疼痛顺着双腿的骨骼一直蔓延到腰背，像千万只虫蚁聚在一块儿发疯地啃咬一样，就连完好的上半身也沉陷在一片酸麻中。

　　视线慢慢清晰起来，萧瑾瑜辨出自己是躺在王府一心园的卧房里，房间里灯火通明，屋子正中央的圆桌边上趴着个人，不用看清楚就知道这人是谁。

　　两天没睡，又突然来了这么一出，萧瑾瑜觉得全身骨头都被拆散了似的，躺在床上动都懒得动一下，更懒得说不必要的废话，开口就奔了正题："她验尸之后没更衣，没净手，对吧？"

　　"何止啊……"景翊像是早就准备好了，迷迷糊糊地从桌子上爬起来打着哈欠就回道："验尸前还没点皂角苍术，没含葱姜，没熏香，好在戴了副手套，出来之前蒸了醋，否则叶老头干骂也得把你骂醒了。"

　　萧瑾瑜隐隐头疼："叶先生来过了？"

　　"早来过了，要不是我多嘴说了一句你脸上的伤是怎么来的，让他光骂我就把词儿都用完了，他非得坐这儿等你醒了不可。"

　　"托你的福。"

　　"不过他走之前让我告诉你，你要是再来这么一回——"

　　"他就让我一辈子躺在床上，知道了。"

　　这些年来，这句话叶千秋对他说了得有不下二三十遍了，可他现在照样能把自己从床上弄起来，虽然确实吃力得很。

　　萧瑾瑜忍着疼，费尽力气折腾半天才从床上坐起来，景翊就站在一边看着。只要萧瑾瑜不从床上摔下来，就是整个王府的人都把胆儿借给他，他也不敢过去搭手帮忙。

　　他可不想三更半夜的把这个好不容易醒过来的人再气得背过气去。

　　等萧瑾瑜把自己安置好了，景翊才走过去递上几页纸，说："这是她三场考试的全部记录。"

萧瑾瑜接过去，从第一页开始一字一句地细细看着，景翊轻皱眉头道："我跟吴江商量决定，暂时把她安排在王府，就住在六韬院，在吴江房间的隔壁。"

腰背间一阵刺痛，萧瑾瑜拿在手里的几页纸轻颤了一下，从字句间抬起头来，错愕地看向站在床边一脸严肃的景翊："她是故意的？"

景翊摇头："就是因为到现在连我都摸不清她到底是有心还是无意的，她要么是太天真，要么就是太会装。"

萧瑾瑜怔了怔，轻轻摇头："这事本就没几个人知道……"

"你判过多少案子就结过多少梁子，小心点儿没坏处。"

萧瑾瑜没回应他这句话，一言不发地把目光投回到排在第一页的尸单上，越往下看眉头皱得越紧："这是哪个案子的死者？"

"几个老仵作在刑部停尸房的无名尸体里选的。"

"在刑部停放多久了？"

"怎么也得有十天半个月了吧。"

这个模模糊糊的回答脱口而出之后景翊立马就后悔了，眼看着萧瑾瑜脸色瞬间冷了一层，景翊忙道："我错了我错了我错了，你别这么看着我啊，大理寺的事儿我都折腾不清楚，刑部那边的事儿我哪知道啊。"

萧瑾瑜冷着脸把尸单递回给景翊："这张尸单在你那儿放了不下五个时辰，你就什么都没看出来？"

景翊苦着脸，抖着自己手里的尸单："你又不是不知道我这大理寺少卿是怎么当上的，就我那点儿打小躲我爹躲出来的本事，也就你非说我合适在衙门里当差，害得我爹一激动把我塞到这么个鬼地方。你让我对活人识言辨谎、察言观色还行，这死人的事儿——"

萧瑾瑜一眼瞪过去，景翊立马闭嘴收声，迅速找到最近的墙角往下一蹲，双手把尸单举过头顶，一双享誉京城少女界的狐狸眼满是幽怨地看着萧瑾瑜。

"过来！"

"是。"景翊举着尸单低着脑袋站回床边等着定罪发落，却听见一句清清冷冷还似乎八竿子打不着的话："你三个月前嚷嚷着要找的那个人，可找到了？"

景翊一愣，随即一惊，连忙把尸单拉回眼前，尽管看不懂也从上到下看了一遍，可还是看不懂，于是眼睛睁得溜圆看向萧瑾瑜："你说这是那个姓连的？"

萧瑾瑜没答话，目光刚埋回到剩下的几页纸上，就听到窗户响了一声，再抬头时屋里就剩他一个人了。

就一层楼高还跳窗户。

冷风从大开的窗子里吹进来，把萧瑾瑜最后一点儿睡意也吹散了。

萧瑾瑜把手里的几页纸折进怀里，换了衣服，借着床边的拐杖把自己弄到轮椅里，出了一心园，往三思阁的方向去。

这会儿三思阁里除了成摞的待归档案卷，肯定还铺了一桌子的求访帖。他昏睡了大半天，京城衙门里的官员得有一半要跟着他昏过去了。像这种忙得不可开交的时节，萧瑾瑜轻易是不会回一心园的，因为从一心园到三思阁要横穿大半个王府，有些小路轮椅过不得，一绕就要绕过整个后院，而他从来就不是那种有力气没处使的人。

推着轮椅还没走过三分之一的路程，萧瑾瑜就不得不停了下来，累还在其次，要命的是腰背间的疼痛一阵强过一阵，两条手臂僵麻得居然都有点儿不听使唤了。

他倒是记得叶千秋说过，这事儿要是赶到冬天里会尤其麻烦，只是没想到会麻烦成这个样子。

萧瑾瑜原本想着停在原地歇一歇，等这个劲儿过去就行了，却没想到坐在这深冬寒夜里狠吹了会儿冷风，先前的僵麻疼痛一点儿没消不说，还把整个身子都冻僵了。

看着自己停下的这个地方就觉得好笑，停哪儿不好，偏偏是这王府夜里最冷清的东北角，凭他这会儿的力气就是喊人也不见得有人听得见。

萧瑾瑜索性靠着椅背闭起眼来。自己的身子自己清楚，用不了半个时辰就会知觉全失，最多醒过来的时候挨叶千秋一顿臭骂就是了。

刚把眼睛闭上就听到一阵匆匆跑过来的脚步声，眼睛还没睁开就听到一个清亮亮的声音："哎，你不就是那个活尸体吗！"

一天之内第二回听到这个称呼。萧瑾瑜很想笑，笑他自己，这会儿"活尸体"这三个字用在他身上真是贴切到无以复加的程度了。

楚楚就站在他面前，已经换上了一身时下京城女子常见的装扮，只是没施粉黛，没戴珠玉钗环，还是那么一副笑盈盈的模样。

萧瑾瑜心里无端地暖了一下。

"你也住在这儿？"既然她白天考的那个压根儿就不是六扇门，那她也就不记这人什么仇了，京城本来就是个生地方，只打过一回交道的人楚楚也当是熟人了。

萧瑾瑜轻轻点了下头。

"真巧！"楚楚抬手向西边一指，"我就住在那边，你住在哪儿啊？"

萧瑾瑜想抬手指指一心园，才发现胳膊居然僵得抬都抬不起来了。

"你怎么啦？"被楚楚这么关切地一问，萧瑾瑜却猛地想起景翊那些话来，心里沉了一下。

如果没算错，吴江此刻应该还在外面帮他办一件事。

她要是想要他的命，这会儿只用动一根手指头就足够了。别说反抗，他连叫得大声点儿的力气都没有。

浅浅呼出口气，萧瑾瑜镇定地开口道："只是坐得久了，身子有些僵。"

"这大冷天的，没花也没月亮，你坐在这儿干吗呀？"

"我……迷路了。"

楚楚一下子乐开了花儿："好巧啊，我也迷路了！"

头一回见着能把迷路这件事儿说得这么兴高采烈的，萧瑾瑜说："你要去哪儿？或许我认得。"

楚楚抿了抿嘴唇："我还没吃晚饭，想要去厨房找点儿吃的。"

萧瑾瑜轻蹙眉头："这已二更天了，厨房早就没人了，你怎么不直接在房里吩咐一声？"

楚楚连连摆手："不不不，我会做饭，这么大晚上的不用麻烦人家，我找着厨房自己随便做点儿就行。"

"我认得厨房，不过，得劳你送我过去。"

"没问题！"

厨房果然是一个人都没有，楚楚摸黑找到火折子，灯一燃，整个厨房一下子亮堂起来了。

楚楚吐了吐舌头，手脚麻利地在灶台边生起火来，说："我还是头一回见着这么大的厨房呢！"

萧瑾瑜鬼使神差地跟了一句："我也是。"真是连脑子都冻僵了，跟她说这个干什么。

楚楚蹲在灶台边专心致志地煽风点火，头也不抬，回道："真的啊？"

"真的。"这是萧瑾瑜第一次见厨房，甭管多么大的。

安王府里有他不让别人进的地方，自然也有别人不让他进的地方。

楚楚生好了火，又掀开大水缸舀了几瓢水倒进锅里，转身想看看这王府厨房里有什么能下锅的材料，目光扫过萧瑾瑜的脸就撞鬼似的定在原地了。

刚才黑灯瞎火没留意，这会儿可是看得一清二楚。这张脸白天还是青一块儿紫一块儿的，可现在居然白净得像画里的人一样，要不是额头上还带着那几道细细的擦痕，楚楚都要怀疑先前那伤是假的了。

"你脸上的伤呢？"

他还真没留意，但现想也知道这只能是叶千秋的杰作："王府里有个不错的大夫。"

"那他给你用的什么药啊？"

"不知道。"

楚楚凑过来，盯着他脸上原本有伤的地方看了又看，越是看不出痕迹就凑得越近，直把萧瑾瑜发白发青的脸色看得隐隐发红，刚想伸手摸摸那几道仅存的擦痕，就听见萧瑾瑜一直紧绷着的嘴唇里突然蹦出句话来："水开了。"

看着楚楚一步冲回灶台前，萧瑾瑜劫后余生般地舒出口气来。刀架在脖子上多少回都没吓成这样过，生怕她再想起伤口的事儿，萧瑾瑜主动把话题扯得要多远有多远。

"你怎么没吃晚饭？"

楚楚背对着他一阵翻箱倒柜："我要说了，你不能笑我。"

"不会。"

楚楚在一个菜筐里翻出一块儿生姜，洗了几下拿到案板上"咔咔"切了几刀，扬手丢进了锅里，然后一边继续翻一边道："我一直在屋里哭来着，哭累了就睡着了，饿醒了就出来找吃的了。"

"王府里有人欺负你？"

楚楚踮脚踩在个小板凳上，伸长了胳膊努力地拨拉着壁橱里的一堆干货："不是不是，没人欺负我。"

"那你为什么哭？"

"我要是告诉你，你不能告诉王爷。"

"为什么？"

"管家大人不让说，说出来会惹着王爷的。"

萧瑾瑜轻蹙眉头："惹着王爷？"她今天惹的还少吗？

楚楚成功地抓出几颗红枣、一把桂圆干，关了橱门从板凳上跳下来，把手里的东西扔进锅里才道："听说王爷是个倔老头儿，脾气坏得很，谁要是惹着他，他就打得谁屁股开花儿！"

萧瑾瑜狠狠愣了一下："谁说的？"

楚楚又翻腾了一遍灶台边的几个调料罐子，最终选定了一瓶，舀出了两大勺红糖撒进锅里："管家大人啊，他都在这儿好多年了。"

"赵管家说王爷是个老头儿？"说他少年老成他也就认了，老头儿……出处在哪儿啊？

"那倒没有，这个是我猜的。"楚楚盖上锅盖，又蹲下身子去生另一个炉灶的火，一边生火一边向萧瑾瑜有理有据地陈述她的推理过程，"王爷不是皇上的七叔吗，听说皇上比我还要大几岁呢，我有个表叔都快五十岁了，那王爷可不得是个小老头儿吗？"

"言之有理……"多年的办案经验告诉萧瑾瑜，越是别人点名不想让他知道的事儿，越是有一探究竟的价值，所以萧瑾瑜清清淡淡地道，"你放心，我不会与别人说。"

楚楚生好了火，向锅里加了两瓢水，又开始一阵翻箱倒柜："你知道六扇门吧？我是来京城找六扇门的。"

萧瑾瑜本能地纠正道："你是说三法司？"

楚楚抱着一个米袋子转过身来，一脸严肃地对着萧瑾瑜："不，不是三法司，是六扇门，有九大神捕的那个六扇门。"

萧瑾瑜微怔，自打颁下文书严令禁止说书人编派与官府衙门有关的段子起，他已经好些年没听到有人把这三个字说得这么一本正经了，这会儿还捎带着个什么九大神捕，

· 31 ·

他说："你要报案，还是要伸冤？"

楚楚摇头："我要当六扇门的仵作。"

"可你参加的是刑部的考试。"

楚楚嘟起小嘴，转回身去对着灶台，舀了半碗米倒进锅里才道："本来听景大哥说那个就是六扇门的考试，可我考完了才知道我俩说的根本就不是一个六扇门。"

景翊先是不惜哄她骗她也要留下她，又是不惜哄她骗她也要监控她，萧瑾瑜看着这围着灶台转悠得有条有序的小身影，眉心轻轻拧了起来："既是如此，这次考试你纵是考上了，也不会去？"

楚楚没回头，弓着腰在筐里翻出两棵饱满肥硕的青菜，舀了瓢清水仔仔细细地冲洗，道："唔……去的。我刚才都想好了，要是没有个活儿干，我连吃饭的钱也没有，还怎么留在京城找六扇门啊！"

"你若是没考上呢？"

"我已经考上了呀。"

萧瑾瑜轻蹙眉头，招仵作这事儿虽小，但拟定名单毕竟还属于三法司公文圈子里的事儿，没有他的签字压印就算不得数，而这会儿他都还没见着那草拟名单的影子，她上哪儿知道的。"谁说的？"萧瑾瑜问道。

楚楚张了嘴，半响没出声儿。景翊？吴江？还是赵管家？他们给她的感觉都好像这已经是板上钉钉的事儿了，可仔细想想，原来还真没有人明明白白地跟她说过她就是考上了。

要是没考上，她可连回家的盘缠都没有了啊！

楚楚举着两棵青菜愣在原地，嘴扁着，眉头皱着，毫不掩饰地把不知所措的目光落在萧瑾瑜身上，看得萧瑾瑜从没怎么出过什么毛病的心脏突然疼了一下。

只是楚楚的这副失落模样还不如萧瑾瑜心脏闪过的痛感持续时间长。"没考上的话我就在京城随便找个杂活，只要能让我待到考进六扇门就成。"楚楚说完，转身就切菜去了。

楚楚语气坚定得让萧瑾瑜差点开始思考这京城里是不是真有这么个不为他所知的神秘又厉害的六扇门，好在真被她带跑偏之前，腰背间的疼痛随着身子回暖渐渐放肆了起来，一阵比一阵清晰的疼痛让萧瑾瑜再度想起景翊那些话，单薄的身子在间接拜这女人所赐的疼痛中禁不住地微微发抖。

她若真是处心积虑想要他的命，今晚他给她的机会绝对当得起"千载难逢"这四个字。

没有任何埋伏，也没有任何试探的意思，就是他素来谨慎缜密的脑子不知道抽了哪根筋，纯粹地想跟她待上一会儿。

她的一颦一笑、一言一行让萧瑾瑜有种说不出的轻松。

她要真是敌人，他今晚就能从那些好像几辈子都审不完的卷宗里解脱了。

可惜楚楚脑子里这会儿琢磨的是这青菜叶子这么肥，焖青菜饭的话还是要切细碎一点儿才好入味吧。

楚楚切了青菜丁和两朵香菇，又切了半块儿咸豆干丢进锅里，心满意足地搅和了几下之后才想起来好一会儿没听到萧瑾瑜的动静了，一转头看到那个人微低着头，脸色白里发青，额上冷汗淋淋，倚靠在轮椅里的身子还在发抖，她吃了一惊，赶忙过去问道："你怎么啦？"

惊慌中的楚楚只记得丢下左手的锅盖，却忘了右手的饭勺，萧瑾瑜就抬头盯着她举在手里的大饭勺，用尽所有的忍耐力才保持住声音的静定平稳："没什么，只是有点儿冷。"

"还冷？"楚楚怕他会冷，推他进来的时候还特地把他推到离炉灶不远的地方，这会儿她都热得要冒汗了，他怎么还冷，"你是不是吹多了冷风，发烧了呀？"

萧瑾瑜那个"不"字连前半截都还没吐出来，楚楚已经抬手要摸他的额头了。

只是楚楚抬的是右手，抬得急，忘了右手里还握着个大饭勺，于是楚楚的手还没碰到，铁饭勺凸儿圆润的那面已经不偏不倚结结实实地正敲到了萧瑾瑜还往外渗着冷汗的脑门儿上。

这一记没有那么狠，也没有那么疼，但对于已经撑得很辛苦的萧瑾瑜来说，这一下子足够让他脑袋晕上一会儿了。

"呀！对不起！"

"不用道歉……"萧瑾瑜黑着脸按住满布冷汗和米汤的额头，"直接动手，行吗？"萧瑾瑜定力再好也已经火大了。是，他现在的身体状况确实是任人宰割无力还手的，老天爷非要他今晚在这个地方死在这女人的手上的话他也没什么好说的，但这女人拿把饭勺就想敲死他算是怎么回事儿！

动手？楚楚一愣，迅速回过神来："哦，好！"

萧瑾瑜的脸顿时又黑了一层，听她这么一声应答，怎么真跟他求着她来杀自己一样。

萧瑾瑜从身上拿出手绢埋头擦拭着额头，也没注意楚楚突然转身干什么去了，就听见一阵子锅碗瓢盆碰撞的动静，还没来得及抬头就被楚楚一把抓住了手腕。

楚楚不过是个身形娇小的丫头片子，力气也就那么大点儿，但对于这会儿的萧瑾瑜来说足够让他任她摆布了。

被抓住手腕的一瞬，萧瑾瑜意识到她是用左手抓住他右手腕的，右手里好像还抓着什么东西。难不成还真是现找的凶器吗？

她要杀要打要绑他都认了，毕竟败在这个能演戏演得连景翊都看不出破绽的人手里也不算太丢人。

萧瑾瑜都做好从容赴死的准备了，结果刚抬头就被楚楚一眼瞪上，接着就是训儿子一样的一声吼:"你瞎折腾什么呀,再揉就起包啦!"

萧瑾瑜一愣的工夫,楚楚已经扬起了右手,把手里那颗不知道从哪个碗里翻出来的剥得光溜溜白嫩嫩的鸡蛋贴在了他的脑门上,在那片被敲红的地方滚过来滚过去。

这人看起来像是满肚子学问的样子,怎么连这点儿事儿也不懂,怪不得才这么年轻就得用轮椅代步了!转念想到他这样的年纪就被圈在这么张椅子上肯定是很难过的,虽然只是在心里那么念叨了一下,楚楚还是觉得自己像是做了什么坏事一样,脸上一热,说出话来也不再用吼的了:"用鸡蛋把淤血滚散了,就不红不肿也不疼了。"

萧瑾瑜没说话,活这二十来年从来就没想过,他人生里会有这么一刻是被一个底细不明的女人拿着一颗剥光的鸡蛋在脑门儿上滚,所以他实在不知道这会儿他理应有什么反应。

楚楚看他冷着张脸一言不发,以为一颗鸡蛋的力量还不足以给他止痛,于是腰身一沉头一低就把嘴凑了过去,轻轻吹着那片淤血。

楚楚发现那红色本来只是隐隐的,一点儿都不明显,倒是她吹着吹着反而红了起来,还越吹越红,真是怪了!

不是萧瑾瑜不想出言阻止她,而是这会儿他除了心脏狂跳之外不敢让自己做出任何一点儿动作,连呼吸也紧屏了起来,生怕自己一个细小的动作就会造成一个想掐死自己算了的结果。

就在他感觉自己再屏息一会儿就要昏过去的时候,门口处"叮咣——咚"一声重物落地的巨响,瞬间把他就快飘到阎王殿门前的意识一下子扯回到了这人间厨房里。

楚楚惊讶间侧身回头,萧瑾瑜眼前没了障碍物,才看清这个以五体投地姿势进门来的重物正是吴江。吴江顾不得这个方向还有个楚楚,手忙脚乱地爬起来跪好,磕头便道:"卑职该死!卑职该死!"

他三更半夜办事回来想进厨房找口饭吃,结果还没进门就一眼瞧见楚楚站在萧瑾瑜身前,楚楚抓着萧瑾瑜的手腕,俩人一个低着头一个仰着头,在门口的角度看过去俩人根本就是在……一惊之下忘了脚底下还有门槛这么个东西,于是就这么直挺挺响当当地摔了进来。

景翊可没说还有这个啊!

"大哥?"

楚楚看看埋头跪地的吴江,又扭过头来看看一张脸已经红得要滴出血来的萧瑾瑜。

奇怪了,赵管家不是说她的大哥是个大得不得了的将军吗,怎么会给这个坐轮椅的人下跪啊?他的官能比大哥还大?

吴江一动也没敢动,别说叫大哥,这会儿就是叫他声大爷他也不敢抬头。他还没成过家呢,天晓得这俩人被他打断之前是在干吗啊!

萧瑾瑜努力地深呼吸了几下,感觉脸上没那么烫了,脑门儿也没那么涨了,才淡淡地吐出声音来："起来。"

吴江僵着身子从地上爬起来，还是不敢抬头。

"何时到的？"萧瑾瑜想把刚才可能被吴江看到的一幕直接跳过去，所以问的是吴江什么时候回到府里的，可吴江这会儿已经心虚到了一定境界，萧瑾瑜这么一问，冲进他脑子里的就只有刚才的事儿，一慌之下脱口而出："卑职是来找饭吃的，什么都没看见！"

萧瑾瑜脸色隐隐黑了一层，还不如不问呢……

楚楚倒是一下子在吴江的话里抓到了一个重点："大哥你来得正好，饭就快焖好了！"楚楚说着就奔到灶台边上去了，看得吴江一愣，这俩人是在吃饭？

吴江反应过来的一霎，差点儿下意识就把腰间的刀抽出来了。

带楚楚回来的路上吴江已经试探过了，她确实没有武功，但不代表着她就不懂怎么下毒啊！

看吴江脸色瞬变，萧瑾瑜就知道他脑子里开始转些什么了，轻咳了两声把吴江的目光引过来，然后不着痕迹地轻轻摇了摇头。

萧瑾瑜的身体决定了他跟武功这种东西向来是井水不犯河水的，但下毒这类下三烂的小动作决不可能逃过他的眼睛。他本来就活得比别人难，还挑了这么个比别人难的活法，可他就是活下来了，还活得不错，这要光靠运气是不大可能实现的。

吴江脸色刚缓了缓，楚楚已经把一碗赤褐色的汤水捧到吴江面前了："这姜汤是煮给他暖暖身子的，大哥先将就着喝一碗吧，饭马上就能吃啦。"

吴江愣愣地把碗接了过去，这俩人到底什么情况，他家王爷会喝陌生女人煮的姜汤？

萧瑾瑜也愣了一愣，他刚才就注意到了她开始煮的那锅东西是姜汤，可没想到会是特地煮给他的。怔愣间，楚楚已经把他的那份儿递到面前了。

"谢谢。"萧瑾瑜把碗接过去的时候，楚楚突然反应过来一件很重要的事，盯着萧瑾瑜的脸道："哎，我还不知道你叫什么名字呢！"

吴江手一抖差点儿把碗扔出去，她还不知道眼前这人是谁？

萧瑾瑜倒是冷静得很，一边饶有兴致地端详碗里的汤水，一边不急不慢清清楚楚地回答："小金鱼。"

严肃认真到让不知个中来由的吴江忍不住低头往自己手中碗里看了一眼，哪有金鱼？

萧瑾瑜就是故意的，故意想吓她一下，好像从五岁以后他就没再有过如此强烈的恶作剧式的报复欲了。

欣赏着楚楚怔愣的神情，萧瑾瑜端起碗来浅浅呷着刚出锅的姜汤，比叶千秋熬的好喝多了呢。

可惜萧瑾瑜算错了一件事，那就是他的名字在这女人心中的存在感。萧瑾瑜以为楚楚这副神情就是被他身份惊到的反应，但事实上，楚楚愣住只是因为她觉得这名字有点儿熟，怎么一时想不起在哪儿听过呢。等她想起来，那就不是安安静静发愣的事儿了，只听见一片寂静中划过一声惊天动地见鬼似的惨叫："妈呀！"

萧瑾瑜一口姜汤差点儿喷出来，这到底是谁吓谁呢？

"你……你！"楚楚一连"你"了半天，开始还是错愕惊慌，到后面收尾的时候就是明显的恼火了，向后退了一步指着萧瑾瑜大叫，"你骗人！"

萧瑾瑜向吴江看了一眼，那意思显然是让吴江给他作证的，但吴江动了两下嘴唇也没发出一个声儿。

天知道那"小金鱼"是个什么意思，天又知道他家王爷骗了人家小姑娘什么，他脑袋还晕晕乎乎的，这会儿就是想说句话也不知道从哪儿下嘴啊。

没人救驾，萧瑾瑜只能自救了，轻咳两声："我骗你什么了？"

"你说王爷是个老头儿的！"

吴江默念，观音菩萨保佑，还好刚才没出声。

萧瑾瑜依旧云淡风轻："我何时说了？"

"就刚才！你说了言之有理的！"

萧瑾瑜轻蹙眉头："你既是仵作就该知道，常理是常理，事实是事实，这是两码事。"

楚楚急得快哭了，刚才当着他的面说了他的坏话，说了那么多六扇门长六扇门短的，叫了他两回活死人，还拿饭勺敲了他的脑袋，按赵管家说的，这可得打多少下屁股啊！

一急之下楚楚立马两手捂到自己后面，大叫着直往吴江背后躲："我不管！是你耍赖的，你不能打我屁股！"

萧瑾瑜手上本就没多少力气，这一句听得他差点把一碗姜汤泼到自己身上。

吴江也快哭了，跟萧瑾瑜这么久还是第一回遇上这场面，明明看到萧瑾瑜递来的目光里有求救的意思，可他就是不知道能怎么救。

这说的都是哪儿跟哪儿啊，活生生就是一点儿也听不明白啊。

直到萧瑾瑜警告似的狠瞪了他一眼，吴江才醍醐灌顶："王爷，卑职有要事要禀。"

萧瑾瑜毫不迟疑："说。"

吴江脱口而出："薛越的尸体找到了。"

吴江刚说出来就后悔了。因为这句话让萧瑾瑜身子一僵，手上一倾，大半碗滚烫的姜汤泼了他自己一身。

在整碗汤水全泼出来前，吴江闪身过去把那只碗抢了过来，"王爷！"

萧瑾瑜的情绪就像是碗里的汤水，说泼就泼出来，但泼完也就完了，转瞬又回到一片波澜不兴，于是这一幕看在楚楚眼里就成了一个单纯的漫不经心的意外。

楚楚虽看不出来，可吴江对自己犯的错误可是再清楚不过，这碗汤泼出来的原因就是那具尸体的名字。

这人要不是叫这个名字，萧瑾瑜也不会在这样忙得没空吃饭没空睡觉的时节亲自去接一桩普普通通的失踪案，更不会在听到自己要找的人已成为一具尸体时有如此强烈的反应。

吴江本想用套比较委婉温和的说辞把这事儿告诉他，可谁知道突然蹦出这么一出，一急之下就原原本本地脱口而出了。

热汤全泼在他腿上，萧瑾瑜神情漠然得却好像这汤是泼在了别人的身上，连声音都还是那么四平八稳风轻云淡的："尸体？"

楚楚躲在吴江身后探头看着萧瑾瑜衣摆上那一大片还冒着热气的赤褐色汤渍，那么烫的汤水泼上去都没有反应，这个人的腿恐怕一点儿知觉都没有吧。

是天生的，还是受过什么重伤吗？

"是……卑职已将其带回，安置在十诫堂验尸房。"抢在萧瑾瑜一句话说出来板上钉钉之前，吴江紧接着补道，"王爷，这会儿没有当值的仵作，您还是去换件衣服，等天亮再过去吧。"

萧瑾瑜轻蹙了下眉头，目光从吴江身上移开，落在那个从吴江身后探出来的小脑袋上："不必等了，这里就有现成的。"

楚楚还全神贯注地琢磨着萧瑾瑜的一双腿，突然听到这么一句话，又对上了萧瑾瑜清清冷冷的目光，心里一慌，"唰"地一下把脑袋也藏到吴江身后了。

"王爷，她还是个小丫头，让她前去恐怕不妥。"

天地良心，吴江所谓的不妥没别的意思，纯粹是因为那具尸体实在……

这在楚楚听起来可不是这么回事儿，这分明就是小瞧她的本事嘛！大哥怎么能这样呢！

生气归生气，楚楚可没忘了打屁股的事儿，于是隔着吴江挺拔健硕的身板跟萧瑾瑜讨价还价："验尸没问题，不过我要是去了，你得保证不会打我的屁股。"

"只要你验得对。"

"你说话算数？"

"吴江为证。"

"怎么验都行？"

"只要你验得对。"

"那我得回去拿点验尸用的东西。"

"可以。"

"那我吃完饭再去行吗？"

"不行。"

第四章

十诚堂是安王府自己人议事的地方，安王府正式接手的京畿案件在破获之前，所有的重要证据连同尸体也都存放在这里，因此日夜重兵守备，森严程度决不亚于三思阁。

楚楚一路跟在他俩后面往十诚堂走去，萧瑾瑜和吴江一直在沉声低语，楚楚听不清，也没心思去听，她这一路上心里嘀咕的就一件事。她对这个据说脾气坏到家的安王爷说了那么些大不敬的话，还做了那么些大不敬的事儿，验一具尸体真就能全都一笔勾销了吗？还是他根本就想好别的法子来教训她了？

紫竹县虽小，可楚楚也是见识过什么夹手指、抽鞭子、印烙铁的，比起那些，打得屁股开花可真是挠痒痒的事儿了。京城这种地方，安王府这种地方，比夹板、鞭子、烙铁厉害的东西恐怕数都数不过来吧。虽然有大哥作证，可大哥是他的侍卫，到头来不还是他说了算，他们可是一伙儿的呀！

所以远远看到十诚堂院子门口灯笼下面那几个一脸凶相的侍卫的时候，楚楚心下一横，收了脚步原地站住，鼓足勇气对前面的萧瑾瑜大声道："我不去验尸了，你打我屁股吧！"

这一嗓子豪气万丈到连那几个侍卫都听清楚了。她这是不挨顿打不安心啊。只听萧瑾瑜说："先打再验，还是先验再打，你自己选吧。"

"那……"楚楚还真的一本正经地权衡了一下，最后认真决定，"还是先验尸吧，把屁股打疼了验尸的时候会分心，出差错就不好了。"

萧瑾瑜轻轻吐气："可以。"

楚楚这才满心踏实地跟着他俩进了十诚堂。

两人带她穿过正中央的议事厅，沿着议事厅后面的走廊一直走到深处尽头，停在一扇被两个侍卫牢牢把守的小门前。

门明显是被改造过的,由宽改窄,窄到萧瑾瑜的轮椅刚好过不去。吴江上前把门轻轻推开了一道缝,侧身让开门口,对楚楚道:"就是验尸台上的那具,名为薛越。"

他没奢望这个连安王爷是谁都搞不清楚的丫头能知道薛越是谁,只求她别一个激动验错了对象就好。

楚楚看看吴江,又看看萧瑾瑜:"我一个人进去?"

萧瑾瑜微怔:"你害怕?"

"尸体有什么好怕的!"楚楚差点儿跳脚,"就我一个人,没有书吏,谁来填尸单呀?"

"先不必填尸单,验完直接禀报便可。"

楚楚眨眨眼睛:"你就不怕我偷懒编瞎话?"

"你可以试试。"

楚楚进去了足有一个时辰,出来的时候都快四更天了。

吴江不在,只有萧瑾瑜一个人端坐在议事厅里,正用一种好像根本不需要走脑子的速度飞快地批着公文。左手边批好的已经摞了高高的两叠,右手边待批的还有更高的两叠。

觉察楚楚进来,萧瑾瑜立时停了笔,尽管手下那份公文离批完就只差签上他名字的最后一个字了。

他轻声地问道:"验好了?"

楚楚把手上的小包袱搁到萧瑾瑜身前的书案上,舒了口气:"都验清楚啦。"

萧瑾瑜把手里的笔搁放到笔架上,顺便将手边的一杯茶推到楚楚面前。

楚楚盯着杯子,没动。

"茶里没毒。"

楚楚还是不动。

"我没动过。"

楚楚这才一步上前捧起杯子,"咕嘟咕嘟"一口气喝干了。

萧瑾瑜嘴角抽了一下,她这是嫌他不成?

楚楚确实是嫌他,不过不是萧瑾瑜想的那个嫌法,而是因为董先生说过,皇亲国戚碰过的东西平头百姓是不好乱碰的,搞不好就会触大霉头呢。想着自己一会儿还要被打到屁股开花儿,已经够惨的了,可不想再倒霉了!

楚楚把杯子里的茶喝了个一干二净,搁下杯子抬起袖子抹了下嘴:"我能禀报了吗?"

萧瑾瑜在面前铺开张空白的尸单,重新捉起笔来,在砚边抿了两下墨:"说吧。"

楚楚应了一声,清了清嗓子,萧瑾瑜刚准备落笔,就听到案前传来一个字正腔圆拉满长调的声音:"启禀安王爷千岁——"

萧瑾瑜脸色一黑,"说尸体。"

"是！"楚楚从弯成直角的作揖姿势中直起腰来，一描述起尸体来语音语调就正常多了，"死者男，年约二十，身长五尺五寸。"

萧瑾瑜落笔，不动声色地在年龄一格里写上"二十一"，在身长一栏里写上"五尺四寸七"，然后轻应了一声示意她往下说。

"尸身肉色黄紫，微变，按这季节气候算，应该是死了四天到五天。"

萧瑾瑜记下了一个"四"。三天前的清早才打过照面，到现在他最多只能死了四天。

"浅刀伤二十三处，鞭痕三十五处，指甲抓痕十七处，掐痕九处，新旧不一，最旧的大约是三月前，最新的应该在几天前，都没伤及要害，不致命，还有很多细碎的擦伤，没有中毒迹象。"

萧瑾瑜轻锁眉头，薛越从没提过，他居然也没看得出来。

"死者被害前应该刚吃过饭，要么就是正吃饭的时候被害的，他胃里有不少还没来得及消化的食物，能辨认出来的有米饭、鸡肉、鱼肉、花菇、鲜笋，还有酒。"

萧瑾瑜停笔，抬头看她："胃？"

楚楚很认真地往自己身上指着画了个圈："就是这儿，里面。"

萧瑾瑜已经一连半个月没工夫好好吃饭了，他这会儿很清楚自己的胃在哪儿："对，在里面，所以你怎么知道他胃里有什么？"

这人看着挺有学问的，怎么这么简单明显的事儿还闹不清楚啊，楚楚只好说："这还不容易嘛，剖开看看不就知道啦！"

剖开？

她剖了薛越？！

萧瑾瑜一阵晕眩，脸色煞白："你把他……剖开了？"

楚楚再不懂察言观色也能看出点危机来了，于是赶在萧瑾瑜再开口前，一脸委屈地看着他道："是你同意怎么验都行的啊。"

萧瑾瑜的脸色由白转阴，那眼神像是恨不得一口吃了她似的。

这人安安静静的时候挺好看的，一换上这副神情还真是吓人，楚楚默默往后撤了一小步，离他稍微远了那么一点点，道："还……往下说吗？"

萧瑾瑜重新提笔，声音微哑，声音像是从喉咙口硬挤出来的一样，道："说。"

剖都剖了，不让她说清楚的话不就白剖了吗！

楚楚舔舔嘴唇，继续说道："尸体周身散发有麝香味，下身鼓胀，外有残余，内道里有留滞……"

萧瑾瑜笔锋一顿，内道？

她还剖了什么？！

"很像是用药过度突发心痹而死，但剃光须发后发现死者头顶百会穴有一枚长三寸的铁钉没入，判定不了哪个在前哪个在后，只能说死因肯定是这两个里头的一个。"

萧瑾瑜从差点儿抓狂蓦地转到愕然，又听楚楚道："而且……这具尸体上的麝香味和我早晨在刑部里看到的那具是一样的，他们死前很可能是吃过一样的药。"

薛越服药？

据他了解，薛越从来都是躲着女人走的，在这方面的清心寡欲程度连京城几大寺庙的住持都甘拜下风。

什么人能让他吃这种药？

看着萧瑾瑜停在那儿皱着眉头好一会儿没动静，也没把她刚才说的几句往尸单上写，楚楚以为他是不信她的话，嘴一噘，一步上前伸手解开了那个搁在书案上的小包袱，说道："我没唬你，我都有证据的。"

楚楚说着从小包袱里掏出几个明显包裹着什么的手绢，小心翼翼地在萧瑾瑜面前一个个展开。

"这些是在他胃里找到的，你看，这是米粒，这是鸡肉、鱼肉、鱼皮、花菇、鲜笋，都没嚼碎就咽下去啦，这人肯定吃得特别着急……"说着还拿手在上面朝萧瑾瑜扇了扇风，"你闻见了吧，这里面酒味可重了！"

萧瑾瑜眉头轻蹙，脸色微青。

"至于麝香味……这个我取不出来，不过最浓重的麝香是从肚脐里散出来的，你要不信的话就让人把那尸体抬出来，凑近了一闻就知道。"

她到底是装得太像，还是压根就是老天爷特意派下来克他的？

萧瑾瑜深深吐纳了好几个回合，把笔撂下，沉声冲外面唤了一句："来人。"

眨眼的工夫就从厅外迅速闪进来一个冷脸的侍卫，冷冷的声音回道："王爷。"

"把她带出去，然后——"

楚楚听到他要让人带的不是尸体而是她的时候愣了一下，等那个"然后"蹦出来的时候突然醒过了神来："等等！"

"等什么？"

楚楚偷偷瞄了一眼笔直杵在她身边的侍卫，这么个壮得像头牛一样的大男人，要是打起板子来手劲儿该有多大啊。楚楚怯怯地望向萧瑾瑜："能等会儿再打屁股吗？"

楚楚决不会知道，在这张风平浪静的皮囊下面，萧瑾瑜是有一颗多想立马把她按到长条板凳上亲手暴揍一顿的心。

"你还想干什么？"

楚楚抿抿嘴唇，一双眼睛饱含无辜地眨了眨："我还没吃饭呢。"

萧瑾瑜嘴角一僵，她刚刚才如此深入地剖了一具尸体，从尸体里取出来的东西就一一摆在眼前，她居然还能惦记着吃饭的事儿。

"把她带出去，"萧瑾瑜连叹气的心都没了，重新提笔在案上的公文上签完那个"瑜"字，"然后叫景翊速来见我。"

"是。"

景翊从窗口跳进十诫堂议事厅的时候天正开始隐隐发亮，萧瑾瑜身前案上的公文本子已经换走两批了。

"连程的事有眉目了。"要不是有个能在萧瑾瑜面前昂首挺胸说出来的理由，打死他也不敢在接到唤他的消息一个多时辰之后才蹦出来。

萧瑾瑜头也不抬，气定神闲地批着最后一本公文："只是有眉目？"

景翊把自己往旁边椅子里一丢，抱着手面露怨气地瞅着萧瑾瑜："光是为了查那具尸体是从哪儿弄来的，这三更半夜的我都让刑部那群人骂了好几个来回了。你是不知道那个疑似的案发现场多特殊，办起事儿来真的不是一般的费劲啊！"

萧瑾瑜合上折子，抬起头来似笑非笑地看向景翊："怎么，你这面子到如归楼就不值钱了？"

景翊差点儿从椅子里弹起来："你早知道这尸体是在如归楼附近发现的？"

"不比你早多少，只是吴江在如归楼附近找到了薛越，楚楚验尸之后说薛越生前服过与连程一样的药。"

萧瑾瑜说得轻描淡写，还是不能阻止景翊真跳了起来："薛越死了？"

萧瑾瑜轻轻点头："铁钉入脑，遍体鳞伤。"

景翊盯着萧瑾瑜看了好一阵子，再三确认了他的镇定不是勉强装出来的，才试探着道："薛太师还不知道？"

萧瑾瑜和薛越的交情只能算是一般，但萧瑾瑜和薛太师亲如父子的师生关系可是官场里无人不晓的。

萧瑾瑜能成为如今的萧瑾瑜，要说全是拜薛太师所赐绝对一点儿也不夸张。打接下这个案子起他紧张的就不是薛越这个一年也往来不了几次的吏部侍郎，而是对薛越宠爱至深的薛太师。

萧瑾瑜摇头，轻叹："我还没说。"

可别人说没说就不一定了。

景翊试图把话题转回到案子本身上，也只有这样才能让萧瑾瑜迅速抛开所有情绪，他道："刚才进门的时候看见当班的仵作到了，我去叫来给薛越的尸体复验？"

每件人命案子必须具齐初验、复验两份尸单才能审断，这是萧瑾瑜给全国所有衙门定的规矩。

萧瑾瑜一声叹息更重了："不必了……"

景翊一愣，不必了？

死的可是薛越，他还以为这回怎么也得有个三验五验才算完事儿呢，何况做初验的还是个身份居心都尚不明朗的丫头片子，"为什么？"景翊问道。

"剖了。"

景翊怔怔地盯着萧瑾瑜无波无澜的脸："你说的'剖'跟我想的那个'剖'是一个'剖'吗？"

萧瑾瑜抬手指了指摆在案角的一个红木托盘，托盘里的东西被白布盖得严严实实的，道："你要想亲自验证的话——"

"不想！"景翊瞬间离那个盘子要多远有多远，脸上的惊悚程度快赶上被媳妇从青楼拎出来那会儿的了，声音都发虚发飘，"那丫头干的？"

"你见过我这里的仵作剖尸吗？"

景翊欲哭无泪，他可着全京城千挑万挑挑了一年，怎么到头来就给萧瑾瑜送来这么个人物啊！"她不是说她家世代都是仵作吗，她就不知道擅自剖尸是凌辱尸体的大罪，要判绞刑吗？"

萧瑾瑜摇头："她知道我判不了。"

"哦？"景翊一抓到兴趣点就迅速把其他的话都扔了，微眯起狐狸眼，"你跟她？"

萧瑾瑜冷冷硬硬地截断景翊的遐想："因为我先前允许了她怎么验都行。"

他头脑再怎么缜密也预料不到一个十几岁的小姑娘会对尸体下刀子啊。

"呵呵……"景翊意犹未尽地干笑两声，千言万语最后汇成一句话，"你还是找个庙拜拜吧。"

"来人，备车。"

"你还真拜啊？"

"当然。"

景翊一愣："这大清早的你拜什么庙啊？"

"如归楼。"

那大块头侍卫把楚楚一路带回六韬院，没说打她，也没说给她饭吃，把她塞进房间里就走人了。

根据多年调皮捣蛋积累下来的经验，楚楚估摸着这会儿要是表现得好点儿，没准儿那顿打就能免了呢。所以赵管家一推门就看见楚楚对着门口坐着，身板坐得端端正正，头是微低着的，端庄里带着矜持，活脱脱像个刚进门的小媳妇。

赵管家一愣，怎么进来的又怎么退出去了，站到门外左右仔细看好了没进错门，才又走了进去，瞅着楚楚，试探着唤了一声："楚丫头？"

楚楚站起来一板一眼地行了个标准的福礼，学着镇上员外家小姐那样的动静柔若无骨地说了句"赵管家万福"。

赵管家手里拿的那碗要不是面，而是狗血的话，他一定毫不犹豫一滴不剩地全泼到楚楚身上。这是撞鬼了还是中邪了？

赵管家提起十二分小心，一边盯着楚楚一边把那碗面搁到桌上，说道："这是王爷让厨房给你做的，趁热吃吧。"

楚楚看了眼那碗面，热腾腾的面上铺着两棵青菜、几大块烧肉，还卧着个煎得金黄的荷包蛋，看着就诱人，更别提那一个劲儿直往鼻子里钻的香气了。从半夜坐到大天亮，晚饭早饭都没吃，还真是饿啊……

楚楚咽了咽口水，没动。吃完了就得挨打了吧？

赵管家看她不动，催促道："快吃吧，吃完了王爷还有事要你办呢。"

楚楚眼睛一亮："办事？不是挨打？"

赵管家一愣："谁说要打你啊？"

"那是啥事呀？"

"急什么，先吃了再说吧。"

楚楚扑向那碗牛肉面，顺便抽空回了一声："哎！"

赵管家看着楚楚的吃相，听着她吃面时发出的动静，嘴角一阵抽搐。

真面目永远只有一个啊……

楚楚吃完饭就被送上一辆马车，赵管家说王爷遣来的人也没吩咐什么，只说了不让她带那个小包袱，而且最好是什么都不带。

他让干吗就干吗吧，楚楚可不想再惹那个王爷了。

楚楚就这么两手空空坐上马车，一夜没睡加上吃饱喝足，马车刚晃荡了两下楚楚就睡着了，醒来的时候马车已经停了，她正平平整整地躺在座子上，头下枕着个靠垫，身上还盖了条羊毛毯子。

楚楚迷迷糊糊地翻了下身，真是怪了，明明记得自己是坐着睡过去的，而且上来的时候也没见马车里有靠垫毯子之类的东西啊。

这缎面靠垫当枕头高矮正好，羊毛毯子又软又暖，要不是听到马车外传来一阵阵熟悉的验尸喝报声，楚楚真想闭上眼睛再来一觉。

一骨碌爬起来跳下马车，才发现眼前这地方已经荒凉得不像京城了，连楚水镇都不如，倒像是个野树林子，要不是两个王府侍卫就站在外面，要不是几个官差正忙活着，楚楚还真当是那个王爷要把她扔到荒郊野外了呢！

不知道外面什么时候下起了雪，这些在外面忙活着的官差身上、头发上已经积了薄薄的一层雪。

躺在地上的男尸一丝不挂，各种新旧伤痕深深浅浅疏疏密密地爬在这副明显经过精心保养的皮囊上，一个刑部仵作打扮的老头儿正蹲在尸体跟前，一边仔仔细细地摸索查看，一边有理有序地一声声喝报出这雪白细腻的皮囊上的每一道伤痕。

楚楚皱皱眉头，京城里的人还缺这几个钱吗，怎么杀了人还非得把衣服都扒走啊？

楚楚凑近过去的时候老仵作刚好报完,扶着膝盖缓缓站起来,伸手扑掉积在衣服上的雪,低头抬头间楚楚看清了老仵作的模样,立时喊出了声儿:"七叔,是您啊!"

田七一愣:"楚丫头?你咋在这儿啊?"

"我来给王爷办事的。"

田七回头看了眼地上的尸体:"来验尸的?"

"不知道,"楚楚摇摇头,指了指刚才坐的那辆马车,"我刚到,还没见着王爷呢。"

田七顺着她的手看过去之后就更晕乎了,他到的时候那辆车不就已经停在那儿了吗,这明明都快有一个时辰了啊。

田七怔愣的工夫,楚楚突然在田七这副打扮上意识到一件事儿,一下子跳了起来,说:"呀!我差点儿给忘了!午时三刻还要去刑部门口看榜呢!"

田七脱口而出:"已经出来了。"刚说出口就后悔了。

楚楚急道:"那您已经瞧见了?"

"没瞧见。"

田七说的是大实话,他确实是没瞧见,因为他根本就没来得及去瞧,一大清早刑部书吏就火烧屁股似的找到他家门口来了,拢共就说了两句话,第一句说他被刑部录用了,第二句就是让他赶紧到城郊验尸去,然后扯着他就来了。

他虽然没看见榜,但很清楚地知道录上的另一个不是楚楚,正犹豫着怎么跟她说才好,就听在一旁整理尸单的刑部书吏头也不抬地道:"你也甭去看了,另一个录上的叫赵铁牛,你个小姑娘家不叫这个名儿吧?"

楚楚扁了扁嘴:"我叫楚楚。"

"咳咳……楚丫头啊,"田七赶紧插话,"你不是说王爷叫你来办事儿的吗?王爷就在那边那辆马车里呢,你还不赶紧过去问问啊,可别耽误了王爷的公事。"

"哦。"

"哎哎,"书吏叫住她,"顺便把这尸单给王爷送过去。"

"哦。"

楚楚进到那辆足有一间小屋子大的马车里的时候,车里就萧瑾瑜一个人,坐在一张书案后面,静静靠在椅背上,双目轻闭。

车厢里四角都燃着炭盆,乍冷乍暖,楚楚刚一进来就忍不住打了个清脆的喷嚏,毫无悬念地把椅上的人惊醒了。

睁眼见是楚楚,萧瑾瑜撑着轮椅扶手有些吃力地把脊背立直起来,微扬起头轻轻蹙眉看她。刚才已让人把自己的毯子拿去给她盖上了,难不成还是着凉了?

楚楚见自己一个喷嚏惊了萧瑾瑜的清梦,想起来到底欠他一顿板子,心里一阵发慌,道:"我……我不是故意的!"

萧瑾瑜声音微哑:"不碍事。"

他没想睡，只是在一边看卷宗一边等各方消息，看着看着……卷宗呢？萧瑾瑜目光寻到不知什么时候从他手中滑落到地上的卷宗，心里直苦笑，这才熬了多久，真是越来越不济了。

楚楚看着他不像是生气的样子，但谁知道这些当大官儿的心里都在想些什么呀。所以看见萧瑾瑜想弯腰去捡散在地上那堆纸，楚楚赶紧抢先一步三下五除二都捡了起来，把带进来的那份尸单搁在最上面，一块儿毕恭毕敬地递给萧瑾瑜，说道："外面那个书吏大人让我拿来的。"

"谢谢。"萧瑾瑜接过那叠方向各异的纸，伸手示意楚楚在旁边坐下来，把自己手边的杯子推到她面前："姜茶，还热着，我没动过。"

萧瑾瑜说罢就低头看着手里的尸单，余光扫着楚楚，就见她坐在他左手边，手里抱着那杯热姜茶一动不动，直到他逐字逐句地把尸单看完了，她还保持着那个姿势看着杯子出神。

这杯子是前年南方进贡的红玉杯，刚送到京城就被皇上拿来讨好这个七皇叔了，样式确实精巧别致，但还不至于光盯着杯子盖就能看上这么半天。

不用景翊来判断，萧瑾瑜也知道这种神情叫做心事重重。可刚才不还睡得挺踏实的吗？

"你……有事？"

"啊？"

萧瑾瑜看着刚回过神来的楚楚，又重复了一遍："出什么事了？"

楚楚怔怔地看着他："是你让我来的。"

萧瑾瑜被噎了一下，他头一回质疑自己问话的能力："对，我让你来的。我是问你，你是不是遇上什么难处了？"

楚楚愣了一下，抱着杯子盯着萧瑾瑜："我要有什么难处，你肯帮忙？"

萧瑾瑜轻蹙眉头，跟他办案的仵作总会遇上某些固定类型的麻烦，那些麻烦就是在衙门里快混成精的老仵作都疲于应对，何况她一个涉世未深的小丫头，他还是说道："我尽力。"

听到这话，楚楚抱起杯子壮胆似的一口干掉姜茶，把杯子往桌上一放，腰板一挺站了起来："我想求王爷借我点钱，我一定很快还！"

那些固定类型的麻烦里最常见的就是跟钱有关的，萧瑾瑜一点也不意外："要多少？"

楚楚咬着嘴唇，拿手指比出个三来，小心翼翼地看着萧瑾瑜。

三百两？比起那几个惹上几千两官司的，三百两倒算是个小数了，可对她来说还真是不少，难怪要愁成这副模样了。

萧瑾瑜也不问她要这些钱干什么，不动声色地从身上拿出张银票来，说道："这张银票上有执掌财政的六王爷的压印，你随便找哪个钱庄都能兑换现钱。"

楚楚刚往这张银票上看了一眼，就被票面上的"伍佰"俩字吓了一跳，连连摆手说道："多了，太多了，我不用这么多的！"

　　"你先收着，用不了的再还我就是。"

　　楚楚还是摇头摆手："这么贵的一张纸，不小心丢了我可还不起，还是直接给我现钱吧。"

　　三百两现钱，亏她想得出来啊，他长得像是有力气没处使每天在身上扛几百两银子玩儿的人吗？

　　"我这儿没有那么多现钱，你若怕带着不放心，就先在我这里放着，什么时候想要兑换了再来找我拿。"

　　楚楚连连点头："这样好，楚楚拜谢王爷。"

　　萧瑾瑜在她真拜下来之前伸手拦了她一下，说道："不忙着先谢，你若替我做完外面那具尸体的复验，你刚才借的那些钱就算是给你的工钱了。"

　　楚楚扁了扁嘴，犹犹豫豫道："还要验尸啊……"

　　"我再多给你一倍的赏钱。"

　　"那成！"

　　赵管家说得对，这王爷还真是好人！

　　楚楚刚从车厢里出去，车窗突然大开，景翊的白衣长衫像片雪花一样轻盈无声地落了进来。窗子就在书案左前方，萧瑾瑜还没来得及抬头就被乍来的寒气激得咳起来。景翊赶紧关了窗子，顺手把桌上的红玉杯端给他，一端才发现是空的，瞬间一愣。萧瑾瑜一杯水最多喝三口，手边的杯子怎么会是空的？

　　景翊对着杯子发愣的工夫，萧瑾瑜已压住了咳嗽，缓缓靠到椅背上，说道："说吧。"

　　景翊看着他隐隐发白的脸色，轻皱眉头："如归楼管事儿的要请你喝酒，去不去？"

　　萧瑾瑜点头。

　　"叶老头可说了，你这一个月都不能沾酒啊。"

　　萧瑾瑜又点头。

　　景翊无声地叹了一下，从身上拿出个密函："吴江送来的，说是昨儿在刑部替你监审的时候看见的一份东西，估计有用。"

　　萧瑾瑜接过密函，撕开封口，展开里面那几页纸一字一句地看着。

　　"还有件事，目前为止收到的几路消息都是一个意思，那丫头片子身家背景的干净程度就快赶上她那脑子了。"

　　萧瑾瑜倏地从字句间抬起头来："几路消息？"就跟他说了一句核查楚楚身家背景，怎么还搞出了几路消息？

　　景翊轻勾嘴角："难得王爷对一个不是嫌犯的女人感兴趣，身在各地的兄弟们都表示赴汤蹈火万死不辞，各种消息直往我这儿飞，拦都拦不住。"

· 47 ·

"大理寺少卿景翊，本王限你十日内把大理寺全年卷宗一本不少送到三思阁，违令——"

"别别别……先查案！查案要紧，查案要紧。"

上车前楚楚问了赶车人这是要去哪儿，人家告诉她是去如归楼，京城最富贵的酒楼，没个千八百两银子都别想进门喝杯水。

贵成这样，楚楚还以为这酒楼得是用真金白银盖的呢，可怎么也没想到，这京城最富贵的酒楼居然是立在荒山的一壁悬崖上的，打眼看去就是个高墙围着的大宅院，比起安王府的气派程度可差远了。

出来迎萧瑾瑜的那个中年男人长得也跟这宅院似的，没一点儿惹眼的地方，一身打扮也不带一点儿富贵气，张嘴向萧瑾瑜报家门问安，说的也是再寻常不过的话："如归楼掌柜许如归请七王爷安。"

前面马车里传来萧瑾瑜淡淡的官腔："冒昧造访，叨扰之处请许老板多担待。"

"七王爷言重了，招待不周之处还要请王爷海涵。"

"我身体略有不便，还请许老板将我的随行人员就近安置。"

"皆已安排妥当，请王爷放心歇息。"

景翊端得一本正经的声音飘出来："记得叫你们家花魁来一趟，本官有话问她。"

"曼娘已在景大人房中恭候多时了。"

"让许老板费心了。"

"景大人不必客气。"

许如归安排的是宅院深处的一个独立院落，院中立着一座二层小楼，没有其他客人，极尽清雅。

许如归陪萧瑾瑜一行人等进到厅堂里，向萧瑾瑜微欠身道："请王爷稍作休息，在下稍后略备薄酒，还请王爷赏光。"

谦恭客气，清楚明白，就请萧瑾瑜一个，没别人什么事儿。

萧瑾瑜轻点头："有劳了。"

许如归对萧瑾瑜一拜，直起腰来刚要转身走，就听见一个姑娘家用清亮的声音叫他："老板，我能跟您讨点东西吗？"

许如归对这个方才一直藏在景翊身后的小姑娘没有丝毫怠慢的意思，站直了身子端端正正地答道："姑娘尽管吩咐。"

楚楚从景翊身后站到前面来，一样一样地数给许如归听："我要葱、川椒、盐、白梅、酒糟、醋、一个蒜白子、一张席子，还有劳烦您找块地帮我挖个二尺深的大坑，再在坑里烧一大把柴火。"

许如归脸上还带着笑，心里已经打起了问号，这都是什么乱七八糟的，问道："姑娘是要烧菜?"

楚楚摆摆手:"不是不是,我就蒸具尸体。"

就,蒸……具尸体?

景翊一脸同情地看着许如归,这人带着僵硬笑容的脸已经呈现出了一种肉眼可见的绿色。

萧瑾瑜轻咳了两声,还是云淡风轻地说着官话:"公务紧急,还请许老板行个方便。"

"是,是,在下,在下这就去准备。"

楚楚对着许如归露出个甜甜的笑容:"谢谢老板!"

"应该的,应该的……"

跟萧瑾瑜一块儿进如归楼的少说也有十来个人,进到小院儿之后萧瑾瑜吩咐了几句就没影儿了,最后跟他住进这小院儿的就三个:景翊、楚楚和一个侍卫。

萧瑾瑜的房间在正中,景翊房间在左邻,楚楚房间在右邻,所以萧瑾瑜在房里看案卷的时候清楚地听到左边莺声燕语,右边丁零当啷的动静。

好容易挨到右边不响了,他房门又被叩响了。

门外传来的声音很是一本正经:"楚楚求见王爷。"

萧瑾瑜扬了扬手,原本塑像一样笔直地站在门边的侍卫伸手开了门,身子一闪无声地隐到了一扇画屏后面。

萧瑾瑜看着两手空空进门来的楚楚,说道:"验完了?"

楚楚摇头:"坑里的火才烧上,白梅饼子也刚捣好,还得等会儿才行。"

萧瑾瑜静静等着她说点儿什么能让他听明白来意的话。

楚楚抿了抿嘴唇,低着声音带着点犹豫地道:"我刚才听说,如归楼有自己的钱庄,在这里就能兑换银票的。"

这句话萧瑾瑜听明白了,是来找他要钱的。

这么着急?

萧瑾瑜还是没问她要这些钱是干什么用的,不动声色地从身上拿出那张五百两的银票给她。

楚楚小心翼翼地把这张贵得吓人的纸折了两下揣进怀里,道:"谢谢王爷!"

楚楚刚奔出门,萧瑾瑜对着那扇画屏沉声道:"跟上。"

"是。"

第五章

萧瑾瑜在房里看了足足三个时辰的案卷，晚饭的时候早过了，许如归没来请他用膳，侍卫也没来向他复命，要不是亲眼看着外面天色渐沉，萧瑾瑜都要怀疑是自己看案卷看得不耐烦感觉度日如年了。

最先来敲他门的居然还是楚楚。

楚楚把一份尸单递到萧瑾瑜面前："尸体已经验好啦，这里没书吏，尸单是我自己填的，要是不合规矩，我就再报一遍给你听。"

"无妨。"萧瑾瑜刚扫了两眼就皱了眉头，"你验出的伤怎么比初验时多了这么多？"

就算是初验有所疏漏，田七一个干了大半辈子仵作的人，也不至于落下这么多。

"外面天冷，尸体上有显不出来的伤，我烧了土坑之后把尸体放里面蒸了一会儿，拿出来以后擦上酒醋，再用热白梅饼子敷，所有的伤就都能看见了。"

萧瑾瑜暗自苦笑，那具尸体打眼看过去就知道绝对是个养尊处优的主儿，田七就是知道这样的法子，也必然没有这样的胆子。

也就是她敢吧。

萧瑾瑜刚把目光落回到尸单上，门又被叩响了。只听侍卫道："王爷。"

看着派出去跟踪楚楚的侍卫黑着脸走进门来，萧瑾瑜以为他这副神情是因为目睹了楚楚验尸，还没开口，却又发现侍卫不是一个人回来的。二十来个壮汉两两抬着一口大箱子鱼贯而入，一会儿工夫十几口大箱子在墙边齐齐地码了两排。

"怎么回事？"

侍卫还没想好怎么说，楚楚已经抢在前面了："钱，剩下的钱。"

萧瑾瑜诧异地打量着这两排大箱子，五百两银子，就是一点不少全换成一两的现银装在这种尺寸的箱子里，那最多也就装一箱子，这可是有十几口箱子啊。

"打开。"

"王爷——"侍卫还没来得及说到重点上，楚楚已经麻利地把离她最近的那口箱子掀开了。

萧瑾瑜往箱子里看了一眼，差点儿一口血吐出来。是，箱子里装的是钱，不过不是银子，而是满满一箱子铜钱。

"这些……都是？"

楚楚"唰唰唰"地把十几口箱子全打开了："是呢！"

十几箱子铜钱……

"你拿着五百两银票，兑的都是铜钱？"

楚楚认认真真地点头："我本来是想兑银子来着，可我就要三百文，老板说他这儿兑不出那么小的碎银子，我就请他全给换成铜钱啦。要不是正好遇见这个侍卫大哥，我还真不知道要怎么把这些拿过来呢。还是铜钱拿着踏实，不容易丢也不容易坏，贼就是想偷，一时也搬不走，多好！"

萧瑾瑜一脸乌黑地盯着那两大排箱子，五百两银子，全换成一文一文的，她就拿了三百文，也就是说，现在华丽丽摆在他面前的是将近五十万枚铜钱，实实在在近四千斤的重量啊。

楚楚看着箱子里密密麻麻的铜钱感叹："我这辈子还没见过这么多铜钱呢。"

萧瑾瑜无力地轻叹："我也没见过。"

看着箱子里的钱，楚楚突然想起件事来，转头看向靠在椅背上默默揉按额角的萧瑾瑜道："王爷，你先前说，我要是验好了尸，就再给我一倍的赏钱。"

是，原本另一张五百两的银票都给她备好了，哪知道她能干出这种事儿来。

萧瑾瑜无奈地扬扬手："自己拿。"

"不行不行，三百个呢，要是我不小心数多数少了，这可就说不清了。"

萧瑾瑜叹气的力气都没了，他得闲成什么样才会找人一个个去数这几十万个铜钱啊。抬头看了眼正杵在一边诚惶诚恐的侍卫，道："你，数给她。"

"是……"

"谢谢王爷，谢谢侍卫大哥！"

侍卫埋头兢兢业业地一个子儿一个子儿地从箱子里往外数钱，萧瑾瑜看着看着突然回过神来。

她借三百两银子萧瑾瑜还能想出个大概因由来，可她就要三百文铜钱，萧瑾瑜就真不知道她想干什么了。

三百文在京城里再怎么省着花也就是个饭钱，可衣食住行安王府已经全给她包了，她需要什么东西都能跟管家开口，要不是遇上萧瑾瑜想到的那些麻烦，她着急要钱干什么？

"这三百文，你要来做什么用的？"

楚楚目不转睛地盯着侍卫那双忙着数钱的手，头也不回地答："回家。"

萧瑾瑜一怔："回紫竹县？"

"还能是哪儿啊？我就一个家。"

萧瑾瑜勉力直起腰背，也不管她是怎么打算只用三百文钱就能从京城回苏州的了，他只想知道一件事："为什么要回去？"

楚楚这才转过身来，揪着手指尖道："我学艺不精，连刑部的考试都没过，六扇门更不可能要我了，我可不敢再在京城里给楚家丢人了，拿了钱，我就回家继续跟爹学手艺去，学好了再回来考。"

萧瑾瑜轻蹙眉头，打从在刑部考场见到她起，录不录她就跟她所谓的手艺没有太大关系了。他想得很清楚，不能让她进刑部，甚至不能进三法司的任何一个衙门。她身家背景清白，那就更不能了。只是没想到，她会因为这个结果而决定立马离开京城。

"你不是说，要是这场考不过，就在京城随便找个杂活，只要待到考进六扇门就行吗？"

要不是她说了这句话，他敲定录取名单的时候还真会好好掂量一下。

楚楚不好意思地一笑："那会儿是因为没有回家的盘缠，现在有啦，当然是回家学手艺更好，光在京城干杂活怎么会有长进呢。"

要早知道她打的是这样的算盘……

萧瑾瑜分神的空当，侍卫已经数完了三百个铜钱，把鼓囊囊的钱袋子递到楚楚手上。

"我现在能走了吗？"

萧瑾瑜轻咳几声，不疾不徐地道："还不行，你既参与了这案子，就要等这案子了结，过堂之时需上堂作证，案卷整理入库之后才能离开。"

楚楚吐了吐舌头，京城衙门的规矩还真是多："好，我听王爷的。"

萧瑾瑜轻轻点头："还有一事，这里若有人问起你是当什么差的，你就说是我的丫鬟，刚才验尸是照我吩咐做的，记住了？"

楚楚连连摇头："干仵作行的不能说瞎话，不然死了了会被阎王爷割舌头。"

萧瑾瑜觉得，怎么什么乱七八糟的话从她嘴里说出来都能认真得让人无力反驳："不是让你说谎，我出来得匆忙，没带丫鬟，不合礼制，让人知道会惹上麻烦。你只当是王府请你做几天丫鬟的差，回头去找赵管家领工钱就是了。"

既帮人又挣钱，多好的事儿啊，楚楚答道："那行！"

楚楚拿着钱跑出去之后，萧瑾瑜转头看了眼沉得发黑的天色，轻蹙眉头问那数钱数到手酸的侍卫："可看见许如归了？"

"回王爷，看见了。"

"他不是要跟我喝酒吗？"

"是，不过王爷恐怕还得再等一阵子。"

萧瑾瑜眉心愈紧："出什么事了？"

"他这大半天一直忙着凑铜钱呢。"

楚楚回到房里，第一件事就是把前后拿到的两袋铜钱一股脑儿全倒在床上，一个一个认认真真地数了起来。

王爷真是大方，验个尸就给六百文，简直跟做梦似的，他要是六扇门的老大就好啦！

他那股威严劲儿倒是像得很，那副白白俊俊的长相也当得起"玉面判官"这名号，可他是个困在轮椅里的人，看起来弱不禁风的，整天到哪儿都只对着一堆公文皱眉头，查个人命案子连尸体都不去亲自看一眼，顶破天也只能算是个好心的大官吧，跟心细如发、心明如镜的六扇门老大可差远了。

楚楚数完钱，六百文一文不多一文不少，又向如归楼的人要了捆麻线，十个一串地穿了起来，穿完仔仔细细地收回到那两个钱袋里，把钱袋放到枕下塞好。

折腾完这些，天早就黑透了。

麻线还剩了半捆，不是什么值钱的东西，可刚才跟人家说过用不了的会还回去，不能说话不算话。楚楚揣起半捆麻线还没出门，萧瑾瑜的侍卫就找上门来了。

"楚姑娘，王爷有请。"

"又要验尸啊？"

"楚姑娘去了便知。"

楚楚以为萧瑾瑜找她的事情就算不是验尸，也得是跟查案有关的，哪知道是件八竿子打不着的闲事。

楚楚半信半疑地看着萧瑾瑜："就吃顿饭？"

萧瑾瑜纠正道："不是吃饭，是当我的丫鬟，陪我吃顿饭。"

楚楚没觉得这两者有什么区别："不还是吃饭吗？"

萧瑾瑜轻蹙眉头："当丫鬟，服侍用膳，不懂吗？"

楚楚瞬间一脸恍然："就是给人喂饭吧？"

"不是，"再让她自己琢磨下去今晚指不定要出什么事儿了，萧瑾瑜阴着张脸咳了两声，沉声道，"你只需要站在我身边，记好，一会儿桌上任何酒菜都碰不得，若是我让你动的，你就做个样子，但决不能入口，否则会有危险。"

看着楚楚被吓了一跳的模样，萧瑾瑜脸色缓了几分，从身上拿出个小瓶子，道："这个替我收着，提醒我一入座就要服药，两颗，否则我会很危险。"

楚楚没伸手接瓶子，反而往后退了一步："是不是有人要害你？"

"还不清楚。"

"你怎么不让侍卫大哥陪你去啊?"

"他在办事。"

"那景大哥呢?"

"也在办事。"

楚楚咬起嘴唇,低头看着自己的指尖。

萧瑾瑜淡然道:"你若不想去也无妨,工钱照拿。"

听到这话,楚楚拧起眉头看着萧瑾瑜:"我要是不去,你就一个人去吗?"

萧瑾瑜点点头。

楚楚一咬牙,从萧瑾瑜手里把那个瓶子拿了过来:"那我还是跟你一块儿去吧。我不会功夫,可要真有什么事,总比你一个人强。"

萧瑾瑜莞尔:"谢谢。"

许如归看着萧瑾瑜被楚楚推进门,微微怔了一下。

"王爷。"

萧瑾瑜靠着椅背咳了两声:"偶染微恙,府上大夫小题大做,叮嘱身边不得离人,就一个小丫鬟,许老板要是觉得不方便——"

"不敢不敢,王爷请上座。"

楚楚刚把萧瑾瑜的轮椅推到桌边,就赶紧从身上摸出那个小瓶子,往手心里倒了两颗药丸:"王爷,该吃药了。"

萧瑾瑜眉心轻蹙:"吃什么药?"

楚楚一愣,这人是什么记性啊:"不是你说这会儿得吃药的吗?"

萧瑾瑜没接,反倒沉下脸色低声斥道:"服了药还怎么喝酒,没规矩。"

楚楚急了,"你说的,你不吃药会很危险!"

"够了。"萧瑾瑜这才沉着脸色从楚楚手中拿过药吞了下去,抬头对许如归清浅苦笑,"婢女无状,让许老板见笑了。"

许如归把刚斟好的两杯酒默默推到不起眼的角落,一边斟了杯茶送到萧瑾瑜面前,一边用客套回应萧瑾瑜的客套:"岂敢岂敢,王爷说笑了。"

萧瑾瑜转头看向正一脸委屈的楚楚,沉声道,"许老板为帮你兑钱奔走了大半天,还不向许老板敬酒道谢?"

这个人一会儿一个样,楚楚本不想理他的茬了,可突然想起他刚才叮嘱的话,猛然记起这会儿还危机四伏,赶紧抓起那个刚被许如归推到一边儿的酒杯:"楚楚多谢许老板!"

许如归毫不怠慢,忙拿起另一杯:"都是分内事,楚姑娘客气了。"

许如归以袖掩面仰头喝酒的空当,楚楚利索地把酒往桌底下一泼,装模作样地对着空杯子仰了下头,还不忘抹了下嘴,学着镇上叔伯大爷们喝酒时候的样子对着许如归倒了倒空杯子:"许老板海量!"

许如归一愣,默默低头看了眼手里那个就一口大小的酒杯。这姑娘没见过海吧……

萧瑾瑜掩口轻咳几声,捧起面前的青瓷茶杯浅呷了一口,不疾不徐地道:"传言许老板素来不请客不陪客,今日破例,可有什么讲头?"

许如归带着点儿错愕把视线从酒杯移到萧瑾瑜脸上,见到萧瑾瑜正波澜不兴地看着他,许如归也以最快的速度收起了错愕,谦恭一笑:"在下也有耳闻,七王爷极少应人酒局,敢问王爷今日为何如此赏光?"

一丝疲惫在萧瑾瑜的声音里若隐若现:"刚巧累了,上来讨杯好茶。"

许如归捧起自己面前那杯茶,仔仔细细地轻抿了一口:"若早知如此,在下就让楼里最懂烹茶的月娘来为王爷奉茶了。"

萧瑾瑜没接话,又把茶杯送到了嘴边。

许如归不着痕迹地皱了下眉头:"王爷,据景大人说,如归楼崖下发现了一具男尸。"

萧瑾瑜摇了摇头。

"景大人不会拿这种事情跟在下开玩笑吧?"

"这倒没有,只不过发现的不是一具男尸,是三具。"看着许如归脸色微变,萧瑾瑜依旧云淡风轻地道,"许老板不必紧张,我让景翊来只为打个招呼,以免崖下差役往来惊扰了如归楼的客人。"

许如归愣了一愣,若有所思地缓缓点了点头,捧起茶杯深闷了几口,抬头刚想说什么,眼前突然一花,"咚"地一声就趴了下去。

楚楚听这两人说话正听得云里雾里直想打哈欠,突然被许如归一脑袋砸到桌上的动静吓了一跳,本能地惊叫着往后跳了一步,还没站稳就回过了神来,一步又冲到许如归身边,一手探鼻息一手摸脉,头也不转地急道:"他还没死!"

"他还有话没编完呢,怎么能死啊?"

声音慵懒中带着不加掩饰的笑意,不是萧瑾瑜。

楚楚急忙转头,景翊不知什么时候已经站在了桌边,正兴致盎然地从桌上抓起一块烤鸭。

"不能吃!"楚楚急道,"有毒!"

景翊笑着把选好的鸭肉塞进嘴里,满足地吮了吮手指,边嚼边道:"放心,酒菜都安全得很,只是茶有点儿问题,糟蹋如归楼的酒菜真是要遭天谴的啊。"

楚楚脸色煞白地看着瘫软在桌上的许如归,他中毒是因为喝了茶?

茶?

楚楚"唰"地转头看向萧瑾瑜,他刚才也喝茶了!

他不但刚才在喝茶,现在也在喝茶。

楚楚一把将萧瑾瑜手里的茶杯夺了过来："快别喝了！"

"急什么，"景翊一边伸长胳膊捧起一盘炸得嫩黄的兔腿，一边笑盈盈地道，"你不是给他吃过解药了吗。"

她给他吃了解药？

看着楚楚原地发怔，萧瑾瑜轻轻咳了一声："这个回头再说，正事要紧。"

景翊心满意足地抱着一整盘炸兔腿闪得离桌子远远的："你们慢慢来，不着急，不着急啊……"

楚楚以为当下最要紧的正事是要把许如归弄醒，可景翊完全没有这个意思，往窗边椅子上一窝，啃兔腿啃得专心致志旁若无人，倒是萧瑾瑜慢条斯理地对楚楚道："把他放到地上，小心些，别有什么磕碰。"

总算有个管人死活的了，楚楚赶紧把许如归扶到地上平躺好，看着气息微弱的许如归着急道："医术我只懂一点儿，还是请个大夫来吧。"

"不必，你把他的衣服解开。"

难不成这人还懂医术？人都说久病成医，看萧瑾瑜的样子，倒也不是不可能。

救人要紧，楚楚手脚利落地解开许如归的外衣，拉着袖子往下扯的时候摸到左袖内侧一片潮湿，有一股酒味。

深蓝色的衣服浸湿了也不显眼，许如归刚才那杯酒就在一仰头间全喂给这片袖子了。

脱下两件外衣、一件中衣，许如归的上身就袒露了出来。萧瑾瑜刚想出声，楚楚三下五除二就把许如归的衬裤一块儿扒了下来，萧瑾瑜就只来得及默默叹了口气。

楚楚把那叠衣服往旁边一扔："好了，然后呢？"

"站开些。"

楚楚站起来往后退了一步。

"再远些。"

楚楚退到了墙根底下，萧瑾瑜才把轮椅推到许如归旁边，然后从轮椅后抽出拐杖，撑着拐杖慢慢站起来，又缓缓放下身子，在许如归身边跪坐了下来。

整个过程缓慢却平稳优雅，把楚楚看得目瞪口呆，居然都没想起来要过去扶他一下。

萧瑾瑜没去搭许如归的脉，也没探他的鼻息，而是从他脖颈开始一寸一寸地细细查看，比起诊断医治，倒更像是在找什么东西。

萧瑾瑜查看到许如归右手臂的时候停了好一阵子，之后很是吃力地把许如归翻了个面儿，继续细细查看。全部查完，萧瑾瑜又动手给许如归把衣服穿回去。

楚楚看萧瑾瑜稳住自己的身体都不容易，还俯身去搬动一个看着就比他沉重许多的大男人，就想上去帮把手："我来吧。"

萧瑾瑜头也不抬："你记得他每个衣带是怎样打结、结在何处、是松是紧吗？"

楚楚被问得一愣，他之前只说把这人的衣服脱下来，可没说要记住这些啊："不、不记得。"

"靠边站。"

等萧瑾瑜把许如归的衣服丝毫不差地恢复原样，重新坐回到轮椅里，景翊已经把那盘兔腿啃干净了，把空盘子往桌上一放，吮吮指尖："轮到我了？"

萧瑾瑜点了下头，对楚楚道："走吧。"

楚楚看着还是昏迷不醒的许如归："那许老板怎么办啊？"

"景翊能让他昏过去，自然能让他醒过来。"

一路跟在萧瑾瑜后面，楚楚一声也没吭，萧瑾瑜在房门口停下来的时候，楚楚一步也不停就从他身边越过去，径直冲进自己房里，"咚"地一声关了门。

刚才事发突然一下子蒙了，楚楚这会儿可算是想明白了，说什么这也危险那也危险，哪有什么危险，明摆着就是他算计好的。

她不知道他俩这是在干什么，干这些又是图的什么，可她知道她莫名其妙糊里糊涂地就被萧瑾瑜给糊弄了。

还有那什么为了遵守礼制才请她当丫鬟的鬼话，只听说过僭越有罪，啥时候轻车简从也有罪了啊。枉她还那么好心好意地担心他，这人说起瞎话来还真是眼睛都不眨一下。

楚楚才不管他是排行老几的王爷，他已经不是第一回骗她了，这回还骗得她跟他一块儿去骗了别人，就算他肯给再多的赏钱，她也不能给这样的人当差办事了。

楚楚从枕头底下翻出那两个钱袋，毫不犹豫地敲开了萧瑾瑜的房门，不等前来开门的侍卫开口，楚楚就把钱袋往他面前一伸："我是来把钱还给王爷的，这钱我不要了。"

侍卫怔了怔，没敢伸手接钱袋子："楚姑娘请稍候。"

侍卫转身进到里屋，再出来的时候楚楚已经不在门口了，门边就扔着那俩钱袋子。她就是来还钱的，钱一文不少还到了，她就能理直气壮地走了。世上好人多着呢，她就不信没钱回不了楚水镇！

楚楚还记得从大门到这小院子的路是怎么走的，她顶着风雪一路跑出去，和好几个穿金戴银的人擦肩而过，没人多看她一眼，她也就顺顺当当地出了如归楼。

她不认识这是哪儿，但她知道从京城回苏州是什么方向，只要从这儿先返回京城就行了。

楚楚沿着上来时马车走过的盘山路摸黑往崖下走，北方严冬的山风不像江南那样柔润，连风带雪刮得脸上生疼，楚楚走了一半不禁停下来紧了紧襟口，往冻得发红的手上哈了几口气，顺便抬头往上看了一眼已经成了一小片光亮的如归楼。

京城最富贵的酒楼，也就是这么回事嘛！

楚楚正要收回目光继续赶路，突然看见漫天风雪中一抹红从如归楼的方向直直落下来。

　　红影坠落崖下之时正好在楚楚正前方划过，来不及看清楚，但已足够辨出从如归楼坠落下来的是个人，穿着一身红衣的人。

　　这是有人坠崖了？

　　楚楚醒过神来之后顾不得多想，撒腿就奔了下去。崖也不是太高，要是赶得及了，没准还能有救。

　　跑得气喘吁吁的时候，楚楚远远看到那抹红影伏在地上，好像还在动。楚楚心里一喜，一鼓作气跑过去，却在距离红影几步远的地方急急停住了。

　　这个距离已经能看出那个红影是个女人，而且是个侧脸很美的女人。在雪夜里，这个女人红衣如火，却温柔如水地轻抚着身下人的脸庞，喃喃低语着。女人温柔的声音化在山风和飞雪里，楚楚听不清她在说些什么，却有着强烈的感觉，她是在说一件很美好的事情。

　　楚楚长舒了一口气，甭管这俩人大半夜的从崖上跳到下面来是要干吗，没出人命就好。

　　楚楚本是打算贴着路边悄悄迅速摸过去的，尽可能不去惊扰他们，可偏偏忍不住好奇，在路过的时候往下看了一眼。一眼恰巧看见那躺在红衣女人身下的是个男人，这是个赤裸着躺在雪地上的男人，楚楚一惊之间不由得停住脚又多看了一眼，那男人的面容、神色清楚地落入眼中，楚楚忍不住惊叫出声。

　　与这红衣女人温柔相对的，竟是一具一丝不挂，死不瞑目的男尸！

　　楚楚一叫，红衣女人像是刚发现这里不止她一个活人，倏地抬起头来。

　　景翊本没想这大半夜的去敲萧瑾瑜的房门，因为按理来说萧瑾瑜这会儿应该在药的作用下睡得正沉，可从萧瑾瑜房里传出来的动静完全不是这么回事儿。

　　景翊跳窗进去时，侍卫没在屋里，就萧瑾瑜一个人伏在床边，朝床下痰盂里费力地呕吐着，痰盂里不见任何秽物，他费尽力气吐出来的就只有少量的水。

　　景翊吓了一跳，赶紧过去把萧瑾瑜几乎要跌下床去的身子扶住："怎么回事？不是跟你说那解药之前之后都要吃两颗的吗，你还没吃？"

　　萧瑾瑜微微摇头，喘息的时候好不容易说出句话来："药不在我身上。"

　　景翊一愣，突然想起先前是楚楚从身上拿出药来给萧瑾瑜的："楚楚呢？"

　　"不知道，已让人去找了。"胃里一阵痉挛，萧瑾瑜忍不住又俯下身去痛苦地干呕，本来就单薄的身子抖得像风中残叶一样。

　　景翊扶他倚到床头："你等会儿，我回王府找叶千秋拿药。"

　　萧瑾瑜摆摆手，勉强抓起手绢擦去嘴边残渍，深深呼吸了几次，压住胃里空荡荡的翻涌，声音微哑着道："他在帮我办事，别让他分神，是迷药引得胃病犯了，吃不吃解药都一样，过会儿就好。说说许如归吧。"

这会儿能让他把注意力从身体的痛苦上移走的就只有案子了，景翊只得把准备明早再说的事儿提前抖了出来："我把他拎到外面一桶冷水浇醒，跟他说你们俩是一块儿昏过去的，还跟他说那间屋子现在是案发地，被安王府接手了，任何人不得靠近，料他一时半会儿发现不了什么。"

萧瑾瑜闭起眼睛轻轻点头。

"我问他能想起来什么可疑的人，他琢磨半天，含含糊糊地跟我说觉得楼里一个叫古遥的当红姑娘近来有点儿鬼祟，但转头又说这些姑娘本来就干的不是光宗耀祖的营生，有点儿藏藏掖掖的也没什么。"

萧瑾瑜仍轻点头。

"然后我吃饱就回来了。"

萧瑾瑜紧皱着眉头睁开眼，原本虚弱无力的声音瞬间冷硬了几分："为什么没去查古遥？"

景翊默默退了一步离他远点儿了才敢回嘴："许如归嘴里没一句实话，拐弯抹角地想把咱们往那个古遥身上引，何必要在他这些瞎编胡诌上耽误工夫啊。"

"不是实话，也未必是瞎编胡诌。"

"什么意思？"

萧瑾瑜紧按着胃，咬牙忍过一阵漫长的绞痛，清楚地感觉到贴身的衣服已经被冷汗浸透了，他实在没心情也没力气在这个时候给景翊说故事讲道理："找古遥，自己查。"

萧瑾瑜话音还在飘着，景翊还没想好自己是该马上跑出去干活还是冒着生命危险先搭手照顾他一下，房门突然被急急地叩了三下。

侍卫一身雪花，一脸阴云，往萧瑾瑜床前一站，领首道："王爷，卑职找到一具尸体。"

眼看着萧瑾瑜消瘦得棱角分明的脸上瞬间没了血色，景翊忙追问："谁的尸体？"

"是具男尸，没有任何随身的物件，身份暂且不明。卑职已将其带回，安置在偏厅了。"

萧瑾瑜深深舒出一口气，伸手撑着床沿熬过一阵晕眩，半晌才沉声道："可有楚姑娘的消息？"

"有人见到楚姑娘独自出了如归楼，卑职跟着脚印找出去，脚印是一路往崖下走的，可到这尸体边就没了。"

"继续找。"

"是。"

侍卫出去了，可景翊还没动，萧瑾瑜轻蹙眉头："还不去查古遥？"

景翊一愣："你不需要验验那具男尸？"

"需要。"

"那你不是应该让我回城叫个仵作来?"

萧瑾瑜轻轻摇头:"来不及了,我来验。"

一瞬间有上百句话一块儿冲到景翊喉咙口,但张了半天嘴,最后只吐出来一句:"你要是死了,我那些卷宗是不是就不用交了啊?"

"嗯,烧给我就好。"

萧瑾瑜到偏厅的时候,许如归已经在偏厅门外转圈圈转了好久了。

"王爷!"许如归一见萧瑾瑜就赶忙迎了上去,"在下一时大意,竟在眼皮子底下出了这样的事,在下一定全力协助王爷,揪出元凶,给王爷一个交代!"

萧瑾瑜忍过一阵反胃,轻轻皱眉看着脸色也好不到哪儿去的许如归道:"你是说茶里的药还是屋里的人?"

许如归一愣,看着大门紧闭,一点光亮都没透出来的偏厅道:"里面有人?"

"许老板,可是景大人让你来的?"

许如归忙回过头来:"正是。景大人说王爷要给在下一个将功赎罪的机会,让在下在此等候王爷。"

萧瑾瑜浅浅默叹:"许老板言重了,劳烦许老板替我准备一盆炭火、一盆清水。"

"在下马上去办。"

景翊喜欢美的事物,人也好,花也好,画也好,只要是美的,他都喜欢看,也看得很多,他觉得全京城也找不出几个比自己见过的美人还多的了,可他第一眼看到古遥的时候还是愣了下神。古遥不是普通的好看,她的好看可以好看到连普普通通的一间屋子都跟着屋里的这个人一起变得好看了。

景翊眼睛赏玩着屋子,嘴上说的却还是美人:"古遥姑娘果然不负艳名。"

古遥站在景翊对面抬手斟茶,浅笑嫣然:"大人谬赞了。"

景翊摇头,还是微眯着眼睛细细打量着屋子:"可惜啊,在许老板的名单里,姑娘排名还是在曼娘之后。"

古遥笑容僵了一下,还是稳稳当当地把一杯香茶捧给了景翊:"恕古遥无礼,大人怕不是来寻欢的吧。"

景翊接过茶杯,转手搁回桌上:"我是来寻人的。"

"这里只有古遥一人。"

"寻的就是你。"

古遥一怔,还没反应过来就被一个温柔的力量在腰间一揽,猝不及防跌进一个宽敞的怀抱里。景翊把她打横抱了起来,笑看着怀里一脸狼狈的人:"你既然着急,那我就不客气了。"

"大人……"

"嘘,省点力气,还不到叫的时候。"

古遥两颊绯红地看着满目温柔的景翙:"大人先喝了那杯茶。"

"省给下一个客人吧,大人我用不着。"

景翙把古遥轻轻放在床上,双手撑在古遥耳边,轻勾着嘴角凑近,细细端详着古遥惊才绝艳的眉眼。

"大人……"

景翙按住古遥爬上他腰带的手,在喘息不定的美人耳畔轻语:"不许动。"

"大人……"

"告诉你了不许动……"景翙轻皱着眉头,声音还是平平静静的,带着不悦,"不听话,就怪不得我了。"

景翙一把抓了古遥的两个手腕,向她头顶一拉,扯下古遥的衣带,三两下就把古遥的两只手一并结结实实地绑在了床头。

身体的束缚反而让感官倍加敏感,临来前服的药已经起了作用,古遥一时苦不堪言,勉强挤出的声音里满是楚楚可怜的哀求:"大人……"

"再不听话连你的腿也一块儿绑了。"

"求大人垂怜……"

"别急,我可不是莽夫。"景翙身子一侧,看着抿唇苦忍的美人,轻声一叹,"你从前的客人都是这么猴急的吗?"

"唔……"

"总也有些规矩的吗?我可知道,金阳公主府驸马连程、太师四子吏部侍郎薛越、齐郡王萧琳,他们可都是你的客人,这三个在京里都算体面人物,他们谁待你最好?"

"薛越……"

"怎么个好法?"

"他不一样……"

"那连程和萧琳呢?"

"也是好人……"

古遥像缺水的鱼一样大口大口地喘息着,景翙点了点头,若有所思地从床边站了起来:"在我之前,你刚送走一个好人吧?"

古遥的身子僵了一下,连喘息都随着滞了一下,扭过头错愕地看着依然温柔微笑着的景翙。

景翙轻叹一声,伸手稍稍拨开古遥轻薄的衣襟,露出一片挂着新鲜血痕的肌肤:"看你这样子,那人一点也不心疼你吧?"

"他只是喝了茶，喜欢我……"

景翊轻拧眉心，咀嚼着古遥模糊不清的话："你给他们喝药茶，是为了让他们喜欢你？"

"他们喜欢……"

"那薛越——"

一句话刚说了一半，房门倏然被叩了三声，随后飘来萧瑾瑜没有温度的声音："你俩，出去。"

听着屋里传来景翊的一声惨叫，萧瑾瑜的声音又冷了一分："再不出去，我和许老板就进来了。"

短暂无声后，突然"咚"的一声响传来，萧瑾瑜抬头对许如归道："许老板请。"

许如归犹豫了半天才硬着头皮推开门，发现屋里窗户大开，已经人去屋空了，这才默默舒了口气，偷偷抹了把额头上的汗珠。

让他一个人到中年的大老爷们儿和一个位高权重的清俊后生一块儿听墙根，亏萧瑾瑜想得出来啊。许如归偷眼看着这个杀人都不用拔刀的人，他一个常年经营这样生意的人都听得身体发麻、脸上发热，萧瑾瑜居然一点儿反应都没有，从头到尾一张脸苍白平静得就像尊菩萨一样，这人到底是不懂风情还是……

"许老板，"萧瑾瑜一进屋就拿起桌上那杯香茶浅浅嗅了一下，转手递给正盯着他发愣的许如归，"你方才说的那药，可是这种？"

许如归赶忙回过神来接过茶杯，仔细闻了一下，道："回王爷，那死人身上散发出来的就是这药的气味，古遥自制的药茶，错不了。"

萧瑾瑜若有所思地点点头，轻轻蹙眉细细环顾屋子："许老板方才说，古遥擅长以施刑之法为客取乐，尸体上的刀痕、鞭伤与之极为相似，是吗？"

"正是。"

"若真如此，这些器具乃系此案证物，不知能否劳烦许老板替我找出来？"

"就在床头的暗格里。"

许如归熟门熟路地打开暗格，取出一盘码放整齐、做工精巧的器具，大概有十来个不重样的，萧瑾瑜打眼看过去，能看得出功用、叫得出名字的最多三四样。

带景翊出来是对的。

"我需要再看看这间屋子，这些证物劳烦许老板送到景大人房里。"

"是，王爷。"

许如归刚关门出去，萧瑾瑜就拧起眉心，推动轮椅慢慢靠近了那张被褥凌乱的床榻。

验尸证明，死亡的诱因就是那个独门秘药，乃是用药过度心瘁而死。

尸身上伤痕多样，分散部位凌乱，伤口走向怪异，除了刚才那盘意味深长的器具，很难再有第二种说得过去的解释。

加上古遥刚才的话，几乎可以算是板上钉钉了。虽然那人已死了三日有余，但开验之时距尸体从温暖处移至雪地中绝不会超过半个时辰。照外面风雪的程度，侍卫还能在雪地里追踪到延伸至弃尸处的脚印，说明楚楚不只看到了尸体，还极有可能和凶手打了照面。

凶手没有杀她的心，至少没有立即想要杀她的心，否则不会只有一具尸体。做这样生意的人活动范围极小，如果想藏一个大活人，最放心的地方就是自己的卧房。这么一目了然的房间里，只有一个地方的尺寸能容得下一个人。

萧瑾瑜动手把床上所有的被褥堆到一边，一床被子、两床垫子，搬开这些东西已经让他有些气喘了。

看到两块床板拼合处的一大道空隙，萧瑾瑜轻轻舒出半口气。还好，不是密封的。

不好的是，方才连吃了几种药才勉强把病症发作时间向后拖延了一刻，这会儿他已经清晰地感觉到药效在迅速消散，一阵晕眩袭来，从全身骨骼之中向外蔓延的疼痛也有了决堤的苗头。

没时间多想，萧瑾瑜伸手试着去掀床板，手将要碰到板上的时候，板突然自己动了一下。

眨眼就不动了。

萧瑾瑜一时不确定是它真的动了还是自己头晕看花了，怔了一怔，就在这一怔间，床板一下子跳了起来。

萧瑾瑜没来得及向后缩手，右手小臂毫无悬念结结实实地撞在板边的棱角上，伴着木头撞骨头的闷响，萧瑾瑜看清了床板活动的真相。

楚楚平躺在床板下的空间里，两手向前伸直高高顶起床板，用力把床板往前一扔搡到另一块床板上，这才扒着床边坐起来，道："你要闷死我呀！"

在里面窝了这么半天才看见一道光投下来，她才等不及那个红衣服的家伙慢条斯理地掀床板！

喘了两大口气，才看见紧按着手臂脸色发青的萧瑾瑜。

"怎……怎么是你啊？"

萧瑾瑜比她还想问这句话，而且得是吼出来的那种：怎么每次都是你！可惜他这会儿正占用着绝大部分力气来忍痛，只得紧锁眉头冷着脸孔盯着还一脸无辜冲他瞪眼的人："为什么跑出去？"

楚楚本来都把这茬忘干净了，萧瑾瑜这么一问，一下子全想起来了。楚楚麻利地翻身出来站在地上，跟萧瑾瑜拉开三步距离，腰板挺得笔直："我已经请侍卫大哥把钱都还给你了，给你当丫鬟的工钱我也不要了。你愿意骗人我管不着，你骗我的事我也不计较了，可我是当仵作的，说瞎话要遭报应，那些骗人的事儿以后你还是找别人干吧。"

萧瑾瑜靠在椅背上，忍过脊骨间的一阵刺痛，勉强提起力气开口道："那不是骗人。"

"随你怎么说吧，我先前验的那些你就当不算数好了，反正京城里有本事的仵作多得是，你找他们再验一回还更保险呢，我不等上堂作证，这就回家了。只是还有件事，"楚楚抬手指了指自己刚刚爬出来的地方，"我不知道古遥姑娘去哪儿了，她拜托给我的人还在里面呢。"

里面还有一个人？

疼痛急剧加重，萧瑾瑜左手紧紧抓着扶手，指节苍白突兀，紧皱眉头，极力保持着平静的声音里也掺进了细微的颤抖："什么人？"

"我也不知道。麻烦你转告她，那个人真的已经死了，救不过来了。我刚刚验过，他身上虽然有不少伤，但都浅得很，不致命，他是用药过度心痹而死的，是跟先前那几个人一样的药。"

"好，你走吧。"

第六章

萧瑾瑜不记得自己是怎么失去意识的，但恢复意识纯粹是因为虎口上传来的一阵尖锐的刺痛，视线还一片模糊的时候就听到景翊的声音在床边传来："我找叶老头拿药的时候听他说，要是今晚戌时初刻还没见你进王府，他就对王府发丧，然后自己抹脖子给你陪葬。"

叶千秋天天都在说狠话，但一般不会狠到这个地步。

"什么时辰了？"

"申时初刻，还有两个时辰。"

已昏睡了大半日。

萧瑾瑜刚一动右手，一道沉闷的疼痛从前臂迅速蹿过全身，萧瑾瑜才想起这鬼使神差的一记，皱起眉头，换左手慢慢撑起身子："谁把我送过来的？"他最后的记忆停留在楚楚跑出古遥的房间，往后就是一片空白了。

"吴江，他刚来就撞见楚楚，那丫头跟他说你好像病了。"

萧瑾瑜微舒眉心："吴江已经到了？"

"早就到了，"景翊犹豫了一下，"不过，有个人已经走了。"

萧瑾瑜吃力地安顿好自己的身子，轻轻牵起一丝苦笑："我知道。"

景翊一愣："你知道？"

"她都告诉我了，我准的。"

景翊一下子从床边蹦了起来："你准古遥自杀干吗？"

轮到萧瑾瑜一愕："古遥死了？"

"你不是说你知道吗？"

萧瑾瑜脸上一热，旋即脸色一沉紧锁眉头道："传令下去，保持尸体原状，任何人不得靠近，我去验了再说。"

"晚了，验都验完了。"

"谁验的？"

"还能有谁，跟你进如归楼的仵作不就那一个吗？"

　　古遥是死在景翊房间的浴室里的，死因是割腕。萧瑾瑜到的时候古遥的尸身已经被移了出去，就剩下浴桶里满满的一桶血水和满屋的血腥气。

　　楚楚就站在浴室门边，一眼看见萧瑾瑜像是比先前缓和许多的病色，心里莫名地涌出一阵欢喜。

　　萧瑾瑜被吴江和景翊陪着进浴室的时候从她身边路过，就只不深不浅地看了她一眼，轻轻道："你还没走？"

　　那一层欢喜像是一下子被盖了一铲子雪，瞬间冷了半截："我的包袱还在安王府呢。"

　　萧瑾瑜没再接话，径直进了浴室。

　　楚楚扁了扁嘴，他是个王爷，有那么多人伺候着保护着，才不用她担心呢，要不是看古遥死了还光着身子浸在血水里怪可怜的，要不是大哥说等他办完了王爷这趟差事就送她一程，她可不会赖在这儿。

　　她憋着一肚子的话想问董先生：六扇门究竟在哪儿？九大神捕的真实名姓都是什么？到底怎样才能成六扇门的仵作？等回王府拿了她的小花包袱就走，她可不情愿在这不清不楚的地方白耗时间。

　　楚楚偷偷往里探了探头，里面萧瑾瑜正撑着拐杖站在木桶边上，里里外外仔细地查看着，吴江和景翊就站在他身后，压低了声音在跟他说些什么，却谁都不上前搀他一下，被吴江和景翊挺拔的身形衬着，萧瑾瑜的身子显得格外单薄，甚至有点儿摇摇欲坠。

　　楚楚心里嘀咕，除了爱骗人，这个王爷其实也不算坏，可就是怎么看都不像个能破案的。九大神捕能破大案奇案，那可都是身怀绝技，让人闻风丧胆的江湖奇人，可他最

· 65 ·

多算个怪人吧。连骗人都骗得那么奇怪，到现在她都想不明白，他为什么要弄那么多弯弯绕绕来给那个看着就老实热情的许老板下药，难不成就为了把人家的衣服都扒下来看看？不就是白花花光溜溜肉乎乎的，也没觉得有多好看。

楚楚正没头没尾地想着，突然眼前白光一闪，景翊已不见了，吴江小心地推着萧瑾瑜的轮椅走出来，萧瑾瑜手里正拿着她刚才交给吴江的尸单。

路过楚楚身边，萧瑾瑜只冷着脸问了她一句话："你可确定所验无误？"

这叫什么话！楚楚把头一昂："你要不信就自己去看，验错一处，我就让你打我一百板子！"

吴江脸色一沉："楚楚——"

萧瑾瑜扬手打断吴江的话，静静地看着气鼓鼓的楚楚道："有错没错，待问个人便知了，你可敢一起听听？"

"这有啥不敢的！"

景翊回来的时候把许如归也带了回来，许如归煞白着脸色，一进门就奔着萧瑾瑜过去了，吴江手按刀柄从萧瑾瑜身后不着痕迹地移到他身侧，许如归识趣地停在了五步开外的地方。

"王爷，古遥她？"

萧瑾瑜轻轻点头。

"这，这怎么可能，请王爷明察啊！"

萧瑾瑜波澜不惊地看着许如归，"许老板放心，已查清楚了……劳烦许老板把楼主请出来，我长话短说，说完就走，尽快还如归楼一个清静。"

楚楚一愣，酒楼里最大的不就是老板吗，楼主是干吗的啊？

许如归错愕之余勉强挤出个僵硬的笑容，"王爷，此事由在下处理即可，就不必惊扰楼主了吧……"

"也好，省去不少麻烦。"萧瑾瑜不动声色地对景翊道，"景翊，把许老板带去刑部，跟刑部说是我刚结的案子，你在这里也就算是经大理寺复核过了，入库的卷宗我来整理，让他们在年前安排个时间直接把人砍了就好。"

景翊还没应声，楚楚才刚明白萧瑾瑜这慢条斯理的官话是个什么意思，许如归就急了："王爷！在下冤枉，这……这从何说起啊！"

萧瑾瑜一脸淡然，却满目冷厉："要么闭上嘴进死牢，要么把你们楼主叫出来为你喊冤，你做个决定吧。"

"王爷，您……您知道楼主不愿见您。"

"不然何必劳烦许老板呢？"不等许如归再出声，萧瑾瑜沉声道，"我只等一刻，一刻之后，许老板就自求多福吧。"

"王……王爷息怒，"许如归额上顶着一片亮晶晶的冷汗，微颤着抱起双手一揖，"在下马上去试试。"

"景翊，陪许老板去一趟，该帮忙的帮帮忙。"

许如归忙摆手："不敢不敢。"

景翊一笑，钩起许如归的肩膀就走："客气客气。"

萧瑾瑜靠上椅背，闭上眼睛之前用余光扫了下楚楚，她原本就在他身边站着的，不知道什么时候已经躲到吴江身后去了。

偷偷瞄到萧瑾瑜闭上了眼睛，楚楚扯了扯吴江的袖子，踮脚凑到吴江耳边小声地道："大哥，他都是这样断案的啊？"

吴江一愣，这样？哪样？

转头看了眼正闭目养神的萧瑾瑜，这人明显已经疲惫不堪了。近年来萧瑾瑜轻易不接案子，一旦接了就拼了死命地查，最后总会弄成这副模样。用叶千秋的话说，他办一件案子就得到阎王殿走一圈。吴江点了点头，他就是这样断案的。

楚楚皱起眉头轻轻嘟囔："这哪叫断案啊，不就是草菅人命吗？"

吴江脸色瞬变，把楚楚往旁边一拉："你胡说什么。"

吴江一句话还没训完，就听到萧瑾瑜不带温度的声音幽幽传来："若真是草菅人命，那你才是元凶。"

楚楚惊诧地看向还闭着眼睛的萧瑾瑜："凭什么啊？"

"我得出如此结论，全凭你验尸的结果，若错了，也是你的错。"

楚楚气得跳脚："我保证没验错，一个都没验错！"

"那这结论也错不了。"

"可凶手不是许老板，你抓错人啦！"楚楚鼓着红扑扑的小脸，气愤地瞪着萧瑾瑜，"古遥姑娘都告诉我了，那些人是死在她床上的，是因为喝了她的药茶，他们身上那些伤也都是他们自愿弄上的。古遥姑娘说她不是故意的，她就是想让他们喜欢她，能常来，能多给点钱，好多攒些钱给她娘治病。以前的人喝了药茶都没事儿的，她都道歉了，还哭了呢！"

萧瑾瑜皱了皱眉头，睁开了眼睛，转头看向楚楚："这些是古遥告诉你的？"

"是亲口跟我说的！"楚楚眼眶微红，"她还说她可感激他们了，他们死了她特别伤心，一心盼着他们还能活过来。我说我是仵作，她还让我帮她看看，看能不能救活她房里的那个人。古遥姑娘还把药茶的方子给我看了，这不能赖她，更赖不着许老板！"

"你有药茶的方子？"

楚楚赶紧捂住衣襟口："我答应古遥姑娘了，不给别人看。"

萧瑾瑜微展眉心，从袖中取出一张纸："那你看看这张，是否和古遥给你的有所出入？"

见楚楚不接，吴江上前拿了过来，塞到楚楚手上，沉着脸色道："人命关天，你千万要看清楚。"

楚楚这才不情不愿地展开那张纸，扫了一眼，摇摇头："不是一样的，这上面圈了红圈的几种药都不在她的方子上。"

萧瑾瑜轻轻点头，这就对了。

楚楚把方子还给吴江，看着闭上眼睛像是陷入沉思的萧瑾瑜，有点儿心虚地道："本来这些事古遥姑娘叫我给她保密的，要不是你冤枉许老板，我才不会说出来呢。"

"古遥是否说过，薛越头顶插入的那枚铁钉是怎么回事？"

"她说了，这些人身上所有的外伤都是他们自愿弄出来的，他们都喜欢这样。照这么说，那铁钉应该也是了。"

见萧瑾瑜轻蹙起眉头，楚楚补道："你现在知道了吧？许老板那么好的人，还肯帮我兑银票，你要是没有实打实的证据可不能随便冤枉好人。"

萧瑾瑜牵起一丝冷笑："就算没有证据，他也罪该万死。"

"你……"楚楚跺脚，"你这样跟白无常还有什么分别？"

吴江和萧瑾瑜一块儿愣了一下，俩人谁都没听明白那个词儿，"白……什么？"

楚楚毫不客气地白了萧瑾瑜一眼："亏你还是管天底下所有案子的大官呢，连白无常都不知道！就是'顺者昌逆者亡，官皮匪骨黑心肠，断案凭喜怒，尽日索命忙'的白无常啊！他可是被九大神捕里唯一的女捕头'小辣椒'捉拿归案的。"

楚楚说得热血沸腾，萧瑾瑜和吴江听得直摇头。

萧瑾瑜黑着脸色咳了两声："再说这些我可真要治你的罪了。"

吴江可没有景翊那种察言观色的本事，一时判断不出萧瑾瑜是真生气还是吓唬她，正想说两句话缓缓气氛，还没来得及张嘴，楚楚胸脯一挺，豪气万丈地道："我说的都是真话，你要是治我的罪，那你就是昏官。"

吴江一惊，这句话可不是闹着玩儿的。

"好，那就不治你的罪。你若再说这些，我就治吴江的罪。"

"凭什么治大哥的罪啊！"

萧瑾瑜轻轻闭起眼睛："他是我府上侍卫，赏罚随我高兴。"

吴江一脸无奈，王爷，你是闹着玩儿的吧？

楚楚仰头看看一脸无辜的吴江，咬咬嘴唇："那……不说就不说。"

景翊和许如归是卡着一刻钟的尾巴回来的，回来时一左一右地跟在一个年约三十的素衣女子身后，景翊一脸悠然淡定，许如归已经急出一脑门子的汗珠了。

女子进门就往萧瑾瑜对面一坐，一张轮廓高贵、五官精美的脸比萧瑾瑜还要冷上几分："有话快说，说完快滚。"

楚楚本来是躲在吴江身后偷偷瞄着萧瑾瑜的，突然听到女子这么一句话，楚楚的好奇心一下子就被抓过去了。从进京城到现在，她看见的所有见着萧瑾瑜的人都跟供菩萨一样供着他，还头一回听见有人这样说他呢。

听到这样的话，萧瑾瑜不疾不徐地睁开眼睛，脸上没有一点儿愠色，连吴江和景翊都不曾出言斥责这个对王爷无礼的女人，许如归更是快把脑袋埋到地底下去了。

这就是那个楼主吧？看来楼主真的是比老板还大的。

萧瑾瑜看了那楼主一眼，转头对身边的两人道："吴江，你进宫告诉皇上，我有事要禀，请他到一心园客厅等我，然后你留在府里保护皇上。景翊，你去一趟刑部，跟尚书大人讲清此案前后经过，让他拟好抓捕公文，带人到如归楼门外等我，你看好刑部的人，没我命令任何人不得进如归楼一步。"

景翊和吴江对视了一眼，旁人听不出来，他俩心里可清楚得很，这两件事其实都不急，也没必要这么办，只不过是萧瑾瑜有意支走他俩的借口罢了。

萧瑾瑜的决定不是他俩能改得了的。

"是。"

起脚出门前，吴江低声在楚楚耳边迅速说了几句话，楚楚看看萧瑾瑜，点了点头。

两人施展轻功掠出如归楼后，景翊在一棵树顶停了一停，拦住吴江："你把王爷交给那丫头了？"

吴江苦笑："我跟她说王爷病重，让她留心照顾，回头我亲自把她送到家门口。"

景翊一笑，拍了下吴江肩头："有长进。"

"王爷跟她——"

"哎哎哎，赵管家说了，少说话，多干活！"

"那不是说你的吗！"

楚楚也不知道自己怎么就答应了，一听见他病得厉害心里就不是滋味。就算他断案不甚清明，可她还是觉得他不像坏人。

或许他也不是故意冤枉许老板的，应该只是一时半会儿没想明白。

也没准……许老板真的干过什么坏事呢？

出门前哥哥叮嘱过了，坏人可是不会把坏字刻在脑门儿上的。

这么想着，楚楚默默站到了萧瑾瑜身后。

萧瑾瑜待听不见吴江和景翊的任何动静了才看着那满面冰霜的女子轻轻开口，清浅到有些虚弱的声音里带着几分货真价实的关切："十娘近来可好？"

这被萧瑾瑜叫做十娘的女子一点儿领情的意思都没有，冷然道："我只给你一刻，废话少说。"

楚楚睁大了眼睛看着十娘，她胆子可真大，就不怕这人生起气来打她屁股吗？

萧瑾瑜神色黯了一下："好。"他左手支撑着自己在轮椅里立直脊背，正襟危坐，然后镇定如初地道,"我今日要将案犯许如归缉拿归案,当面知会楼主,失礼冒犯之处望楼主包涵。"

萧瑾瑜话音还未落,许如归"嗵"一声就跪到了十娘脚下:"楼主明察!在下为楼主尽忠职守十余载,向来只做分内之事,从不逾矩,这实在是天大的冤枉啊!"

"冤枉?"十娘在眉间拧起一个好看的结,"既是冤枉还跪什么?"

许如归一愣,慌忙爬起来:"是,楼主。"

楚楚看看萧瑾瑜,萧瑾瑜倒还是一脸的波澜不惊:"看在楼主的面子上,我可以为许老板在此升堂开审,给许老板一个当着楼主的面喊冤的机会。但许老板要想清楚,但凡我亲审的案子,那就再无翻案重审的机会了。"

许如归看了一眼十娘,十娘却在看着萧瑾瑜。许如归徐徐吐了口气,道:"王爷请。"

楚楚瞪大眼睛看着萧瑾瑜,没有案台,没有惊堂木,没有正大光明匾,没有板子、鞭子、竹夹棍,就连个衙役都没有,这就算升堂啦?

楚楚低头凑到萧瑾瑜耳边小声问:"要不我给你喊声'威武'吧?"

"……不用。"

萧瑾瑜咳了两声才把深沉清冷的声音调整回来,缓道:"此案前事太长,还是从最后一名死者说起吧。今日申时,大理寺少卿景翊来报,说古遥自尽了。"萧瑾瑜静静看许如归,"景大人也是如此与你说的吧?"

"正是。"

萧瑾瑜抬手拿起方才搁在桌上的尸单:"仵作验尸证明,古遥确系割腕失血过多而死,可并非自杀。"

楚楚本来还是满心好奇地听着,听到这话顿时就急了,也顾不得什么照顾病人了,一步从萧瑾瑜身后冲到萧瑾瑜面前:"这不是我说的,我没说她不是自杀!"

十娘的眉宇间还没来得及展开的错愕被楚楚这一嗓子僵住了,冷眼打量了楚楚一番:"这就是你新招的仵作?"

萧瑾瑜还没张嘴,楚楚连连摆手退到了萧瑾瑜身边:"啊?不是不是,我不是,我没考上。"

十娘轻勾嘴角看向萧瑾瑜:"那就是说,她为这案子做的所有检验都是不能上堂为证的,没错吧?"

楚楚听得一愣,京城衙门里还有这么一说?

那不就是说,她先前验的尸都是白验了?

萧瑾瑜压抑着咳了几声,还给十娘一抹更浅的笑意:"没错,难为楼主还记得我办案的规矩。不能上堂为证无妨,验出实情就好。"萧瑾瑜转头看向楚楚:"你既没说古遥是自杀,那你是如何说明古遥死因的?"

"我只写了古遥姑娘是失血过多而死的,只有右腕一道伤口,伤口狭长整齐,深浅一致,是被落在地上的一块茶杯碎瓷片割成的,就这些。"楚楚抿抿嘴唇,委屈地看着萧瑾瑜,"我是仵作,尸体是什么样就得说什么样,擅作推断是要挨板子的。"

萧瑾瑜看得心里紧了一下,轻轻点头,认真地道:"推断是我做的,怪我没说清楚,对不起。"

十娘和许如归一愣,这丫头片子是什么人,能让萧瑾瑜因为这点事儿如此郑重其事地道歉,她也敢当?

楚楚不但敢当,还当得一本正经,同样认真地回道:"你要是断得有道理我就原谅你。"

萧瑾瑜清浅一笑:"其实已经一目了然了,算不得什么推断。寻常割腕者,一般右手执利器,伤在左腕,因感觉痛苦渐渐缩手而致使伤口起手处较重,收手处较轻。而尸单上写着,古遥伤在右腕,创口狭长整齐且深浅一致。"萧瑾瑜抬眼看向许如归,"许老板,先前你我在门外看到,古遥为景翊斟茶或是意图解开景翊衣带,用的都是右手,并且绝不像个能忍痛的人,所以不会是自杀。"

"真的,古遥姑娘还真是用右手的,"楚楚考虑过后郑重地点了下头,"你说的有道理,我原谅你啦。"

萧瑾瑜莞尔,他都不知道自己居然还有这样急于得到认可的时候。

许如归清了下嗓子,为自己创造了点存在感:"便是王爷推断有理,此事也与在下无关。在下只依照王爷吩咐,将从古遥处搜出的那盘物件送到景大人房中,交给景大人之后就离开了,并未见到古遥,更不必说杀她了。王爷可以向景大人求证,在下可是连房门都没迈进去过。"

萧瑾瑜轻轻点头:"景翊确是这样说的,但他还说,你敲响他房门的时间比我估算你应该到达的时间足足迟了两刻。纵是我这样不良于行的人,往来其间也用不了这么久,请问许老板在去景翊房间路上,还顺便办了什么事?"

"是些楼里的琐事,记不清了。"

看到许如归面色微变,萧瑾瑜徐徐地道:"那我帮你想想,你在门外看到景翊给古遥浸冷水浴以静心宁神,就想趁机为此案打个死结。如归楼做尽王侯公卿的生意,向来戒备森严,在楼里找个身手好的自己人对许老板来说肯定不是难事。你借口送证物把景翊引到门口,派人趁此时机潜入浴室迷晕古遥,割其腕浸入水中。景翊轻功精深却不谙武功,毫无内家修为,对此并未有所察觉,待发现有异也为时已晚,错愕之下才做出古遥自尽的判断。只是这杀人者不及许老板心思细密,紧张之下才把这差事办得如此粗糙。"

楚楚皱了皱眉头,就因为敲门迟了两刻,他就琢磨出这么些事儿来?

见十娘也蛾眉微紧,满目质问地看向自己,许如归忙道:"王爷,这些不过都是您的猜测啊。"

"浴桶边和窗框上都发现了带有水渍的鞋印,我若着人在如归楼挨个搜查比较,许老板以为最后揪出的会是谁？那人供出的又会是谁？"

许如归张了张嘴，话说出口已转了方向："敢问王爷，古遥是如归楼的当红姑娘，在下身为如归楼老板，捧她还来不及，有何理由要取她性命？"

"那就要说先前几位的死因了。金阳公主府驸马连程、齐郡王萧琳，他们的尸体经楚姑娘检验，皆为过度服食某种含麝香的药诱发心瘴而死。"萧瑾瑜看向楚楚："可是如此？"

楚楚抿了抿嘴唇，纠正道："我不知道他们是谁，不过，他们确实是这么死的。"

"昨日我与许老板一起检验翰林学士周敏的尸体，发现周大人死因、死状皆与前几位相同，得许老板提醒，我方知这药是古遥自制的药茶。好在府上有个好奇心重的大夫，闲来无事取死者之血破解了药方。"萧瑾瑜把桌上的药方推给对面的十娘，"请楼主过目。"

十娘刚扫了一眼就拧紧了眉头："那人老眼昏花了吧，这可是虎狼之药。"

萧瑾瑜目光落在许如归身上，答的却是十娘的话："叶千秋也以为是自己老眼昏花了，所以特地用朱笔圈出了不应在此方中出现的几味药。经见原方的楚姑娘确认，这几味药确实不在古遥的药方中。"

萧瑾瑜向楚楚看了一眼："没错吧？"见楚楚点了点头，萧瑾瑜又盯回许如归："在戒备森严的如归楼里能拿到他人独家药方，并更改药中成分偷天换日而不被人察觉起疑的，恐怕只有许老板了吧？"

许如归对十娘一颔首："在下对岐黄之术一窍不通，楼主可为在下作证。"

不等十娘开口，萧瑾瑜轻轻摆手道："此等粗活许老板怎会亲自动手，必是有自己人为许老板代劳的。许老板不必紧张，推测而已，并无实证。"

许如归浅浅舒了口气，十娘的目光却又冷了几分，眉梢一挑，把手里的药方往桌上一拍："没凭没据你就叫我出来听你胡诌？"

楚楚心里暗暗为这十娘叫了声好，对，没凭没据就给人扣上罪名，他可不就是在胡诌嘛！心里这么想着，脚下却往萧瑾瑜身边靠近了一步，他就是再怎么胡诌，她也不能让别人欺负这个病人。

"楼主少安毋躁。"萧瑾瑜声音镇定如故，清冷如故，"古遥与这几位客人之死虽是许老板的意思，却非许老板亲力亲为，便是找到什么蛛丝马迹也定不了大罪，值不得让我手下人为此费心劳力。但是对许老板亲手犯下的案子就不能如此草率了。"

十娘冷哼："还死了哪个败家子？"

萧瑾瑜盯着许如归，一字一句清清楚楚地道："吏部侍郎，薛太师四子薛越。"

这个名字说出来，十娘明显怔了一下，转而把冷厉如刀的目光狠狠盯在许如归身上，寒气入骨地吐出四个字："薛越死了？"

许如归退了半步,没出声,萧瑾瑜蹙眉忍着脊骨间突来的一阵刺痛,也没有出声,于是一片死寂里清楚地传来楚楚清亮的声音:"是呢,他死前虽然也喝过那种药茶,但实际上他是被人从头顶插进去一枚三寸长的铁钉——"

"楚楚!"在她把剖尸检验一类的字样抖出来之前,萧瑾瑜勉强抽出些力气扬声打断她,呛咳了几声才低声道,"帮我倒杯水。"

"好。"

趁着楚楚倒水,萧瑾瑜顾不上这会儿因忍痛而气息不顺,快刀斩乱麻地对许如归道:"许老板,你自己招,还是我帮你招?"

"在下不知道要招什么。"

十娘盯着垂头恭立的许如归,开口却是说给萧瑾瑜的:"你最好能拿出铁证来,否则今天谁也别想出如归楼。"

"放心,该死的活不了。"

萧瑾瑜声音轻缓微哑,听在许如归耳中却像是从阎王殿传来的,不禁脊梁骨上一阵发凉发紧,张嘴说出的话也冷硬了几分:"王爷若无实证,还请还许某一个清白。"

萧瑾瑜接过楚楚递来的杯子,浅浅喝了两口,淡淡地道:"清白是你自己扔的,谁也没法还你。"

搁下杯子,萧瑾瑜在身上拿出一封密函,放在桌上往十娘方向推了一下:"近日刑部升堂审理了朝臣买卖官位一案,案中牵涉朝廷五品以上官员二十余位,还包括几位皇亲国戚。此案今年初就交给刑部与御史台密查了,拖到近日才升堂就是因为一直没查到官位买卖巨额钱款的去向。全靠数日前邻县驿丞将此记录钱款去处的总账送到了御史台,这才一举查抄了数家银号,追回近八成赃银,了结了这个案子。"

楚楚心里一喜,这么大的案子,肯定有神捕参与其中,董先生这会儿应该还不知道吧!楚楚正听得聚精会神,突然听到十娘不带好气的声音:"你是吃饱了撑的,力气多啊?别扯那些没用的,就说这个人的事。"

萧瑾瑜轻咳了两声,仍接着自己刚才的话往下说:"此案虽大,但没什么曲折,派去查案的也都是信得过的人,我一直没插手过问,准备只在升堂时前去监审,以防有人临时发难。开审当日我临时有事没去监审,也没看到相关文书,直到吴江把这账目拿给我的时候才发现,信函虽是驿丞送来的,可在纸页上最后落款压印的却是薛越。"

十娘转头错愕地看向萧瑾瑜,萧瑾瑜已经把目光投给许如归了:"我已着人向驿丞问过,这信函确系薛越某夜突然到访交给他的,说是呈递京师的重要信函,一定要他亲自跑一趟御史台。驿丞还记得薛越走得很匆忙,走前还说了一句话,说他住在如归楼,有事去那找他。"

"如归楼终日宾客盈门,往来非富即贵,薛公子是否来过,在下要查过账目才能知道。"许如归说道。

萧瑾瑜轻轻摇头："不必麻烦，我会帮许老板记起来。"

倏地一阵头晕，萧瑾瑜左手撑着扶手，轻蹙着眉头稍稍调整了一下轮椅里的身子，他已经感觉到体力不济了，可这实在不是能昏过去的时候。

萧瑾瑜强打精神，沉了沉声音："薛越确实来过如归楼，而且与古遥相交不浅，许老板应该还记得古遥对景翊说的，比起连程和萧琳，薛越是对她最好的，因为薛越与众不同。"

许如归面容微僵："好像……是这样。"

"许老板以为，薛越是如何对古遥好，才让她觉得与众不同？"

许如归脸色发青，被十娘刀刃一样的目光盯着，不得不挤出点话来："男欢女爱之事，在下不甚了解。"

"那我告诉你，薛越患有隐疾。薛越能记下这份账目，全是托了在京官中颇得艳名的古遥的福。你若想求证，就问问你楼里那个叫曼娘的花魁，她没与你说过，但已经对景翊知无不言了。

"驸马连程死于三个月前，也就是说你至少在三个月前就把古遥的药茶换掉了，你本打算就这么神不知鬼不觉地除掉薛越，但薛越一直没喝过药茶，因为他知道用了也是白用。

"直到赃银突然被查抄，你发现薛越还留在如归楼，所以才决定立即解决这个麻烦，因为他对如归楼有所怀疑，而你不能让他找到赃银最初是经你手中散出的证据。但薛越身份特殊，你绝不敢假手于人，尤其是如归楼的人，所以你别无选择，必须亲自动手。

"你把药茶强灌给薛越，但是你配的虎狼之药到薛越身上却成了寻常之物，一时情急就用铁钉入脑这样寻常验尸不易发现的法子杀了薛越。你发现了古遥的弃尸地，就依样弃了薛越的尸身，之后仍然骗古遥继续用替换过的药茶，直到引来官差，你把罪过往古遥身上一推，就想蒙混过关了。

"好在楚姑娘发现了薛越的真正死因，也帮我拿到了薛越至死也没能找到的证据。"

萧瑾瑜一口气说下来，许如归几次张嘴都没来得及插上话，这会儿萧瑾瑜停下了，许如归却已经不知道还能说什么了。

他已经意识到自己犯了个什么错误，但已经晚了。

许如归知道自己错在哪儿了，可楚楚还没弄清楚自己是对在哪儿了，她到现在都没分清那几个死人到底谁是个什么身份，又怎么就帮萧瑾瑜拿到什么赃银的证据了？楚楚被十娘看得心里发毛，急忙道："你……你有话说清楚，我可没乱拿这里的东西啊！"

"乱拿东西的不是你，是许老板，"萧瑾瑜看向十娘，"我若没记错，如归楼名下的钱庄聚缘号是不与任何外家商号生意往来的。"

十娘把目光从楚楚身上移开，点头道："开聚缘号只是为给如归楼名下的外地生意提供方便，设在几家商号内，外面知道的人不多，向来不做外家生意。"

"设在如归楼的聚缘号是由许老板打理的?"

"没错。"

萧瑾瑜看向许如归,许如归僵僵地点了下头。

萧瑾瑜从身上拿出个锦囊,从中拎出一串铜钱,放在手心里送到楚楚面前:"这可是你用许老板兑给你的铜钱穿成的?"

铜钱正是用从如归楼借来的麻线穿着的,十个一串,绳头打着两个死结,不是她穿的还能是谁?

看着穿钱的麻线,楚楚一个激灵,突然叫起来:"坏了坏了!我借的麻线忘了还了!"说着在身上一通翻找,扯出那半捆麻线的时候长长舒了口气,两手捧着送到十娘面前,"这是我找如归楼伙计借的麻线,说好用完就还的,还给楼主也行吧?"

十娘一愣,楚楚已经把麻线放到她面前的桌上了,还鞠了个躬:"谢谢楼主!"

萧瑾瑜看着许如归发青的脸色不察地轻笑,她较真较得还真是时候。萧瑾瑜把这串铜钱往许如归脚下一丢,冷然道:"既然是在许老板这里兑出的铜钱,为何五十万枚铜钱里近半数都是宝汇钱庄私铸的铜钱?"

十娘眉头一拧:"私铸?"

"宝汇钱庄私铸铜钱一事我已派人盯了大半年,只是六王爷一直让我按兵不动等他消息,否则日前查抄赃银之时就能端了这个贼窝。许老板若非与宝汇钱庄有生意往来,这大宗私铸铜钱又从何而来?"

楚楚吐吐舌头,这里面居然还有假钱,还好都还回去了,这要是让官差抓着可真说不清了。这许老板还真不是好人,居然这样害她,枉她还因为跟萧瑾瑜一块儿骗了他而生萧瑾瑜的气!

十娘的目光从一把刀变成了一把火,大有一种恨不得烧死许如归的气势:"说!"

"是……是楚姑娘当时拿着六王爷压印的银票,说要拿五百两的银票兑铜钱,银号里铜钱不够,我……我从柜上取了些,想必是有客人用了,伙计没留意——"

十娘"砰"地一声狠拍了下桌子:"胡扯!你见过哪个进如归楼的客人身上带铜钱?"

"楼主——"

"你闭嘴!"十娘转向萧瑾瑜,"你说,到底怎么回事?"

萧瑾瑜咳了几声,摆摆手道:"许老板也是一时着急,又料我不会有闲情对这五十万枚铜钱细查,才出此下策。至于宝汇钱庄的私铸铜钱怎么在这儿,不过是假钱兑真银的过账把戏,楼主找账房问问便知,还有件更要紧的事需要当着楼主的面说清楚。"

"说。"

萧瑾瑜轻轻吐纳,紧紧蹙眉忍过一阵更为清晰也更为漫长的疼痛,额上渗出一层细密的冷汗,叶千秋这回恐怕真不是说着玩儿的了。

突然感觉衣袖被扯了扯,还没转头就听见楚楚在他耳边小声地道:"要不你歇歇再说吧，都出汗啦。"

楚楚这会儿又想起来大哥叮嘱的话了。

楚楚凑得离他很近，近到萧瑾瑜能清楚地感觉到楚楚温暖的呼吸，甚至隔空感觉到从她身上传来的一点温热的体温，这样的距离，萧瑾瑜连头都不敢摇一下，只同样小声地回了一句："没事。"

感觉到呼吸和体温离远了，萧瑾瑜这才缓缓吐出口气，看着许如归沉声道："许老板虽以许如归三字自报家门，但在入档卷宗上恐怕还要写许宗成三字，望许老板泉下莫怪。"

十娘身子一僵，许如归脸色霎时灰白一片，张口结舌："你……你怎么……"

"我怎么认得十三年前越狱潜逃的死囚？"萧瑾瑜牵起一抹冷笑，"十三年前我还是个九岁小孩，根本没见过当时因与江湖帮派勾结，贪污杀人而被判斩首的吏部尚书许宗成，所以你才毫无顾忌地亲自出面请我喝酒，对吧？"

十娘怔怔地看着萧瑾瑜："你怎么能知道，他是那个……许宗成？"

"虽然卷宗里的画像不甚清晰，但还是有几分相像，我着景翊安排，在楚姑娘的帮助下迷晕了许老板，检查后发现其身上胎记、痣点皆与案卷所录的许宗成特征一致，手臂上还有除去死囚刺青留下的疤痕，身上也有刑部大牢刑具留下的特有伤疤。"

楚楚一时说不出自己是惊是喜，要真是这样，她非但不是骗人，还有协助破案的功劳呢！

这个王爷的记性可真厉害，连十三年前逃跑的犯人的模样都记在脑子里，这个姓许的都装得这么像是好人了，居然还是被他一眼识破。

"此人身系数十条人命，潜逃十三年，被我遇上我就一定要带他回去，还请楼主行个方便。"

十娘缓缓地从桌边站起身来，慢慢踱到面无人色的许如归面前："你说我该不该给七王爷行这个方便？"

"楼主……"

许如归话音刚起，十娘扬手就是狠狠一巴掌掴了过去，许如归应声倒地，居然就这么一动不动了。

第七章

楚楚瞪大了眼睛:"他……他死啦?"

"死不了,只是根淬了迷药的针。"十娘向萧瑾瑜看了一眼,"我给你行了方便,你也该让我清净清净了。"顿了一下,十娘又轻轻补了一句:"叶千秋的话景翊对我说了,这里回王府至少一个时辰,再不走就迟了。"

楚楚怔怔地看向萧瑾瑜,迟了,干什么迟了?

萧瑾瑜淡淡苦笑:"是我让景翊随口编的,否则你不会这么快就肯见我吧?"

楚楚一皱眉头,他怎么又骗人啊?

十娘勾起一抹五味杂陈的笑,轻轻摇头,转身便走,留下一句话:"我已经没什么可告诉你了,看来如归楼需要关门一段日子,别再来了。"

十娘的背影先于声音消失在屋子里,楚楚确定,她听到了萧瑾瑜很轻很轻地叹了口气。"那个楼主……不会是帮凶吗?"楚楚问道。

萧瑾瑜轻轻摇头,缓缓把身子倚靠到椅背上,声音疲惫轻浅却仍然很认真:"不会。"

"为什么啊?"

萧瑾瑜没回答,淡淡地看着一脸求知欲旺盛的楚楚:"现在还觉得我像白无常?"

楚楚顿时小脸通红,把头摇得跟拨浪鼓似的:"不像不像!你断案比郑大人断得还好,郑大人断案得打板子才行,你只用说说就全清楚了,可不像白无常!"

萧瑾瑜暗自苦笑,一群人明里暗里不眠不休折腾这么些日子,到她眼里就是个"只用说说"。"那……还气我骗你?"萧瑾瑜继续问道。

楚楚抿了抿嘴唇,边想边道:"其实你那也不算是骗了我,你是让我帮忙找证据抓犯人的,只是没说清楚,害我白白错怪你,所以就算咱俩扯平啦。"

"那你可还肯再帮我一次,到外面叫景翊来带走犯人?"

萧瑾瑜深呼吸,他还从没因为要找人传个话而小心翼翼地在前面做那么多铺垫。

· 77 ·

"好。"楚楚刚应了一声就皱起眉头,"可是,我出去了,他要是醒过来,你怎么办啊?"

萧瑾瑜清浅一笑:"他醒不了。"

那可是如归楼楼主十娘的迷药。

"那可没准儿,"楚楚迅速在屋里扫了一眼,没看见有绳子,倒是看见旁边茶案上摆着的果盘里插着把水果刀,顺手抓了过来塞到萧瑾瑜手上,"你拿着这个,能安全点儿。"

萧瑾瑜默默看着手里这把小刀,这辈子头一回知道这世上还会有人指望他能用把水果刀杀人的。

"你也别真捅他,你打不过他,就吓唬吓唬他就行啦。"

萧瑾瑜脸色微微发黑:"好,你快去吧。"

回城的时候萧瑾瑜和景翊在前面一辆马车里跟刑部官员说案子,楚楚一个人在后面一辆马车里坐着,脑子里一直在转着一件事:回家,还是不回家?

出来的时候跟爹说好了,要是能进六扇门就让人捎个书信回去,要是进不了,那就回家继续跟着爹在郑县令的衙门里学手艺。

她本来是决定要回去的,大哥也都答应会一路把她送到家门口,可刚才亲眼见识了这个掌管天下所有案子的王爷是怎么断案抓犯人的,她又不想回去了。

这王爷可比郑县令有本事多了,办案的法子也奇,办的还都是比县衙里那些要大得多的案子,简直跟九大神捕办的案子一样大了,要是能跟着他办案,不出几年肯定也能有七叔那样的见识了,到时候就肯定够格进六扇门了吧!

可是,她都已经跟王爷明明白白说好要走了。人家都说,皇上、王爷这样的人生来就是要言出必行的,王爷都亲口说让她走了,那还能要她吗?

楚楚想着,王爷对她还是挺好的,要是好好说说,没准儿他还能答应。又一想,记得赵管家说过,王爷脾气犟得很,连皇上都顺着他,就那么去求他,有用吗?还是回家好了。

可就这么回家,又有点儿不甘心……

楚楚窝在座位上,就这么来来回回地想着,不知道什么时候就睡着了,还睡得很沉,连马车是什么时候停下的都不知道。

醒来的时候天都黑了,跟先前一样,头下枕着那个靠垫,身上盖着那条毯子。

楚楚揉揉眼,一骨碌爬起来跳下马车,这才发现马车是停在王府大门口的,就她这一辆,萧瑾瑜那辆马车早不知道去哪儿了。

看到楚楚从车里出来,车夫长舒了口气:"哎哟,楚姑娘,你可算睡醒了,你赶紧进府去吧,赵管家都找人出来问了三回了!"

"赵管家找我有什么事啊?"

该不是这就要撵她走吧？

"这我哪能知道啊，就知道急得跟烧了尾巴似的，你快去吧！"

那应该就不是撵她走的事了，可这么着急的事儿，怎么就没人叫醒她呀！

"谢谢大叔啦！"

楚楚以为赵管家是在六韬院等她的，于是冲着六韬院一路奔过去，没到一半儿就被赵管家从背后喊住了："楚丫头！"

"赵管家！"楚楚站定回头，气都没喘匀就问，"您找我有事呀？"

"不是我找你，"赵管家摆摆手，凑近了小声道，"我说出来你别叫啊，是皇上要找你。"

楚楚眼睛一下子瞪得溜圆："皇上？！"

赵管家差点儿要捂她的嘴，这小丫头跟着他家王爷这两天怎么就一点儿长进都没有："小姑奶奶，不是让你别叫吗，皇上是微服来的，不愿让人知道。"

楚楚忙吐吐舌头，也学着赵管家小声道："皇上找我干吗呀？他认识我？"

"你帮王爷办案有功，王爷跟皇上说了，皇上要赏你呢。"

楚楚两眼发亮："真的啊？！"

"可没人敢拿这种事儿骗人，你跟我来，皇上和王爷都在一心园等你呢。"

"哎！"

一路上赵管家被楚楚喋喋不休地问了一箩筐皇上长皇上短的问题，大部分问题都是他活这大半辈子都没想过的，所以进一心园的时候赵管家又郑重地叮嘱了一遍，让她见着皇上问一句答一句，千万别说那些没用的。

楚楚一路上已经在心里演练好几遍怎么行礼怎么说话了，刚进一心园偏厅，在门口就低头跪下："皇上万岁万岁万万岁！"

里面传来个带着浓浓笑意的声音："起来吧。"

"谢皇上！"

楚楚站起身来，这才看清正朝门口坐着的皇上的模样，那是个眉目清朗、身形修长的年轻人，看着跟她差不多的年纪，一副京城大街上寻常大家公子的装扮，正笑眯眯地看着她，一点儿都不像戏文里的皇上。

倒是旁边的萧瑾瑜，虽然看着比先前的病色又重了不少，整个人像是累坏了，一点精神都没有，但还是整整齐齐地穿着深紫色的官服，端端正正地坐着，比皇上还威严几分。

见楚楚看着他们发怔，皇上饶有兴致地打量着她，带着笑意很和气地道："七皇叔已将楚姑娘协助办案的经过告诉朕了，破此大案楚姑娘功不可没，念你并非公门中人却如此尽心尽力，理应得赏。"

楚楚脸上一热，不知道萧瑾瑜是怎么跟皇上说的，她可没觉得自己的功劳有皇上说的这么大："我就验了几具尸体，也没干什么……"

皇上笑着看向萧瑾瑜："七皇叔说过，查办人命案子时验尸最为重要，何况楚姑娘也不只是验了尸，还帮七皇叔发现了几个重要证据，七皇叔，是这样吧？"

萧瑾瑜轻轻点头。

楚楚脸上更是发烧："那都是蒙上的，不是真本事。"

皇上笑出声来，景翊说得没错，这不是个凡人啊！接着说道："这个朕不管，你有功，朕就得赏你，你想要什么就说吧。"

这回轮到楚楚一愣："要什么都行？"

皇上爽快地点头："都行。"

就凭她拿五百两银票兑铜钱的壮举，他也没什么好犹豫的。

楚楚抿抿嘴唇，眼睛转了转，最后落到萧瑾瑜身上："那……我能让王爷赏我吗？"

皇上一怔，看向萧瑾瑜，萧瑾瑜点了点头："只要在我能力范围内。"

皇上赶紧补了一句："要是七皇叔赏不了的，朕就赏给你。"

这样纯得能挤出水来的小姑娘，别说在宫里，就是在整个京城里都轻易见不着，赏她已经不是出于萧瑾瑜的要求了，纯粹因为他乐意。

不但乐意，他还好奇，好奇她到底想要什么，为什么还非得点名要萧瑾瑜赏她？

楚楚还是看着萧瑾瑜："我能先问几个问题吗？"

萧瑾瑜点头："可以。"

"你的生辰是什么时候？"

萧瑾瑜一怔，不知道她问这干吗，可还是认认真真地答了她："至道二十六年，腊月初五。"

楚楚掰着手指头数了数："那你现在二十二岁了？"

萧瑾瑜点头。

"你干过什么伤天害理昧良心的事吗？"

萧瑾瑜皱眉愣了好一阵子才想起来摇头："应该没有。"

皇上忍不住补了一句："真没有。"

"那……你成亲了吗？"

萧瑾瑜脸色白里透青，青里带红，默默抓紧了轮椅的扶手。

这东一榔头西一棒子的都是什么跟什么啊，她到底想要什么？！

见萧瑾瑜没说话，皇上等不及替他说了，而且还是斩钉截铁地说："朕保证，这个绝对没有。"

他关注这事儿可不是一年两年了，比盯边关战事盯得都紧啊……

皇上忽略掉萧瑾瑜递来的冷到能杀死人的目光，催促楚楚道："你就说吧，想要什么？"

楚楚咬咬嘴唇，眨着水灵灵的眼睛看着萧瑾瑜："我想要王爷。"

她想要王爷……干什么？

萧瑾瑜和皇上都静静等着她的下文，半晌没等着，皇上忍不住问："想要王爷干什么？"

"不用干什么，"楚楚低头揪着手指尖，"别人家的男人干什么，他就干什么吧。"

俩人几乎同时醒悟过来，他们想多了。她不是想要王爷干什么，她想要的就是王爷！

皇上生怕自己还是理解错了："你是想要嫁给七皇叔？"

楚楚答得字正腔圆："回皇上，正是。"

萧瑾瑜差点儿昏过去，本以为她要么求财，要么求职，这两样对萧瑾瑜来说都只是一句话的事儿，要多少给多少。可打死他也想不到这丫头片子居然张口要他，他！

萧瑾瑜瞪着她看了半天，最终在她的一脸认真诚恳中确认，她是真心实意地想要他。

皇上想笑，想趴在桌子上拍着桌子放声大笑，但看着萧瑾瑜那张脸，那脸色让他觉得还是不笑的好，为了不至于张嘴就笑出声来，他干脆咬牙不语。

这会儿也顾不得什么一言九鼎、皇家威严了，萧瑾瑜硬着头皮把脸色沉得铁青："这个不行。"

楚楚小嘴一翘，盯着这个出尔反尔的人。不是说只要在他能力范围内都行的吗？

目光从萧瑾瑜紧绷的上身一路移到了他困在轮椅中毫不着力的下身，楚楚突然若有所悟："这个……不在你能力范围内吗？"

萧瑾瑜脸上五色交杂。

楚楚忙补上一句："那也没事儿的，我不介意。"

萧瑾瑜脸色一黑到底。

皇上用一阵咳嗽掩饰自己就快笑出声来的事实，这么些年，头一回见着七皇叔被人逼成这样，还是被个小丫头逼成这样，不行了不行了，再忍就得宣太医了。

为了自己明天一早还能活着上朝，皇上决定不能再让楚楚说下去了，于是清清嗓子，绷住不笑，严肃认真地对萧瑾瑜道："七皇叔，朕知道您无意纳妃，所以向来不因此事勉强您，可是多年来您与诸位辅臣大人一直教导朕要做到君无戏言，您看您与朕刚才都答应过了，而且楚姑娘都说到这份儿上了。"

皇上差点儿没绷住，赶紧转头，对萧瑾瑜的脸色视而不见，含笑看着楚楚："朕回宫就找人算个良辰吉日，马上下旨赐婚，楚姑娘，这样可好？"

"谢皇上赏赐！"

萧瑾瑜黑着脸，闭眼靠在椅背上沉沉吐出一口气，他的好侄子就这么把他给赏出去了……赏出去了。

萧瑾瑜还在想着刚才自己干吗要从阎王殿里出来,就听见楚楚清清亮亮地道:"不用麻烦皇上找人算啦,我来京城之前听我们镇上的沈半仙说过,明年是个闰年,明年二月初八是最好的日子,我们县里好多人家都选这天办喜事,错不了!"

皇上看看萧瑾瑜,跟在朝堂上讨论国家大事一样严肃地问:"七皇叔可有异议?"

萧瑾瑜眼睛都懒得睁一下,赏都赏了,还犯得着在乎是今天送上门还是明天送上门吗?

萧瑾瑜没反对,那就是默许了,皇上对楚楚笑着点头:"朕回宫就让人拟旨,楚姑娘还有什么特殊要求吗?"

皇上有种强烈的预感,她肯定有!

楚楚果然点点头:"就还有一样,我想让王爷去我家提亲。"

萧瑾瑜差点儿吐血:"我公务繁忙,不能随便离京。"

皇上赶紧道:"七皇叔为社稷操劳已久,如今年关已近,七皇叔又身体欠安,是该好好休息休息了。即日起朕准七皇叔两个月假,去江南避避寒气,过了正月再回京,公务的事七皇叔就不必挂心了。"

"楚楚拜谢皇上!"

皇上看了眼正狠狠瞪着自己的萧瑾瑜,很识趣地站起来:"天色不早了,朕就先回宫了,七皇叔保重身体啊。"皇上过去拍拍楚楚的肩:"楚姑娘,朕就把七皇叔交给你了,你可要照顾周全。"

"楚楚遵旨!"

等皇上一溜烟儿飘出去了,楚楚才一拍脑门儿:"呀!我没说恭送皇上!"

"不要紧,你就说说你到底想要什么吧。"

楚楚转过头来,正对上萧瑾瑜冷然的目光,萧瑾瑜就像在如归楼里断案的时候看着许如归那样看着她。

关于婚嫁这件事实在不能怨萧瑾瑜矫情,怨就怨一直以来上赶着要嫁给他的那些女人里就没一个是真心实意的,不是来要他命的,就是来偷案卷的,要么就是来当细作的。再不然就是一开始还是真心实意的,不知道什么时候就笑里藏刀了,前前后后搁一块儿加起来,没有二十个也得有十五个了。

他没那么多闲情也没那么多闲命来陪这些女人斗心眼,索性敬而远之,免得害人害己。这两年在他的严防死守下好不容易清净下来了,突然又冒出来一个,还快刀斩乱麻地让他那个唯恐天下不乱的皇上侄儿赐了婚,这会儿就算全天下的捕快都告诉他这丫头片子是一清二白的,他也没法儿信。

萧瑾瑜这样的目光把楚楚看得心里一慌:"我……我就想跟着你。"

萧瑾瑜声音又冷了几分:"跟着我干什么?"

楚楚小心翼翼地看着他："查案。"

萧瑾瑜一愣，他总觉得自己跟她说的好像不是一件事，只好继续问道："你要嫁给我，是为了跟我查案？"

楚楚点头。

"那你何不直接向皇上要个正式的仵作身份？"

楚楚连连摆手："这个不能要！我自己没考上，说明我还不够格，要是这样跟皇上要来，那不是跟那些买官的一样了吗？"

她还挺有理……

"你想留在安王府做事大可直接告诉我，为什么非要嫁给我？"

楚楚咬咬嘴唇，带着点儿委屈低声道："我怕你不答应，就是答应了，也可能没几天就要我走了，我听人说过，皇上赐的婚是不能休妻的。"

萧瑾瑜觉得自己脑子很乱，前所未有的乱，乱得一塌糊涂，以至于他根本辨不出来这小丫头到底是把真话说得太实在了，还是存心在试探他心智的下限。

看萧瑾瑜皱着眉头半晌没出声，楚楚扁扁嘴："你是不是嫌我晦气啊？"

萧瑾瑜一愣："晦气？"

"我们镇的人都说我家是跟死人打交道的，晦气，从小就没人愿意跟我玩，更没人愿意娶我。在如归楼的时候你说过，有一具尸体是你验的，我以为你懂验尸，不在意这个呢。"

楚楚越说声音越小，越说越委屈，说到最后眼圈都红了，眼泪在眼眶里直打转，看得萧瑾瑜心里揪着发疼。

萧瑾瑜无声叹气，这就是他把她的名字从拟录名单里去掉的报应吧。

要是天意如此，他还能有什么好说的？

"我不是这个意思。一切就依皇上安排吧。"

楚楚抬起头来，用还带着泪花的眼睛看向目光里已经没有冷意的萧瑾瑜："真的？"

"违逆圣旨是死罪，你不后悔就好。"

楚楚破涕为笑，连连摇头："不后悔！"说着就对萧瑾瑜绽开一个饱满得跟花儿一样的笑容，发誓一样认真郑重地说出一句差点让萧瑾瑜把肺咳出来的话，"你放心，今后我一定会好好待你的！"

谁待谁啊？

萧瑾瑜隐隐觉得自己往后的日子将会是一种史无前例的波澜壮阔。

萧瑾瑜用两口茶水勉强把咳嗽压了下去，也把三魂七魄稳了下来，这才轻轻浅浅地道："等圣旨到了，我会让赵管家安排你住到这个园子里来。"

楚楚怔了一下，抿着嘴唇像是考虑了一阵子，然后才点了点头："好，那你什么时候去我家提亲啊？"

萧瑾瑜轻轻皱眉，打刚才他就没想明白这个，皇上都点头了，她还怕她家里人反对不成？要是单图那点儿彩礼，差媒人送去就是了，又何至于非要他亲自去这一趟？"皇上既已答应赐婚，为何还要我上门提亲？"萧瑾瑜问道。

"我爷爷奶奶怕我嫁得不好要受人欺负，我以前答应过他们的，不管要嫁什么人，一定先让他们看看才行。"看萧瑾瑜默默叹气，楚楚赶忙补道，"你别怕，他们都是好人，你一看就不像是会欺负人的，他们不会为难你的！"

萧瑾瑜抬手揉着一跳一跳发疼的太阳穴："好，你理好自己的东西，待我安排妥当就马上动身。我还有事要办，你先回去休息吧。"

"好。"

萧瑾瑜到三思阁之前景翊和吴江已经笑了好几个回合，彻底笑够了，所以见到萧瑾瑜的时候，吴江还能一本正经地把圣旨呈到他面前："王爷，皇上说怕夜长梦多，迟则生变，就亲笔写了赐婚圣旨，让卑职直接带回来了。"

景翊咬着牙保持严肃。

萧瑾瑜脸色微青地接过圣旨，看也没看转手直接扔到桌案上，沉声道："我近日要离京一趟，日常公务由三法司衙门汇至安王府，隔日一报，不得有误，遇要事必须当面呈报于我，勿传书信。"

吴江颔首应道："是。"

"这趟出去最早也要正月初才能回来，卷宗审核来不及做完，"萧瑾瑜看向正舒出一口气的景翊，"景翊，剩下的就交给你了。"

景翊把舒出的半口气又倒抽了回来："能商量商量吗？"

"可以，我这里一向活多人少，还想要什么活儿尽管开口。"

景翊立马把嘴闭严实了。

萧瑾瑜咳了几声才对吴江道："年底年初总是不大太平，你们多加小心。"

吴江一愣，这话听着，好像不大对劲："王爷，您不准备让卑职随行？"

"王府的人今年派出去了大半，你留守京师，护好王府，我此行不为公事，轻车简从，带两个侍卫即可。"

吴江一惊，急忙道："王爷，您已三年未离京师，消息一旦传开，外面必有大批贼人蠢蠢欲动，防不胜防，两个侍卫怎么应付得过来？"

萧瑾瑜倒是镇定得很："所以在消息传开之前我就得启程，我明早入宫辞行，傍晚就走，你安排几辆相同的车驾，我取道升州，其他几辆各取不同道，与我同时动身前往苏州。京畿之外见过我的人并不多，只要不引人注意，早去早回就是了。"

"王爷——"

"好了，"萧瑾瑜一锤定音，"你去准备吧。"

吴江虽然觉得这事儿怎么想怎么心慌，但这是萧瑾瑜的命令，改不了。

"是，王爷。"

吴江拧着眉头出了门，景翊这才看着桌上那道圣旨重新勾起嘴角："还需要继续帮你找身家清白、背景简单、胆大伶俐的仵作吗？"

"……先办完眼前事吧。"

景翊眉心轻拧："你找这样一个仵作到底想要干什么啊？"

萧瑾瑜没答，顺手在案上堆积如山的公文折子中拿起一本展开，连头也不抬了。

骗景翊是个技术活，劳心费神，他懒得。

只听到景翊轻声叹了口气，窗户一开就飘出去了。

萧瑾瑜这才搁下公文折子，牵起一抹苦笑拿起那道圣旨，缓缓展开来扫了一遍，脑子里不知怎么就蹦出一句老话来：

"祸兮，福之所倚，福兮，祸之所伏。"

第二案
糖醋排骨

第一章

傍晚时分，楚楚背着自己的小花包袱钻进马车的时候，萧瑾瑜已经在车里了。

这人身上穿着一件普通得不能再普通的白衫，手里捧着一卷书，带着浅淡的倦意半躺半靠在炭盆边的一张卧榻上，宁静闲适得像幅画一样，把楚楚看呆了。

萧瑾瑜清楚地感觉到楚楚盯在他身上的目光，但还是不急不慢地把眼前这一页看完才抬起头来，抬头也只是一愣。

这小丫头又换回了她刚到京师时身上穿的那套粉衣裳，绾着一对儿光溜溜的丫头髻，跟那天在刑部第一次见到她的时候一样，毫不避忌地直直看着他。

那会儿他只是想去挑个仵作，才不过几天光景，这丫头片子居然就成了他未过门儿的御赐王妃，还要他在一年里最忙的时候撂下整个摊子跟她回家上门提亲。

他居然还都答应了。像做梦一样。

萧瑾瑜无声苦笑，对这个还在看着他发愣的小丫头不冷不热地道："好看吗？"

楚楚还真点点头，爽快干脆地答："好看，特别好看。"

萧瑾瑜噎了一下，听她这毫无邪念的一句话，突然觉得自己坐在这里好像专门就是给她看的，一时间不拿书的那只手居然不知道该往哪儿搁了。

楚楚微微歪头又看了他一阵，拧起眉头："好像跟前几天不是一个人似的。"

前几天他也好看，可就是一直从骨子里透着种冷冰冰的威严劲儿，多看两眼就让人心里发慌，可不像现在这样，就像只生病的小兔子一样，安安静静窝在那儿，让人看着既喜欢又心疼。

得亏萧瑾瑜不知道她在想些什么，否则这会儿嘴角肯定不会有这么柔和的弧度："你说得不错，从今天起我就不是王爷了。"

楚楚一愣，睁大眼睛看了萧瑾瑜好一阵子，半晌抿了抿嘴唇，压低声音道："咱们这是私奔啊？"

萧瑾瑜一口气差点儿没提上来,谁跟你私奔……

显然楚楚已经可以有点理解萧瑾瑜的脸色了:"不然你怎么就不当王爷了啊?"

"怨我没说清……"萧瑾瑜理顺了气儿,搁下手里的书,试着用最没有歧义的话继续说,"王爷这种身份出门在外不方便.容易招来麻烦,所以从现在起,我姓安,是从京城去苏州贩茶的商人,外面两个驾车的侍卫是我的随从,明白吗?"

"就像皇上昨天晚上那样?"

"差不多。"

"呼……"楚楚长舒一口气,拍着胸口,"早说嘛,吓死我啦!"

萧瑾瑜徐徐叹出一口气,是你吓死我了……

楚楚指着自己的鼻尖儿:"那我呢?我装成什么人呀?"

"你不必装,你就是楚楚,是我未过门的娘子。"

楚楚眼睛笑得弯弯的:"好!"

"从京城到苏州要走一段日子,偶尔要穿小道,彩礼带在车上恐怕会惹来不必要的麻烦,等进了紫竹县我会让人去办,你不必担心。"

楚楚一边解下小花包袱搁到一旁,一边道:"彩礼不要紧,你去了就成。"

萧瑾瑜微怔,浅浅苦笑,她是说反了吧?

马车稳稳地跑起来,萧瑾瑜抬手指向对面的那张床:"今晚要赶夜路,你就睡在那吧。"

楚楚看了眼那张只能容下一人的床:"那你呢?"

萧瑾瑜轻轻拍了拍身下的卧榻。

楚楚皱眉看着那张窄窄的竹榻:"还是你去床上睡吧,你生着病呢。"

萧瑾瑜摇头:"我习惯在这儿。"

"那好吧。"

昨天晚上楚楚一直在激动,她刚到京城没几天就见着皇上了,皇上还赏她了,还是把那个管着天底下所有案子的王爷赏给她了,这一下子就把她最发愁的两个问题都给解决了。既能跟着王爷学本事长见识,又不用再担心没人娶她,要是再让她找着六扇门,那这辈子可就圆满啦!

除了老天爷,也就只有住在她隔壁的吴江知道她昨晚对着窗户口念了多少遍"皇上万岁",连她自己都记不清了。

楚楚整晚感谢皇上的结果就是刚被马车颠了一会儿就两眼皮直打架,趴在桌边上哈欠一个接着一个,生生地把萧瑾瑜给看困了,也不由自主地跟着打了个浅浅的哈欠。

他昨晚在三思阁也是一宿没闭眼,可入睡对他来说从来就不是件容易的事,何况还是在颠簸不定的马车上。萧瑾瑜刚想喝点水提提精神,再继续看手里那本文集,手还没碰到榻边矮几上的杯子,就听楚楚的声音传来:"你困了?"

萧瑾瑜一怔,她这语气,这神情,好像一直在等着他犯困?

楚楚坐直了身子,强打精神却还是满脸睡意地看着萧瑾瑜:"你困了就快点儿睡吧。"

萧瑾瑜突然意识到一件事,她困得哈欠连天还不去睡,是因为他还没睡。

她难不成还怕他趁她睡着……该是他怕她才对吧。

萧瑾瑜心里苦笑,抬手把书搁到矮几上:"你先睡吧,我吃了药就睡。"

楚楚揉揉眼睛站了起来:"我给你煎药吧。"

"不用,"萧瑾瑜把身子坐直了些,抬手指了下放在榻尾的一个乌木大箱子,"帮我拿来就好。"

楚楚还以为萧瑾瑜是把一瓶药收在了装行李的箱子里,哪知道箱子刚开了个缝就有一股浓烈的药味涌出来,掀开一看,一个半人高的大箱子全被各种大小的瓶子、罐子、盒子塞满了,再仔细看看,瓶子、罐子、盒子上写的全都是药名,楚楚顿时把眼睛睁得溜圆,一点儿睡意都没了,吃惊地看向萧瑾瑜:"这些全都是给你一个人吃的?"

萧瑾瑜扫了一眼叶千秋布置给他的这一箱子任务,暗自苦笑:"你想吃可以自己拿,不用客气。"

楚楚连连摇头:"我身体好着呢,还是给你留着吧。"楚楚重新看向箱子里的那座药山,"那你现在该吃哪一样呀?"

萧瑾瑜报一个名字,楚楚就找一样,一连拿出来七八样,萧瑾瑜才道:"就这些吧。"

楚楚看着萧瑾瑜这个吃两粒,那个吃三粒,服了药丸服药粉,服了药粉服药浆,突然想起来,自打见到萧瑾瑜起,就只见过他吃药喝水,没见过他吃别的东西,原来这个人还真是光吃药就足够吃饱了啊。

要吃这么多药,他的病得有多重啊?可这么看着,他虽然苍白清瘦得很,却也不像是病入膏肓的模样。

难不成,是因为他那双腿……

萧瑾瑜吃完最后一种药,抬头看见楚楚正愣愣地直盯着他的腿看,干咳了两声:"我要睡了。"

楚楚一下子回过神来:"好。"

楚楚把药重新收回箱子里放好,转头见萧瑾瑜已经躺了下来,裹着被子,像是已经睡着了,就把摆在桌上的灯台拿了放在床头,脱了外衣钻进被窝之后鼓起小嘴把灯吹灭了。

灯刚一灭,就听见萧瑾瑜带着错愕的声音在黑暗里传来:"你熄灯做什么?"

楚楚一愣:"睡觉呀。"

"你睡觉……熄灯做什么?"

"灯亮着我睡不着。"

所以她才要等着他睡了才去睡。萧瑾瑜没再出声。

楚楚躺在床上把自己包裹在松软的被子里，马车里漆黑一片，她却怎么也睡不着了。一闭上眼睛，眼前就全是那个装满了药的大箱子，还有萧瑾瑜吃药的时候轻轻皱起来的眉头。

越想心里越不是滋味，她也不知道为什么。

这种感觉以前就有过一回，还是在她很小的时候，那次是因为她养的一只兔子突然有一天不知怎么就不吃不动了，不管她怎么仔细照顾，还是没几天就死了。

那是她验的第一具尸体，也是唯一一具她没能找到死因的尸体。打那以后她再没养过什么活物。

可是，王爷跟兔子，有关系吗？

楚楚正漫无目的地胡思乱想着，突然听见萧瑾瑜几声压抑的咳嗽，吓了一跳："你还没睡着呀？"

听到萧瑾瑜在黑暗中拿起杯子喝了点水，放回去之后轻轻地"嗯"了一声。

楚楚趴在枕头上，脸朝着萧瑾瑜的方向："生病了要多睡觉才好得快。"

"嗯。"萧瑾瑜的声音里听不出一点儿睡意。

"你要是睡不着，我给你讲个故事吧。我小时候睡不着，爷爷都是给我讲这个故事的，一会儿就能睡着。"

静了一阵，才传来萧瑾瑜漫不经心的声音："好。"

楚楚清了清嗓子，用清甜的声音认真地讲起来："从前有座山，山里有座庙，庙里有个老和尚，老和尚在给小和尚讲故事。你知道老和尚讲的什么吗？"

"嗯？"

"老和尚讲的是，从前有座山，山里有座庙，庙里有个老和尚，老和尚在给小和尚讲故事。"

"嗯。"

"你知道老和尚讲的什么吗？"

"我知道，不早了，快睡吧。"

这一夜过了之后，萧瑾瑜再没让侍卫赶过夜路，都是白天视天行路，晚上就在热闹的市镇里找家不好不差的客栈落脚，四个人每人一间客房，各睡各的。

晚上还好，天色不沉就落脚在市镇里，萧瑾瑜不出门，但会让侍卫陪她出去逛逛，几天下来楚楚跟这俩侍卫都混熟了。

白天就不一样了，萧瑾瑜像是很吃不消车马颠簸，第二天开始就连书也不看了，只静静躺在那，不大说话，每天吃药的样数越来越多，却几乎不吃什么别的东西，楚楚再闷得慌也不敢去扰他，索性就躲在一边温读《六扇门九大神捕传奇》。

一连看了几天,她还看得津津有味,萧瑾瑜已经看不下去了。

有一天天气晴得特别好,萧瑾瑜精神也稍微好些,终于忍不住问她:"你一直在读的是什么书?"

"不告诉你。"

萧瑾瑜一愣:"为什么?"

楚楚看着这些天像是消瘦了一圈的萧瑾瑜,皱起眉头:"你是病人,不能惹你生气。"

他本来就是随口一问,她这么说,他就一定要知道了:"说吧,我不生气。"

"真的?"

萧瑾瑜点点头,一本书而已,有什么好气的?

"《六扇门九大神捕传奇》,董先生讲,我背下来的。"

萧瑾瑜一阵咳嗽。

楚楚急得跳脚:"你说了不生气的!"

"我没有。"

"你说了!"

"我没有生气。"在六扇门这件事上,他已经不知道该怎么跟她生气了。

接过楚楚递来的杯子,喝了点水,等不再喘息了,萧瑾瑜指指那本子:"能让我看看吗?"

楚楚犹豫了一下:"可以,不过你看了不能生气,这里面讲的可全是六扇门的事儿。"

萧瑾瑜点点头,他就是想看看她脑子里装的那个六扇门到底是个什么东西。

楚楚把三本里的其中一本拿给萧瑾瑜,萧瑾瑜翻了几页,又让她把那两本也拿来了。

楚楚看着萧瑾瑜的神情还真不像是在生气,不但不生气,还看得很认真很投入,心里不禁一阵高兴,赵管家说的也不全对嘛!

萧瑾瑜一边看着一边漫不经心地问道:"你说这些是谁讲的来着?"

"董先生,我们镇上添香茶楼的董先生。等到楚水镇的时候我带你去添香茶楼听,这些事儿从董先生嘴里讲出来,可比写在纸上有意思多啦。"

萧瑾瑜轻轻点头:"董先生叫什么名字?"

楚楚摇头:"这个我就不知道了,茶楼里的人都叫他董先生。他是从京城来的,跟我们那儿的说书先生不一样。"

"怎么不一样?"

楚楚一边说一边比画:"我们那里说书,都是一男一女,女的抱着琵琶,男的拿着红牙板,边说边唱。可董先生是拿着把扇子,捧着个茶壶,边说边喝。所以茶楼里愿意听董先生说书的人不多,老板都是让他一早在茶楼里人最少的时候出来说的。"

萧瑾瑜若有所思地点点头:"这三本,能借我看看吗?"

"你愿意看?"

"他讲得挺真的。"

"这就是真的！"

"嗯……"

"你喜欢就拿着看吧，"楚楚心里都乐开花了，"慢慢看，不着急！"

"谢谢。"

再往后两天，萧瑾瑜除了解决掉几本加急公文之外，在马车上的时间都消磨在那三本《六扇门九大神捕传奇》上了，还看得既投入又仔细，楚楚要是不知道，还真会以为他在看什么案卷公文呢。

可这样的注意力转移丝毫没对他的病情有什么帮助，相反，外面驾车的两个侍卫清晰地听到萧瑾瑜的阵阵咳声从车里传出来，越来越重，越来越频繁，越听越揪心，也就不禁把车赶得越来越慢，直接导致他们当晚行到升州边界城门的时候城门已经关了半个时辰了。

侍卫有些心慌，出来前吴江就铁着脸再三警告他们，要是敢办砸王爷的事，回来就让他们到西北守边去，守成骨灰再提回来的事儿。其中一人道："爷，肯定是守城的偷懒耍滑，关门关早了，我去把门叫开。"

"罢了，"萧瑾瑜自然明白吴江精心挑选的这两个老江湖为什么会误了时辰，也幸亏他俩慢些，他这会儿还能有力气开口说话，"过来的时候可留意到附近有没有村子？"

"有，东边那片是个挺大的村子。"

"找村长家借宿一晚吧。"

"是，爷。"

马车重新跑起来，楚楚看着靠在榻上轻轻闭着眼睛的萧瑾瑜，一脸好奇："你跟这个村的村长是老相识？"

萧瑾瑜已经懒得对她黑脸了，就只轻轻摇了摇头。

"那咱们干吗要去他家呀？"

"能当一村之长，要么是德行不差，要么是家境不差，借宿方便些。"

楚楚激动得小手一拍，两眼发光："你别说，还真是呢，我们镇边上小王村的村长就是个大好人，他们村谁家有事他都帮，村外的事要是让他遇上他也帮，大邹村的村长也是，每年插秧的时候都带人帮村里的几个老人家、寡妇家干活，啥报酬也不要。还有周李村的村长，他倒是没那么爱帮人，但他家可富了，盖了七间房，养了八头猪呢！"

萧瑾瑜在她把每头猪的名字都说出来之前随口应付道："是吗……"

"真的！等到了楚水镇我带你去看看就知道啦，他家的猪养得可好啦，比谁家的猪都能吃，长得又白又壮实。"说完她又补了一句，"你也该多吃点饭。"

萧瑾瑜闭着眼都能看见自己黑下来的脸色，这个"也"是从哪儿来的。

萧瑾瑜黑着脸半晌没出声，楚楚抿抿小嘴，又问了一句："那他们怎么知道哪个是村长家啊？"

他俩能被吴江从上百人里挑出来，这点儿眼力肯定还是有的。

萧瑾瑜知道也不敢说了："回头自己问他们吧。"

这种危险的事，还是交给手下人去干吧。

不到一刻，马车就停到了一户农家大院门口，敲开门一问，还真是村长家。

"您几位是？"

萧瑾瑜颔首施了个礼，脸上带着谦和的笑意："在下安七，是京城明清茶铺的掌柜，受几户官家之托去苏州采办些过年用的好茶。路上偶染微恙耽搁了些行程，误了进城的时辰，还望老先生行个方便，容我主仆一行借宿一晚，安某必重谢先生。"

楚楚站在萧瑾瑜身后暗暗吐舌头，要不是知道他是个总冷着脸的人，她还真会以为他就是个好脾气的生意人呢，他装得可真像！

村长被萧瑾瑜这一口一个先生叫得发飘，看着萧瑾瑜一副文弱书生的模样，还是个坐轮椅的，话也说得从容恳切，又见楚楚眨着一双水灵灵的眼睛望着他，那俩随从虽然人高马大，倒也长得一脸忠厚老实相。家里能住一回从京城来的大老板，过年出去喝酒说起来也长面子，村长就乐呵呵地答应了："正好，我婆娘带着闺女儿子走亲戚去了，家里有地方住，马车停后院就行，安老板快进屋吧！"

"多谢先生，叨扰了。"

"没事没事……"

等萧瑾瑜让侍卫塞给村长二两银子的食宿费时，村长乐得眼睛都没了："我一个大老粗不会做啥好吃的，你们等等啊，我到对面叫大成家媳妇来做，我们村的媳妇里就数她做饭最香！"

"不必麻烦，先生容我们借厨房用用就好。"

村长一拍脑袋："瞅我这脑袋瓜子，你们从京城来的，哪吃得惯村里的饭啊。正好，我们村还有个在城里酒楼当厨子的大师傅，我这就把他喊过来！"

"不必了，我有恙在身，颇多忌口，让我娘子随便做点就行了。"

娘子？村长看着楚楚一愣，这丫头是他娘子？

怎么京城老板家的娘子是这副模样，水灵灵俏生生的是不假，可这打扮还比不上对面大成家媳妇娇媚，他还只当她是这大老板的随身丫鬟呢。

楚楚脸上一热，说好了是未过门的娘子，他怎么张口就叫娘子了呀！

他说这话的时候声音沉沉缓缓的，说到娘子俩字的时候有意轻了一轻，听起来却像是带着一重含蓄的温柔，楚楚第一次知道这两个字念起来还能这么好听，而且这么好听的两个字说的还是她。

见楚楚小脸泛红，村长只当是萧瑾瑜把话说破让这小娘子不好意思了，赶紧道："也好也好，厨房里鸡、鸭、鱼、肉、肘子、排骨都有，想吃啥就做啥，要是缺啥材料就跟我说，我给你们找去。"

"多谢。"

"那你们先忙着，我给你们收拾屋子去。"

"有劳了。"

萧瑾瑜跟楚楚和侍卫一块儿进了厨房，俩侍卫生火蒸饭，楚楚就在厨房里翻找食材，一边翻一边问萧瑾瑜："你想吃什么呀？"

"我不饿，你们吃就行了。"

他一向受不了车马颠簸，更别说这还是一年当中他身子最糟糕的时节，此时萧瑾瑜一丁点儿食欲都没有，只不过是招架不住村长的热情劲儿，才跟着躲到这儿来避一避。

"那我给你煮个汤吧，你都一整天没吃饭了。"

萧瑾瑜想说不用，抬头向楚楚的方向看了一眼，不禁愣了一下。这丫头正小心翼翼地看着他，那神情就像是刚开口求了他一件什么事，急等着他回答，却又生怕听见他说不答应似的，眼睛里带着毫无遮掩的担心和害怕，好像只要他一摇头，她立马就能委屈得哭出来。

萧瑾瑜只能轻轻点头："好。"

楚楚挥了挥抓在手上的那根山药："那我煮个山药排骨汤吧，你得吃点肉才行。"

"好。"萧瑾瑜刚一答应，楚楚眉眼间立马就带上了笑，什么小心、紧张、担心、害怕一下子全都没影儿了，抱着山药拎着排骨蹦蹦跳跳地煮汤去了，好像先前那个看得他不忍心摇头的小丫头根本就没存在过一样。

看着她一边跟俩侍卫说笑一边忙活得不亦乐乎，萧瑾瑜好一阵子才抬手揉了揉太阳穴，先前是头晕看错了罢了。

两个侍卫焖了一锅饭，又炖了一锅白菜豆腐，反正看样子王爷也不会吃他俩折腾出来的东西，他俩把自己填饱了才是正经事。

俩人都捧着碗埋头吃了一半了，楚楚把汤锅盖子一掀，俩人顿时吃不下去了。

跟汤锅里涌出来的香味一比，他俩真不知道该怎么形容此刻自己捧在手里的这碗东西。

楚楚盛了一碗端给萧瑾瑜，也给他俩一人盛了一碗，他俩毫不犹豫地把自己那碗白菜豆腐泡饭搁到了一边。

萧瑾瑜在楚楚一脸期待的注视下拿起勺子，一口汤刚刚咽下，就听楚楚迫不及待地问："好喝吧？"

萧瑾瑜很诚心地点头，没出声，只是舀了块炖得绵绵的山药细细嚼着。浓郁的香味挑逗着萧瑾瑜这些天来被闲置得有些迟钝的味蕾,一块山药吃下去,萧瑾瑜才发现自己真是饿了,饿坏了,低头一口接一口地吃起来。

一路上都没见过他这么投入地吃东西,楚楚美滋滋地道:"这是跟我爹学的。"

"你爹的厨艺一定很好。"

楚楚一边欣赏着萧瑾瑜像作诗一样优雅地啃一块排骨,一边道:"也说不上很好,其实我家还是我奶奶最会做饭,她做什么都好吃,我爹就只有这个排骨汤烧得最好,因为经常做。"停了停,又补上一句,"每次收完一具尸他都会煮一回。"

两个侍卫脸色顿时一暗,一口汤滞在嘴里咽不下去又不敢喷出来,萧瑾瑜拿勺子的手僵了一僵,一时决定不了还要不要继续啃那块排骨。

楚楚又添了一句:"他说这个叫尘归尘土归土。"

萧瑾瑜默默把勺子放回了碗里。

"你吃饱啦?"

"嗯……"萧瑾瑜还没把碗搁下,村长笑着就进来了:"两间屋子都收拾好了,安老板和娘子一间,两个壮士一间,乡下屋小,就委屈你们凑合一晚上了。"

萧瑾瑜微怔了一下,才转手搁下碗:"劳先生费心了。"转头对楚楚道:"我去马车上清点账目,晚上睡觉不必等我。"

楚楚一时没听明白,倒是村长把话接了过去:"钱是小事,身体是大事,安老板既然病了,还是好好歇一晚上,明天精神好了再忙吧。"

"都是官家的生意,马虎不得。"

楚楚这才反应过来,他又有公文要看了吧:"我知道啦。"

"你俩照顾好夫人,不必跟来了。"

侍卫别无选择地迅速把嘴里的汤咽下去:"是,爷。"

王爷说不让等,那就不等了,楚楚早早地就钻进被窝吹了灯,不过还是把被窝空出了一大半。他只说不让等,可没说不来,他病着呢,可不能把他冻着。

村长家被子里套的是当年的新棉花,又松软又暖和,楚楚躺下没多会儿就睡着了,一觉睡到大天亮,睁眼看见那大半边被窝还是空的,被窝下的床单也还是平平整整的,根本不像有人睡过。

楚楚记得他批公文速度很快,马车里那两三本公文可不够他看一晚上的,难道是有什么大案子啦?

楚楚一骨碌爬起来,飞快收拾好,刚从屋里跑出来就见萧瑾瑜坐在客厅里,村长正眉飞色舞连说带比画地跟他讲着什么,萧瑾瑜就静静听着,满是疲惫的脸上挂着有点儿发僵的笑意。

见楚楚出来,萧瑾瑜轻咳了两声打断村长,声音微哑:"多谢先生指点,待入了升州,您说的这些地方在下一定挨个去看看。承蒙先生款待,安某告辞了。"

看萧瑾瑜颔首施礼,村长赶紧站了起来:"这才啥时候就走啊?都还没吃早饭,吃了再走吧。"

萧瑾瑜看了看脸上还带着一层薄薄睡意的楚楚:"行程已有耽搁,就不多打扰了。您方才说上元县永祥楼的汤包是升州一绝,我正好带娘子去尝尝。"

村长把眼睛笑成了一条缝:"好好好,那我就不多留你们了,进了城门往南走没多远就是了,就在县城边上,吃早饭正正好。还有上元县县城里凝香阁的糖醋排骨,这可是这家掌柜的招牌菜,整个上元县都找不出比这家做得再好吃的了,你家娘子一准儿喜欢!"

"多谢先生,安某记下了。"

萧瑾瑜被侍卫搀上车之后就直接躺到了榻上,一句话也没说就把眼睛闭了起来。

楚楚以为他是熬夜困了,想要睡了,就坐在一边不声不响地看着他。

她这些天闷在车里,闲着没事就总是看他,发现他还是睡熟的时候最好看,不像醒着的时候那样老是拧着眉头冷着脸,他睡着的时候就像个不满周岁的小娃娃一样,平静安稳得好像世上的好事坏事都跟他没有一丁点的关系,有时候还在蔷薇花瓣一样的嘴唇上沾着一点若有若无的笑意,好看得让人觉得心都要化了。

她好几次想在这种时候伸手摸摸他,可又怕扰了他,就一直痴痴地看着。

可这会儿,楚楚越看越觉得不对劲儿。

他眉头轻轻蹙着,脸色煞白一片,连唇色都淡得发白,额上浮着一层细汗,身子却在微微发抖。

"你怎么啦?"楚楚出声问了一句,萧瑾瑜没有反应,楚楚忍不住走过去摸了下他汗涔涔的额头,不由得叫起来,"呀!你发烧了!"

感觉到一只温软的小手摸在自己额头上,萧瑾瑜细密的睫毛轻轻动了动,有些吃力地睁开眼睛,可睁眼就是一阵头晕,不由得把眉头拧得更紧了。

昨晚在马车里睡了一夜,不到后半夜炭火就燃尽了,生生把他冻醒、冻透、冻僵,直到早上被侍卫发现,生起炭火之后才算暖过来,仅存的几分力气也在强打精神听村长东拉西扯的时候耗尽了,这会儿不高烧才是见鬼。

萧瑾瑜嘴唇轻启,声音哑着:"没事,就一点风寒。"

风寒在别人身上就是个头疼脑热、咳嗽喷嚏的小病,在他身上就如同其他任何叫得出名字来的大病一样,随时都可能要了他的命。不过,就一个白天,应该还撑得下来,没必要吓她。

看着萧瑾瑜又缓缓阖起眼睛,楚楚两步奔到那个大药箱跟前:"你吃点药吧,吃哪一样,我帮你拿。"

这些天帮他拿药，楚楚跟这一箱子药都混熟了，只要他说出来，她立马就能找到。

萧瑾瑜轻轻摇头。叶千秋给他准备的多是成药，只有几样是要现煎现服的，偏偏就包括治风寒的药。

"不必，告诉他们在永祥楼停下，我歇一歇，你去吃些东西。"

"好。"

车停在永祥楼门前，萧瑾瑜却不起身，只说要睡一会儿，让侍卫陪楚楚去吃饭。

萧瑾瑜倒是很想睡，奈何扎根在骨头里的疼痛随着体温飙高而肆虐起来，疼得他汗如雨下，一会儿工夫就把衣服、头发都浸湿了。

楚楚拎着一笼打包给他的汤包回来的时候，萧瑾瑜已经有些意识不清了，嘴唇微启，喉咙里无意识地溢出低沉却轻微的呻吟。

他确实一直病着，可楚楚头一回见他病成这副模样，吓了一跳，扔下汤包就奔到他跟前："你……你怎么了？"

萧瑾瑜没有应她，眼睛半睁着，视线却是一片模糊，只感觉到有人在身边，就紧抿起嘴唇，竭力抑制住自己可能发出的一切声音。

马车里静了一会儿，一双温软的小手爬上他没有血色的脸颊，有点笨拙又小心翼翼地抹拭着他脸上淋漓的汗水。

除了那丫头，谁还敢这样碰他。萧瑾瑜脸上一阵发烫，隐隐浮出一层红晕，费力地睁开了眼睛。

不甚清晰的视线里出现楚楚那张布满了担心和惊慌的小脸，如他所怕的，楚楚红着眼圈，噘着嘴，一双眼睛水汪汪地看着他，清甜的声音里带着让人心疼的哭腔："你到底怎么了？"

萧瑾瑜刚想开口，胃里一阵绞痛，喉咙里顿时涌上一股滚烫的甜腥，萧瑾瑜立马抿紧了嘴唇，硬是把那股甜腥吞了下去。这时候要是一口血吐出来，怕是真要吓坏她了。

血没吐出来，绞痛愈烈，萧瑾瑜的身子一时间抖得更厉害了。

看样子，他的身体是没法撑了。

"找家客栈吧，我想睡一会儿。"

这是萧瑾瑜彻底失去意识前说的最后一句话。

等萧瑾瑜意识恢复过来时，人已经躺在一张既稳当又松软的大床上了，全身一片酸软无力。

知觉渐渐清晰，萧瑾瑜隐隐感到身上有点异样，好像……

萧瑾瑜努力睁开眼睛，在模糊的视线里勉强辨出两件事。首先，如他刚才所感，他是一丝不挂躺在床上的。然后，楚楚就在床边，好像在对他毫无知觉的腿做些什么。

"你……你干什么？"

听见萧瑾瑜满是错愕却虚弱无力的声音，楚楚惊喜地抬起头看他："你醒啦？"

萧瑾瑜这才看清，楚楚手里拿着一条大毛巾，床边摆着一盆水，她是在给他擦洗身体，正擦到他没有知觉的腿上。

萧瑾瑜煞白的一张俊脸瞬间从额头红到耳根，惊得想要起身抓点什么遮住自己的身体，却使不上一点力气，只引得身子一阵发颤。

他，堂堂安王爷，居然被人脱了衣服，躺在床上动弹不得，任由人随意摆弄他的身体，萧瑾瑜一时又羞又恼，狠狠瞪着楚楚，厉声斥骂："滚出去！"

萧瑾瑜声音虽虚弱，严肃起来却还是有着不容忽视的威慑力，楚楚被骂得一愣。

看着气得全身发抖的萧瑾瑜，楚楚愣了好一阵子才若有所悟，小心地问："我弄疼你了？"

萧瑾瑜狠噎了一下，这是疼的问题吗？

好像被人当头淋下一盆开水，着火的温度还在，可火就是发不起来了。

被她这么一噎，气昏了的脑子也冷静了些，意识到自己刚才情急失态对她说了重话，脸上的红色禁不住又深了一重，声音里没了火气，清寒如夜："你不必做这些，出去吧。"

楚楚拧着秀气的眉头："你出了那么多汗，不擦擦身子多难受啊。"

"我自己可以。"

楚楚把毛巾往他脸前一伸，拎得高高的，还抖了几下："你抓呀，抓得着就让你自己来。"

萧瑾瑜气绝。

楚楚满意地收回毛巾，甜甜笑着："你别怕，我轻轻的，不弄疼你。"

萧瑾瑜不知道该怎么用语言来形容他此刻的抓狂，她那脑瓜里到底装的什么……

骂不出口，说了没用，还没力气动弹，萧瑾瑜几乎以一种绝望的心情闭上眼睛，没想到自己也有今天。

见萧瑾瑜不再给她捣乱了，楚楚转身到温水盆里洗了洗毛巾，又给他从脖颈开始重新仔细擦洗起来。从他修长的脖颈擦到精致的锁骨，到他根根分明的肋骨、线条柔和优美的侧腰、平坦的小腹。

萧瑾瑜快疯了，是，他的腿是废了，他的身体是虚弱得很，可他也是男人，才刚二十出头的正常年轻男人，她这样他哪受得了！萧瑾瑜清晰地感觉到自己全身只要有知觉的地方都在发烫，紧闭着眼睛都能知道自己那张脸肯定已经红得冒烟了，越想越是烫得厉害，不禁想都不敢想了。

直到她终于开始擦拭他那没有知觉的双腿，萧瑾瑜才缓缓吐出口气，微微睁眼悄悄看她。

她动作很轻，像是生怕碰碎了他似的，落在他身上的目光虔诚一片，就像是心静如水的小沙弥看着一尊白玉佛像那样。萧瑾瑜那颗几乎跳停的心脏渐渐安稳下来,虚弱疲惫的残躯被她这样温柔对待着,一阵浓重的倦意伴着清爽的舒适感绵绵地把他包裹住,萧瑾瑜带着脸上浓重的红晕无声苦笑,重新陷入了昏睡。

罢了,早晚全都是她的。

再醒来,已经是夜里了,屋里烛火昏黄,床对面的茶案旁端坐着一个人。

萧瑾瑜下意识摸了下自己身上,中衣穿着,被子盖着,他浅浅舒出一口气,想起先前那一幕,还是禁不住一阵脸红心跳。

以前还真不知道自己的脸皮居然这么薄。

茶案旁的人见萧瑾瑜醒了,迅速站起身来:"王爷。"

萧瑾瑜微惊,这声音是吴江的。

他来,就意味着京里出大事了。

萧瑾瑜试了几次才勉强从床上坐起来,吴江颔首站在对面,一直等萧瑾瑜安顿好身子,整好了呼吸,他才移到床前:"王爷,许如归死了。"

萧瑾瑜微愕,轻轻皱眉:"在狱中自尽了?"

吴江点头。

萧瑾瑜摇头:"要自尽早就自尽了,不该多这几日。"

"卑职已让可靠之人着手暗查了。"

萧瑾瑜轻轻点头:"如果许如归过于干净,就详查几名死者,包括薛越在内的所有人的账目与书信往来,应有所获。"

"是。王爷,"吴江从身上取出个小布包,双手呈给萧瑾瑜,"卑职前来还有件要事。"

萧瑾瑜凝眉展开布包,一怔,随后展眉暖笑。

布包里齐齐摞着二三十张大红帖子,每张帖子上都有个大大的烫金"寿"字。

"卑职代安王府诸将向王爷拜寿,恭祝王爷福寿安康。"

今天腊月初四,明天腊月初五,是他的生辰,他自己都忘了。

萧瑾瑜心里一热:"快起来吧。"

吴江站起身来,看着那一摞帖子笑着道:"这些都是兄弟们连同寿礼一起快马从各地送到王府来的,我看寿礼太多,王爷带着不方便,就先把帖子拿来了。"

"让你们费心了。"

萧瑾瑜小心地拿着这些部下辗转送来的心意,挨个打开仔细读过那些用熟悉字迹写成的贺词,脸上的表情从柔和浅笑渐渐变成了哭笑不得。

帖子是祝寿帖子,但贺词写的可不全是祝寿贺词。挨个打开看过去,满眼的"百年好合""早生贵子"。

景翊最省事,一句话也没写,直接在里面贴了张香艳逼真的春宫图。

这才几天工夫，居然连在漠北和岭南办案的都知道了，这群兔崽子倒是不浪费安王府的消息网。

见萧瑾瑜快把帖子看完了，吴江低声抱怨了一句："这么些人就差唐严一个。"

想起那个前些年被他劝入门下专办密案的江湖剑客，萧瑾瑜淡然一笑，那可是个连自家生辰都搞不清的江湖人，哪有闲心记他的生辰，刚要为唐严开脱几句，忽然听到门外传来一个不带好气的粗哑声音："背后念人坏话，也不怕闪着舌头。"

吴江苦笑，对萧瑾瑜匆忙一拜："上回比武挑飞了他的腰带，这还记着仇呢，卑职逃命要紧，王爷保重。"说着身影一闪，跃窗而出。

门外的人几乎同时闪进门来，一手握着把古旧的剑，一手拎着个油纸包，飘到萧瑾瑜床前一跪："唐严拜见王爷。"

楚楚端着一个小盅来敲萧瑾瑜房门的时候，萧瑾瑜正要让唐严去找她。

"这是唐严，为安王府办案的，有具尸体要你帮着验验。"

唐严眉梢微挑，他可是头一回见王爷两颊泛红的模样，还是对着个小花骨朵儿一样的丫头片子，有意思。

"唐大人好！"

唐严勾着嘴角发笑："我不是什么大人，就是个跑江湖的。"

楚楚眨着眼睛看着这个三十大几、蓄着胡子的大老爷们儿："跑江湖的也管办案子？"

唐严看了眼靠在床头的萧瑾瑜，半玩笑半有怨气地道："你家王爷说让管，谁敢不管？"

萧瑾瑜被那个"你家王爷"窘了一下："唐严，仵作来了，请死者吧。"

唐严看着楚楚捧在手里的那个小盅，皱皱眉头："王爷，你胃口向来不好，我怕见了这具尸体之后你几天都吃不下饭去，还是等你吃饱了再说吧。"

楚楚一听这个，赶忙把小盅掀开递到了萧瑾瑜面前："对，尸体等着急了也不会发脾气骂人，虾仁炖蛋凉了可就不好吃啦。"

一阵鲜香从小盅里弥漫出来，萧瑾瑜不饿，唐严都得饿了："我也去楼下找点儿吃的，王爷慢用，我一会儿再上来。"

唐严说完就闪出了门，飘到楼下饭堂往一张空桌前一坐，招呼道："小二，一碗虾仁炖蛋。"

刚才那盅虾仁炖蛋的香味实在诱人得很，看不出一个小镇来的仵作丫头倒还是个会点菜的主。

小二却是一愣："客官，小店没这道菜，要不，给您上个红焖大虾？"

唐严鹰眼一瞪："你蒙我怎么着，刚还有个小娘子端上去了。"

小二忙赔笑道："哦哦，您说那个小娘子啊。她说她相公病了，得吃点儿既清淡又营养的，我们这儿有的她都看不上，就借了厨房自己做的。"

唐严一愣，再一笑，心里一暖，连先前被抛到天边的胃口也回来了："红焖大虾、鱼香茄子、清汤面，再来一坛子花雕。"

"好嘞！"小二看着这些好像不够眼前这个大老爷们儿填肚子的，好心推荐道，"小店有道招牌菜是椒盐排骨。"

唐严笑容一收，脸色倏地一黑："别他妈跟老子提排骨！"

满堂的人顿时全看向这边，小二心里一慌，忙道："客官息怒，客官息怒。小的马上给您上菜！"说着就拔腿奔向后厨。

排骨招他惹他了啊。

第二章

萧瑾瑜在楚楚的注视下细细尝了一口那盅虾仁炖蛋，入口鲜美清爽，柔滑细腻，不知怎么就想起那双为他擦洗身子的小手，也是这样柔软细嫩，抚过每一处都是极尽温柔，舒适自然得让他提不起丝毫戒备。

楚楚小心翼翼地观察着萧瑾瑜对这盅炖蛋的反应，见他吃下一口之后神情变得柔和起来，却又迟迟没动第二口，忍不住问："你不喜欢吃这个呀？"

萧瑾瑜倏地回过神来，一张满是病色的脸瞬间红透，弥漫在口中的那股鲜香像一丝细绳绕着他舌头打了个结："喜欢……"

要命了，想什么呢……

"喜欢就多吃点儿，你看你脸色都好多啦！"

萧瑾瑜一声不响埋头吃着，楚楚心满意足，就不再紧盯着他看了，目光一分散，就注意到屋里桌上摆着的那个油纸包。

她记得这个油纸包刚才一直是拎在唐严手上的，临出门了才搁下。

楚楚一时好奇，凑过去看了看，见这油纸包用麻绳捆着，上面还盖着一张压封的红纸，红纸上还用篆体写着三个字，楚楚一边识辨一边念了出来："凝，香，阁。"

萧瑾瑜微怔，凝香阁？

脑子里闪过那个村长的话，萧瑾瑜随口轻声道："该不是糖醋排骨吧？"

楚楚隔着油纸包摸索了一下，皱皱眉头："这轮廓摸着确实像排骨，不过不知道是不是糖醋的。"

萧瑾瑜一愣，抬头看过去："排骨？"

唐严怎么带着一包排骨来见他？

这是唐严给他的寿礼？

可哪有这样的寿礼？

蓦地想起唐严出去前的话，萧瑾瑜微惊，顿时觉得头皮隐隐发麻，蹙眉搁下吃了一半的炖蛋："打开，看看。"

"好。"楚楚费了点力气解开那根捆得格外结实的麻绳，揭了压封的红纸，刚展开半片油纸就不禁喊出声来，"呀，还真是排骨！"

倒不是糖醋排骨，而是十来块斩成指节长短的生肋排，骨肉边缘的颜色微微泛白，明显已经不新鲜了。

唐严在送礼这件事上再不靠谱也不至于送他一包这东西。

萧瑾瑜对着楚楚捧过来的油纸包皱眉端详片刻，到底没有动手，说道："能不能帮我拿一块？"

楚楚一愣："王爷，这是生的呀，而且都不新鲜了。你要是想吃排骨，我去给你做，我刚才看见厨房里有特别新鲜的。"

萧瑾瑜摇头："我只看一下，帮我拿起来就好。"

楚楚想不明白他这是要干吗，剁碎的生排骨有什么好看的？可他既这么说了，楚楚只好伸手拈起一块，凑到他面前。

萧瑾瑜盯着那块排骨前后左右看了又看，又凑近去轻轻闻了闻。

楚楚见萧瑾瑜对这块排骨兴致盎然的模样，不禁道："你要是爱吃排骨，明天我就给你做，保准做得特别好！"

萧瑾瑜没答话，又看了一阵子，这才拧着眉头把脊背缓缓靠回床头的垫枕上，声音微沉："楚楚，仔细看看。"

一块排骨咋看也就是一块排骨啊。

可王爷让看了，楚楚只好又看了两眼："我看着这凝香阁的菜可没村长说得那么好，他们的厨子连排骨都不会挑，这怎么能把糖醋排骨做好啊？这肉也太薄太嫩了，都没什么油水，做出来肯定不能好吃。"

萧瑾瑜轻叹："看骨头。"

"对！还有这骨头，又细又扁，怎么会香——"正数落着这哪儿都不好的排骨，楚楚突然感觉不大对头，盯着那骨头断面看了好一阵，然后一下子举起手里的排骨惊叫出声，

"呀！这是人的排骨！不是……是肋骨！砍断的肋骨！"

果然。楚楚惊讶还未过，突然觉得手上一轻，油纸包连带被她抓在手里的那块一并被人拿了去。

唐严苦着张脸，把那块排骨塞回油纸包里，将油纸一裹，放回桌上："看来楚姑娘已经验出来了。"

"是王爷先看出来的。"

唐严看了眼脸色微青的萧瑾瑜："你家王爷可是验尸行里的玉皇大帝，可惜……"

可惜什么？

唐严还没说出来就被萧瑾瑜冷冷捎断了："到底怎么回事？"

来的时候唐严说有案子要报，但一定要仵作先验过尸才能说案情，这会儿算是验过了，唐严也就直说了。

"上元县县令季东河是我一个故交，我从杭州办完事回京就顺道来看看他，想着衙门里规矩多就提前跟他打了个招呼，结果让升州刺史谭章知道了，说是安王府的人来等同安王爷亲临，不招待就是大不敬。"

萧瑾瑜蹙了蹙眉头。

"谭章这老头儿花花肠子多得很，我怕在他刺史府里沾上些什么乌七八糟的麻烦，可要是硬不见他，又免不了会给老季招祸，所以今晚老季给我设宴接风的时候我就把他一块儿叫来了。"

萧瑾瑜轻轻点头。

"老季媳妇回娘家去了，怕家里厨娘手艺不精让谭章笑话，就把接风宴设到了凝香阁。这家店最出名的不是菜，是他们在后巷另盘了一个院子，说是店里招待贵客用的瓜果、蔬菜和鸡鸭鱼肉全是在那院子里养出来的，客人只要乐意，还可以亲自去挑，挑出来现杀现做。反正谭章、老季和那老板娘在那儿天花乱坠地吹了半天，又什么拿蜜水浇菜了，拿牛乳喂猪了，怎么金贵怎么来，那菜价也贵得根本就不像是给人吃的。"唐严说着，苦笑了一下，"然后，那老板娘指着院子里的宰牲台上正剁着的排骨说，那是今早刚宰的一头小猪，特意留了最好的一块，得亏我多看了两眼……"

楚楚看着唐严那张又青又白的脸，嘟囔道："跑江湖的不是天不怕地不怕，杀人如麻，茹毛饮血的吗？"

唐严差点儿没吐出来："这都什么乱七八糟的，你听谁胡扯的啊！"

"我们镇上添香茶楼说书的董先生。"

唐严一张黑脸气得发紫，声如洪钟地吼了一嗓子："说书的懂个屁啊！还他妈好意思姓董！"

楚楚吓得直往萧瑾瑜身边躲，这大老黑发起火来还真像是要吃人一样。

被楚楚一脸委屈地看着，唐严一时窘住了，他爆粗口吼的可是未过门的安王妃啊。

萧瑾瑜看出唐严僵在那尴尬得很，咳了两声道："可知道这死者是谁？"

"王爷你别逗了，这都剁成这样了。谭章让人查了凝香阁，凝香阁老板娘一看出事了，又改口说不是他们自己杀的獾，是今早从满香肉铺买来的，满香肉铺是县里四个屠户和一个账房合开的，肉在进铺之前就算好了斤两，都混到一个冰窖里存着待卖，所以也说不清凝香阁的这块到底是哪个屠户拿来的。

"谭章把凝香阁和满香肉铺的人全抓了，他一直看老季不顺眼，也借口把老季抓了，说设宴的事他挑的头，他也有嫌疑，就等明天升堂审问了。"

萧瑾瑜淡然地看着唐严，话说到这份儿上，他已经明白唐严为什么来找他了，沉声道："这案子本就怪异，又已被谭章闹成这样，太过招摇，你查不得。"

唐严急道："这要让谭章那老头查，案子还没查出来一准儿先把老季害了！"

"眼下京中正有件事急需你查，等回京吴江会把案卷给你。"萧瑾瑜咳了几声，"上元县这件案子由我来办。"

唐严一惊，刚想说这样太危险使不得，但转念还是把话吞回去了，这个人一旦做了决定，就是皇上也拧不过来。

唐严还在心里盘算着有没有转圜的余地，就听楚楚欢喜地对萧瑾瑜道："这样好！你能好好歇几天，等把病养好了再走。"

唐严一怔，看着萧瑾瑜苍白的脸色皱了皱眉头，这倒是个让他没法反驳的理由，萧瑾瑜这样的身子要是在这大冬天里从京城一口气赶到苏州，非得出人命不可。

"既然这样，我先把这包东西送回去，明天一早接你们去老季府上住，他媳妇回娘家了，家里人少、清净，养病方便，办案也方便。你在那住着，谭章也不敢找老季的麻烦。"

萧瑾瑜点头："好。"

唐严拎起油纸包的时候突然想起点儿什么，转头对萧瑾瑜扬了扬手上的油纸包，笑道："这案子就当是我送给王爷的寿礼了，你俩好好过日子。"

在京城大街上遇见景翊之前，县令就是楚楚见过的最大的官了。在楚楚的印象里，县令就该是紫竹县郑县令那种模样，圆脸小眼大肚子，开口说话先清嗓，走起路来两手往后一背，肚子一挺，下巴一扬，八字脚朝外，不慌不忙的，就跟戏台上的大官一模一样。

所以刚见着季东河的时候，楚楚根本没看出来那个身形瘦长、眼底发青、脸色蜡黄的便袍中年男人就是上元县的县令大人，倒是跟他一块儿来门口迎接王爷的这个留着大胡子、穿着官衣的胖老头更像个当官的。

萧瑾瑜刚被唐严从马车上搀下来坐到轮椅上，大胡子胖老头就一路小跑着迎了上来，腿脚麻利地对萧瑾瑜一跪："下官升州刺史谭章拜见安王爷。"

季东河被关在牢里吐了一夜，步子发飘，迟了几步才向萧瑾瑜跪拜，连声音都是发飘的："下官升州上元县县令季东河拜见安王爷。"

楚楚跟两个侍卫站在一块儿，偷偷看着萧瑾瑜。

萧瑾瑜已换上了那身深紫官服，腰背笔直地坐在椅中，身形比在场任何一个人都单薄，气势却比在场所有人加起来都凌厉，神情清寒如冬，不怒自威。

比起萧瑾瑜，那大胡子胖老头都不像当官的了。

萧瑾瑜沉沉冷冷又客客气气地道："此处属二位治下，谭刺史、季县令不必多礼，请起吧。"

萧瑾瑜刚开口，楚楚就往后缩了一小步，不知怎么的，就觉得他说这话的时候怪吓人的。

谭章先从地上爬了起来，觍着笑脸弯着腰对萧瑾瑜道："外面风大寒气重，王爷里面请吧。"说着就要来推萧瑾瑜的轮椅，手还没沾着轮椅就被唐严扬起剑鞘狠拍了一下。

唐严只用了一分力气，谭章已经疼得龇牙咧嘴了，可在王爷面前，想叫也不敢叫。

唐严毫不客气地剜他一眼："下回落在手腕子上的就不是鞘了。"

直到萧瑾瑜被唐严送进季府，谭章还捂着手腕一头冷汗地愣在原地，昨晚喝酒的时候唐严可不是这么个煞星模样啊。

正愣着，忽觉袖口被人扯了一下，转头看见是跟王爷一块儿从马车里下来的那个小丫头。

只见这小丫头凑到他跟前压着嗓门一脸神秘地道："大人，那个人是跑江湖的，杀人如麻，茹毛饮血，脾气比王爷还大，你当心点儿，可别惹他！"

"啊……啊？"

谭章顶着一脑门冷汗一溜小跑进厅堂的时候，萧瑾瑜已落座堂中，季府丫鬟端了茶盘过来，季东河刚要端杯子给萧瑾瑜，谭章便两步凑上前去，抢先拿过茶杯捧到萧瑾瑜面前："下官知道王爷素爱龙井，特意为王爷备了今年新摘的极品龙井，配以山泉水细烹煮，请王爷品尝。"

萧瑾瑜轻搭在轮椅扶手上的胳膊纹丝未动："本王有恙在身，忌茶忌酒，谭大人的好意本王心领了。"

谭章端茶的手滞了一下，迅速把杯子放回茶盘，"下官疏忽，下官疏忽，王爷恕罪。若是如此，王爷倒不如下榻下官府上，府上虽粗陋，却有几个手艺精妙的厨子，王爷吃得好了，病自然就好得快了。"

萧瑾瑜浅浅地向楚楚望了一眼："本王饮食起居自有王妃打理，就不劳谭大人费心了。"

王妃？哪儿呢？

谭章四下看，楚楚也在四下看，站在楚楚边上的侍卫看不下去了，暗暗扯了下楚楚的袖子，低声道："说你呢。"

楚楚一愣，对啊，王爷的娘子可不就是王妃嘛！于是"唰"地举起手来朝谭章挥了挥："谭大人你放心吧，我一定天天都给王爷做好吃的！"

唐严差点儿没绷住脸。

谭章盯着楚楚呆了好一阵子才转过神来，这是从哪块儿石头里蹦出来的王妃娘娘啊。

谭章好不容易才重新堆起笑脸："王爷，这县衙条件简陋，实在不合适养病啊。今年早春时候六王爷驾临，那就是在下官家里住着的，六王爷走后下官没再让旁人住过那院子，王爷若不嫌弃，下官这就让人准备。"

萧瑾瑜眉梢微挑："六王爷住过的院子？"

谭章一双小眼笑成了两小截细线："正是，正是！"

"那本王还真嫌弃。"

"下官真是糊涂了！王爷断案如神，一身清正之气，足以使所到之处蓬荜生辉啊，这点简陋实在不足为虑，不足为虑……"好不容易沿着自己给自己铺的台阶趴下来了，谭章还不死心，"王爷，下官记得今日乃您的寿辰，特在城中酒楼汇贤居订了一席雅座，为王爷接风祝寿，也想就此奇案向王爷求教一二。"

连楚楚都被这个大胡子刺史说得不耐烦了，看看萧瑾瑜，这人脸上还是不见一点儿波澜。

谁说王爷脾气差了，他的耐心可真好。

楚楚正这么想着，却听萧瑾瑜依旧清浅地道："本王入升州已有两日，接风就不必了，若说祝寿，按本朝礼法，刺史官衔尚不具为皇亲摆设寿宴的资格，谅你出于好意，僭越之罪且就免了。至于案子，鉴于谭刺史、季县令和唐捕头皆在当日列席，即为本案涉案者，无权查办此案。即日起，此案由本王接管，无本王令擅自染指此案者，斩。"

萧瑾瑜这话说完，只见谭章脸色发白、季东河脸色发黄、唐严脸色发黑，但三人都满头大汗的。

楚楚看着萧瑾瑜发愣，这话配着这神情，他到底是生气还是没生气啊？

萧瑾瑜看向两个侍卫，仍是清淡平和的声音："去随谭大人交接此案相关文书物证，务必仔细，莫有遗漏。"

"是，王爷。"

"是，下官告退，告退……"

萧瑾瑜看向楚楚，声音轻了一分："去帮我把尸体带来吧。"

季东河忍不住向楚楚多看了一眼，安王爷下车到现在嘴里说出的第一个"我"字，是对着这个小姑娘说的。

"好。"

唐严把萧瑾瑜送进季东河安排的房间，门一关，大笑起来。

"王爷，你下回再一口一个'本王'的时候能先打个招呼吗，我可是差点儿就绷不住了。你上回这么张嘴闭嘴说'本王'是啥时候来着，前年过年在王府喝酒划拳输了耍赖的时候吧，啊？哈哈哈哈……"

萧瑾瑜微阴着脸看着快笑岔气的唐严："你旧友的这口气我已替他出了，可满意了？"

唐严动作夸张地一抱拳："王爷英明！"

萧瑾瑜抬手揉着涨得发疼的太阳穴，懒得理他。

唐严彻底笑够了，才道："王爷，老季那我打过招呼了，需要啥尽管招呼他，没事儿他自不会跑来烦你，你就在这儿放心住着吧，我这就回京给你办事去。"

"好。"萧瑾瑜抬头看向这个既拿他当主子又拿他当孩子的部下，看得有点意味深长，"任何时候都不要忘了，只要是需你去办的皆是一等一的机密，关系重大，万万谨慎。"

唐严一愣，剑眉微沉，他听得出来萧瑾瑜这话不是句普通的嘱咐，可他想不出自己做了什么能惹得萧瑾瑜说出这么句话来："王爷，有话你直说。"

萧瑾瑜蹙了蹙眉头，唐严看着萧瑾瑜从一个小包袱里拿出三个本子来，打开其中一本翻到某页摆到他面前，唐严刚扫了两眼，脸色就沉成了锅底："这是什么玩意儿？"

"一个说书先生的话本，《六扇门九大神捕传奇》。"

"这不可能！"唐严一急，黑脸涨得紫红，"我拿师门名号发誓，你让我办的那些事，就是对安王府的人我都一个字也没提过，别说什么狗屁说书先生了！"

萧瑾瑜轻声打断唐严："我不是怀疑你，只是让你多加小心。这里面不只有你办的案子，还有安王府另外八人近年办的几桩案子，还有两个是我亲自接手的案子。除了以江湖名号掩去了真名实姓，其余可称得上分毫不差。"

"这是哪儿的说书先生？"

"苏州紫竹县楚水镇，添香茶楼。"

唐严愣了一下："这不是楚姑娘家？"

"这三本就是她在茶楼听书之后记下来的。"

"王爷，"唐严看着萧瑾瑜，脸色和声音一块儿沉了一分，"听说这婚事是楚姑娘跟皇上要的，这回去苏州也是她提出来的，现在这话本也是她的……"他是不愿相信那个为让萧瑾瑜吃得舒适些特意借厨房炖蛋羹的小丫头是个心怀鬼胎的主，但他也是个办案子的，证据比天大。

萧瑾瑜微微蹙眉，摇头："寻常人探不了这么精细，何况是散在全国各处的案子。我已大概猜到是什么人，看这话本的长度，这人已在楚水镇等我多时了。"

"甭管怎么说，把你往楚水镇引的可是这丫头片子。"唐严突然想起些什么，盯着萧瑾瑜苍白得不见一丝血色的脸道，"王爷，你突然病得连这把椅子都推不动，也跟那丫头有关系吧？"

萧瑾瑜微怔，迟疑了一下，浅浅叹了一声，轻轻苦笑："她说晚上亮着灯睡不着。"

唐严几乎跳起来，"那这大冬天的你就在外面凑合了一宿？"

"没有，在马车里。"

唐严抓着剑，紧咬后槽牙才没冲着这人爆出那些江湖流行的粗口来，好一阵子才带着点没那么明显的火气道："王爷，你知道我这回为什么没给你送贺寿帖吗？"

萧瑾瑜皱眉，怎么一下子拐到贺寿上去了？

不等萧瑾瑜回答，唐严就忍不住道："景翃传书说要查楚姑娘背景的时候我正好在苏州，就抽个晚上去探了探，查到楚姑娘所谓的娘是生楚家长子楚河的时候难产死的，这之后楚楚她爹楚平也没再续弦，结果有一天楚家突然就多了个女娃娃。楚家干的是仵作行，跟他家来往的人不多，楚家说这是自家闺女，街坊就当是楚楚她爹在外面鬼混私生的了。"

萧瑾瑜蓦地明白了楚楚口中的那个"晦气"，心里揪了一下，仵作家的女儿，还是来路不明的私生女，就算是在相对开化的京城恐怕也得从小受尽白眼，何况是在偏僻小镇。

"我看着楚平是个老实人，不像能干出这事儿的人，但我那会儿急着赶去杭州，景翃只说她是个仵作，我也就没太当回事儿。现在可是要封她当王妃，这就不是小事了，昨晚在客栈我看她没什么不对劲，现在既然是这样，王爷，还是小心为上啊。"

萧瑾瑜像是消化了一阵，轻轻叹道："我心里有数。"

看萧瑾瑜好像没拿他的话当回事，唐严冷声道："王爷，你要是非把刀往自己脖子上架，凭我们几个可夺不下来。"

萧瑾瑜静静看向努力压制脾气的唐严，浅笑："你当年不就把剑架到了我脖子上吗？"

唐严一气之下脱口而出："那能一样吗，那会儿我脖子上不还架着吴江的刀吗！再说了，那会儿也不见你脸红——"

萧瑾瑜一眼瞪过去，唐严倏地掐住了话音。

这才想起来，眼前的虽然是个连站都站不稳当的人，但要真惹毛了他可比惹毛一窝子武林高手还可怕得多。

在萧瑾瑜冷厉目光的注视下，唐严吞了口唾沫："那，那……那什么，天不大好，要下雨了，我先跑路……不是，赶路，赶路了，王爷保重！"

唐严化成一道黑影闪出去，萧瑾瑜才慢慢把几乎虚脱的身子靠到椅背上，褪去凌厉之色的目光低垂到身前的三个本子上，无声苦笑。

若真如此，你又何必……

楚楚到了刺史衙门才知道，所谓把尸体带回来，就是把昨晚上唐严拿来又拿走的那个油纸包拎回去。

楚楚看着油纸包盘子直皱眉头："就这一包呀？"

衙门书吏硬着头皮点头,一包已经让上元县鸡飞狗跳了,她还想要多少啊!

楚楚嘟起嘴:"这些也不够呀。"

书吏苦着脸摇了摇头:"这事儿一出,前两天在满香肉铺买肉的人家把家里剩下的肉全送回来了,现在连同凝香阁后厨和别院里所有能找着的肉一块儿都搁在满香肉铺的冰窖里,一大堆肉混在一块,衙门的几个忤作谁也分不清。"书吏低头看了眼楚楚手里的油纸包,由衷感慨,"唐捕头不愧是安王府的人,就是眼毒啊,都成这样了还能一眼看出来。"

楚楚赶紧纠正:"还是王爷更厉害,王爷一下子就想到啦!"

见楚楚把油纸包拿在手里的模样,书吏背后一阵发凉,安王爷找这么个王妃,也算是一家人进了一家门吧。

"谢谢书吏大人啦,我这就给王爷拿回去!"

楚楚走没影了,书吏才反应过来,她想找剩下的那些尸体,又有那个胆子,怎么就没要求去满香肉铺看看?

楚楚不是没想去,只是记得萧瑾瑜那句话,没他的命令随便查这案子的人可是要掉脑袋的!

她能不能去肉铺里翻,还是等回去问问清楚再说的好。

回季府的路上,楚楚拐了个弯,办了一件事,一件从京城出来起这一路上她都在心里盘算着的事,办完这件事回到季府已经是大中午了。

楚楚敲敲萧瑾瑜的房门,没人应。

她使劲儿敲,还是没人应。

她再使劲儿敲,门"吱呀"一声自己开了。

萧瑾瑜就在桌边坐着,身子懒散地靠在轮椅里,头微垂着。

楚楚吐了吐小舌头,居然是睡着了,还好刚才敲门没把他吵醒。正想关门退出去,楚楚犹豫了一下,还是轻手轻脚走进去了。

他这样的身体,这样子睡觉恐怕会着凉,还是给他盖个被子吧。楚楚从床上抱了条被子,展开来小心翼翼地给他盖在身上,抬头近距离地看见他的脸,愣了一愣。

萧瑾瑜微皱着眉头,双目紧闭,嘴唇惨白,脸上却蒙着一层淡薄的红晕,胸膛毫无节律可言地微弱起伏着,像是每一次起伏都用尽了最后的一点力气,停歇好一阵子才会再次轻轻吐纳。

不对,他睡着不是这样子的。

楚楚伸手探了下他的额头,手指刚触上去就吓得立马缩了回来,这人怎么烫得像是要化掉了一样!

急忙抓起他的手腕,隔着烧得滚烫的皮肤,脉搏弱得几乎摸不到,反倒是清楚地感觉到他身子的细微颤抖。

"王爷，王爷！"楚楚推他喊他，萧瑾瑜还是闭着眼睛，毫无反应。

"娘娘，怎么了？"季东河是来请萧瑾瑜用午膳的，刚到院门口就听到楚楚带着哭腔叫"王爷"，紧赶了几步过来，却还是站在房门口恭恭敬敬地问。

不是他紧急时候还非要讲规矩，只是唐严再三叮嘱的一堆注意事项里其中就有一条：没有萧瑾瑜点头，他所在的房间决不能擅自进入，除非是有要命的事儿。

楚楚一见是季东河，也不顾那声"娘娘"叫得她多心慌了，急道："季大人，王爷病了，昏过去了！"

季东河一惊："娘娘别急，下官马上去请大夫。"

这事儿可算是要命的了吧……

季东河带着那个胡子、头发都白透了的老大夫赶回来的时候，楚楚已经连背带拽地把萧瑾瑜弄到了床上，给他脱了官服外衣，在床边既着急又害怕地守着。

刚才还好好的，说起话来那么威风，怎么才一转眼的工夫就昏了。

老大夫一进门就不耐烦地把楚楚从床边赶开，从被子里抓出萧瑾瑜清瘦的手腕摸了一阵，撑开他的眼睛，又掰开他的嘴看了看，最后把手伸进被子里仔细摸了一遍萧瑾瑜瘦骨嶙峋的腿脚，再看向楚楚的时候眼神就更不耐烦了："你是他丫鬟吧？"

楚楚赶忙摇头："我是他娘子。"

"娘子？"老大夫毫不客气地瞪了楚楚一眼，冷冷一哼，"我看你是他买来的娘子吧。"

季东河吓了一跳，医馆人多眼杂，他没敢跟老大夫说生病的是什么人，可也没想到他老人家会对着安王妃冒出这句话来，一惊之下敢忙抢话道："顾先生，这位公子到底怎么样？"

老大夫从鼻子里透出股气："怎么样？季大人怎么不问问他这娘子，自家相公都残了半截身子了，怎么还不给他好好吃饭，生生把他肠胃糟蹋成这个样！"老大夫板着脸瞪向楚楚，"他呕血了大半个月了，你这个当娘子的就一直这么干看着？"

呕血？他什么时候呕血了？

"我，我没见他呕血啊！"

"没见过？小丫头，你没见过的还多了！他这么年纪轻轻，五脏六腑就已经虚弱得跟七老八十似的了，过度劳累又受了这么重的风寒，这会儿寒邪入肺，凭他这样的肺经，再耽搁一晚上就能成痨病，再熬个七八天你就能抬着家产改嫁啦！"

季东河这才猛地想起来，这老大夫老家一个天生体弱的侄子就是生生被媳妇虐待死的，据说那女人愣是连后事都没管就卷着家产风光再嫁了，才不过一两个月前的事，肯定是老大夫看着萧瑾瑜想起了自家侄子，一时心疼，对侄媳妇的火气就撒到楚楚身上了。

老大夫这会儿要是骂的是别人，季东河也就不吭声了，可他骂的是安王爷的女人，还连带着把安王爷也一块儿咒上了，再由他这么说下去，别说他要落罪，季东河自己这

· 111 ·

辈子也别想再在官场上混了。

"顾先生，您可是全升州最好的大夫，救人如救火，季某拜托了！"季东河说着就抱拳向老大夫深深一揖。

家里刚出了一盘子碎尸，安王妃又被自己找来的大夫骂了一通，要是安王爷再在这儿有个什么好歹，他就真得抱块石头跳河去了。

听县令大人言辞恳切到这个份儿上，又见楚楚红着眼圈咬着嘴唇小脸煞白，老大夫也不忍心了，叹了口气，后面更重的话就全掐住了。

老大夫疼惜地看了眼床上的人，摆了摆手："我是个大夫，不吓人也不哄人，就实话实说。照他这样下去，多则一两年，少了，今年冬天都过不去。"

老大夫话音还没落，楚楚就忍不住了："你胡说！他刚才还好好的呢！"

一辈子行医，头一回被人说骗人，老大夫也气得胡子一抖一抖的，把诊箱盖子一合，背起来就走："他好好的，你叫我来干吗！"

一边是王爷的女人，一边是上年纪的老名医，季东河谁也说不得，只得追上去道："顾先生，我跟您去抓药！"

季东河一直追着老大夫出了院门，老大夫的火气也给冷风刮得差不多了，步子缓下来，忍不住叹了一声，皱起眉头："季大人，这生病的是个什么人啊？年纪轻轻就心力交瘁，一副身子骨都弱得跟纸糊的一样了，身上这么个要命的疼法怎么还能一声都不吭啊……"

季东河苦笑，想起心高气傲的唐严护在那人身边时虔诚肃穆的神情："您还是别问了，不是凡人。"

萧瑾瑜醒来已经是第二天的事了，刚在一片昏昏沉沉中睁开眼睛，怀里就扑进了一个温软的重量，同时一个带着哭腔的声音响起："王爷，你别死！"

病重昏睡对他来说绝对算不得稀罕事，可是一醒来就听到这哭丧似的一句话还真是头一回，萧瑾瑜哭笑不得："我没死……"

听着萧瑾瑜虚弱发哑的声音，楚楚哭得更厉害了："我保证对你好，给你做好吃的，不让你受累，好好照顾你。你死了我也不改嫁！"

萧瑾瑜听得一头雾水，这都什么跟什么啊。

萧瑾瑜吃力地抬起手，轻轻拍了拍楚楚紧黏在他身上哭得起起伏伏的小身子："怎么了？"

楚楚这才抬起头来，一边掉眼泪一边抹眼泪地道："大夫说你治不好，我不信！"

萧瑾瑜微怔："什么大夫？"

"你发烧烧得都昏过去了，季大人请的大夫。"

萧瑾瑜轻皱眉头，目光动了一下："大夫说了什么？"

这句话不问还好,一问出来,楚楚又扑回到萧瑾瑜仍在发热的怀里,死死抱住他,好像生怕一眨眼这人就不见了:"他说的都是瞎话,我一句都不信!他说你这也不好那也不好,可我看着你就是挺好的,比谁都好!"

萧瑾瑜舒了口气,幸好……

萧瑾瑜知道自己的病情迟早有一天会吓到她,却没想到如此寻常的昏睡就已经把这个剖尸体都不带眨眼的小丫头吓成了这样,心里生出些内疚,拍拍楚楚的肩膀,浅浅苦笑:"你放心,我死不了,大夫只是看我住在县令家里,像是有钱人,无非是想骗我多买些药罢了。"

楚楚一下子抬起头来,自己怎么就没想到这一点呀,忙把头点得像小鸡啄米:"对对对!肯定是这样!"

看着楚楚破涕为笑,萧瑾瑜闭上眼睛,听着自己的心跳无声轻叹,用这么惊天动地的一出迎接他又一次从鬼门关爬回来,老天爷还真是待他不薄啊。

"要不咱们不去楚水镇了,回京城,回王府吧。"楚楚这话说得跟前面那几句一样认真,只是平静了不少,像是经过深思熟虑的。

耳边突然闪过唐严的话,唐严才刚跟他说了这些,她怎么就要求往回走了?萧瑾瑜心里沉了一下,睁开眼睛看向坐在他身边哭得像只小花猫一样的楚楚:"为什么?"

"王府的大夫好,肯定很快就能治好你。"

萧瑾瑜轻轻摇头:"该吃的药大夫都给我了,回去吃的也是这些。都走到这儿了,回路更远。"看着楚楚一副不为所动的神情,萧瑾瑜声音微沉,"不然,你是嫌我这样子见不得人了?"

楚楚一下子急了,小脸"唰"地红起来:"才不是呢!你可好看了,最好看,比观音菩萨都好看!"

萧瑾瑜默默叹气,真是烧糊涂了,没事儿逗她干吗。

楚楚看着萧瑾瑜,抿抿嘴唇,抽了抽鼻子:"那,不回去也行,你得答应我,每天好好吃药,多吃饭多睡觉。是皇上说把你交给我的,你要是不好,我就是欺君大罪,要被皇上砍脑袋的。"

她这样满脸泪痕眼泪汪汪地看着他,他还能说什么:"好,依你。"

"不骗人?"

"不骗人……"

楚楚想了想,皱起眉头:"不行,你老是说瞎话,你得写下来,白纸黑字,然后再按个手印才行。"

萧瑾瑜觉得自己这辈子是别想摸透这个小脑袋瓜了,无奈地招了招还使不上力气的手,轻叹:"恐怕今天还写不了字。"

楚楚水汽朦胧的睫毛上下扑扇了几下:"那咱们就拉钩。"

· 113 ·

萧瑾瑜一愣:"什么钩?"

这人居然连拉钩都不知道,怪不得他老是骗人呢!

楚楚也不跟他解释,一把抓起他还使不上什么力气的手,伸出右手小指钩住他的小指,严肃认真得像道士作法念咒一样地道:"拉钩上吊一百年不许变,谁变谁是王八蛋。"

萧瑾瑜一阵呛咳,心脏半响才缓过劲儿来:"这回放心了吧,别哭了。"

楚楚几下子抹干净眼泪,认真地看着萧瑾瑜:"这样还不保险。"

他一个万人之上的王爷都被她骂王八蛋了,她还想怎么保险?

就见楚楚小心翼翼地从怀里摸出个小物件,神情郑重地放到他手里:"你把这个收好。"

萧瑾瑜拿到眼前蹙眉细看,楚楚塞到他手里的是个做工普通的暗红色小锦囊,摸起来里面像是还装了什么东西,刚要打开就被楚楚急急叫住:"不能开!开了就全跑了!"

萧瑾瑜深深看了这锦囊一眼,轻合手指默默捏了捏,确认里面的确没有任何活物,才一头雾水地看向楚楚:"什么跑了?"

楚楚答得一本正经:"仙气。"

萧瑾瑜觉得自己的脑子已经不转了,因为转了也没用:"这到底是什么?"

楚楚一脸成就感地笑着:"我在观音庙给你求的护身符。"

萧瑾瑜怔了一怔,这倒不是他收到的第一个护身符,但一般是不会有人给他送这种东西的,原因有二:第一,稍微了解他的人都知道这是个遇神杀神遇鬼杀鬼的主,根本不信这一套;第二,关心萧瑾瑜的人多是实干派,比起求神拜菩萨,他们宁愿挎刀握剑护在他身边,或者干脆直接出手为他斩除隐患。

上一个送他护身符的人在符纸上浸了无色无味的毒,叶千秋忙活了半个月才把他从阎王那拽回来。

萧瑾瑜轻蹙眉头,带着几分戒备小心地看着这个小小的符:"为什么?"

"昨天是你的生辰嘛!我本来想给你摆寿宴来着,可你说连刺史大人都不够格,那我就更不够格了。我也没钱给你买什么大礼,就按我们镇上的习惯,在你生辰那天找离你最近的观音庙,跪在观音娘娘面前念一个时辰的平安经,这个时候求的护身符最灵,能保你一整年平平安安。"

萧瑾瑜一时不知道该哭该笑:"你为这符跪了一个时辰?"

楚楚美滋滋地道:"是呢,就得跪满一个时辰才行,不然就不灵啦。昨天求平安符的人可多了,等我跪完去求的时候正好就剩最后一个,你运气真好!"说完看着萧瑾瑜仍然病色深沉的脸,抿抿嘴唇,十分肯定地补道,"你的病肯定很快就好。"

萧瑾瑜牵起一个分外苍白的微笑,把这小锦囊轻轻攥到手心里:"谢谢。"

"不客气!"

萧瑾瑜服过药又昏昏沉沉地睡了一阵，醒来的时候已日头偏西，楚楚还坐在床边看着他。

一见萧瑾瑜睁开眼睛，楚楚就凑近了过来："你醒啦？"

"嗯……"再不给她找点事做，她恐怕是要一直这么看下去吧，"楚楚，尸体可取来了？"

楚楚点点头，又摇头，乖乖地道："只有那包碎肋骨。刺史府的书吏大人说还有一些在肉铺的冰窖里放着，可肉都切开了，混在一块儿，他们都认不出来。你先前说这个案子里的事儿要是没有你的命令谁也不能管，我不知道我能不能去认，想先来问问你。"

萧瑾瑜莞尔，要是因为自己生病她就这么乖巧老实了，他倒是不介意多病些时候。

"去吧，我和你一起去。"

楚楚见萧瑾瑜要起身，一急之下两只小手一块儿扑上去按住了萧瑾瑜的胸口："不行不行！大夫说了，你得好好休息，不能累着了！"

被她以这么个姿势按得动弹不得，萧瑾瑜笑不出来也气不起来："哪个大夫说的？"

"就是季大人找来的那个老大夫啊！"

"你不是说，他说的都是瞎话，你一句都不信吗？"

楚楚一愣，这话好像真是自己说的。

萧瑾瑜一锤定音："去准备吧，顺便帮我叫侍卫来。"

楚楚跟着萧瑾瑜到满香肉铺的时候，前堂里齐刷刷地站了一排人，打头的是一身便服的谭章，对着萧瑾瑜深深一揖，活生生把一张大饼脸笑成了百褶包子："安王爷，此案相关人等皆已在此，恭请王爷审断发落。"

萧瑾瑜只点了下头，转对楚楚低声道："去吧，看仔细些，莫有遗漏，多加小心。"

"好。"

第三章

楚楚由一个王府侍卫和一个刺史衙门官差陪着去了冰窖，直到三人在视线范围内彻底消失，萧瑾瑜才扫了一圈满堂的人，把目光定在一排人里唯一一个女子身上："你是凝香阁掌柜？"

绿衣女子忙向前迈了几步，落落大方地对萧瑾瑜跪拜："民女凝香阁掌柜宛娘拜见安王爷千岁。"

萧瑾瑜一句官话也没说，也没让她起来："那日是你要做糖醋排骨？"

宛娘端端正正地跪直身子，颔首徐徐道："回王爷，糖醋排骨是小店的招牌菜，蒙远近客人抬爱，以宛娘做的最为出名，当日乃县令季大人点菜待客，宛娘不敢怠慢，特地停业一日，亲自操持。"

萧瑾瑜声音微沉："所用材料也是你亲自选的？"

宛娘四平八稳的声音里加了几分愧色，仍低着头："回王爷，此事说来惭愧，小店一向对外宣称，做菜所用的肉都是别院里精心饲养的牲畜，在每日清早由店里师傅宰杀待用，以求食材质优鲜美，所以要价比一般馆子高出许多。实际上，养在别院的那些都是给客人看的，店里每日所用的猪肉一直都是满香肉铺供货。因为是季大人待客，我还特意挑了块细嫩的，谁知……实在怪宛娘财迷心窍又有眼无珠，牵累了季大人，罪不可恕。"

季东河在一边听得有点儿不好意思了，迈出一步，对萧瑾瑜颔首道："王爷，凝香阁在上元县开了有五六年了，宛娘一个弱女子操持一间酒楼实属不易，虽有取财无道之过，但决不是穷凶极恶，害人性命之辈，还请王爷明察。"

季东河话音还没落，被谭章伸手拽了回去："王爷心清目明，自有裁断，用你多嘴！"

"谭大人，卑职也是实话实说。"

"你已是停职待查的戴罪之身，哪有你说话的份！"

"谭大人——"

萧瑾瑜不轻不重地咳了两声，正剑拔弩张的俩人立马安静了，萧瑾瑜一点儿搭理这俩人的意思都没有，向剩下的一排人又扫了一遍，目光在一个长衫青年和一个长衫大叔身上徘徊了一下，最后落在那长衫大叔身上："你是满香肉铺的掌柜？"

长衫大叔被萧瑾瑜清寒的目光看得心里直发慌，乍一听点到自己，膝上一软，"咚"地一声就跪了下来："草……草民，草民满香肉铺掌柜赵满，王爷千岁千千岁！"说完才想起来跪得太远了，赶紧往前爬了几步，对着萧瑾瑜实实在在地磕了个响头。

萧瑾瑜微微皱眉："肉铺是你开的？"

"是是是……也不是，不是……"赵满顶着一头汗珠抬手往后面那排人里一指，"是小的五个一块儿开的，小的们都是屠户，但好门面的铺子太贵，单个开肉铺谁也开不起，就合计着一块儿凑钱开的，小的识几个字，会记账，就当了账房，也算不得掌柜。"

"可记了凝香阁买走的肉是哪家送来的？"

"这……小的们是一个村的，都是老邻居了，就没记那么细，只记了谁家送来多少斤两啥肉，到月底也就按这个分钱，所以每天肉一送来就混到一块儿了，也不知道是谁的。"

"屠户杀猪剔肉，可是在自家院子里？"

"是是是……乡下人家，没那么多讲究，咋方便就咋干了。"

萧瑾瑜点了点头，声音轻了一分："二位请起吧。"

"谢王爷。"

两人起来之后，萧瑾瑜一句话也没再说，靠在椅背上浅皱眉头轻阖双目，看着像是在苦思冥想，一众人谁也不敢出一丝动静惊扰他，直到楚楚老远喊了一嗓子打破寂静："王爷，都查好啦！"

萧瑾瑜缓缓睁开眼睛，看着跟楚楚一块儿过来的侍卫和衙差把一个盖了白布的担架抬到大堂正中央放下，沉声对那一排人道："宛娘，带你的人回去，尽快收拾早些开门做生意吧。赵老板，你们先回去歇息几天，肉铺何时能重开，自会有人告知你等。本案结案前，任何涉案人等不得离开本县，务必随传随到，违者与杀人者同罪。"

"民女拜谢王爷。"

"谢王爷……谢王爷！"

待一排人鱼贯而出，两个侍卫不约而同地悄声闪了出去，余下互相看不对眼的谭章、季东河和刺史衙门的几个官差，再就是虽然在冰窖里冻得小手小脸发红，但还是明显心情甚好的楚楚。

她这样两眼发光的模样让萧瑾瑜一时怀疑那白布下盖的是具已经拼凑齐全的完整尸身。

不可能，若是头颅手脚俱在，刺史衙门的官差仵作怎么会找不出来？

"王爷，能找着的就全在这儿啦，虽然还不全，可也不少。"

楚楚把白布一掀，除了萧瑾瑜和那个刚才已经在冰窖里恶心过了的衙差，一众人等顿时满面绿光。

担架上摆了些许被分割过的肉，萧瑾瑜看得出来这些肉不是随意乱堆的，而是缺东少西地摆出了一个隐约的人躯形状。

刺史衙门的官差连猪肉人肉都分不出来，她居然连哪块肉长在人身上的哪个地方都分清楚了。

没等萧瑾瑜诧异多久，楚楚已经在担架边站得笔直，开始认认真真地报道："禀报王爷，死者女，二十有余，三十不到，还没生过孩子，是最近两三天死的，尸体是死后被人分割开的，从那几块比较完整的来看，分尸的人刀法特别好，刀口都整齐利落得很，只是碎得太厉害了，还缺了好多部分，死因暂时还不知道。"

楚楚几句话说出来，满堂鸦雀无声。

萧瑾瑜也远远地看着那堆碎肉发怔，就算是以前可以接触尸体的时候，让他拿在手里仔细看，他能看出来的也只是死亡时间、死后分尸、刀口特征罢了，剩下的……

"你如何知道死者是个女子？"

楚楚向担架上看了一眼，这不是挺明显的事嘛，难不成是王爷考她的？

"女人的骨架子比男人的小，一样地方的肉，女人身上的更脂厚油多。"

楚楚说着弯腰伸手在担架上拎起了一大块肥瘦相间的肉，小心捧着在众人面前依次晃过去，"你们看这块五花肉，瘦得柔润，肥得细腻，哪像是男人。再说啦，你们看，这肉皮比王爷身子上的还细嫩呢，上哪儿去找这样的男人呀，一准儿是个富家小姐！"楚楚说完，信心十足地看向萧瑾瑜，"王爷，我说的对吧？"

一众大官小差齐刷刷默默盯着萧瑾瑜，王爷身子上的……有多细嫩啊？

萧瑾瑜风平浪静的脸上隐隐发青又阵阵泛红，咳了几声掩饰过去，沉着声音黑着脸道："为何是二十有余三十不足？"

"看这肋骨弯度，肯定不是小孩，是个大人，不过骨头韧性还挺好的，所以这得是个挺年轻的大人。"

看着众人把视线从自己身上移到楚楚指着的骨头上，萧瑾瑜暗暗舒了口气，声音和脸色都缓了一缓："那为何说她没生过孩子？"

"女人生过孩子以后骨头颜色就会变深，里面也没这么密实。"

萧瑾瑜默叹，若非剖解尸体无数，她又怎么能知道这些。普天之下怕再难找到第二个这样的作作了吧。就算她来路不明，哪怕她真是别有所图，那也无妨。

"楚楚，把这些尸骨交给谭大人，暂且停放在刺史衙门的停尸房吧。"楚楚还没应声，谭章就觍着微微发绿的笑脸一步迈出来："请王爷放心，卑职一定着人严加看守，决不会出丁点差错，啊不，今日起卑职就与这尸体同食同寝，尸在我在，尸损我亡！"

· 118 ·

萧瑾瑜云淡风轻地看着他:"谭大人对逝者的敬畏之心让本王颇为触动,若不给予成全本王也于心难安。准升州刺史谭章与本案死者同食同寝,直至本案了结,其间任何人无故不得阻拦干扰,否则治凌辱尸体之罪。"

"王爷——"

"谭大人不必客气。"

从肉铺回到季府的时候天已经暗下来了,楚楚沐浴更衣之后就钻进了厨房。

进厨房的时候,当家厨娘凤姨正带着两个小厨娘忙活晚饭,见楚楚进来,赶紧搁下手里宰了一半的鸭子,一边在围裙上擦手一边迎上来:"王妃娘娘……"

上回进厨房的时候是急着请她给萧瑾瑜煎药,楚楚也没来得及说清楚,这会儿听见她又叫自己"王妃娘娘",楚楚急得连连摆手:"不是不是,我不是娘娘,我跟王爷还没拜堂呢。我叫楚楚,楚楚动人的楚楚!"

眼瞅着楚楚那张粉嘟嘟的脸蛋羞得通红,小嘴噘着,可爱得像个面粉娃娃似的,还真不是个王妃的模样,凤姨忙笑道:"好好好,楚姑娘,楚姑娘,成不?"

"哎!"

凤姨笑盈盈地看着楚楚:"楚姑娘来这儿,是不是该给王爷煎药了?"

"我来给王爷做点儿吃的。"楚楚笑得甜甜的,"我刚才找碎尸的时候看见了一堆剔好的猪筒骨,就想起来莲藕猪骨汤是行血养胃的,给王爷吃正合适!"

凤姨一阵后背发凉,嘴角发僵:"你……你去找碎尸?"

"是呀,我是仵作。"

"这,这样啊……筒骨是吧,你,你等等啊,我找找,找找……应该,应该还有筒骨……"

"谢谢凤姨!"

楚楚拿到骨头和莲藕之后就开始埋头折腾,凤姨一边干活一边偷眼看她,看着她拿刀收拾骨头的利落劲儿,想着她刚才那些话,心里一阵阵地发毛。

听前面见过安王爷的人说,安王爷长得白白净净的,一举一动温雅有礼,看着像个文弱书生,怎么就找了个这么……这么泼辣的王妃啊?

楚楚把材料都丢进砂锅里,弄好了火,就凑到凤姨身边来,看着凤姨往那只宰得光溜溜的鸭子身上一层一层地刷酱汁:"凤姨,这做的是啥菜呀?"

"酱香鸭,这个菜鲜香不腻,挺开胃的,胃口不好的也能吃点儿。"

"凤姨,你会做可多菜了吧?"楚楚凑到她身边儿,乖巧得就像是自己家里的小闺女一样,凤姨心里一松,话匣子也就打开了,一边收拾鸭子,一边拉家常似的跟这小丫头徐徐念叨起来:"也说不上多,就是当厨娘年数多了,东家学一点儿,西家学一点儿,自己再琢磨一点儿,乱七八糟的,上不了台面。"

"那你做啥做得最好？"

凤姨苦笑："说起来还怪可惜的，你猜我啥做得最好啊？糖醋排骨！大人和夫人都爱吃这个，大人老是说，我做的糖醋排骨比凝香阁掌柜做的还好呢！这回出了这事儿，恐怕整个府里的人这辈子都不吃这个菜了，管家也不让做了，可白瞎了我这手艺喽。"

看着凤姨一副好像丢了什么爱物的模样，楚楚也跟着难受起来："凤姨，你放心，王爷查案可厉害了，用不了几天就能把那个坏人揪出来！"

"等王爷把这个坏人揪出来，你一定给王爷说，让王爷重重治他的罪，可不能轻饶了他！"

"好！"

萧瑾瑜回到府中第一件事就是沐浴，刚才虽然没直接碰触尸体，但难保不会被腐败之气侵染，经过近日的连番折腾，他现在的身子已经禁不得一点儿万一了。

疲惫的身子浸在微烫的热水里，水里撒了叶千秋配的解毒药粉，最后一分力气也被化尽了。

三年没出京师，一出来就搞成这副样子。

萧瑾瑜往肩上撩了捧水，手抚过自己肩头的时候皱眉低头看了一眼，目光落在自己瘦得见骨的身子上，满脸嫌恶。

这副鬼样子，那丫头居然说他好看？这皮肤惨白得像死人一样，哪有她说的那么细嫩。

她是看尸体看惯了吧……

被水汽蒸得有些头晕，萧瑾瑜靠着桶壁轻轻阖上眼睛，开始在脑子里一点一点梳理手头上几件事的头绪。

许如归在牢里死得蹊跷，若查实不是自杀，那么能进刑部死牢杀人后全身而退的人屈指可数，不管是哪一个，都会在朝野引起一场轩然大波。

上元县这个案子线索太少，有，但尚未成链，只有让一众疑犯回到他感觉最为轻松自在的环境，才可能露出实质性的破绽。

蜀中那件案子看起来是仇杀，但报上来的多条线索明显得过于刻意，恐怕另有隐情，一旦处理不慎导致两大世家开打，没个三年五载是平息不了的，还是让行事沉稳圆滑的周云去吧。

还有塞北的马帮案，对驻边军队已产生了直接威胁，刻不容缓，只能让目前离之最近的冷月赶去了。

还有关中、湖北、云南……

"王爷……"

萧瑾瑜几乎要飘遍全国各地的思绪被几声越来越清晰的"王爷"唤了回来，睁开眼睛时那声音正在门外响起："王爷，你在里面？"

"嗯……"

萧瑾瑜一个音节还没发完就后悔了。

隔着一道门、一道屏风和一屋子氤氲水汽，他还是听得出来那是楚楚的声音。

不是他有意躲她，只是他没穿衣服，而且门还没上闩！

"你在干什么呀？"

"没什么，沐浴。你在外面等着，我这就出来。"萧瑾瑜急着把自己从浴桶里弄出来，手撑到桶壁上才意识到，叶千秋给他的药粉还有放松肌骨的功效，对他这会儿还发着烧的身子而言就跟散力没什么区别，泡了这么一阵，药效已发，身上一点儿力气也使不出来。

偏偏这么个时候……

"就你自己？"

不是他自己，还能是几个人一起吗？

萧瑾瑜拿起靠在浴桶边的拐杖，随口应了一声："嗯……"

话音没落，门"砰"地一声就被推开了，萧瑾瑜一惊，拐杖脱手掉到地上，黄花梨木撞击青石地板的脆响声还没落定，楚楚已经要从屏风后面钻出来了。

匆忙之间找不到任何可以遮体的东西，萧瑾瑜情急之下抓起手边矮架上的竹篮，把满满一篮子玫瑰花瓣一股脑全倒进了水里。

不知道是被温热的水汽蒸的，还是被浮在水面上那厚厚一层玫瑰花瓣映的，楚楚打眼看过去就觉得萧瑾瑜露在水外的皮肤不像原先那么苍白了，而是跟刚长成的嫩莲藕一样，水灵灵粉嫩嫩的，原本清瘦到有些突兀的锁骨看起来柔和多了，脸色也红润得很，比她先前见过的任何时候都要好看。

楚楚站在离萧瑾瑜不足两步远的地方，直直地盯着萧瑾瑜露在水外的那截身子，真心实意地说了一句："王爷，你这样真好看！"

萧瑾瑜脑子里嗡嗡作响，身子却一动也不敢动，生怕一个不小心拨开了那层保命的花瓣，就这样，脸上还得保持无比镇定，声音也得端得平稳清冷："你进来就为说这个？"

"不是不是，"楚楚澄亮的目光爬上萧瑾瑜越发血色丰润的脸，对着萧瑾瑜笑得暖融融的，"你的腿不方便，生着病更没力气了，我怕你自己在浴桶里出不来，进来帮帮你。"

萧瑾瑜默默看了眼横在地上的拐杖，拜她所赐，他这回还真是没法自己出来了。

萧瑾瑜定了定心神，眼下别的都是后话，让她出去才是最紧要的，但依过去经验，吼她出去绝对是自讨苦吃，于是萧瑾瑜还是尽量淡定到好像漫不经心似的："我还想再泡一会儿，等洗好了再叫你吧。"

"没事儿，"楚楚拉过墙角的一张藤编板凳，一屁股坐到萧瑾瑜对面，"我就在这儿看着你，水凉了我能给你加点水，万一你一不小心掉进水里，我还能及时救你呢！"

她要……看着他洗？

还时刻准备把他从水里捞上来？

楚楚就坐在他正对面，笑眯眯地托着腮帮子，看大戏一样兴致盎然全神贯注地看着他，看得他一句话也说不出来。

这丫头对他脑子的考验比全国所有案子加在一块儿都重，他几乎都能感觉到自己脑子里那根绷紧的弦已不堪重负。

他还能有什么办法……

萧瑾瑜无奈地倚着桶壁闭上眼睛，待到感觉自己的心跳声不再那么刺耳了，突然想起件事来，拧起眉头睁开眼睛："刚才找我干什么？"

楚楚一愣，接着就"噌"地跳了起来："呀！我差点儿忘了！我给你炖了莲藕猪骨汤来着，这会儿恐怕都在外面放凉了！"

萧瑾瑜像是抓到了一根救命稻草，"我有胃病，不能喝凉的。"

"好，等会儿你想喝了，我就拿去给你热热。"

"我现在就想喝，"萧瑾瑜努力让自己看起来一脸渴望还无比真诚，"我饿了。"

楚楚愣了一下，她还是第一次听王爷喊饿呢，病人有胃口往往是病情好转的迹象，楚楚心里乐开了花："好！我这就去给你热汤，再给你做几个菜！"

萧瑾瑜缓缓舒出一口气："谢谢。"

谢天谢地！

楚楚兴高采烈地捧着食盒回来的时候，萧瑾瑜已经出了浴室，衣冠整齐地坐在房间里了。

"哎？你都已经洗好啦？"

"嗯……"

楚楚一边从食盒里往外拿菜，一边将信将疑地看向萧瑾瑜："你叫人来帮你啦？"

"嗯……"

楚楚抿了抿嘴唇，小声追问了一句："丫鬟？"

"嗯……嗯？"

萧瑾瑜单被她看着就觉得脸皮直发烫，压根没听清她说的什么，只觉得刚才那声的语调和前几声不大一样。

楚楚可没有再听他回答一遍的意思："那……你快吃吧，一会儿凉了又不能吃了。"楚楚把碗碟匆匆往桌上一摆，抓起空食盒就走，"我把食盒还给凤姨去。"

楚楚一口气奔出房门好远才慢下脚步来。

刚才听见萧瑾瑜承认是个女人伺候的他，心里怎么就感觉怪怪的，好像不就米饭干吃了一盘酸辣白菜一样，从喉咙口到五脏庙都是酸溜溜火辣辣的，难受得直想掉眼泪，却又想不明白为什么。

怎么遇上王爷以后就净出怪事啊！

楚楚一边怏怏地想着，一边慢悠悠地往厨房走，还没走到厨房就被一溜小跑追来的季东河从后面叫住了。

"楚姑娘……楚姑娘，王爷有事找你。"

楚楚看着跑得一头细汗的季东河："什么事呀？"

"这……下官也不知道，王爷只说要请楚姑娘帮个忙。"

说起帮忙，那股酸溜溜火辣辣的感觉又翻上来了，楚楚噘噘嘴："他不愿让我帮他，你还是去找那个帮他洗澡的丫鬟吧。"

季东河的一头汗水上又蒙上了一层雾水，这都哪儿跟哪儿啊……

"楚姑娘，轿子已在府门外候着了。"

"轿子？"楚楚一愣，"要出门？"

"是……王爷已先行一步，命下官陪楚姑娘前去。"

楚楚皱着眉头看看还拎在手里的食盒，他不是说饿了吗，怎么才吃了这么一会儿就又跑出去了："是不是又找着了几块尸体呀？"

看着食盒这个物件又听到尸体这个词，季东河胃里一阵翻江倒海，脸色瞬间就白了一层："下官……下官不知，还请楚姑娘速速动身吧！"

楚楚眨眨眼睛："那好吧。"

"楚姑娘，食盒就扔在路边吧，一会儿下人们看见了自然会收走。"

楚楚把食盒往怀里一抱，盈盈笑着："我还是带着吧，要是真有碎尸，用这个装回来就行啦，好拿还不漏汤水！"

"好……好……"

楚楚跟季东河在刺史衙门里等了将近半个时辰，萧瑾瑜才从外面进来，他的两个侍卫就来了一个，在他身后一声不吭地推着他的轮椅，再后面，就是谭章领着一群手下押着五个人浩浩荡荡连叫带骂地走着。

"王爷。"季东河见萧瑾瑜进来，忙起身恭敬一揖，抬起头来却正对上萧瑾瑜一道幽深的目光，不由得一愣，回过神来的时候萧瑾瑜已经收回了目光。

侍卫把萧瑾瑜的轮椅安顿在茶案旁，随之自然而然地站到萧瑾瑜身侧，站定之前，也用一种深不见底的目光向季东河望了一眼。

季东河被看得全身都不自在，但这么看他的一个是王爷，一个是王爷的侍卫，他还是个大老爷们儿，总不能平白无故就问这俩人为啥看他，只能硬着头皮退到一边假装无事。

楚楚还没决定要不要站到萧瑾瑜那边去，就听萧瑾瑜对刚刚一脚迈进门里的谭章道："谭大人，将一干嫌犯先行收押。楚楚，你速随谭大人去验尸。"

楚楚眼睛一亮，还真有尸体啊！

谭章使出吃奶的力气在白里发绿的脸上堆满笑容："王爷放心。楚姑娘，请吧。"

楚楚向毫无表情的萧瑾瑜看了一眼，咬咬牙，对着谭章瞪眼道："我是王爷的娘子，你得叫我'娘娘'才行。"

谭章和季东河齐刷刷地一愣，一块儿转头满脸迷茫地看向萧瑾瑜。

不是王爷让他们改口称楚姑娘的吗，还说是王妃娘娘不愿意人家在外面这样叫她啊。

天知道萧瑾瑜这会儿的迷茫比他俩多了多少倍，这不是她自己跟他要求的吗？

侍卫默默抬头看向对面房梁，吴将军特别提醒过，此类突发事件的解决办法只有一个，那就是装聋作哑，相信王爷福大命大，总是可以撑过去的。

在一片寂静里被楚楚这么看着，谭章只得调整好笑容重来了一遍："娘娘，请吧。"

楚楚七分得意三分神气地转头，对萧瑾瑜耀武扬威似的一笑："哎！"

这是楚楚第二回进刺史衙门的停尸房，上回到这儿来就是昨天的事儿，才不过一天光景，可这会儿看着，停尸房已经完全变了个模样。

原本这里齐整整地摆着两排停尸台，有近半数台子上放着用白布盖得严严实实的尸体，屋子四角都摆着冰桶，跟寻常停尸房里一样，冷冷的臭臭的。

可现在，那些尸体和停尸台都不知道哪儿去了，屋子被两扇屏风隔成了三小间，对着大门口的一间摆了一张香案，左右两间各放了一张四面围着帐幔的大床，冰桶也换成了火盆，屋子里暖暖的，满是熏香的味道。

要不是昨天刚来过这儿，楚楚还真会以为谭章带错路了呢。

谭章把楚楚带到右边的小隔间里，站在屏风边上指了指里面那张帐幔紧闭的床："娘娘，尸体就在这里面了。"

楚楚半信半疑地进去，一掀开帐幔就乐了。

殷红床单上铺着张竹席子，席子上是按着她昨天辨出的顺序码放的碎尸，顶头放着绣花枕头，一侧还摆着缎面锦被。给尸体睡这么漂亮的床，她还是头一回见着呢！

楚楚回头看向半躲在屏风边的谭章："谭大人，你对尸体可真好！"

"娘娘言重了，下官应该的，应该的。下官在王爷面前立誓，要与此尸体同食同寝。"

楚楚一对杏眼睁得圆溜溜的："尸体还能吃饭呀？"

谭章硬着头皮僵笑："这个……下官吃什么，就给她上什么供。王爷的命令，下官岂敢不遵！"

"谭大人，你真是个好官！"

"不敢当不敢当……"

楚楚又看了几眼床上的尸体，每一块的形状大小她都记得清清楚楚："这些不是已经验过了吗，还验这些？"

"不不不，方才在五个屠户家中院子里又挖出了一些别的，还不知道跟这具尸体是不是一个人，所以放在床下了，没摆上去，还要劳烦娘娘辨认。"

楚楚蹲下身子往床底下看了看，见有张席子，伸手往外一扯，顿时叫出声来："呀！有脑袋了，手脚也有了，还有骨头……还有内脏呀！太好啦，太好啦！"

谭章瞠目结舌地看着楚楚一边又惊又喜地大喊大叫，一边一样一样地捧起那堆零碎肉两眼发光地仔细看着。

刚才看见这些碎尸的人里也有大叫的，可谁也不是她这个叫法啊。

"看这刀口，这骨头皮肉，还有死亡的时辰，这些和床上那些就是一套的呀！"

楚楚兴奋地捧起那颗脑袋，把脑袋上那张颜色惨白却轮廓秀美的女人脸转向谭章，兴高采烈地道："谭大人你看，这下好啦，她的脸还好好的，她家里人就能把她认出来啦！"

谭章吓得连退了几步，整个椭球状的身子都躲到了屏风后，就露出半个煞白的饼脸勉强挤出些笑模样道："娘娘所言极是……极是……其实，不用她家人看，下官……和好多人，都认识她……"

"真的啊？"楚楚"噌"地从席子边上站起来，捧着那颗脑袋就冲到谭章面前，"那你快说说，她是谁呀？"

谭章紧扒住屏风框才稳住直发软打颤的腿脚，不但不敢看那颗脑袋，连楚楚也不敢看了，低头死死盯住自己的脚尖，舌头一阵打结："她，她，她，她是……季，季，季县令的夫人！"

"啊？"楚楚瞪大了眼睛，迅速在手上把那颗脑袋转了方向，对着那张脸端详了好一阵，好像拿在她手里的不是颗脑袋，而是盆盛开的牡丹花似的，最后叹了口气，"真可惜，她长得多好看呀！"说完就捧着那脑袋转身回到席子边，蹲下身子来继续研究起来。

谭章缓了好半天才松出口气，一边颤抖着手在怀里摸出手绢擦汗，一边默默想着：就凭安王爷敢娶这么个女人当王妃，他也注定不是个好惹的主儿啊。

谭章还惊魂未定，就听楚楚清脆的声音在屏风后传来："谭大人，你说这些是在五个屠户家的院子里挖出来的，那五个屠户是不是就是刚才押回来的那五个人呀？"

谭章一听不是说尸体的事，松了半口气："回娘娘，正是。"

"那不就是抓着凶手了吗？"

谭章一愣，萧瑾瑜一直称他们是嫌犯，也没说他们是不是凶手，可碎尸都在他们的院子里挖出来了，还能错得了吗，"应该……应该是吧……"

"他们为什么要杀季大人的娘子呀？"

牵扯到自己的本行，谭章用谦虚的措辞很肯定地道："王爷尚未断定，不过依下官多年的断案经验，根据种种线索推断，定是因为季大人的娘子前些日子在满香肉铺买肉的时候跟他们起过争执。屠夫杀心重，肯定是趁她外出的时候报复杀人，再每人埋一部分在自家院子里，以防相互告发。"

"这些碎尸都是谁发现的呀？埋在地里都能找着，真厉害！"

"这……这是王爷身边那个将军发现的，王爷身边确实人才济济，能人辈出，下官也佩服得五体投地，五体投地。"

亲眼见着这些零碎被掘出来的时候，他还真是五体投地了好一阵子。

"那……"楚楚的声音低了一点儿，"现在季大人知道他娘子已经死了吗？"

"王爷吩咐过，在尸单出来之前，谁都不能跟季大人说这事儿。"

"那我快点儿验，让季大人能早点儿知道。"

谭章脊梁骨一阵发寒，这话在她嘴里说出来，怎么跟赶着报喜似的啊："娘娘，这个……不急，不急……"

"这个当然急呀！季大人早点儿知道，就能早点儿给她烧香烧纸钱，她吃得饱饱的就不会被别的小鬼欺负，有多多的钱给阎王就能早点转世投胎啦，你说能不急嘛！"

"是是是，娘娘所言极是。"

第四章

楚楚验完尸回到后堂大厅的时候已经是四更天了，侍卫和季东河都不在，只萧瑾瑜一个人在那儿坐着。

"验好了？"

楚楚看起来心情特别好，利落的动作里带着股不加掩饰的高兴劲儿："都验好啦！"

萧瑾瑜小心地看着楚楚抱在手里的食盒，她上回验尸验这么长时间是剖验薛越那次，这回凶手都帮她把尸体剖好了，她怎么还用了这么长时间？

"可有什么发现？"

楚楚满脸兴奋，从怀里拿出几张纸递给萧瑾瑜："当然有，还不少呢！多亏侍卫大哥找到了她的脑袋！"

萧瑾瑜接过来扫了一眼就皱起了眉头，尸单上的字歪七扭八，凌乱得不成样子，根本认不出个所以然来："这尸单是谁填的？"

"我喝报，谭大人亲笔写的。"

做个记录就能吓成这样，看来还得让他跟尸体多熟悉些日子才好。

萧瑾瑜默默收起尸单："我看字头晕，你说给我听吧，你可能确定，今晚发现的碎尸和先前那些是属于同一个人？"

楚楚点头："肯定错不了。"

萧瑾瑜眉心愈紧，他强打精神撑到现在等的就是她这句话，但只听她说这么一句肯定不行。

他能看出来前后两次发现的碎尸切口处刀痕相仿，并且两次碎尸是出于年纪相仿之人的，但先前那部分在冰窖里冻过，今晚发现的这堆又是从地里挖出来的，单看是不可能做出这么肯定的判断的："证据呢？"

"这还是谭大人的功劳呢！他在停尸房里放了好几个火盆，把那些从冰窖里拿出来的碎尸焙得热乎乎的，尸体暖和了以后流出好些血水来，今天晚上不是挖出来几根剃得光溜溜的大骨头嘛，我把其中一根洗干净了，往上滴了点儿血水，那些血水都融进去啦。冰窖里的要不是季大人的娘子，那肯定是季大人娘子家里和她一样年纪的血亲，我问过谭大人了，他说季大人娘子家根本没有这个年纪的女性亲戚，那她就只能是季大人的娘子啦。"

萧瑾瑜暗自轻叹，滴血既然可以认亲，当然也可以认自己，他怎么从来就没往这上面想过。

"好……"萧瑾瑜刚想说回府，突然想起来这屋里似乎少了个人，"谭大人呢？"

楚楚皱皱眉头："谭大人好像是生病了。"

"病了？"刚才带着衙差抓人的时候不还吆五喝六挺精神吗？

"是呢，我洗骨头的时候他就一直在吐了。"

"让他歇着吧，别的事回去再说。"

楚楚连连摇头："不行不行，就得在这儿说完，说完还有别的事呢！"

萧瑾瑜轻皱眉头，微微调整了一下在轮椅里坐得发僵的身子："好，说吧。"

楚楚把食盒盖子一掀，两手一伸，把食盒捧到萧瑾瑜面前："我找到她的死因啦。"

萧瑾瑜往食盒里看了一眼，脊背瞬间一片冰凉。在这个刚刚给他装过饭菜的食盒里，正躺着一颗面色惨白的脑袋。

萧瑾瑜不动声色地把身子往后靠了靠："死因为何？"

楚楚把食盒慢慢放到地上，小心翼翼地把那颗脑袋捧了出来，把刀口那面凑到萧瑾瑜脸前，指着血肉模糊的断面上一道并不明显的狭长凹痕："你看见这道印子了吧，这是她活着的时候被一个又尖又长又硬的东西扎出来的，扎透了喉咙，还戳到了骨头上，虽然头被割下来的时候是沿着这道伤口割的，但那是人死以后的事儿了，生前伤和死后伤就是不一样，还是看得出来。"

萧瑾瑜轻屏呼吸，默默点了点头。别说一般人家的小姑娘了，就是见惯生死的老仵作们看到被割下的头颅都会腿脚打战，也就她还能镇定自如地捧在手上看得如此细致吧。

楚楚放下那颗脑袋，又从食盒里捧出一大块肉来，一手指着肉皮上的一块青紫道："她死前身上被钝物击打过，先前因为搁在冰窖里，太冷，没显出来，在停尸房里暖和过来以后才显出来的。"

萧瑾瑜又是轻轻点头。在停尸房里生火这种事，也就谭章能干得出来，得空了一定得好好整治整治这不干正事的老糊涂官。

"再有……她胃里有不少没消化的饭菜，能辨得出来的有米饭、牛肉、鸡肉、平菇、黄瓜。"

萧瑾瑜忍过胃里一阵痉挛，点头。

楚楚见萧瑾瑜皱着眉头一声也没出，以为他是不相信，心里那股酸溜溜火辣辣的委屈劲儿又翻了上来，抿了抿嘴，盖好食盒盖子重新抱到怀里："反正我说的都是实话，你不信就算啦。你要回去就回去吧，我还有活儿没干完呢。"

萧瑾瑜还没来得及张嘴，楚楚已经抱着食盒跑没影了。

楚楚从停尸房出来的时候天都亮了，正回想着往季府走该是哪个方向，刚出刺史衙门大门就看见安王府的大马车停在门口，俩侍卫里的一个就站在马车边上。

侍卫看见楚楚出来，深深松了口气："楚姑娘，你可算出来了。"

楚楚不好意思地吐吐舌头，要是知道侍卫大哥在外面等着接她，她就不在里面故意磨蹭这么些时候了："季大人的娘子死得可怜，我得把她的尸体整整好，不然回头季大人来带她回家的时候得多难受呀。"

侍卫苦笑，压低了点儿声音道："楚姑娘，你也可怜可怜王爷吧，王爷在车里等你一晚上了。"

"啊？"她不是说了自己有活没干完，让他想回去就回去的吗，他还等着她干吗呀？

难不成是她干错什么事啦？

侍卫帮她把车门开了个缝："楚姑娘请吧。"

楚楚惴惴不安地钻进车里，一眼看见萧瑾瑜和衣半躺在榻上，就在门口没敢过去，低头默默揪着手指尖。

萧瑾瑜脸色难看得很，苍白一片，眼睛里倒布着不少殷红的血丝，微蹙眉心静静看着楚楚，声音微哑而低沉："过来。"

"我……我是去整理季大人娘子的尸体了，没干别的事儿。"

"过来。"萧瑾瑜的声音里不带一丝火气，可楚楚听着就是觉得自己犯了什么大错被他抓了正着一样，不情愿却又不敢不走到他跟前。

"我真没干坏事，你问谭大人就知道，我一直在停尸房呢！"

萧瑾瑜本来确实窝了一肚子的火，这种地方这种时候，他连睡觉的时候都恨不得睁着眼睛，这丫头竟敢在三更半夜里给他撂下句不清不楚的话就一个人跑开了，万一出点儿什么事……

可这会儿看着她这副满脸委屈的模样，萧瑾瑜一句重话也说不出来了，轻轻咳了几声，深深看着楚楚，沉声道："你记着，往后去什么地方做什么事，必须先与我说清楚。"

楚楚见他又不像是要发火的样子了，胆子就壮了起来，嘟着嘴道："为什么呀？"

"为了你的小命。"

楚楚看着一脸冷色的萧瑾瑜，眨眨眼，扁扁嘴："我听你一回，你也得听我一回。"

萧瑾瑜眉心微沉，她居然还敢跟他谈条件："听你什么？"

楚楚伸手指着萧瑾瑜的腰带，认真又清楚地道："你把衣裳全脱了。"

萧瑾瑜狠狠愣了一下，下意识把手护在自己的腰带扣上："你……你要干什么？"

"我要给你穿上。"

萧瑾瑜觉得自己的脑袋像是被人狠敲了一下，又疼又晕："为什么？"

楚楚下巴一扬："我是你的娘子，就得我给你穿。"

萧瑾瑜脸色微黑："不必，我自己会穿。"

楚楚眼睛都瞪圆了："你是皇上赏给我的，是皇上让我伺候你的，你要是不让我给你穿，你就是抗旨，你就是大奸臣！"

这辈子头一回被人冠上这种罪名，还是因为……萧瑾瑜连声冤枉都喊不出来："不行……"眼看着楚楚小嘴一扁，眼眶红起来，萧瑾瑜一声默叹，"现在不行。"

楚楚不依不饶："那你说，什么时候行？"

"明天……明早起床的时候。"

据这些日子的观察，一般她是不会比他起得早的。

"好！"

萧瑾瑜答应了，楚楚就觉得心里那股酸溜溜的别扭劲儿消失得无影无踪了，一进季府的门就钻进房里爬上床，脑袋一挨枕头就呼呼大睡了。

萧瑾瑜也困倦得很，烧一直没退，脊骨里还疼得厉害，睡是睡不着了，他倒是很想躺一会儿，可推门就见到季东河在他房里，原本坐在桌前的季东河一见着他，"嗵"地一下子冲萧瑾瑜跪了下来："求王爷为下官做主啊！"

萧瑾瑜被侍卫送进门来，等侍卫退下去，把门关好，萧瑾瑜才道："季大人起来说话吧。"

季东河仍低头跪着，脊背以一种不容忽视的幅度颤抖着，向来谦和的声音里带着哽咽，"王爷，下官内人死得冤、死得惨啊！"

萧瑾瑜皱了皱眉，没再说让他起来，就那么不冷不热地看着他："季大人以为，当是何人所为？"

季东河的身子明显僵了一下，满脸错愕地抬起头来："王爷不是已将凶手悉数缉拿归案了吗？"

萧瑾瑜眉梢微扬："谁说的？"

"那五个屠夫不是已经被王爷抓进刺史衙门了吗？上元县已传遍了……"

萧瑾瑜毫不客气地把冷厉的目光落在季东河身上："季大人审案多年，连嫌犯与凶手都分不清吗？"

季东河慌忙地埋下头："王爷……王爷恕罪！下官一时心乱，一时糊涂！"

萧瑾瑜声音浅了一分："起来吧。"

"下官不敢……"

"起来，你若想为夫人讨个说法，就带我去看看她的遗物。"

"是……是！下官拜谢王爷！"

季东河站起来就要帮萧瑾瑜推轮椅，萧瑾瑜已动手将轮椅转了个方向，对着门口："相烦领路。"

"是，王爷请。"

萧瑾瑜让他走在前面，季东河一路走着连头也不敢回，只听到轮椅碾压地面的声音在后面不远不近地响着，缓慢、低沉、匀速，就像是坐在轮椅上的那个人一样，从容镇定、波澜不惊。

进了一栋小楼，季东河在门厅里停下步子转过身来，犯难地看了看萧瑾瑜的轮椅，又见萧瑾瑜满额细汗，就颔首试探着道："王爷，下官与内人的房间在楼上，下官还是让人把东西取下来给王爷过目吧。"

萧瑾瑜抬头看了眼墙边的那道楼梯："几楼？"

"回王爷，三楼。"

"哪间？"

"走廊尽头的那间。"

萧瑾瑜轻轻点头。

季东河刚想叫人来，就听到萧瑾瑜静定清冷的声音传来："劳烦季大人把我的轮椅抬上去，我随后就到。"

季东河错愕地看着萧瑾瑜，萧瑾瑜又补了一句："上楼后不许回头，把轮椅搁在房门外，你在房中等我。"

唐严交代过，王爷吩咐的事务必依样照办，甭管听起来有理还是没理。

"是，王爷。"

季东河在房间里清晰地听到木楼梯上的怪异声响时起时停，沉闷缓慢又毫无规律可言，其间甚至还有几次重物坠落的声响传来。看他刚才撑着拐杖站起来的时候都是摇摇欲坠的，怎么能爬得上这几段又高又窄的楼梯？

季东河几次想出门看看，最后都忍住了。虽然说王爷要是在他的地盘上出点儿什么事儿他都得吃不了兜着走，可一旦惹火了这位王爷，那下半辈子就老老实实回家种地吧。

他僵立在房里足等了半个时辰，门才"吱"地一声被人推开。

萧瑾瑜推着轮椅进门来，除了脸色又白了一层之外，也看不出有什么异样，连呼吸都是平平稳稳的。

季东河赶忙迎上去，脸色一点儿也不比萧瑾瑜的好看："王爷，这里就是了，您随意看吧。"

萧瑾瑜慢慢环视了一圈这干净整洁到几乎没有人气的屋子，浅浅蹙眉："我记得唐严对我说过，季夫人在他来到之前就回娘家去了。"

季东河颔首回话："是。内人是唐严来到的当天清早走的。"

"夫人独自去的？"

"回王爷，是内人的贴身丫鬟陪她一起乘马车去的。"

萧瑾瑜若有所思地点点头，径自把轮椅推到梳妆台前，伸手轻轻翻动首饰盒里的珠玉："季大人可还记得，夫人出门时穿的什么衣服，戴的什么首饰？"

季东河一愣："这……下官惭愧，未曾留意。"

"那请季大人清点一下夫人的衣物首饰，看看缺了哪些。夫人就算是回娘家，也得穿着衣服吧。"

季东河耳根泛红，颔首小声道："回王爷，女人家的那些东西，下官实在不曾留意过。"

"随便记起一样就好，就算是夫人贴身丫鬟的装束也好，以便向街坊四邻查问情况。"

季东河憋红了脸，身子都微颤了，好半天才憋出一句："她……她的丫鬟，好像经常穿红衣服。"

"还有吗？"

季东河摇头，声音微带哽咽："下官实在惭愧。"

萧瑾瑜轻咳，摆了摆手："无妨……"抬眼看到窗前小案上的针线筐，萧瑾瑜淡淡地把话转开，"夫人生前常做女红？"

"她……做得不好，只是喜欢摆弄摆弄，让王爷见笑了。"

萧瑾瑜推动轮椅凑近过去，拿起筐里的半幅还蒙在花撑上的未完绣品仔细看了好一阵，又伸手拨了几下筐中的绣线，抬头对季东河道："季大人，夫人的绣品可否借我拿去看看？"

"王爷请便。"

"谢谢。"

萧瑾瑜回到房里时已近中午，还没来得及换下那身几乎被冷汗浸透的官服，房门就被叩响了。

"奴婢季府厨娘，奉王妃娘娘之命给王爷送药来的。"

萧瑾瑜无声轻叹，勉力直起腰背："进来。"

凤姨轻轻推门进来，也不敢抬头，只低着头小心翼翼地把药碗搁到桌上，然后颔首恭立："王爷可有什么想吃的，奴婢马上准备午膳。"

吃？他现在只想一个人清清静静好好躺一会儿。

萧瑾瑜几口把那一碗药喝下去，又喝了小半杯水化去口中浓重的苦涩，才漫不经心地道："准备王妃的午膳就好，我不吃了。"

凤姨还没来得及应声，门外就传来一个清清亮亮又火急火燎的声音："不行！"

声音还没落下，楚楚的小脑袋就从门后冒了出来，带着一脸还没散尽的睡意冲到萧瑾瑜面前，气鼓鼓地盯着他："你得多吃饭，你忘啦，咱俩还拉过钩呢，谁反悔谁是王八蛋！"

要不是房间就在他的隔壁，醒来刚好听见他房里有说话声就过来看看，差点儿又要被他骗一回啦！

一时间萧瑾瑜觉得脑仁比脊骨还疼："好，我吃。"

楚楚赶忙扯扯被她那句"王八蛋"吓丢了魂儿的凤姨："凤姨，你糖醋排骨做得最好，就给王爷做个糖醋排骨吧。"

凤姨的魂儿又被"糖醋排骨"这四个字吓了回来，连连摆手："不不不……奴婢不敢，不敢……"

她说不敢，萧瑾瑜反倒起了兴趣："你做糖醋排骨很拿手？"

凤姨忙摇头："没有，没有，王妃娘娘谬赞了。"

楚楚摇着凤姨的胳膊："是你说的，你做糖醋排骨做得最好，季大人还说你做得比凝香阁掌柜都好呢！"

"王爷、娘娘恕罪，不是奴婢不识抬举，只是管家早有吩咐，府里再也不让做这道菜了。"

楚楚冲萧瑾瑜直眨眼："要是王爷想吃，管家还管得着吗？"

"这……这要听王爷的吩咐。"

萧瑾瑜看看满脸期待望着自己的楚楚，转向诚惶诚恐的凤姨："你做糖醋排骨当真做得很好？"

"回王爷，都是奴婢自己瞎做的，实在上不得台面！"

萧瑾瑜稍一思忖："你今天就做一回吧。"

"奴婢实在不敢在王爷面前献丑。"

萧瑾瑜浅笑："你若当真做得比凝香阁好，我就为你题个字号。"

楚楚两眼放光，狂扯凤姨衣袖："凤姨，你赶快答应呀！"

"是，是，多谢王爷！"

萧瑾瑜这才把目光移回到楚楚身上，她的胃口一直好得很，今早没吃早饭，这会儿该饿坏了吧："除了糖醋排骨你还想吃什么？"

楚楚答得毫不犹豫："糯米鸡、红烧肉！"

"再添一盘香菇菜心，给我一碗小米粥。"

"是，奴婢这就准备。"

楚楚追补上一句："凤姨，可别忘了糖醋排骨！"

"是，是……"

听着凤姨发飘的脚步声在走廊里渐远，萧瑾瑜把疼得发僵的脊背靠回到椅背上，轻蹙眉头看着楚楚："你很喜欢吃糖醋排骨？"

楚楚摇摇头，满脸的认真："排骨上的肉太少啦，还是红烧肉更好吃。"

萧瑾瑜抬手轻揉额角："那你为何一定要吃糖醋排骨？"

实话实说，短期内他并不情愿再见到任何样子的排骨……

"我想让你吃。"

萧瑾瑜一愣："为什么？"

楚楚抿抿嘴唇："凤姨说她做糖醋排骨做得最好，可现在管家不让做了，她这个手艺就白瞎了。这里的人都怕你，都听你的，你要是吃了凤姨做的这道菜，说她做得好吃，管家就不敢不让她做啦。"楚楚又笃定地补了一句，"凤姨是好人，她说好吃，一定好吃。"

"好，我会尝尝。"

楚楚杏眼笑得弯弯的："王爷，你真是好人！大好人！"

萧瑾瑜无声苦笑："是吗……"

"是呢！"

刚才不还是王八蛋吗……

凤姨送来饭菜之后就规规矩矩地退下了。萧瑾瑜夹起一小块糖醋排骨，刚浅浅地咬了一口，楚楚就迫不及待地问："怎么样，好吃吧？"

萧瑾瑜轻轻点头："很好。"

"我就知道，一定好吃！"

楚楚夹起一大块，狠狠咬了一口，把小嘴塞得满满的："好……好吃！"

迅速啃净一块排骨，楚楚又夹起一大块红烧肉整块塞进嘴里，一口咬下去汁水四溢，烫得眼泪都要流下来了，可还是大嚼了几下吞了下去。

萧瑾瑜忍不住把几个盘子都往她面前推了推："别急，都是你的，没人抢。"

萧瑾瑜不多会儿就发现自己这话纯属多余。

这丫头一点儿客气的意思也没有，把剩下的糖醋排骨、糯米鸡、红烧肉，包括那盘他只动了两筷子的香菇菜心，全都一扫而光，要不是真的塞不下去了，她恐怕还会帮他把剩下的半碗小米粥也解决掉。

萧瑾瑜看得胃疼，平日里她是吃得不少，可也没见过她一气吃这么多过："你昨晚没吃饭？"

楚楚舔舔嘴唇，揉着撑得圆鼓鼓的小肚皮："我昨天就吃了一顿早饭。"

"为什么？"

"昨天中午你昏迷刚醒，我得守着你，晚上还没吃饭就被你喊去验尸啦。"

萧瑾瑜觉得心里像被什么烫了一下，热得发疼："我生病是常事，下次不必管我。"

"那可不行！你是皇上赏给我的，我怎么能不管你呀！"

萧瑾瑜呛咳，她怎么总能把这话说得那么理直气壮。萧瑾瑜还默默窘着，就听楚楚得意地道："你说了，凤姨要是做得好，就给她题字号的，现在能题了吧？"

"不行。"

楚楚急了："你刚才都说很好了呀！说话得算数！"

"好是好，但还不知道是不是比凝香阁的好，今晚去凝香阁尝尝，我请你，算我答谢你的照顾。"

"好！"

萧瑾瑜出现在凝香阁的时候正是饭点，大堂里却是灯光昏暗，一片死寂，阴寒得跟外面没什么区别。

小二听见人声，打着哈欠从桌子上直起身来，扯起抹桌子的抹布往脸上胡乱抹了一把，睡眼惺忪地随口应付着："客……客官，吃饭还是住店啊？"

萧瑾瑜扫了一眼空荡荡的大堂，轻轻皱眉，那丫头明明比他出来得早："我等人，麻烦你移开一张凳子，生盆炭火，烧壶清水。"

小二不耐烦地趴回桌上，展开胳膊把一个茶壶推到桌角："坐桌角那儿不一样吗，火没有，茶自己倒。"

萧瑾瑜伸手摸了下茶壶，是冰冷的。

"你们掌柜呢？"

小二头也不抬眼也不睁地冷笑："想睡我们掌柜的人多着呢，下辈子也轮不上你这样的,别做梦了。"

萧瑾瑜清冷一笑:"是吗?"

小二梦呓似的接道:"我都轮不上,别说你个残废了。"

萧瑾瑜脸色沉了一层,没出声,抬手拿起茶壶慢慢倒了一杯不知泡了多久的冷茶水。

听着倒茶的声音,小二在自己胳膊上蹭了蹭,找了个舒服的姿势:"对嘛,做人得有眼力。"

萧瑾瑜缓缓拿起茶杯,轻轻嗅了一下,扬手向前一泼,准确地淋了小二一头。

突然被隔了好几夜的凉茶水一浇,小二"噌"地就蹦了起来,一边手忙脚乱地擦着满头的茶水,一边怒瞪着眼前这个一脸平静的人:"你他妈找死啊!"

萧瑾瑜不轻不重地把茶杯放到桌上,不冷不热地道:"是你找死。"

小二狠狠打量了萧瑾瑜几眼,看他身上穿着件普通得不能再普通的白衫,从上到下也看不出一样值钱东西,又看他身子单薄清瘦,脸上满是病色,还在用冷飕飕的眼神看着他,小二毫不顾忌地扬手就给了他一巴掌,掀翻轮椅,发疯一样地踢打倒在地上的人:"你他妈一个残废说谁找死!谁找死!谁找死……"

"你干什么!"

宛娘刚进门就被眼前的一幕吓呆了,倒是跟她一起进门的楚楚拔腿就冲了过去,用力把中邪了似的小二狠狠推开,和身扑到萧瑾瑜身上,转头狠狠瞪着小二:"不许你打他!"

被楚楚这么一推,小二突然醒过了神来。

刚才……开始他只是想教训一下这个泼了自己一头凉水还一脸平静的人,他只是想听一句求饶,可这人就是一声都不出,连神情都不变,一直用一种很像是嘲弄的眼神看着他,他就越打越来气。

看着这个倒在地上已经吐了血的人,小二身子一僵,脸色"唰"地白了下来。

楚楚喊了这一声,宛娘也回过神来,花容失色,慌忙地奔过来扯起小二"嗵"地跪下,连连磕头:"民女该死!王爷息怒!王爷恕罪!"

王爷?

小二怔怔地看着眼前这个正被楚楚小心翼翼搀扶起来的人,鬼使神差地冒出一句:"你……你是王爷,安王爷?"

萧瑾瑜攀着楚楚的肩膀坐回到轮椅里,本就格外脆弱的腰背挨了太多拳脚,一时疼得只能松垮垮地靠在椅背上,可传到小二耳中的声音还是那样清冷平静:"我说过了,是你找死。"

"小……小的该死!小的有眼无珠!小的……"

萧瑾瑜沉声截断小二的话:"宛娘。"

宛娘忙磕了个头:"民女在。"

"此人殴打本王,可是你亲眼所见？"

"是。"

楚楚愤恨地瞪着跪在地上的小二,那模样像是恨不得扑上去咬他一口："我也看见了！"

萧瑾瑜静静看着小二："人证俱在,你可有话说？"

"小的有罪！小的该死！"

萧瑾瑜轻轻点头："认得刺史衙门怎么走吧？去跟谭刺史说,你犯了殴打皇亲之罪,他知道当如何处置。"

小二听得一愣,楚楚急道："不行！他要是跑了怎么办？"

萧瑾瑜淡淡地看着小二："你若有这个心,有这个胆,可以试试。"

"小的不敢！小的不敢！"

宛娘狠剜了小二一眼："还不快滚！"

"是……是！"

等小二连滚带爬地跑出去,宛娘又向萧瑾瑜深深磕了个头："王爷恕罪,如今外面谣传小店是拿人肉做菜的,生意做不下去,原来的伙计为求生计都改奔他处了,就只剩下这样不三不四的。如此冒犯王爷,宛娘实在该死！"

萧瑾瑜压抑着咳了两声："是我找打,怨不得人。还要请宛娘为我们做份糖醋排骨。"

楚楚和宛娘都愣了一下,怎么这会儿他还惦记着什么排骨啊？！

萧瑾瑜浅笑着补了一句："这很重要,做得好了,或可为你洗清谣言,或可侦破此案。"

"是,宛娘马上去做,王爷先到楼上雅间休息一下吧。"

"不必了,就在这儿。你认真做,要和以前做得一样。"

"是,王爷。"

宛娘一走,楚楚就伸出小手轻轻抚在萧瑾瑜一侧发红的脸颊上,眼圈泛红地看着萧瑾瑜："你疼吗？"

原本只是一侧脸颊红着,被她这么一摸,另一侧脸颊也红起来了,萧瑾瑜微微摇头："不疼,刚才去哪儿了？"

"我本来想早点来跟掌柜说,让她早点开始做,等你来了就能吃了,可掌柜说她不会杀猪,也不敢在外面买排骨了。我也不会杀猪,我就陪她一块儿去买排骨,帮她选排骨来着。"楚楚说着眼圈一红,一把搂住了萧瑾瑜的脖子,趴在萧瑾瑜肩头"哇"地一声就哭出来了,"我以后一定天天守着你,天天跟着你,再也不让坏人欺负你了！"

萧瑾瑜哭笑不得,被她哭得心里比身上还难受,抬手轻轻在她背上拍了拍："是我不小心,你别哭。"

楚楚站直身子抹了两把眼泪，眨着湿漉漉的睫毛看着萧瑾瑜，"你把衣裳都脱了吧，我看看你伤得重不重。"

在这儿？亏她想得出来！

"不用，我没伤着。"

楚楚咬着嘴唇，看着他白衣前襟上沾着的斑斑血迹，眼泪珠子禁不住扑簌簌地直往下掉："你又骗人，你都吐血了！吐了那么多血！"

"我有胃病，经常如此，不碍事。"

"你骗人！"楚楚一把抓住萧瑾瑜冷得像冰块一样的手，"你肯定特别疼，你看你的手都发抖了！"

萧瑾瑜想把手抽出来，可目光对上她哭得像花猫一样的小脸，心里一疼，手上一滞，还没回过神来，楚楚就把他的一双手塞进了自己怀里。

冷得发僵的手被楚楚紧紧按在她的心口暖着，手在她外衣里面，只隔着一层中衣，清楚地感觉到她的心跳和火炉一样的体温，萧瑾瑜一动都不敢动，一双手连抖都不敢抖了。

是，他承认，的确是温香软玉，比世上任何一种暖炉都要舒适百倍千倍，这种温热像是会动的，能沿着双手传遍全身，整个身子由里到外都要被暖化了，但是他很清楚自己派来监视凝香阁的侍卫就在附近，而且一定是在一个能把一切尽收眼底的位置。

刚才他被打的时候侍卫没跳出来，不是因为没看见，而是因为他的一个暗号。

萧瑾瑜从额头到脖颈都红得快滴出血了，用上十二分的定力才稳住声音："真的不疼，只是……只是冷，很冷，去帮我生盆火吧。"

"那……"楚楚犹豫了一下，才把他的手小心地放下来，抹了两下眼泪，把小脸抹得更花了一点儿，"好吧，我这就去！"

"谢谢……"

楚楚很快就跑了回来，好一阵子忙活，在萧瑾瑜那张桌子附近摆了两个烧得旺旺的炭盆，又烧了一壶热腾腾的清水，添了一盏亮堂堂的油灯，空荡荡的大堂里顿时有了点儿人气儿。

等她忙活完了，宛娘也从后厨里把糖醋排骨端出来了。

"其实不过就是寻常的做法，实在是客人们过誉了，王爷请慢用。"

烧得棕红油亮的排骨整齐地码在白底蓝花的瓷盘里，香气随着热气一块儿飘出来，不遗余力地挑逗着面色清冷的萧瑾瑜。

萧瑾瑜的胃口向来不怎么样，但毕竟是吃宫里的御膳长大的，安王府里也有几个在朝在野都名号响亮的厨子，对于糖醋排骨这种常见菜品的好坏，他还是很有点儿发言权的。

这样的品相，这样的香气，就是拿进御膳房，也能算是上品中的上品了。

看着萧瑾瑜轻轻蹙起眉头，半晌没动筷子，宛娘颔首道："宛娘手艺拙劣，让王爷见笑了。"

萧瑾瑜看向楚楚："你觉得呢？"

楚楚扁扁嘴，有点儿不情愿，却还是老老实实地道："我觉得掌柜做得挺好的，看着比凤姨做得好。"说着从盘子里抓起一块儿，咬了一口，刚嚼了几下，眼睛一下子亮了起来，还没咽下去就举着那半块排骨兴高采烈地叫起来，"不对不对！还是凤姨做得好！"

萧瑾瑜微怔："为什么？"

楚楚把手里啃了半块的排骨递到他嘴边："你尝尝就知道啦！"

萧瑾瑜脸色阴了一层，还从没有人敢把别人咬剩了一半的东西拿给他吃，还是这么一副要喂给他吃的架势。

萧瑾瑜刚想把这块排骨从楚楚手里接过来，楚楚另一只手就把萧瑾瑜刚抬起来的胳膊按下去了，他怎么一点儿都不知道怎么当病人啊："你别乱动，我喂你，你张嘴就行啦。"

利用仅有的线索，萧瑾瑜实在推断不出，如果自己坚持拒绝，这丫头下一步能干出什么来。这里到底还有个外人，外加一个不知道在哪儿默默看着屋里一切动静的部下，还是不要贸然挑战未知状况的好。

萧瑾瑜无可奈何地看着那块排骨，在楚楚那排小牙印边上浅浅地咬了一口，细细嚼了一阵，咽下去的时候眉心已经舒展开了。

楚楚迫不及待地问："我没骗你吧！"

萧瑾瑜轻轻点头。这排骨论卖相论香气确属上乘，但也不知道为什么，吃到口中就是觉得不如凤姨做的那么鲜润可口。

"还有一事，当日那些涉案的排骨，是满香肉铺派人送来的，还是你店中差人去取来的？"

"是差人去取的。"宛娘惭愧地垂下眼，"满香肉铺那几个屠户城中人人都认得，让他们直接送来怕被人瞧见，所以每次都是趁清早人少的时候差伙计悄悄去取的。那天去的就是刚才那混账，原是看中他还有些力气才留他做事的，今日冒犯王爷，实在是宛娘疏于管教，还请王爷恕罪。"

如此，才对了。

萧瑾瑜淡淡点头："宛娘，既然生意清淡，就暂且歇息休整几日，待案子过堂，真相大白，流言尽散了，再开门做生意吧。"

萧瑾瑜说得清淡，像是官家随口的宽慰之词，宛娘却听出了话音，精致的眉宇间顿时蒙上一层喜色："王爷已把此案破了？"

萧瑾瑜没答话，只说："多谢你的糖醋排骨，也多谢你的伙计。"

回到季府的时候已经二更天了，楚楚本想看看他身上到底伤得怎么样，可京里来送加急公文的人已经等了好一阵子，急得在院子里一圈圈地打转转，楚楚就只能眼睁睁看着萧瑾瑜跟他进到屋里把门一关谈大事儿去了。

　　萧瑾瑜不把那顿拳脚当回事儿，楚楚可忘不了。

　　他的身子那么柔弱，又那么好看，每次碰他，楚楚都是小心翼翼的，很轻很轻，生怕把他碰疼了，可那个坏人居然敢那样欺负他，她真想立马去跟刺史大人说，得把这个坏人的屁股打开花才行！

　　楚楚在屋里等了好长时间才听见萧瑾瑜的房门打开，扒在门上从门缝里看见送公文的人离开，又看了好一阵子，才见萧瑾瑜屋里的灯火暗了一重。

　　她想等他吹了灯睡熟了，就悄悄进去用药酒帮他揉揉被打伤的地方，不然明天肯定疼得更厉害。可萧瑾瑜房里一直亮着一盏不明不暗的灯，等得楚楚都哈欠连天了，灯还没灭。

　　又等了好一阵子，楚楚站着都快睡着了，脑子和视线都变得迷迷糊糊的了，突然听见萧瑾瑜的房里传出一声沉重的闷响，猛一激灵，楚楚赶紧凑到门缝上看了一眼，透过萧瑾瑜房间窗子洒到走廊地面的灯光灯影还在。

　　他还没睡，能在屋里干什么呀？

　　楚楚轻手轻脚地推门出去，凑到萧瑾瑜房门上听到从里面传来一阵说不清的怪响。

　　楚楚敲敲门，没人应声，凑到门上再听听，怪响也没有了。

　　难不成他是睡着了做梦弄出的声响？

　　肯定是他睡觉前在看书，看着看着睡着了，就忘记熄灯了吧。

　　他睡着了就好。

　　楚楚溜回自己屋里，把向凤姨讨的药酒抱出来，轻轻推开萧瑾瑜的房门，走到他卧房门口把门轻轻一推，还没进门就惊得差点儿把药酒扔到地上。

第五章

萧瑾瑜根本就不是睡着了，非但不是睡着了，还根本就不在床上。

床上像是被打劫过似的，翻得一片狼藉，被褥、床垫都被扯乱掀开了，原本应该躺在床上的人这会儿居然伏在床下的石砖地面上，正靠着两只手的力气艰难地往床尾方向爬。

萧瑾瑜身上只穿着一层薄薄的中衣，汗透了，紧紧黏在消瘦的肩背上，头发散乱，脸色白里发青，喘息浅薄而急促，像是在受着极大的折磨。

就是在凝香阁被打得那么狠，也没见他狼狈成这副模样，楚楚呆愣了一下才冲了过去："王爷！你……你怎么了！"

听到楚楚的声音，萧瑾瑜的身子明显一僵，手上倏地一松，一下子扑倒在冰冷的地面上，再想撑起身子，手已使不上什么力气了，只引得身子一阵发抖。

她怎么偏偏这个时候来！

"你……出去……"

楚楚像没听见似的，二话不说，搂住萧瑾瑜的身子把他翻了个身，抓起他一条胳膊搭在自己肩膀上，半扶半抱地把他弄上了轮椅，跑到床边抱下来一条被子想给他盖上。

看着楚楚抱着被子跑过来，萧瑾瑜心里一沉，脸色瞬间又白了一层，也不知道哪儿来的力气，在楚楚把被子盖到他身上的前一刻，猛地一把将楚楚狠狠推开。

楚楚连人带被子被他推得踉跄着退了好几步，他自己也差点儿从轮椅上摔下来。

萧瑾瑜完全脱力地靠在轮椅里，冷厉地瞪着一脸委屈的楚楚："快出去！"

这一回她肯定能听见。

楚楚看着眉心紧蹙嘴唇紧抿的萧瑾瑜，把被子搁到地上，眼圈微微泛红："你……你要是不喜欢我伺候你，我去给你叫丫鬟来吧。"

只要能让他不这么难受怎么都行。

"不必……"

"那……那我给你找大夫去！"

"不用……"

"那……那你吃药吧，吃哪个，我给你拿！"

萧瑾瑜看着面前这个马上就要哭出来的小丫头，声音怎么都冷不下去了，这样赶她肯定是赶不走的，萧瑾瑜阖上眼睛定了定心神："给我穿衣服。"

楚楚一愣："啊？"

萧瑾瑜勉强稳住越来越急促的呼吸："不是拉钩了吗？"

楚楚怔怔地看着他："现在？"

"子时已过了……"萧瑾瑜波澜不惊地忍过一阵差点让他昏过去的疼痛，声音弱了一重，"你若反悔也无妨。"

"我没反悔！"

楚楚跑过去取他搁在架子上的衣服，才突然意识到一件事，刚才他那么费劲儿地往床尾爬，不是朝着轮椅的方向，也不是朝着药箱的方向，这个方向就只有一样东西值得他过去，就是这搭放着他衣服的红木架子。

他费这么大的劲儿，就是为了拿衣服穿？

他干吗不喊人帮忙呀！

楚楚抱起萧瑾瑜的衣服，还没走到萧瑾瑜面前，眼前倏地闪过一道蓝影，手上一空，还没回过神儿来，衣服已经抱在一个侍卫手里了。

这一向对楚楚很好脾气的侍卫铁青着脸，一言不发，眨眼间完成一系列动作：在一堆衣服里抽出一根衣带，扯下衣带上的一枚虎形玉带扣，把玉带扣磕碎，抓起从玉带扣里滚出的棕红小丸喂进萧瑾瑜口中，转身把剑尖儿抵在楚楚锁骨窝上："你到底是什么人？"

被剑抵着，还被侍卫满是杀气的阴寒目光狠狠盯着，楚楚又害怕又委屈，站在原地一动不敢动，"哇"地一声就哭开了："我是楚楚啊！"

侍卫剑锋一扬："我看你没了脑袋还能不能胡扯！"

"衣服是我让她拿的。"萧瑾瑜微哑着声音说了这么一句风马牛不相及的话，侍卫手里的剑居然就像被施了法一样，生生在空中顿住，一眨眼就"唰"地一声回了鞘。

出来前吴江秘密交代过，若遇上此类情况，务必第一时间把藏在虎形玉带扣里的药丸取出喂王爷服下，然后将在附近出现的人悉数擒拿拷问，唯得王爷授意接触王爷衣物者除外。

有资格在王爷生死关头帮他去取救命药的人，必是王爷心甘情愿托付性命之人。

剑回了鞘，人也转了个身，面对萧瑾瑜跪下来，浑厚的声音里满是愧色："王爷，卑职来迟了。"

萧瑾瑜慢慢调匀呼吸，微微摇头："你速去京师，叫景翊来一趟。"

"王爷，此处凶险，卑职先护您离开。"

"不必，我自有打算。你速去速回，切莫声张。"

安王爷的决定不是凡人能改的。

"是……"侍卫转头看了眼楚楚，看这平日里蹦蹦跳跳的小丫头被自己吓得小脸煞白，眼泪都流到下巴颏儿上了，心里一阵歉疚，对着楚楚抱了下拳："卑职鲁莽，望楚姑娘莫怪，照顾好王爷。"

楚楚一愣，这人刚才还要砍她的脑袋呢，怎么一下子又这么客气了呀？楚楚还没想明白，侍卫已经和来时一样无声无息地从屋里消失了。

看着桃腮带泪还默默傻愣着的楚楚，萧瑾瑜无声轻叹。他是造了什么孽，招惹了哪路神仙，逼得老天爷派下这么个小丫头来把他克得死死的。

"你别怕，是他误会了，我替他向你道歉。"

楚楚眨了眨还噙着泪的杏眼："他凭什么要砍我的脑袋啊？"

萧瑾瑜静静看着楚楚："他以为你要害我。"

楚楚气得直跳脚："我是你的娘子！你是皇上赏给我的！我得对你好，我才不会害你呢！"

"我知道，是他搞错了。"

楚楚扯着自己的袖子抹干净眼泪："那……那你现在好点儿了吧？"

萧瑾瑜轻轻点头：至少暂时没有那么强烈的窒息感，也没那么疼了。

"那我继续给你穿衣裳吧。"

"不必。"

"那不行！咱俩都拉钩啦！"

萧瑾瑜无声苦笑："一会儿再穿，先帮我脱吧。"

搁在一个时辰前，萧瑾瑜根本没法想象自己这辈子会求一个丫头片子来扒自己的衣服，就像他根本没法想象情急之下自己竟敢押上性命来护她。

楚楚一愣，他不就只穿了一件中衣："再脱，不就光了吗？"

萧瑾瑜觉得自己已经连脸红的力气都没了："我要浸浴。"

他出了这么一身的冷汗，还在地上趴了一阵子，泡个热水澡刚好能驱驱寒气。"好，我先给你烧热水去！"楚楚说道。

萧瑾瑜摇头："不必。要冷水，越冷越好。"

楚楚以为自己听错了："你要泡冷水澡？"

萧瑾瑜缓缓点头："冰水最好。"

楚楚惊得眼睛溜圆："为什么呀？"

"为治病……"萧瑾瑜深深看着楚楚，缓缓道，"否则我很快会死。"

楚楚急得脸都红了："你不是说已经好点儿了吗？"

"只能好两三个时辰。"

"那……那泡冰水能管用吗？"

萧瑾瑜轻轻点头。

"我这就给你打水去！"

"谢谢……"

楚楚刚奔出门就看见院子里的两口大缸，缸是为了救火而备的蓄水缸，里面的水半满着，水面结了手掌那么厚的一层冰，够冷，正合适！

楚楚拿石头把冰砸开，用水桶来回拎了好几趟掺着浮冰的冷水，倒满了大半个浴桶。这活儿干得干净利索，可等到把萧瑾瑜推进浴室，该帮他脱掉衣服了，楚楚却迟迟不动手了。

萧瑾瑜倚靠在轮椅里，眼睁睁看着楚楚一会儿摸摸他腰间的束带，一会儿摸摸他胸前的衣襟，一边摸还一边往他脸上瞄，生生把他冷到发僵发麻的身子都摸得发热了，见楚楚还没动手，萧瑾瑜没法忍了："你在干什么？"

楚楚抿抿嘴唇，盯着他腰间的束带小声地道："我不敢。"

萧瑾瑜噎了一下，她还有不敢的时候？

"不是给我脱过一次了吗？"

萧瑾瑜死都忘不了，那回这丫头不但把他脱干净了，还来来回回不知摸了他多少遍，能摸的不能摸的都让她摸过了，他都破罐子破摔了，她还有什么好怕的。

楚楚咬咬牙，小脸憋得通红："那会儿你是闭着眼睛的！我……我就只给闭着眼睛的人脱过衣服！"

萧瑾瑜差点吐出一口血来，她之所以敢那样对他的身子，原来真是拿他当死人了啊！

把他脱光还得他闭上眼，这算什么逻辑。

萧瑾瑜无力地阖上眼皮："好。"

感觉到黏在身上的那层又湿又凉的衣服被迅速而温柔地剥下来，一双温软的小手紧接着就爬上了他消瘦冰凉的身子，在他身上细细地摸索着。

这身子已经脆弱得快要崩溃了，哪有多余的定力来忍她这样。

所有被这双小手抚过的地方都像是被点了一把火，又烫又疼，惹得整个身子都禁不住发颤，萧瑾瑜不敢睁眼，也不敢出声，更不敢乱动。

"王爷，你什么时候摔伤了呀，怎么都不上药啊！"

楚楚摸过的每一个地方不是红肿就是淤青淤紫，红肿的地方是最新的伤，拳脚伤应该都是被那个坏小二打的，可其他的淤青淤紫明显是摔伤，而且都得超过大半天了，记得上回给他擦身子的时候还没有呢，这才几天啊，怎么就东一片西一片的了！

萧瑾瑜这会儿的脑子已经编不出什么像样的瞎话了，索性有一句说一句："从浴桶里出来和上下楼梯的时候。"

楚楚小心地抚过萧瑾瑜身上的淤伤，气鼓鼓地道："那个丫鬟也太笨了！"

萧瑾瑜狠狠一愣，还是没敢睁眼："什么丫鬟？"

"就是帮你洗澡，给你穿衣服，还把你摔伤了的那个！"

萧瑾瑜实在没有多余的力气费在嘴皮子上，就只迷迷糊糊地点了点头。

"以后还是我来伺候你吧！"

萧瑾瑜还是闭着眼睛微微点头。

得到了满意的回应，那双小手总算放过了他可怜的身子，可楚楚还是没说让他睁眼，萧瑾瑜就闭着眼睛又等了一阵子，楚楚还没有把他扶进浴桶里的意思。

这丫头又折腾些什么？

萧瑾瑜皱着眉头睁开眼睛，刚睁开就差点儿昏过去。

楚楚就站在他面前，离他最多两步远，一身衣服脱得就只剩一个肚兜了，这会儿正侧身对着他，反手解着肚兜绕在背后的小结。

他一直觉得这丫头还小，很小，小得就像个半开半合的花骨朵儿，还没长出什么风情韵致，纯粹是娇嫩可爱得很，让人看着心里暖融融的，总忍不住想跟她多待一会儿。

现在这么近这么清楚地看到她光洁的侧身，萧瑾瑜才发现这已几次扑到他怀里的小身子居然也是凹凸有致、珠圆玉润的，白皙里透出健康的血色，像是盛夏初开的荷花，粉嫩柔润得好像一把就能掐出一汪水来，每一寸肌骨都那么饱满，那么鲜活，那么美好。

不对……是他要浸浴，她脱什么？！

萧瑾瑜猛地醒过神来，迅速闭眼把头转向一边，一片醒目的红色从他脸上一直蔓延到胸口，气息都不平稳了："楚楚……"

楚楚一边解着那个不知道怎么就拧成了死疙瘩的带结，一边扭过头来看向双目紧闭的萧瑾瑜："马上，马上就好啦！"

萧瑾瑜怀疑是自己先前没把话说明白："楚楚，我是让你脱我的衣服，只脱我的，你自己的不用脱。"

哪知道楚楚一下子叫了起来："呀！你睁眼啦？"

萧瑾瑜一张脸红成了一颗熟透的大樱桃："对不起。"

"你……你闭着眼，别睁开，我让你看你再看！"

"好……"

不对……她想让他看什么？

萧瑾瑜不敢问也得问："楚楚，你脱衣服做什么？"

"伺候你泡澡呀，你身上一点儿力气都没有，水那么凉，你要是坐不稳一头栽进水里

· 144 ·

就坏了,我得抱着你才行。"

萧瑾瑜一口气差点儿没提上来。

刚才怎么就没狠狠心让侍卫把她抓起来算了!

"不行……你快把衣服穿上!"

"你别急,我都知道!我小的时候我奶奶就跟我讲过啦,女人没拜堂以前不能让男人看身子,等到入洞房的时候才行,不然就嫁不出去啦,所以你先别睁眼,一会儿我从后面抱着你,你别回头看我就行啦。"

萧瑾瑜要疯了,这户人家教闺女就不知道一口气儿把话都说明白吗!

萧瑾瑜板着脸沉下声音:"楚楚,这样不行。"

"那……"楚楚犹豫了一下,抿抿嘴唇,像是下了很大的决心,"你要是想看,就看吧。"

萧瑾瑜脸色红里发黑。

"不是,水太冷,你受不了,我自己泡就好。"

"你能受得了,我也能!"

萧瑾瑜就差求她了:"我泡过很多次,已经习惯了,你这样泡会生病。"

"我才不怕呢!"

她不怕,他还怕呢!

"生病就不准办案了。"

这句话比先前哪一句都管用,楚楚看看浴桶里漂着浮冰的大半桶水,又看看虚弱不堪的萧瑾瑜,咬了咬嘴唇:"那……那我就在边上守着你吧。"

"好。"

楚楚迅速把衣服裹上,小心翼翼地把萧瑾瑜搀进浴桶,还没扶他坐好,就感觉到他的身子一阵发颤。

楚楚担心地皱起眉头:"是不是太冷了?"

"刚好。"

坐在浴桶里,冷水漫到胸口,锥心刺骨的寒意毫不留情地吞噬着萧瑾瑜本就微薄的体温,冷得他连呼吸都困难了:"别害怕,等景翊来了,你就听他的话。"

楚楚紧抓着萧瑾瑜冰冷发抖的手:"那景大哥什么时候能来啊?"

"很快。"

"好,我听话!"

萧瑾瑜微微点头,阖上眼睛,任由这桶冰水把他的身体和意识一起冻透冻僵。

再恢复意识时,首先就感到一股滚烫的甜腥涌到喉咙口,堵得难受,偏头吐了出来,哪知道吐出一股又翻上来一股,一连吐了不知多少次才吐完,五脏六腑抽成一团,痛得差点儿让他重新昏过去。

这种感觉很熟悉，意味着他又一次从阎王那逃回来了。

这一次，实在是万幸。

还没睁开眼睛，就感觉到一条温热的湿毛巾擦到他的脸上，仔细地擦过他的脸颊、嘴角、下颌，然后一个柔和的力量把他上身扶了起来，倚靠在一片温软中，嘴里被慢慢喂进一股温度正舒适的清水。

萧瑾瑜一口没咽得下去，呛咳起来。

那片温软把他的上身包裹得更紧了些，一只小手抚上他的胸口，耳边传来熟悉的清甜声响："王爷别急，慢慢喝。"

萧瑾瑜咳着睁开眼睛："楚楚……"

抚在他胸口的手一顿："王爷！你醒啦！"

"嗯……"

楚楚把怀里的人抱得紧紧的，"哇"地一声哭起来："王爷你可算醒了！你吓死我了，你怎么才醒呀！"

"对不起。"

楚楚突然不哭了，松开萧瑾瑜，小心地扶他躺下来，伸手摸着他毫无血色的脸，失神地看着他，自言自语地小声道："我肯定是睡着了，又做梦了。王爷你好好睡觉，我不吵你，你睡饱了病就好了。"

楚楚噙着泪的一双眼睛红肿着，毫无神采地直直看着他，眼睛里都是血丝，眼底青黑，小脸像蒙了一层灰似的，蜡黄蜡黄的，原来像花瓣一样红润的嘴唇发干发暗，连神情都恍惚了，萧瑾瑜看在眼里，心口疼得喘不过气来。

萧瑾瑜轻轻转了下头，在楚楚抚在他脸上的手掌心里吻了一下，又吻了一下："是做梦吗？"

楚楚呆呆地愣住，一时没有反应，萧瑾瑜在她大拇指尖儿轻轻咬了一下，楚楚一下子醒过神儿来，整个扑进他怀里，紧紧抱住他："王爷！你真醒了？"

萧瑾瑜勉强抬起手，轻轻拍拍她的脊背："辛苦你了。"

楚楚只管一个劲儿地大哭，哭了好一阵子，哭得没劲儿哭了，哭声才小了下来。

萧瑾瑜等她哭得不那么厉害了，抚过她有点儿蓬乱的头发："我没事了，去歇会儿吧。"

楚楚把头摇得像拨浪鼓一样，紧抱着他不撒手。

萧瑾瑜无声叹气，她这样子一看就是熬了很久没睡了，她一个小丫头怎么受得了。萧瑾瑜心里发紧，轻抚着她哭得一起一伏的小身子："你要是不嫌弃我，就躺在我旁边睡会儿。"

楚楚还是摇头，把萧瑾瑜抱得更紧了。

萧瑾瑜轻叹:"那就陪我躺着,抱着我,行不行?"

楚楚这才点点头,抹着眼泪爬上床,衣服也没脱就钻进萧瑾瑜的被窝里,趴在萧瑾瑜怀中紧紧搂着他的腰,小脸紧贴在他胸口上,听着萧瑾瑜平稳的心跳声,抽抽搭搭哭了好一阵子,突然带着哭腔道:"王爷,你把那个护身符扔了吧。"

萧瑾瑜一怔:"为什么?"

"你就扔了吧,那个一点儿都没用!"

萧瑾瑜微微苦笑,他当然知道那玩意儿没用,可那是她跪着念了一个时辰的经求来的:"你怎么知道,若不是你的符,兴许我已经死了呢?"

"呸呸呸!你才不会死呢!"

"嗯……"

"你能活一千岁!一万岁!"

"嗯……"

"谁死了你都不会死……"

"嗯……"

"你得活得比神仙还长……"

"嗯……"

楚楚又嘟囔了几句什么,萧瑾瑜没听得清,低头看看才发现她已经睡着了,小脸蛋上还满是眼泪,仍然把他抱得紧紧的。

萧瑾瑜轻轻叹气,他怎么能把这敢抱死人脑袋的小丫头吓成这样。

刚替她把被子拉好,就听见屋里响起两声装模作样的干咳。

"千年王八万年龟,王爷,你也算是神物了啊。"

不用看都知道是谁,萧瑾瑜毫不客气地瞪过去:"小点声。"

景翊从房梁上翻下来,两手抱在胸前,笑着走到床边来,看看那个依在萧瑾瑜胸口上的小脑袋:"放心吧,守着你三天没闭眼了,天塌下来也吵不醒她。"

萧瑾瑜轻轻拥住那个软绵绵的小身子,看着那张满是疲惫的脸,目光里溢出浅浅的疼惜,拧紧眉头:"你怎么不劝她?"

"我说什么她都听,就是不听这个。这几天你从头到脚都是她伺候的,谁想挨你近点儿她都要跟谁拼命,根本就不讲理啊!"

这倒是像她能干出来的事儿。

萧瑾瑜把声音放轻了些:"你何时到的?"

景翊扯过一张凳子坐到床边,一边扭腰一边揉着在房梁上窝得酸疼的胳膊肘子:"你那侍卫花了将近十个时辰才到京师,我又到王府里跟叶千秋拉扯半天,那老头还是死都不肯出安王府,我说破嘴皮子他才从本手札里扯了两页纸塞给我,然后一脚把我踹出去了。要是再被他们耽误个把时辰,今年大理寺的案卷就真得烧给你了。"

萧瑾瑜点头，叶千秋当年第一次救他之前就提了一个条件，要求住在安王府，不死不出门，萧瑾瑜亲口答应的。

"我隔天下午到的，跟这儿的人说是来找你处理一些京中机要，近几天不见任何人，这两天就只有升州刺史来了一趟，想请示该怎么处置那个把你暴揍了一顿的店小二，对着我又跪又哭要死要活了一阵子就走了，别人谁都没进过这院子。"

萧瑾瑜轻蹙眉头："你隔天便到了，我怎么会昏睡三天？"

景翊伸手揉着自己那张名满京师的俊脸："王爷，我知道我长着一张让天下男人都想收拾我的脸，可你不能连自己多睡了几天都赖我啊。要怪你得怪那个在你床单下面铺寿衣的，那人可是真心实意地想要你的命啊，那件寿衣应该是从腐尸上扒下来的，都被尸水泡透了。"景翊往床上看了一眼，"要么就怪你那王妃娘娘，摆弄尸体的时候一点儿都不含糊，轮到活人身上倒胆儿小了。"

楚楚像是听见了什么似的，脸蛋往萧瑾瑜怀里蹭了蹭，迷迷糊糊地嘟起小嘴轻哼了一声，萧瑾瑜在她腰背上轻轻拍抚了几下，很快便又呼呼睡着了。

景翊眉梢轻挑，能上萧瑾瑜的床，钻萧瑾瑜的被窝，窝在萧瑾瑜的怀里，被萧瑾瑜哄着睡觉，此前享受过这样待遇的就只有萧瑾瑜多年前养过的一只猫了。

这种事，凭萧瑾瑜在这方面的修行还瞒不了他。

等楚楚重新睡安稳了，萧瑾瑜才拧起眉心沉声道："是她施的针？"

景翊笑得跟哭似的，指着自己的鼻子尖儿："不是她还是我啊？我要有那本事还至于特地跑到叶老头那找蹬吗？"

萧瑾瑜眉头皱得更紧了点儿："她都知道了？"

"放心，我就是有心思说，她也没心思听啊。我跟她说你的病是安王府最高机密，让外人知道的话你就会有性命之忧，我反正对医术一窍不通，她要是不能照着叶老头那两页纸给你施针，我就回京给你选棺材去。"景翊眯起一双狐狸眼玩味地看着楚楚的小脑袋，"这三天一共给你施了五次针，每次施完针都是你吐血她掉泪，你要是再不醒，她不疯我也得疯了。"

抓到萧瑾瑜眼底掠过的一抹罕见的温存，景翊把声音压低了些道："唐严跟你说过她身世有疑了吧？"

萧瑾瑜微愕，这时候提起这个……

景翊勾着嘴角内容丰富地轻笑："唐严担心她扮猪吃老虎，不过据我这几天的观察，她这猪肯定不是扮出来的。"

景翊这话刚说完，对上萧瑾瑜递来的目光，心里一阵发毛："不是不是，王爷，亲王爷，我就打个比方。"

萧瑾瑜不急不慢地道："既然来了，就别急着走了。"

"别别别……大理寺的卷宗还没整完呢！"

"正好,这里三个案子的卷宗就交给你整理了,结案之后一并带回大理寺入档。"

景翊还没来得及喊冤叫屈就发现有点儿不对劲儿,一愣:"三个?"

萧瑾瑜云淡风轻地阖上眼睛:"一个个来,不够还有。"

"够,够了!"

楚楚一连睡了大半天,可睡得一点儿都不安稳,睡上一阵子就会中邪了似的突然一骨碌爬起来,迷迷糊糊地去摸萧瑾瑜的脸,摸他的眼睛、鼻子,确认萧瑾瑜醒着,喘气喘得很正常,才会重新抱紧他,贴在他怀里满足地睡过去。

楚楚断断续续地做了好多梦,梦见的全都是王爷,梦见王爷病了,王爷被坏人欺负了,王爷吐血了,也梦见王爷在吃她做的饭,王爷在对她笑,王爷在抱着她。最后梦到王爷娶她了,王爷跟她拜了天地,给她掀了盖头,在她脸蛋上亲了一下,楚楚心里一阵乱跳,小脸一红就醒了。

萧瑾瑜一直在看着她,看她在睡梦里一会儿哭一会儿笑,笑着笑着脸还变得红扑扑的,实在可爱得很,不由自主地也跟着牵起了一抹笑意。

楚楚一睁开眼就看见王爷在浅浅笑着看她,笑得特别温柔,特别好看,就跟梦中的一模一样,楚楚趴在萧瑾瑜怀里迷迷糊糊地揉了揉眼,搂着萧瑾瑜的脖子就在他清瘦的脸颊上狠狠亲了一口。

萧瑾瑜一抹笑意僵在脸上,瞠目结舌地看着楚楚,苍白的脸颊上以被楚楚嘴唇碰触的地方为中心,迅速漫开一片滚烫,然后听到她趴在他胸口上带着浓浓的睡意说出一句差点儿把他送回阎王殿的话:"王爷,咱俩该入洞房啦……"

萧瑾瑜狠狠一愣,怎么……怎么就该入洞房了?!

"楚楚,你醒醒,醒醒。"

"唔……"楚楚睡眼惺忪地看着满面红光的萧瑾瑜,看着看着突然一个激灵,"呀!这是季县令家呀!"

萧瑾瑜呼出憋了半天的一口气,明白了就好。

楚楚一骨碌从床上爬起来,一张脸通红:"王爷!没拜堂你怎么就亲我了?"

萧瑾瑜脸上一阵红一阵白,审过这么多案子,他还真是见过耍赖的,没见过这样耍赖的。可惜他的脸皮还不允许他理直气壮地吼一句"明明是你亲我的"。

"我……我没有……"

"有!你先亲我,我才亲你的!"

"真的没有……"

"你……你赖皮!就是有!"楚楚急得都快哭出来了,"我奶奶说了,没拜堂就不能让人亲,亲了就没人要了!我们镇上朱大叔家的三姑娘就是这样的,好几个男人都亲过她,可谁都不要她了!"

楚楚越说越委屈，说着说着眼圈真就红起来了。

"你别哭，别哭……"萧瑾瑜一急，脱口而出，"我要你。"

楚楚眨了眨水汪汪的眼睛，将信将疑："真的？"

萧瑾瑜默默叹气："皇上不是把我赏给你了吗？"

楚楚一下子咧嘴乐开了："呀！我怎么把这个给忘啦！你是皇上赏给我的！"

萧瑾瑜默默阖上眼睛，他突然很怀念自己昏迷不醒的日子。

眼睛刚闭上，就听见楚楚认真清楚的声音："王爷，你得再亲我一次。"

萧瑾瑜深呼吸，默默攥住床单："为什么？"

"我想起来，你刚才亲我的时候我没闭眼。"

"不要紧。"

"要紧！我哥说了，亲的时候必须得闭眼，不闭眼就不是好人家的姑娘！"

萧瑾瑜一口气噎在喉咙口，差点儿背过气去。他算是明白她脑袋瓜儿里那些乱七八糟的玩意儿是从哪儿来的了。

楚楚噘了噘嘴："我哥要是知道我没闭眼，肯定生气。"

"你放心，我不告诉他。"

楚楚一脸严肃认真："那不行，这是大事儿，得告诉我哥，还得告诉我爹和我爷爷奶奶呢！"

萧瑾瑜本来就烧得发晕的脑子彻底不肯再转了，无力叹气："好，依你。"

让她因为这事儿在家乡落个"不是好人家姑娘"的名声，也实在值不得。

楚楚一听萧瑾瑜答应，立马趴到萧瑾瑜身边，闭起眼睛把小脸凑近过去，近得就快贴上萧瑾瑜的脸了。

楚楚等着萧瑾瑜的嘴唇落在她一边脸上，等来的却是萧瑾瑜一只手捧住了她的脸，把她的脸轻轻转了个角度，楚楚闭着眼纳闷得很，刚想张嘴问问怎么回事，后脑勺却被往下一按，身子贴进了萧瑾瑜怀里，嘴唇贴上了一片温润。

"唔……"

萧瑾瑜蜻蜓点水地一吻，然后忙把她放开，一张脸红得几乎要滴血了。楚楚红扑扑的脸上展开一个饱满的笑："我喜欢你这样亲我！"

楚楚整整衣服爬下床，把被子扯起来给萧瑾瑜盖好，像什么都没发生过一样甜甜地道："你饿了吧，我给你做饭去，不过你这两天还只能喝粥，过两天我再给你做好吃的。"

楚楚刚一脸喜滋滋地跑出门，一抹莹白就跟鬼魂儿似的从不知道哪根房梁上飘了下来。

萧瑾瑜差点儿昏过去，景翊怎么会在屋里！

景翊轻巧地落在萧瑾瑜床边，忍笑忍得快岔气了："王爷，饿了吧？"

萧瑾瑜很有种杀生的冲动，可惜这会儿别说爬起来杀人，就是连拿起一把水果刀的力气都没有。

萧瑾瑜一眼瞪过去，景翊立马自觉找到最近的墙角靠边抱头往下一蹲。

能看到一向是泰山崩于前而颜色不变的安王爷被一个丫头片子逼成这样，这会儿就是萧瑾瑜一声令下要杀人灭口，他觉得自己也能含笑九泉了，并且还能在九泉之下一直笑到投胎转世。

萧瑾瑜被景翊那准备好英勇就义的大无畏目光看得差点儿吐血，这是老天爷对他总是来来回回调戏阎王的报应吧。

萧瑾瑜无可奈何地吐出一口气："你什么时候进来的？"

"你要赖皮说自己没亲人家的时候。"

"从哪儿进来的？"

"就从窗户口啊，我刚进来就听见你俩在说正经事，所以把窗户关好就上房梁等着了，你那会儿正集中精力狡辩呢，肯定没注意到我。"

萧瑾瑜深呼吸，沉声："景翊……"

"在！"

"滚过来……"

景翊二话不说，两手抱着后脑勺干脆利索地连做几个前滚翻，一气呵成，正好滚到萧瑾瑜床前，蹲在床边抬头扬起一张人畜无害的笑脸。

萧瑾瑜懒得看他："去过凝香阁了？"

"去过了，你那侍卫说的没错，只是没说全。那美女掌柜确实跟谭章很有点儿什么，不过同时还跟一堆男人都很有点儿什么，全都是县城里有头有脸的人，反正掰着手指头肯定数不过来。"

萧瑾瑜轻轻蹙眉："季东河在内？"

"那倒没有。"

萧瑾瑜眉心又紧了紧："原因呢？"

景翊一愣，有意无意地往萧瑾瑜的下半身瞟了一眼："这种事儿的原因只能意会，光说肯定是说不清楚的，不亲自试试说什么都是瞎猜。反正也快天黑了，要不，我现在去把宛娘给你带来？"

萧瑾瑜脸色漆黑一片："我是问季东河。"

"这我哪知道啊。"

"查。"

景翊哭笑不得："这怎么查啊？"

"问季东河，或者找到跟季夫人一块儿回娘家的那个丫鬟。"

"那我还是找丫鬟去吧。"

第六章

　　萧瑾瑜迷迷糊糊地睡了一会儿,半睡半醒中动了一下身子,一阵尖锐的刺痛闪电一样蹿过整根脊骨,身子一颤,全身骨骼立马争先恐后地疼起来,疼痛此起彼伏,掀起一身冷汗,睡意全消。

　　萧瑾瑜闭着眼睛一动也不敢动,像一具尸体一样直挺挺地躺了好一阵子,直到疼痛渐渐变成僵麻,冷汗透过衣服把身下的床单都浸湿了,萧瑾瑜才无声苦笑着睁开眼睛。

　　冬天昼短夜长,不知道什么时候天已经黑透了,屋里没点灯烛,门窗紧闭,乍一睁眼就只见漆黑一片,没有一丝光亮,黑暗寂静得就像是躺在一口钉死了盖子的棺材里一样。

　　一股强烈的窒息感在黑暗中把萧瑾瑜紧紧捆缚住,憋闷得透不过气来,心跳猝然加快,呼吸一下子急促起来。

　　萧瑾瑜挣扎着想要起来,可手臂僵麻得不听使唤,刚一挪动又是一阵蹿遍全身的疼痛,呼吸一滞,差点儿失去意识。

　　就在萧瑾瑜苦撑到极限的时候,屋门突然被轻巧地推开,门口处一点火星闪进来,化出满屋柔和的光亮,窒息感瞬间像是被火光烧化了一样,消散得一干二净。

　　楚楚吹灭火折子,一只手拎着食盒,一只手端着灯台,刚走进来就看见躺在床上的萧瑾瑜像脱水的鱼一样大口大口地喘息着,脸色惨白一片,冷汗淋漓,顺着鬓角直往下淌。

　　楚楚吓了一跳,把食盒、灯台往桌上一搁,赶紧奔到床边:"王爷!你怎么了?"

　　一张被吓得发白的小脸闯进模糊的视线里,萧瑾瑜喘息未定就赶忙摇摇头:"没事。"

　　"你没事怎么流了这么多汗呀!"

　　萧瑾瑜勉强扯出点儿笑意,信口胡诌:"做噩梦了,没事……"

　　楚楚一愣:"梦见什么啦?"

"鬼……"

楚楚脸色一下子红润起来了，笑得暖融融的："王爷，你别怕，我给你念念就好啦！"

萧瑾瑜轻轻阖上眼睛，漫不经心地应了一声："嗯……"

楚楚坐到他身边，伸出手一下一下地摸过他的头顶，嘴上一本正经地念念有词："摸摸毛，吓不着……"

楚楚又问："王爷，你好点儿了吧？"

"嗯……"

"我做噩梦的时候我奶奶都是这么给我念的，念完就没事啦。"

"嗯……"

楚楚这才放心地拿起床头的汗巾，仔细地给萧瑾瑜擦净满额满脸的汗水，又把手伸进被窝里摸了摸他身上的衣服："王爷，你衣服都湿透了，我给你换一身吧。"

湿透的衣服把他虚弱至极的身子裹得一片冰凉，萧瑾瑜还是摇了摇头："我自己换，你扶我一下。"

感觉到楚楚的一只小手穿过他的后颈，攀着他的肩头想把他扶起来，萧瑾瑜顺着她的力气刚把肩背往上抬起来一点儿，疼痛乍起，身子一阵颤抖，跌了回去。

楚楚吓了一跳，紧张地看着眨眼又冒出一身冷汗的萧瑾瑜："王爷，我弄疼你啦？"

萧瑾瑜摇头，把疼痛忍过去，才蹙着眉头无可奈何地道："不碍事，晚会儿再说吧。"

他最厌恶这样半死不活还神志清楚的时候，眼睁睁看着自己像个婴儿一样任人摆弄，恨不得亲手掐死自己。

"碍事！你要是又病了那怎么办呀！"

萧瑾瑜无力地苦笑，病？都病成这副半人不鬼的模样了，还能再病到哪儿去？

楚楚看着萧瑾瑜一言不发地闭起眼睛，抿了抿嘴："我听景大哥说了，你病得这么厉害是因为身子沾了不干净的衣服。都怨我，要是我给你洗衣服就不会这样了，我洗得可干净了。"

楚楚说着说着眼圈就红了，鼻子一酸，"吧嗒吧嗒"掉下泪来。

萧瑾瑜错愕地睁开眼睛，景翃一句话说得含糊，她竟然就埋怨起自己来了。

萧瑾瑜心里揪着发疼，一时不知道说什么好："不是，不是这样。"

楚楚眼泪汪汪地看着他："皇上让我好好照顾你的，我这样是不是抗旨啊？"

萧瑾瑜啼笑皆非，微微摇头："不是。"

楚楚咬咬嘴唇，犹豫了一下，小心翼翼地道："那……那皇上一生气，会不会就反悔了，不让我嫁给你了啊？"

萧瑾瑜轻笑，很认真地回答："不会，君无戏言，皇上说的话不能反悔。"

楚楚眨着湿漉漉的睫毛，战战兢兢地看着萧瑾瑜，眼泪珠子一个劲儿地往下掉："那……王爷，你还喜欢我吗？"

萧瑾瑜一愣，还没回过神来，楚楚就一头扎进了他怀里，趴在他胸口抱着他大哭起来："王爷，我改，一定改！我一定好好伺候你，比皇宫里伺候得还好，再也不让你生病了，你别不喜欢我！"

萧瑾瑜不知道该哭还是该笑，手抬不起来，只好低头在楚楚头顶上轻吻了一下："我喜欢你。"

楚楚抬起哭花的小脸看他："最喜欢吗？"

"最喜欢。"萧瑾瑜说完这句话才意识到刚才自己说了些什么，脸颊"唰"地一下红透了。

怎么从自己嘴里说出来这样的话？要命了。

萧瑾瑜一时间窘得很想找个大坑把自己埋了，一张脸红得像只油焖大虾，楚楚还偏偏压在他胸口，温软的小手还紧搂着他的腰，还在他微启的嘴唇上亲了一下，破涕为笑："真巧！我也最喜欢你啦！"

萧瑾瑜脸红得快滴出血来了，不敢看着她，又不能不看着她，生怕一个不留神她又干出什么让他想要一头撞死的事儿来。

事实上，不管萧瑾瑜看不看着她，结果都是一样的。

楚楚从他身上爬起来，伸手就扯开他的衣襟，"刺啦刺啦"几下子把他身上汗湿的衣服扯成了几片，一片一片从他身上抽剥了下来，连衬裤也是一样，把萧瑾瑜吓得脸色煞白，身子都发颤了。

"楚楚……"

楚楚手脚麻利地把他扒干净，萧瑾瑜脑子里刚冒出来"尽人事听天命"的念头，楚楚就掀起被子一直盖到他脖子上，裹粽子一样把他裹了个严严实实。

楚楚看着呆呆愣住的萧瑾瑜，笑得甜甜的："反正你得在床上躺着，就先别穿衣服啦，这样我给你擦洗身子也方便多啦！"

青绿色被子的一头立即顶起一颗双目圆瞪的大红樱桃。

楚楚满意地笑着，把食盒里的青花小碗端过来，坐到床边拿起小勺在碗里搅了搅，舀了半勺白粥，凑在小嘴边吹了两下，送到了萧瑾瑜嘴边上。

萧瑾瑜犹豫了一下才把粥含到嘴里，还没往下咽，就听见楚楚甜甜地道："王爷真乖！"

萧瑾瑜差点儿把那口粥呛出来，清楚地感觉到自己额头上的血管在剧烈跳着。

楚楚眼睛笑得弯弯的，又舀了一勺送到他嘴边："王爷你多吃点儿，吃得多长得快！"

"……！"

"呀！不对不对，是吃得多病好得快，我说错啦！"楚楚吐吐小舌头补了一句，"刚才那是我帮我奶奶喂猪的时候说的。"

"咳咳咳咳咳……"萧瑾瑜好不容易活着把这顿饭吃完，连瞪她的力气都没了，听天

· 154 ·

由命地闭眼躺在床上，任她给自己擦了一遍身子，又拿被子把他的身子严丝合缝地裹了起来。

清爽的舒适感柔柔地包裹在周围，倦意袭来，萧瑾瑜正想睡过去，楚楚一句话就让他彻底清醒了："王爷，往后我得跟你睡一张床。"

萧瑾瑜要疯了，他很想立马爬起来，不为别的，就想看看今天的皇历上都写了些什么："不行。"

"为什么不行？"

"我是病人。"

"你放心吧，我睡觉可老实了，保准不欺负你！"

"跟病人睡在一起不好。"

"没事儿，我身体可好啦！"

萧瑾瑜深呼吸，一脸严肃地看着楚楚，语重心长地道："楚楚，拜过堂我们才能睡一张床。"

楚楚比他还严肃认真："我们都亲过了，亲过了就得睡在一块儿，这是规矩。"

这是哪家的规矩？

楚楚噘起嘴："而且，是你先让我上床跟你一块儿睡的，你还让我抱着你睡呢，你怎么能赖账呀！"

萧瑾瑜无力地阖上眼睛，天作孽，犹可违；自作孽，不可活啊。

"好。"随便吧，反正能干的不能干的都干得差不多了，她想干什么就干什么吧。

大不了他不活了还不行？

"你困了就先睡吧，我先吃饭去，晚会儿睡。"

"好。"

"我给你把灯吹了吧。"

萧瑾瑜慌得睁开眼睛："别！"

楚楚看看灯，又看看脸色发白的萧瑾瑜："为什么呀？"

萧瑾瑜拧着眉头，嘴唇轻抿，看着灯焰好一阵才低声道："我怕黑。"

楚楚一愣，笑了："王爷你别怕，你是好人，妖魔鬼怪才不会吃你呢！"

"我不怕鬼，只是怕黑，不能待在没光亮的地方。"

"那行，我就不吹灯啦。"

"谢谢。"

看着萧瑾瑜阖上眼睛安然入睡，楚楚抿嘴笑着，轻手轻脚溜出门去。

原来王爷还会怕黑，这就像个有血有肉的人了，真好！

楚楚拎着食盒一路蹦蹦跳跳地往厨房走，迎面看见季府管家走过来。

先前这个老管家一直板着脸，怪吓人的，楚楚没敢跟他说过话，可今天不知道为什么，看着这老爷爷也挺可爱的，楚楚朝他挥挥手，乐呵呵地打了个招呼："王管家好！"

王管家原本没留意到她，被她这么一喊吓了一跳，待看清楚来人，慌得就要往下跪："王妃娘娘！"

楚楚赶紧搀住他，小脸绯红："我还没跟王爷拜堂呢！"

王管家可是记得季东河是怎么板着脸跟他吩咐：全府上下都要喊这丫头一声王妃娘娘，谁喊错了就自己拎包袱走人。

"没拜堂您也是娘娘……"王管家一脸愧色地道，"老奴近日一直在帮我家老爷为夫人准备法事，未曾前去向王爷和娘娘请安，还望娘娘恕罪。不知安王爷近日是否安好？"

景大哥叮嘱过，王爷生病的事儿谁都不能说，楚楚含含糊糊地道："王爷挺好的，季大人可好呀？"

问起自家老爷，王管家忍不住摇头叹气："多谢娘娘挂念，自打知道夫人惨死，老爷一直寝食不安，自责得很啊。夫人突然回娘家，其实是因为那晚跟老爷大吵了一架，吵得特别厉害，全府的人都听见了，第二天一早是我把夫人送上马车的，夫人上车的时候还在哭呢。"

楚楚皱起眉头："他们为啥吵架呀？"

"老爷和夫人的私事，老奴哪能知道啊。"王管家又叹了口气，额头上的褶子挤到了一块儿，"夫妻俩没有不吵架的，可谁知道会出这事儿啊。"

楚楚急道："我跟王爷就不吵架！"

王管家看着眼前的小丫头苦笑摇头："娘娘，恕老奴直言啊，您还没跟王爷拜堂呢，这要是拜了堂成了亲，柴米油盐过日子了，肯定要吵的。"

"肯定不吵！"

"娘娘……"

"我是娘娘，我说了算！"

"是是是……"

楚楚回房的时候萧瑾瑜还在沉沉地睡着，呼吸平稳均匀，眉心舒展，细密的睫毛静静垂着，安稳好看得像幅画一样。

楚楚抱着枕头、被子，从床尾悄悄地爬上去，轻手轻脚地摆好枕头、铺好被子，再脱了外衣叠好放在枕头边儿上，小心翼翼地钻进自己的被子里。

她本来是想跟王爷睡在一个被窝里的，可王爷现在正病着，万一自己半夜抢了王爷的被子，害他着凉就坏了。

灯亮着，楚楚一时睡不着，就凑到萧瑾瑜边上，趴在他身边，两手交叠着垫着下巴颏，目不转睛地看着他。

王爷长得好看，心眼儿也好，还会断案子，真是打着灯笼都找不着的好人，越看就越喜欢。

她就快给这个人当娘子了，越想越高兴，楚楚一边笑一边想，不知道什么时候就睡着了，睡梦里听见好像有人在叫她，好像是王爷的声音，好像还带着忍痛的轻哼声，好像就在耳边……

"王爷……"

看见楚楚睡眼惺忪地抬起小脑袋来，萧瑾瑜有点儿不好意思地苦笑："楚楚，能帮我拿瓶药吗？"

楚楚这才醒过盹儿来，睁大了眼睛看着萧瑾瑜，看他又是脸色煞白、满额细汗，立马紧张起来："王爷，你怎么啦？"

萧瑾瑜忍痛忍得有点儿气喘："老毛病，没事，吃点儿药就好。"

"我这就给你拿！"

"谢谢。"

楚楚跑到装药的大箱子里翻出萧瑾瑜点名要的那一瓶，倒出两颗药丸小心地喂到他嘴里，萧瑾瑜把药吞下去，又认真地向楚楚道了一次谢。

楚楚有点儿怀疑地看看手里的小药瓶："光吃这个就行啦？"

"嗯，不必管我了，你睡吧。"

要不是被骨节里持续不断还愈演愈烈的疼痛熬得受不了了，要不是身上一丝力气都使不出来，他根本就不愿意叫醒她，那张粉嘟嘟的小脸睡着了还带着笑，肯定睡得特别香甜，还梦到了特别美好的东西。

楚楚把药瓶放回药箱里，回来了给他擦了擦汗，上床趴回他身边，看他还是紧皱着眉头，有气无力地喘息着，突然想起来："呀！王爷，你是不是风湿犯了啊？"

萧瑾瑜一怔，吃力地扭过头来看她："你怎么知道？"

"我当然知道啦！你在冰水里泡了那么长时间，出来的时候身上的关节全都肿了，拿手轻轻碰一下你都疼得发抖，我给你拿药酒揉了三天才消下去，还以为你已经不疼了呢。你等等，我再拿药酒给你揉揉！"

萧瑾瑜一个"不"字还没说出来，楚楚已经跳下床去了。

这毛病已经在他身上安营扎寨三年了，他当然知道揉药酒比吃任何药都管用得多，可他这毛病是硬生生在冰水里泡出来的，全身没有一个骨节是好的，要揉起来就是从肩膀到脚趾。他昏迷的时候也就罢了，现在这样醒着……

楚楚抱着药酒跑回来，把屋里的两个炭盆都挪到床边，爬上床就要掀开裹在萧瑾瑜身上的被子，萧瑾瑜突然想起来另外一件要命的事："等等！"

"怎么啦？"

萧瑾瑜脸上微微泛红："我，我没穿衣服。"

"正好，不用给你脱衣服啦！"楚楚得意地一笑，"我就说这样方便吧！"

楚楚把他身上的被子揭开，半扶半抱地帮他翻了个身。萧瑾瑜身子一动就疼得直打战，不过就是从仰躺换成俯卧，已经把他疼出了一身冷汗。

"王爷，你再忍忍，我给你揉揉就好啦。"

"嗯……"

楚楚从他的肩膀开始慢慢揉，边揉边跟他说话："王爷，你的风湿病是一生下来就有的吗？"

萧瑾瑜漫不经心地答着："不是。"

"那是什么时候染的啊？"

"三年前了。"

"那还不算太久，以后我多给你揉揉，能控制住。"

"嗯。"

"那你的腿，是因为风湿病吗？"

"不是。"

"那是为什么呀？"

"不记得了。"

"啊？"

"太小了，不记得。大夫说是摔的，摔伤我的宫女早就被处死了。"

楚楚心疼地揉着萧瑾瑜瘦得见骨的脊背："该死！"

"辕刑死的。"

"啥是辕刑呀？"

"五马分尸。"

楚楚好一阵子没说话，半晌才咬了咬牙："那也不可怜，谁让她摔伤你的。"

"不记得了，兴许是我小时候不听话。"

"才不是呢！你最听话了！"

楚楚停下来又往手心里倒了点儿药酒，再揉的时候明显更温柔更仔细了："王爷，你每天不是坐着就是躺着，最受苦的就是腰啦，瞧你腰上僵的，肯定疼坏了吧，怎么不早点把我叫起来呀？"

萧瑾瑜本来已经在这力度恰到好处的揉按中放松下来，昏昏欲睡了，突然被楚楚在腰上一揉，身子一下子绷紧了。

腰部确实是他身上极脆弱也是极敏感的地方，楚楚一双热乎乎软绵绵的小手在他腰上规律地揉捏着，每一下都让他整个身子微微发颤。

楚楚停了停，小心地问："王爷，我弄疼你啦？"

"没……没有……"萧瑾瑜说的是实话，让他发颤的不是疼痛，而是一股股的炙热，从那双小手传到他的皮肤上,从脆弱的腰背蹿入,蛮横地冲撞着他死气沉沉的身体,迅速燃烧着他的意识。身体变化之快把萧瑾瑜自己都吓了一跳,知道腰上敏感,可从没敏感成这样,她不过在帮他揉药酒而已。

"楚楚,你别……"

楚楚正揉得认真,完全没意识到这人有什么不对劲儿:"我揉得不舒服吗?"

萧瑾瑜的脸皮厚度实在不足以回答这个问题,一张红透了的脸埋在枕头里半天才憋出一句话来:"我……我腿疼,疼得很,帮我揉腿吧……"

楚楚见鬼了似的一下子把眼睛睁得溜圆:"王爷,你的腿有感觉?"

萧瑾瑜摇头,要是能有正常感觉,哪还敢让她去揉:"只会疼,在骨头里。"

"好,我这就给你揉!"

萧瑾瑜也不知道昨晚自己是什么时候睡着的,最后的记忆是楚楚扶他翻身仰躺过来,然后开始给他揉腿。

醒来的时候天已经大亮了,身边空着,两床被子都盖在他身上。

萧瑾瑜试着微微挪动了一下身子,还是没力气,但已经不疼了。昨天一整天都像是做梦似的。

萧瑾瑜睡意还未消,楚楚就跑了进来,手里抱着个花瓶,瓶子里插着几枝艳红的梅花,进门看见萧瑾瑜醒了,就直接抱着花瓶跑到了床前。

"王爷,你醒了?"

"嗯……"萧瑾瑜看着瓶里的花,"哪里来的?"

"就在季府的花园里摘的,湖边上有一片梅花树呢,这两天天气好,全都开啦!我问过季府里管花园的丫鬟啦,她说能摘,我才摘的。"说着把花往萧瑾瑜面前一送,"王爷你看,好看吧?"

萧瑾瑜轻笑:"好看。帮我取身干净衣服来吧,我想出去看看花,晒晒太阳。"

"我知道在哪儿,我陪你一块儿去!"

"好。"

楚楚搁下花瓶去翻衣橱:"王爷,你想穿哪身衣服呀?"

"白的就好。"

"王爷,你的衣服除了官服都是白的呢。"

"是吗?"他自己都没留意。

"是呢,你最喜欢白色?"

"不是。"

"那你的衣服怎么都是白色的呀?"

"可能因为我总去有丧事的地方。"

楚楚推着萧瑾瑜一路慢慢走到花园，一转弯刚看见那片红梅，也看见梅树底下有人举起把斧头，眨眼就要往梅树上挥了。

"别砍！"楚楚喊了一声就撒腿奔了过去，萧瑾瑜想拦时已经晚了，只见楚楚冲过去伸手拦在人与树之间："不许砍！"

丫鬟刚要挥下斧头，眼前凭空蹿出个大活人，吓了一跳，一下把斧头扔了。

"扑通"一声，斧头正落进丫鬟身后的湖里。

丫鬟定睛看清这突然蹿出来的人正是刚才来折花的王妃娘娘，慌张地一跪："娘娘恕罪！奴婢该死！"

"你砍它干吗呀？"

"娘娘息怒，管家吩咐要砍的，说是为夫人办丧事，府上不能看见红色的，奴婢也没办法。"

楚楚气得正要骂人，突然听到木轮缓缓碾地的声响，这才想起来刚才一急就把萧瑾瑜扔到了一边儿，赶忙转头看过去，萧瑾瑜正自己推着轮椅往这边来，小路不平，他推得很是吃力。

楚楚赶紧跑过去，小脸一红："她……她要砍树。"

萧瑾瑜冷脸看着她，一想到刚才那幕萧瑾瑜就直冒冷汗，这丫头就那么莽莽撞撞地往前冲，还拿自己的身子挡，万一丫鬟手快一点儿他根本赶不及过去，就只能眼睁睁看着。

"要树就不要命了？"

楚楚急得抓起他的手："王爷你别生气，我没说不要你！"

萧瑾瑜一噎，顿时没了脾气。

她是故意的，一定是故意的。

丫鬟这才看见萧瑾瑜，赶紧跪到这边儿来："奴婢拜见安王爷！"

楚楚往萧瑾瑜面前一挡，气鼓鼓地道："你拜王爷也不行，就是不能砍！"

萧瑾瑜哭笑不得地伸手把这人肉屏风从眼前拽到身边，才看到跪在地上直打战的丫鬟："树是管家让砍的？"

"回王爷，正是。"

"先留着吧，让管家来跟我说。"

丫鬟还没应声，楚楚就忍不住跳了出来："谁不听王爷的话，王爷就打谁的屁股！"刚说完就觉得自己屁股上不轻不重地挨了一巴掌，回头正对上萧瑾瑜的一张冷脸。

萧瑾瑜脸色微黑地重新把她扯回身边，低头看向丫鬟："起来说话吧。"

"谢王爷！"

萧瑾瑜慢慢扫过周围景致，虽已到隆冬，还是满目生机，连湖里的水都没冻上："这园子可是你打理的？"

"回王爷，正是。奴婢的活儿就是收拾这个园子。"

萧瑾瑜有意无意地抬头看了下湖边的一栋小楼："季大人和夫人的住处就在这儿，你可留意过夫人回娘家前有何异样？"

丫鬟刚一犹豫，楚楚就忍不住了。"有！王管家都跟我说了，夫人回娘家是因为跟季大人吵架，吵得可厉害了，第二天早晨管家送夫人上马车的时候夫人还哭呢。"说罢还瞪着丫鬟气鼓鼓补了一句，"王爷什么都知道，你别想糊弄他！"

丫鬟慌张地又跪下来："奴婢不敢。"

"你差点儿就敢啦！"楚楚声音里带着明显的火气，萧瑾瑜听得一怔，轻皱眉头，这丫头是真生气了？

就为那梅树？

丫鬟早把砍树的事儿忘得一干二净了，愚弄王爷可是性命攸关的大罪，何况还是个专管给人治罪的王爷，眼见着萧瑾瑜皱起眉头来，丫鬟心里一慌，赶紧磕头道："奴婢冤枉……冤枉啊！娘娘所说确有其事，只是……只是老爷、夫人吵架是常事，奴婢不知道说不说得上是异样，不敢随便拿来在王爷面前嚼舌。"

萧瑾瑜眉心微展："常事？"

"奴婢不敢欺瞒王爷！老爷和夫人常常吵架，再琐碎的事儿，一句话不对付就能吵得脸红脖子粗的，夫人气得三天两头就往娘家跑。奴婢平日就待在这园子里，离老爷、夫人的住处近，经常能听见吵架声，那天实在算不得稀罕。"

萧瑾瑜把目光投到小楼在湖面所成的倒影上："夫人走前的那次吵架，你可听到了？"

"那晚奴婢就在这里侍弄这几株梅花，正好听见。老爷和夫人就是在他们房里吵的，开始声音不大，不知道他们吵的什么，后来越吵声音越大，话也难听得很，直到王管家上楼去劝才劝住的，夫人还哭了好长时间呢。要说异样，倒是也有，就是老爷那天火气特别大。老爷脾气好，待人和善，平时从来都不对我们说重话，那天晚上我不过是被水鸟扎进水里的动静吓了一跳叫出了声来，老爷就扒着窗口把我骂了一通。"

萧瑾瑜轻轻点头，目光细细地扫着光秃秃的湖面，像是真想要在里面找出只水鸟来似的。

被楚楚怀疑的眼神盯着，丫鬟一点儿也不敢马虎，赶紧补道："其实……其实那会儿天已经黑透了，奴婢就看见一个尖尖嘴还长着俩翅膀的黑影儿一头扎进水里，也不知道是不是水鸟。"

"起来吧，请王管家得空来我房里一趟，我有要事与他商量。"

"是，王爷。"

楚楚不忘添上一句："还有，不能砍树！"

"是，是，娘娘放心，奴婢不敢。"

萧瑾瑜和楚楚回到房里的时候，王管家已经在等着了："小人拜见王爷、娘娘。"

"请起。"

"谢王爷。"王管家起来就站在萧瑾瑜身前，把头垂得低低的，几乎把腰都弯下去了，"不知王爷有何吩咐？"

萧瑾瑜还没张嘴，楚楚就急道："你不能砍树！"

王管家狠狠一愣："小人这辈子都没砍过树啊。"

"可你让别人砍了！就是湖边那片梅花树，那里的丫鬟说是你让砍的！"

王管家这才听明白，头垂得更低了："回娘娘，这是老爷的意思，府上要为夫人筹办丧事，不能见红色，那几株梅花刚巧开的是红花，还正对着老爷、夫人房间的窗户，老爷看着心烦。是怪可惜的，可谁让它开得不是时候啊！"

楚楚气得跳脚，那个季大人看着就像个心清目明的好官，怎么能干出这样的糊涂事儿呀！

"不能砍！就是不能砍！砍树最损阴德，谁砍谁家就断子绝孙！"

王管家膝盖一抖，差点儿给她跪下："娘娘——"

萧瑾瑜及时干咳了几声："王妃此话说得不甚清楚，王管家莫怪。"

都说到断子绝孙的份儿上了，还能怎么清楚啊。

王管家硬着头皮接话："王爷言重了，小人不敢。"

"王妃的意思是按本朝礼制，皇室宗亲下榻之所一律严禁行采伐之事，否则即是伤损王气，罪同蓄意谋反，当诛九族。"

萧瑾瑜说得平淡清浅，王管家愣了一下才"嗵"地跪下来："草民无知，王爷恕罪！"

一听要诛人家九族，楚楚也慌了，赶紧扯扯萧瑾瑜的袖子。

萧瑾瑜没理她，不但没有恕罪的意思，声音还又冷了一层："不是季大人的意思吗，你无知，他也无知？"

"王爷息怒！夫人死得惨，季大人又恨又悔，这几日染了病，神情也有点儿恍惚，难免有不周全之处，还请王爷多多包涵。"

萧瑾瑜眉梢微挑："是吗？"

"小人不敢欺瞒王爷！"

萧瑾瑜微微点头，神情缓了缓："那就是本王的不是了，近日琐事缠身，未曾探望季大人。"

"小人替老爷谢王爷关心！"

萧瑾瑜轻咳："既然季大人对夫人如此在意，本王今日午时便升堂审案，也请季大人来听听吧。"

王管家一愣："今日午时？"

"嗯，午时，刺史衙门。"

"是，小人这就去告诉老爷。"

"有劳了。"

王管家刚走，萧瑾瑜就轻轻阖起了眼睛。

才坐了这么一会儿就觉得全身骨头都像是被拆散了似的，感觉比窝在三思阁里一连看了三天卷宗还累。本来是想停在升州歇歇的，居然差点儿就彻底歇在这儿了。一连在京城里窝了三年，竟这么不济了。

"王爷……"

萧瑾瑜眼皮都懒得抬一下："嗯？"

楚楚声音怯怯的："在你住的地方砍树真要诛九族啊？"

"你说呢？"

楚楚抿抿嘴唇："那……那摘花算吗？"

"你说呢？"

"那……那，"楚楚小脸憋得通红，"那我不嫁给你了！"

萧瑾瑜缓缓睁开眼睛："圣旨是你向皇上要的，不嫁就是欺君抗旨。"

楚楚低头咬着嘴唇，"可我不想连累你一块儿死。"

萧瑾瑜一怔，这才听明白她脑子里的那个弯儿是怎么绕的，浅浅苦笑："花是那丫鬟许你摘的，要罚也不是罚你。"

楚楚急了："是我要摘，她才让我摘的，那不就是我害她的吗？"

萧瑾瑜静静看着她，声音微沉："楚楚，你说实话，为什么不让砍树？"

楚楚揪着手指尖不吭声了。

"你告诉我，兴许她可以不受罚。"

"真的？"

"全国刑狱之事都归我管。"

楚楚垂着小脑袋，小声道："你说那花好看的，我都没听你说过别的什么好看。他们要是把树砍了，你肯定难受，你还病着呢。"

他就是随口那么一说，去花园本也不是为了看那片梅树的，哪知道她竟这样小心。

萧瑾瑜无声浅叹，这会儿想起她往梅树前冲的一幕，除了心有余悸，多少还有点儿歉疚："我认为好看的东西很多，未必都会说出来，以后不许再为这样的事拼命了。"

楚楚赶忙连连点头，眼睛亮亮地看着萧瑾瑜："那你有办法让那个丫鬟不受罚？"

"嗯……"

"那是什么法子啊？"

萧瑾瑜重新闭起眼睛来："没什么法子。"

楚楚急了："你刚才都答应了！"

萧瑾瑜没出声，房梁上倒是随着一道白影一块儿飘下来个带笑的声音："朝廷里要真有这么一号罪名，那皇宫、王府什么的早就成树林子了，王爷，你信口胡诌的本事越来越像那么回事儿了啊。"

"王爷，你怎么又骗人啊！"

萧瑾瑜气定神闲地闭着眼睛："你来得正好，去跟谭章说，让他集合所有相关人等，午时在刺史衙门升堂。你带楚楚去停尸房做做准备，顺便告诉谭章的主簿，这次你替他上堂做录，你做堂审记录的本事也该越来越像回事儿了吧？"

景翊差点儿哭出来，给萧瑾瑜亲审的案子做堂审记录不是闹着玩儿的，上回二十多页记录里就记错两句还让他给挑出来了，改过来之后连抄五遍才算把这事儿掀过去，到现在他还能把那份一年前的堂审记录背出来呢。"王爷……"景翊刚摆好一脸可怜兮兮的表情，楚楚就两眼发光一脸兴奋地看着景翊："景大哥，王爷点名让你当主簿呢，真厉害！"

景翊嘴角抽了一下，怎么突然莫名其妙地有种自己好像真的挺厉害的错觉。

"呵呵……我不厉害，你俩才厉害……"

第七章

楚楚午时整来到大堂偏厅的时候，萧瑾瑜已经坐在大堂的案桌后面了。

楚楚扒着屏风的缝看过去，萧瑾瑜穿着官服在案后正襟危坐，腰背立得直直的，神情清冷威严，两个侍卫也换了武官官服，跨着刀一左一右站在萧瑾瑜身后，看着比郑县令升堂的时候可威风多了！

这么看着，王爷脸上的病色好像比刚才浅了不少，人也精神多了，楚楚打心眼儿里高兴。案子就要破了，王爷的病也见好了，还能亲眼看见王爷升堂审案，真好！

只是王爷设的这个大堂，怎么就跟人家的不一样呀。堂下一个衙差都没有，倒是齐刷刷地跪了一片人，仔细看看，有宛娘，有谭大人，有季大人和王管家，有那五个开肉铺的屠户，连那个在凝香阁打了王爷的小二也跪在里面。

萧瑾瑜也没去碰那块被谭章拍得光溜溜的惊堂木，开口第一句话就清清冷冷地道："自觉有罪的跪着，自觉清白的起来吧。"

跪着的人都一愣，见过审案子的，可没见过这样审案子的啊。

"本王亲审的案子结案后再无翻案的可能，你们想清楚再动，不急。"

一干人等大眼瞪小眼相互看了好一阵子，最后就只有那五个屠户战战兢兢地爬了起来，萧瑾瑜清冷的目光刚往他们身上一扫，五个人又"扑通扑通"全跪下去了。

"王，王爷，小的们是真冤枉啊！"

萧瑾瑜声音一沉："本王何曾冤枉你们了？"

"没有没有！小的……小的是说，小的们是清白的，都是清白的！"

萧瑾瑜声音又冷了一分："那你们跪着干什么，戏弄本王吗？"

"小的不敢，不敢！"

看着五个人手忙脚乱地从地上爬起来，跌跌撞撞站到一边儿，萧瑾瑜又等了一阵，再没人站起来了。

萧瑾瑜在跪着的人群里扫了一眼，最后目光落在一人身上："凝香阁小二石头，你自觉所犯何罪？"

被点到的小二慌张地磕了俩响头："小人该死！小人瞎了狗眼，没认出王爷，把王爷打了，小人该死！小人该死！"

萧瑾瑜静静地听他说完，眉心微沉："就这些？"

小二一愣，连连磕头："小人冒犯王爷！罪该万死！"

"想清楚再说，若有隐瞒，要加治藐视公堂与欺瞒本王之罪。"

小二身子僵了一下："小人……小人不敢欺瞒王爷！"

萧瑾瑜浅浅叹了口气："看在你诚心认罪服法的分上，殴打本王之事，本王就不追究了。"

"谢王爷开恩！王爷千岁，王爷千岁！"

要不是有刑房书吏拉着，楚楚差点儿就从屏风后面冲了出来。

王爷也太好心了，哪能就这样轻饶了这个坏人啊！

接着听萧瑾瑜把声音一沉："其他的事，国法昭昭，本王就没法开恩了。"

小二心里"咯噔"一下，抬头错愕地看向一脸冷色的萧瑾瑜："王爷……"

"你那日去满香肉铺为凝香阁采买，共买了多少肉，花了多少钱？"

"这……"小二浑身一僵，支吾了一下才含含糊糊地道，"我就……按老板娘吩咐的，把她给我的钱全付给了肉铺掌柜，然后掌柜给我多少我就拿走多少，我也没称过，这哪记得清啊……"

"你记不清，但账目上可记得清。"萧瑾瑜扬起案上的两本账册，"据满香肉铺账目上所记，当日卖给凝香阁各部分肉量总共五十二斤八两，收银十三两五，而据凝香阁账上所记，当日买肉总八十斤，支出二十两五。也就是说，你当日在肉铺花了十三两五银子，却带回八十斤肉，对吧？"

宛娘和肉铺掌柜一时转不过弯儿来，怔怔地互看了一眼。

楚楚却在这个数目上一下子反应过来。

钱的事她也不明白，但这小二多带回去了将近三十斤肉，差不多就是她从肉铺的冷窖里拣出来的，再加上那包排骨的分量。

那就是说……

"本王向当值衙差问过，那些从肉铺冷窖中分拣出的碎尸，皆是由当日从凝香阁带回的那部分里拣出的。也就是说，所有碎尸，皆是由你带进凝香阁的，你还不知所犯何罪吗？"

"你……"季东河忽然回过神来，"是你杀了我夫人！"

"王爷明察，季县令明察啊！"小二伏在地上一阵磕头，急得话音里都带出了几分关中味儿，"不是我，真不是我杀的！我……哎呀我就是倒霉催的！我一早被老板娘差去买肉，因为店里买肉不能让人知道，每回都是在肉铺后门等着他们送出来。我等着的那会儿就在他家后门对面的巷子口看见有草苫子盖着的几扇分割好的肉，还挺新鲜，就以为是他家哪个屠户临时搁在那的，一时财迷心窍就……都切成那样了，我可不是故意的啊！省下的钱我都喝花酒去了，有青楼的姑娘作证，不信您——"

肉铺掌柜刚听出点儿意思就按捺不住了，不等小二辩完就慌忙开口："不是！王爷明鉴，小的从来没在什么巷子里放过东西啊——"

萧瑾瑜还没开口，墙角传来一声怒气冲冲的大喝。

"闭嘴！一个说完了另一个再说！你俩一块儿说我记哪个的啊！"

俩人吓得一抖，一下子全没了动静。

萧瑾瑜勾起一丝若有若无的笑意，他就知道，有景翊做堂审记录，根本用不着他费劲儿去拍惊堂木。

萧瑾瑜淡淡地一清嗓："除了这些，你可还有什么要认的吗？"

小二快哭出来了："王爷明察，小人真是句句属实，再没有欺瞒了啊！"

"关中青龙寨腾云堂前堂主石易，近年率腾云堂势力打家劫舍，祸乱关中，四月前因被青龙寨寨主下令驱逐，丧心病狂屠杀寨主全家后逃出关中，身系人命无数……"萧瑾瑜沉沉缓缓地道，"再加财迷心窍，致使本案死者遗体遭再度损毁，实乃罪大恶极。即日押送京师，待斩。"

一众人等都愣愣地看向小二，这人怎么看都不像是有那种胆色的啊……

楚楚在屏风后面也瞪大了眼睛。

小二渗出一头冷汗，脸色铁青："王爷，小人，小人听不懂您说什么。"

萧瑾瑜眉梢微挑："听不懂？把上衣脱了，自己照照镜子就懂了。"

小二脸色"唰"地煞白一片，抬手捂住了襟口："你，你怎么……"

"我怎么知道你左边锁骨上钉着青龙寨的龙纹铜圈？"萧瑾瑜牵起一丝冷笑，"下回趴在右胳膊上睡觉的时候要把左边衣襟捂严实，被人浇了一头冷水以后也不要立马当着人的面拉扯衣服领子，这样可以安全些。"

小二脸色一变，索性破罐子破摔，"腾"地站起来，指着萧瑾瑜就破口大骂，骂了还没三句，侍卫都还没冲过去，突然从一边墙角飞出一块汉白玉镇纸，不偏不倚正砸在小二后脑勺上，小二"咚"一声就扑倒在地，昏死过去。

只听墙角传来景翊火大又满含哀怨的声音："骂人还用关中话骂，爷听都听不懂怎么记！"

被砸昏的小二刚被拖下去，谭章就趴在地上一阵鸡啄米："下官失职！下官该死！"

萧瑾瑜冷眼看着他："你是该死，海捕文书已下发达三个月之久，各州县都翻得底朝天，你倒是把他好生生地养起来了，说吧，收了这贼子多少脏钱？"

谭章一个激灵，跪成了一个球形的身子就地抖了一下："王爷！下官只是一时失察，决不敢做包庇朝廷要犯之事！"

"是吗？来人，把石易带回来，本王要给他个戴罪立功的机会。"

"王爷！下官该死！下官一时糊涂……下官……下官一时失察，错认为他是另外一个小贼，就……就……就想着与其治罪，不如感化。下官糊涂！王爷恕罪！"

萧瑾瑜把目光落到宛娘身上："宛娘，石易是如何进你店里当伙计的？"

宛娘倒是镇定得很，大方一拜："回王爷，宛娘与此人素不相识，只是前些日子店里缺人手，此人正好来找活儿干，宛娘就把他留下了。宛娘妇道人家见识浅薄，不知此人是朝廷要犯，还纵他犯下如此大错，请王爷降罪。"

萧瑾瑜清浅一笑："据本王的侍卫报，石易曾三更半夜与你和谭刺史在凝香阁别院密见，宛娘还喊了他一声石堂主，莫不是本王的侍卫胡扯的？"

宛娘身子一僵，脸色一白，下意识转头看向谭章。

"你不必看他，他虽出钱助你开酒楼，可也利用你酒楼之便与周边各州县官吏勾搭成奸，想出什么活禽活畜现宰现做的名目抬高菜价来为收受贿赂大开方便之门，甚至让你献身陪客。你出身烟花之地，还不知道人情凉薄吗？"

看着谭章和宛娘见鬼一样的脸色，萧瑾瑜清冷一笑："谭大人，你可知为何六王爷住过的地方本王嫌弃得很吗？"

谭章跪着直哆嗦，一声也不敢出。

"因为六王爷曾对本王说过，他向来不会在清官府上留宿，就怕浪费人家的辛苦钱。谭大人，还需本王派人抄家求证吗？"

"不不不，不敢劳动王爷，下官认罪！认罪！"

"宛娘无知，一时糊涂，请王爷开恩！"

萧瑾瑜冷然扫过两人:"怎么判罪怎么开恩,还要听听六王爷和吏部的意思,先在衙门大牢里清醒几天吧。"

在屏风后面看着宛娘和谭章被带下去,刑房书吏脑门儿上一阵冒汗,小声嘟囔了一句:"安王爷是人是鬼啊……"

楚楚转头一眼瞪过去,刑房书吏手忙脚乱地改道:"安王爷是神,是神……"说着迅速把话岔出去,"敢问娘娘,王爷不是要审季夫人被害的案子吗?"

楚楚一愣,对啊,王爷今天升堂审的不是季大人家娘子的案子吗,怎么这么一会儿都判了两个案子了,还没说谁才是害死季夫人的凶手啊?

刑房书吏一脸讨好地凑过来小声道:"娘娘以为,谁是凶手啊?"

楚楚连连摇头:"我是仵作,有什么才能说什么,不能胡乱推断。不过,我知道分尸的那个肯定是个屠夫,一般人可切不了那么精细,不信你看看尸体。"

"我信,我信!娘娘所言极是……极是……"

刑房书吏一身冷汗地转过头去,继续透过屏风缝隙往大堂里看,正看见那五个屠夫又"扑通扑通"全跪下去了。

"王爷饶命!"

"王爷开恩!"

"小的们有罪,有罪!"

"是是是,小的们有罪!"

"小的……"

"咚"地一声,砚台盖撞击桌板的声音从墙角传来:"你们五个!一个人说话,其他人闭嘴!"

五个人吓得一哆嗦,半晌之后肉铺掌柜才道:"小的们有罪,小的们卖肉偶尔……有时候……经常缺斤短两!"

萧瑾瑜轻轻点头,第一次进满香肉铺看见柜上摆的那杆秤的时候就知道了:"还有呢?"

"还,还有……还有知情不报,隐瞒案情,小的们不是有意的!实在是一时害怕慌了神儿,干了蠢事,王爷饶命啊!"

萧瑾瑜看着下面五个人齐齐地鸡啄米,轻皱眉头:"怎么个蠢法?"

"小的……小的那天天没亮就起床,刚进院子就看见院子里躺着一颗死人脑袋。那会儿他们四个刚巧来敲我家大门,要把猪肉装车,我怕让人看见说不清楚,一时着急就直接把脑袋埋到院子里了。后来,后来就出了死人肉的事儿,小的更不敢动了。再后来,我们五个被一块儿抓进牢里,我才知道那天早晨他们也在自己院子里发现了死人身上的零碎,也都一时害怕埋到自家院子里了。可肉铺后门巷子里的那些,小的们真不知道是怎么回事啊!"

墙角传来幽幽的一声:"真是蠢得浑然天成……"

五个人齐齐磕头:"王爷饶命!"

"王爷,这句写一遍行吗?"景翊说道。

"不行。"

萧瑾瑜轻轻把目光落到一直没有一点儿反应的季东河身上:"季大人为何跪着?"

季东河慢慢磕了个头,声音哑得不成样子:"季某无能。"

"季大人可想再见夫人一面?"

季东河的声音苍凉得像从阎王殿里飘来的:"季某无颜再见夫人。"

"也许季夫人还想再见你一面。来人,请季夫人。"

两个衙差小心翼翼地抬着摆好了碎尸、蒙上白布的担架走出来,每走一步都腿脚发软,生怕一个不小心手一抖,把县令夫人撒一地。

两个衙差煞白着脸走到堂前把担架搁下,一溜烟奔回侧堂吐去了。

楚楚端端正正走到案桌前,有板有眼地跪下来:"楚楚拜见王爷。"

萧瑾瑜脸上的冷意被化去了几分:"起来回话吧。"

"谢王爷!"

萧瑾瑜淡淡地扫了一眼埋头跪着的季东河:"楚楚,跟季大人细细讲讲,季夫人是怎么死的。"

楚楚干干脆脆地应了声"是",上前就把白布一把掀开了。

墙角传来明显的一声倒吸冷气的动静,五个屠夫一眼看见白布下面盖着的东西,也顾不得是在衙门大堂了,争先恐后手忙脚乱地爬到门口,趴到门槛上就狂吐起来。

连站在萧瑾瑜身后的两个侍卫脸色都黑了一层。

还没看清尸体的轮廓,单是尸体散发出来的气味就让萧瑾瑜胃里一阵抽痛,萧瑾瑜一手支着额头默默把目光垂到了身前的桌面上。

看季东河跪着不抬头,楚楚便劝道:"季大人,我已经把季夫人的身子摆好啦,能缝的地方都缝起来啦,回去你再帮她擦洗擦洗身子,套上一身好看的衣服,躺在棺材里肯定看不出来,你就看看她吧。"

萧瑾瑜禁不住抬头看了一眼,上次见这尸体的时候还只能看出一个隐约的人形,如今虽还是碎得不成样子,可经过一番修整,看着勉强可以称得上是个人了。

这种活儿萧瑾瑜没干过,没法想象她花了多少工夫,费了多少心思。

季东河还是不动,也不出声。

楚楚低头看看那个不管她怎么修补还是支离破碎的漂亮女人,抿了抿嘴唇:"你不想看就算了。"

楚楚扯起白布仔细地把尸体盖好,看着季东河认真地道:"季夫人是被一个又尖又长又硬的东西扎透喉咙死的,伤口上的印子是从右往左偏的,杀季夫人的应该是个用右手拿东西的人。"

季东河仍是一动不动。

楚楚接着道："季夫人死前被人用钝物击打过，身上能看出来几处淤伤，死后被人分尸，又被当成猪肉带去了凝香阁，幸好唐捕头发现得及时，现在基本都找回了，要不然……"

萧瑾瑜也不禁无声地暗叹。

幸好唐严眼尖，也幸好凝香阁那天为了准备县衙的酒席全天不曾开门待客，清早采买来的肉半点都没来得及下锅。

季东河还是僵僵地跪着，没有任何反应，一旁王管家的身子微微发抖。

"季夫人的头、手、脚、一部分骨头、全部内脏，都是后来在那五个屠户家的院子里挖出来的，刚才他们自己已经说过啦。"

看着像是什么都没听见似的季东河，楚楚咬咬嘴唇，扭头看向萧瑾瑜。

萧瑾瑜对她轻轻点了下头，目光一沉对季东河道："季大人，你对季夫人的死因，可有什么看法？"

季东河一动不动，哑着声音开口："季某无能。"

"据王管家和季府丫鬟讲，季夫人回娘家前的一夜与季大人大吵了一架，不知因何起的争执？"

"一点夫妻琐事。"

"后来为何不吵了？"

"吵够了。"

"据说夫人当夜哭了很久，次日清早管家送她上马车的时候还是哭着的，季大人就不怕夫人回娘家告你一状？"

"习惯了。"

萧瑾瑜声音一沉："季东河，你开不开口都是一样。单凭你蓄意谋害本王，已足够你全府人掉脑袋了！"

楚楚吓了一跳，急忙看向季东河。

季大人谋害王爷?!

她怎么不知道呀！

季东河终于抬起头来，一张方正的脸上满是青黑的胡楂，脸色蜡黄发白，无神的眼睛里满是愕然。愕然仅存了一霎，转而化成了一抹冷笑，幽幽道："安王爷，不知季某是如何谋害您的？"

景翊手里的笔一下子顿住，两个侍卫立时紧握刀柄，紧盯着季东河。

只要季东河敢说，他们就敢杀。

萧瑾瑜脸上没见一丝变化，声音依旧四平八稳："本王初入上元县时偶染微恙，可是你请了回春堂的大夫顾鹤年为本王诊病？"

季东河淡然点头："正是。"

"那可是你以顾大夫全家老小性命相挟，逼他开出置本王于死命的药方？"

季东河一愣，药方？

他当日明明是跟顾鹤年回医馆抓药的时候，听顾鹤年细讲照顾病人的禁忌，听到说萧瑾瑜中毒入骨，若沾碰腐物必有性命之忧，才趁他房中无人之时在他床单下铺进了一件从腐尸身上剥下来的寿衣。

哪儿来的什么药方？

季东河下意识驳道："我没有——"

萧瑾瑜扬声截断他的话："有没有由不得你狡辩，来人，请回春堂大夫顾鹤年。"

景翊无声地舒了口气，埋头狂补刚才落下的几句话。

顾鹤年从另一侧后堂走出来，站到正中端端正正地向萧瑾瑜一拜："草民顾鹤年拜见安王爷。"

"顾大夫请起，还请顾大夫将当日之事在堂上如实说来。"

"是。"顾鹤年爬起来转身指着季东河就骂，"这个龟孙，亏老朽还一直以为他是个好官，我呸！那天刚出季府的门他就把我绑了，非要我开个不知不觉就能把王爷吃死的药方，要不就胡乱安个罪名杀我全家。我一家老小十几口，不得不昧着良心给他开了，可也偷偷留了个方子底儿。幸亏王爷谨慎，没吃那药，否则老朽真要被这龟孙害死了！"

萧瑾瑜牵起一丝冷笑看着被骂得一头雾水的季东河："所幸本王还留着那几服药，可需让顾大夫拿出药方记录，当堂辨辨是否为当日所开啊？"

季东河这才反应过来是怎么回事儿，瞪着萧瑾瑜和顾鹤年，张口结舌。

萧瑾瑜栽赃都栽得人证物证齐全，这会儿就算他把真相说出来，也没人信了。

"有劳顾大夫了。"

"多谢王爷为老朽洗冤！"

直到顾鹤年退回后堂，楚楚还脸色煞白地呆呆站在原地。

她差一点儿就把王爷害了。

"季东河。"萧瑾瑜清冷的声音一下子把楚楚的神儿拉了回来，"你招，还是本王帮你招？"

季东河还没张嘴，就被楚楚一眼瞪了过来："王爷，我帮他招！"

萧瑾瑜只当她是要说什么验尸线索，结果一个"好"字还没吐出来就卡在嗓子口了。

只见楚楚跑到大堂一侧墙边上，抱起一根比她还高的廷杖冲过来就要往季东河身上抡，俩侍卫看傻了眼，一时间谁也没动，连萧瑾瑜都愣住了，倒是景翊反应快，闪身过来揪着楚楚的后脖领子就把她悬空拎了起来。

楚楚一杖抡偏，"咣"地一声砸在地面上，众人一下子惊醒过来，王管家跪扑在地上，连那五个吐得晕头转向的屠夫都目瞪口呆地拧过了头来。

季东河蓦地吓出一头冷汗，她还真打啊。

景翊夺下楚楚手里的廷杖以后把她往萧瑾瑜身边儿一放，赶在有人张嘴说话之前迅速飘回墙角。

要不是这丫头片子刚接触过尸体，萧瑾瑜真想把她拉过来狠狠往她屁股上拍几下。

萧瑾瑜脸色发黑，低声道："楚楚，不得扰乱公堂。"

楚楚理直气壮得很，下巴一扬："郑县令升堂就是这样帮人招的！"楚楚咬咬嘴唇又低头小声补了一句，"他还想害你呢。"

萧瑾瑜训都不知道怎么训出口了，无声叹气："站这儿别动。"说着往下扫了一眼还一脸劫后余生神情的季东河，"季东河，你自己招，还是本王帮你招，或是王妃娘娘帮你招？"

王管家赶紧扯扯季东河的袖子："老爷——"

季东河皱眉扬手挣开："季某没什么好招的。"

萧瑾瑜声音一沉："楚楚……"

"别别别！"王管家慌忙摆手，"我家老爷是读书人，身子弱，打不得啊！我招……我都招！求王爷开恩别为难老爷啊！"

萧瑾瑜看了看冷然发笑的季东河："好，但凡有一句胡扯，你与你家老爷各打二十板子。"

"是是是……"王管家抿抿发干的嘴唇，"那天……那天我听见老爷、夫人吵架，吵得厉害，我就想上楼劝劝，哪知道没劝成，老爷、夫人越吵越厉害，老爷顺手打了夫人几下，夫人一气，抄起线筐里的剪子就往老爷身上扎，老爷一急，就……就跟夫人抢剪子，一时失手……把夫人杀了。"

楚楚突然一拍脑门儿叫起来："王爷，是剪子！脑袋切面上的那道印子是里面尖外面宽的，就是个剪子的模样！"

萧瑾瑜轻轻点头："夫人是此时身亡的，那夜一直在哭的可是夫人的丫鬟？"

"王爷英明，夫人被剪子扎进脖子里，一声没出就死了，我赶紧把夫人丫鬟的嘴捂上，没让她叫出声来，让她赶紧学着夫人跟老爷吵架时那样一直放声哭，别停。丫鬟吓破了胆，让她干啥就干啥了。"

萧瑾瑜淡淡看着一直凄然冷笑的季东河："季大人是个读书人，就是有分尸的胆子，也没手艺分得如此精细。王管家，据本王的侍卫查证，你是屠户出身？"

"是，老奴祖上三辈都是做屠户的，几年前被一伙土匪闯进家里，我回家回得迟才留下条性命，是季大人派人剿了那窝土匪，给我家报了仇，还留我在府上。

"老爷为官清正，从不搭理那些贪官的茬，我怕这事儿传出去老爷要遭大灾，就劝老爷把这事儿瞒下来。

"是我拿祖上传下来的杀猪刀把夫人给……我怕让人看出来夫人是被剪子扎死的,就沿着剪子扎进去的地方把夫人的头割下来。手、脚斩断,能明显看出来是人身上骨肉的都剔下来,摘内脏,剩下的按卖猪肉的分法切好洗干净。"

一时间门槛边上和屏风后面又响起一阵此起彼伏的呕吐声。

"我想着先前听夫人埋怨过,有次回娘家之前在满香肉铺买排骨,因为缺斤短两跟他们吵了一回,想着不如索性把这事儿赖到他们头上,就趁夜把分割好的尸体丢到肉铺后门的巷口,用草苫子盖上,这样就算被人发现,也会当是他家扔出来不要的肉,清街的人早晚会给拉走埋了的,谁知道……剩下的那些,就全抛到了他们院子里。本想着他们胆子小会立马报官,哪知道他们能蠢成这样。"

五个人已经吐得连骂人的力气都没了。

"我回来以后府里人已经都睡了,我就把夫人那晚穿的衣服都烧了,我怕那些首饰上沾了血洗不干净,就埋到了花园里的梅树下面。后来王爷住进府里,我怕王爷看出来梅树下面的土有翻动过,就一直想找机会取出来,又怕有王爷的侍卫盯着。我就想借着给夫人办丧事的由头把树砍了,趁整土的时候把首饰拿走,哪知道管园子的丫鬟心疼那几棵树,一直不动手,刚要动手又被娘娘给拦下了。"

"第二天一早我就按老爷的吩咐,让夫人的丫鬟穿上夫人的衣服边哭边上马车,我就一边劝一边送到大门口,府里也没人起疑。我以为,这样就瞒过去了。"

萧瑾瑜盯着脸上还挂着冷笑的季东河,缓缓道:"季东河,本王当日到你与夫人的房里查看时,就发现屋里少了样东西。一方绣品未完,上面的线头都是剪断而非咬断的,线筐里却没有剪子,且在整个屋子里都找不到这把剪子。是你杀人之后为销毁证据,把剪子从窗口扔进湖里,却没料到把侍弄花园的丫鬟吓了一跳,你一时心慌就把她骂了,没错吧?"

楚楚突然想起那个丫鬟说的,掉进湖里的是个尖尖嘴俩翅膀的黑影,可不就是个剪子的模样!

季东河坦然点头,冷然一笑:"没错,季某不过是争执间一时失手误杀人命,只能怨我娘子红颜命薄。毁尸灭迹、栽赃嫁祸,既不是季某的主意,也非季某所为,按本朝律法,该为此案偿命的并非季某。"

王管家一脸错愕地看向满目阴寒的季东河:"老爷,你?"

萧瑾瑜冷然沉声:"失手误杀?夫人的丫鬟可不是这么说的。"

季东河的冷笑猝然僵在脸上。

萧瑾瑜盯着季东河一字一句地道:"她已经招了。"

季东河僵了半晌,从牙缝里挤出三个字:"不可能。"

墙角里飘来一声长叹:"遇上本大人就没什么不可能了,不过你放心,那小姑娘十句话里都没一句是真心的,实在倒胃口得很,我不会跟你抢的。"

季东河拳头攥得发白。

萧瑾瑜不急不慢地道:"据你府上的丫鬟说,你与夫人因为什么事都能吵起来,其实说到底只有一件事,但你吵到什么时候都吵不出口,对吧?"

季东河把后槽牙咬得直发响,脸色一片煞白,身子微微发抖。

王管家一脸茫然地看着季东河。

"你是个读书人,还是个读死书的人,皮上全是仁义道德,心里就只有你那点脸面。你知道唐严的本事,怕他一来就把什么都看通透了,你就从此颜面扫地。你本来是要在唐严来到之前打发夫人回娘家,可季夫人偏不肯,你二人争吵之间你对她拳脚相向,她拿起剪子抵抗,你知道管家对你死心塌地,如若出事必会主动替你遮掩,索性假作失手,杀了她一了百了。

"你一直当夫人的丫鬟是你的知心之人,几次许诺夫人死后娶她为正,就在夫人死后授意她假扮夫人出府,许诺风头过后娶她过门。可你这知心之人也是个贪心之人,得知景翊乃京城大家公子就立马攀附,把所知之事招得一干二净。

"唐严当日说,你是因为怕在谭章面前丢面子,才把宴席设在了凝香阁。可据本王比较,你府上厨房里人手充裕,还有个手艺堪比京城名楼大厨的厨娘,你与唐严多年不见,依你的脾气,不会不借此机会向唐严炫耀一番。

"倒是有种可能,你有意栽赃满香肉铺,那就不愿与之产生半点日后可能牵连到自己身上的关系,又不能向厨房直言不准买满香肉铺的肉以引人怀疑,便到此地口碑最好的凝香阁设宴,却没料到因果循环,报应不爽。"

萧瑾瑜一口气说完,忍不住咳了几声。

堂下一片死寂,连那五个狂吐不止的屠夫也不吐了,见鬼一样地看着向来温文有礼的季县令,楚楚也往萧瑾瑜身边挨了挨。

萧瑾瑜看着季东河轻皱眉头:"你也是朝廷命官,何至于此啊?"

季东河看看萧瑾瑜,又看看挨在萧瑾瑜身边的楚楚,冷笑出声:"何至于此?王爷,要是王妃娘娘跟我睡完了再跟你睡,你就知道何至于此了。"

楚楚一愣。

萧瑾瑜脸色倏然一沉,抓起手边的惊堂木狠狠往桌上一砸:"放肆!"

两边侍卫"唰"地把刀拔了出来,眨眼工夫就一左一右架到了季东河脖子上。

楚楚吓得往后一缩,她可从没见过王爷发火的模样,脸色阴沉得吓人,目光跟刀子一样又冷又利,好像要把人生吞活剥了似的。

别说楚楚没见过,俩侍卫也没见过萧瑾瑜火成这样,就连景翊也有日子没见过了。

季东河也被萧瑾瑜的反应惊了一下,他以为这个人一直就是那么冷冷静静的,对任何事都是冷冷静静的。

"季东河……"萧瑾瑜紧抓着惊堂木,指节凸得发白,声音冷得像是要把季东河生生冻死在这儿一样,"本王想给你留点脸面,是你自己不要脸。你妻子新婚不久就被谭章侮辱,为保你官位隐忍不言,你身为一方父母官,暗中知晓之后不为自己妻子讨公道,反而因为那点脸面起杀妻之心,实在禽兽不如。事发之后非但无心悔改,还怕本王查出真相蓄意谋害本王,实在居心叵测。拉出去立即处死,城门口暴尸三日,以儆效尤!"

两侍卫眨眼工夫就把季东河足不沾地地拖了出去。

萧瑾瑜阖起眼睛,慢慢稳住呼吸。

楚楚见萧瑾瑜脸色从一片阴沉变成一片惨白,担心地凑过去,小声道:"王爷,你别生气。"

萧瑾瑜深深吐纳,轻轻睁开眼睛,还没开口,突然一阵头晕,手还没来得及撑住案桌,眼前一黑向前栽了下去。

眼见萧瑾瑜一下子倒在案桌上,楚楚吓了一跳,伸手就要扶他。景翊脸色一变,刚闪过来还没来得及出声,就听到顾鹤年从屏风后面急急地喊了一句:"别碰他!"

景翊就势把楚楚往一边拦了一下,顾鹤年一溜小跑从屏风后奔过来,边跑边气急败坏地道:"你刚碰过尸体。"景翊一眼瞪过去,顾鹤年脚下一顿,舌头也赶忙转了个弯儿:"手上脏,别碰他!闪开闪开,都闪开。"

顾鹤年干咳了几声凑过来,抓起萧瑾瑜的手腕搭了下脉,神色渐缓,这才有了点儿客气的意思,沉声道:"景大人,劳烦你把王爷送到后堂。"

景翊一脸正色:"好。"

"娘娘,您去好好洗漱一下,熏过皂角、苍术再来伺候王爷,否则真出了什么事儿可别又嚷嚷着说老夫骗人了。"

楚楚急得要命,可听老大夫这样说,又见景翊都乖乖听这个老大夫的话了,也赶忙连连点头:"我这就去!"

楚楚一溜烟就跑没了影儿,景翊刚要推萧瑾瑜走,五个屠夫里的账房醒过了神来,忙道:"大……大人,小的们怎么办啊?"

"我哪儿知道怎么办,再跪会儿,王爷醒了再说。"

萧瑾瑜在脏腑里一阵剧烈的绞痛中醒过来,喉咙里涌上一股甜腥,侧头向床下吐出一股暗红的血来。

顾鹤年这才收了针,喂给他一颗药丸。

"王爷,可感觉好些了?"

看清床边的人是顾鹤年,萧瑾瑜勉强撑起身子,靠着床头半坐起来:"多谢顾先生。"

顾鹤年摆摆手:"王爷客气了,要不是老夫老眼昏花不识小人,也不至于害王爷险些送命。"

"是我自己不慎,先生无须自责,还要多谢先生配合,为我守此秘密。"

顾鹤年看着有气无力还在跟自己礼貌客气的萧瑾瑜，摇头叹气："王爷，恕老夫多句嘴，难怪你年纪轻轻却有油尽灯枯之势，居然是在服凝神散。"

萧瑾瑜轻蹙眉头："顾先生知道凝神散？"

顾鹤年苦笑摇头："此药是我大徒弟独创，我怎么能不知道？"

萧瑾瑜微愕："您是？"

顾鹤年摆手："已然是行将就木的老朽一枚，不值一提。"顾鹤年又拧起眉头，沉声道："王爷，这药确实能聚一时的精神，可却是以耗损本元为代价的，王爷本就先天不足，又尸毒入骨，再加上风湿缠身，实在耗损不起啊！"

萧瑾瑜清浅苦笑："叶先生也是这么说的，没法子的法子，自染了尸毒之后，即便身体最好的时候，若不服此药，一场堂审也熬不下来。"

顾鹤年捋着白胡子叹气："若早个一年半载，老夫或还有法子可以给王爷试试，如今毒深入骨，老夫实在爱莫能助。倒是有一样，此事王爷还应尽早告诉娘娘，以免——"

萧瑾瑜不轻不重地打断顾鹤年的话："多谢顾先生。"

顾鹤年微怔，半响后轻叹，摇头："王爷客气了。"

楚楚洗漱干净，仔细熏了皂角、苍术，被景翊带到那间屋子里的时候，萧瑾瑜已经衣冠齐整地坐在轮椅里了，虽然脸色难看得很，可看着也不像是有什么大病。

楚楚奔到萧瑾瑜身边，紧张地看着他："王爷，你……你刚才怎么啦？吓死我了！"

"没事……"萧瑾瑜淡淡应了一声，对景翊道，"我马上启程，你在这儿把剩下的事了结，然后回京。"

景翊一愣，看着萧瑾瑜的脸色："现在启程？"

萧瑾瑜点头，模模糊糊地道："免生是非。"

景翊看着萧瑾瑜说不出来怎么怪异的神情，反正再问都是一样的结果，索性应道："好。"

直到被侍卫搀上马车，扶到床上躺下，马车跑了好一阵子萧瑾瑜都没再说一句话。

楚楚憋不住了，咬咬嘴唇凑到萧瑾瑜床前："王爷，我错了。"

萧瑾瑜微怔，侧过头来看见她一副一本正经来认错的神情："哪错了？"

楚楚憋得小脸通红："我……我在大堂上拿板子打人了。"

萧瑾瑜不知道她怎么这会儿突然想起这个了，一时好气又好笑："你不是说，郑县令都是这样干的吗？"

楚楚急道："可六扇门的神捕都不是这样的！"

萧瑾瑜哭笑不得，没心思也没力气跟她理论这些："知道错了就好。"

楚楚紧抓着萧瑾瑜的胳膊："我以后再也不这样了，你别不理我！"

听出来一点儿哭腔，萧瑾瑜无声叹气，抬手在她手背轻轻拍了拍："不是不理你，我有点儿不舒服。"

只要一想起季东河的那句话，那抹冷笑，心里就好像被什么揪住一样。以至于一刻都不想在上元县停留了。以前还从没有过这样的时候。

楚楚赶紧从他怀里抬起头来，紧张地看着他："王爷，你哪儿不舒服呀？我给你拿药去！"

"不用，我躺一会儿就好。"

楚楚给他塞了塞被子，把炭盆往床边拉近了些，又趴在床边满脸担心地看着萧瑾瑜。

萧瑾瑜也不知道为什么，被她这样一声不响地直直盯着看本来应该觉得别扭，可偏偏那股揪着难受的感觉竟淡了不少。

"时候不早了，你也睡吧。"

楚楚乖乖地道："好。"

楚楚站起身来刚要扶他，萧瑾瑜拦了她一下："你睡里面，床不宽，别掉下去。"

楚楚摇头："不行，你要是掉下去怎么办啊！"

萧瑾瑜苦笑："不会，我动不了。"

楚楚脱了外衣爬上床，钻进被窝就把萧瑾瑜紧紧抱住，萧瑾瑜惊得身子一紧。

"楚楚，你……你干什么？"

"我抱着你，你就掉不下去啦。"

萧瑾瑜本来还有点儿蒙眬的睡意，被她这么一抱睡意全没了，直挺挺躺着一动也不敢动。

楚楚抱着抱着突然冒出句话来："王爷，你太瘦了。"

"是吗？"

楚楚隔着衣服摸上他的肋骨："都能摸到骨头了，王爷，你能不能别生病了？"

被她小心翼翼地摸着，听着这么满是心疼的一句话，萧瑾瑜浅浅苦笑："后悔让皇上下旨了吧？"

楚楚在他怀里使劲儿摇头："不后悔！"

"我要是一直这样病着也不后悔？"

"不后悔！这样我就不怕你会像季大人那样，一生气就杀了我。"

萧瑾瑜满脸无奈，这小脑袋瓜儿怎么什么都敢想："你不把我杀了就好。"

楚楚摩挲到他瘦得突兀的锁骨："我才不会杀你呢。"

"你生气啦？"楚楚又问道。

"没有。"

楚楚翻身趴到他的胸口，讨好地看着他："你别生气，我以后一定好好好好待你。"

萧瑾瑜正想说什么，就听楚楚突然叫起来："呀！王爷，你还没给凤姨赏字号呢！"

萧瑾瑜半松了口气:"放心,我赏过了。"

"赏过了?什么时候赏的呀,我怎么不知道?"

萧瑾瑜只是笑。

"那你给她赏了个什么字号呀?"

"等回京的时候你就知道了。"

听着"回京"俩字,楚楚抿了抿嘴唇,突然一脸正色起来,郑重地看着萧瑾瑜:"王爷,我能不能求你一件事儿呀?"

她这样趴在他的胸口,这么抱着他,他还能说什么?"你说。"萧瑾瑜回道。

楚楚眨眨眼睛,看着萧瑾瑜小声道:"等到了我家,你能不能就跟先前一样,说自己是安老板呀?"

萧瑾瑜一愣:"为什么?"

楚楚小心翼翼地看着萧瑾瑜道:"我奶奶说嫁给大官儿不好。"

萧瑾瑜浅浅皱了下眉头,没再多问,点点头:"可以。"

"真的?"

"嗯。"

楚楚捧着萧瑾瑜的脸使劲儿亲了一下:"王爷你真好!"

第三案
四喜丸子

第一章

从升州到苏州还不如从京城到升州的一半路远，可一路走走停停，到紫竹县境内已经是腊月底，离过年就差那么几天了。

要是依着萧瑾瑜的意思，这会儿恐怕都已经从楚水镇回到京城了。不过不会是躺在马车里回去，得是躺在棺材里回去的。

楚楚一道上挖空心思想破了脑袋，把先前从楚水镇到京城一道上听见的看见的全用上了。路过这个地方就说这个地方什么什么东西好吃，停下来住两天吃个够，路过那个地方就说那个地方什么什么景好看，停下来住在这个景附近，一直住到萧瑾瑜闭着眼都能把这片景画下来了才肯走，路过个什么特色都没有的地方，干脆就说这个地方的菩萨灵，非得停下来住几天，拉着萧瑾瑜跟她一块儿去庙里拜菩萨。

萧瑾瑜要是不答应，她就一副立马哭给他看的模样，每回都毫无例外地让萧瑾瑜生出一种自己不答应就是欺负她的感觉，虽然还是一路车马颠簸，可萧瑾瑜非但没搞出什么新毛病来，还把旧毛病养了个差不多。

这种时节，萧瑾瑜的身体还从没这么轻松过，心情也从没这么轻松过。

可一进紫竹县，楚楚就沉不住气了，晚饭胡乱拨拉了几口就催着走。

萧瑾瑜倒是不着急了，给她盛了碗汤，不急不慢地道："今天还不能回去。"

"为什么呀？我家离这儿可近了，再走一炷香的工夫就到啦！"

萧瑾瑜带着点儿笑意浅浅看着她，这小丫头每次急起来就更像个小丫头了："你家里人可知道你带人回来提亲了？"

楚楚一愣，摇摇头。

萧瑾瑜还是笑着，却很是认真地道："这样贸然拜访，你家里人若嫌我唐突，不知礼数，不肯答应，怎么办？"

楚楚猛地想起爹带哥哥到人家姑娘家里提亲的时候，爹和爷爷奶奶都是对哥哥嘱咐半天，这个能干那个不能干，这个能说那个不能说地说上好一大堆。楚楚很没底气地道："肯定不会……"

萧瑾瑜忍不住伸手摸摸她垂低的小脑袋："你先吃饭。吃过饭我写封信，你在附近找个熟人给家里送去，明天我们在县城里把彩礼办好，后天一早就去你家，行不行？"

楚楚笑着点头："这样好！"

两个侍卫坐在邻桌埋头默默往嘴里扒饭，这大半个月来，这种让他俩自己主动忽略自己存在的情景已经从几天一回发展成为一天几回了。

俩人正在努力装空气，空气突然一动，俩人中间的长凳上变戏法似的多出个人来。

俩人扔下饭碗"噌"地站起来就要拔藏在衣服里的刀，还没摸住刀柄，那人就一把抓起了桌上的碗筷："呼……饿死我了！"

俩人这才看清景翊那张唯恐天下不乱的笑脸。

不过电光石火之间，酒楼大堂的其他客人一点儿都没发现这边的异样，萧瑾瑜和楚楚听见景翊这声叫唤才转过头来。

楚楚一阵惊喜："景大哥，你怎么来了？"

萧瑾瑜微皱眉头看着已经开始狼吞虎咽的景翊："是啊，你怎么来了？"

景翊拼命咽下嘴里那一大口饭，吐出一块儿咬得半碎的鸡骨头，才像哭又像笑地道："府里今年的账都理清楚入库了，府上看家护院儿的那人说家里人都忙得找不着北，就我一个人闲得长毛，让我来跟着爷探探路管管账，爷不回去，我也甭想回去。"

楚楚听得一头雾水，萧瑾瑜倒是听明白了，吴江怕再出事儿，自己不敢擅离京师，安王府今年又没有空闲人手，就把景翊给赶过来了。

吴江要是不让景翊回去，景翊还真进不了京城城门，大过年的，罢了。

"来了也好，明天你就在县城替我办彩礼吧。"

景翊勾起一抹笑："这个容易，保证比你自己办得好。"

萧瑾瑜看了眼埋头继续大吃的景翊："我们先找客栈休息，你慢慢吃。"

"去吧去吧。"

"吃完记得把账结了。"

楚楚洗完澡出来时，萧瑾瑜正靠在床头看信，那一封信看起来有四五页，萧瑾瑜盯着信纸眉头皱得紧紧的。

楚楚已经有好些日子没见过萧瑾瑜这样的神情了，她已经记住了，王爷一旦有这种神情，肯定是什么地方又出大事儿了，王爷一连几天都会高兴不起来。楚楚乖乖站在一边等他看完了，才走过去爬上床，钻进被窝，窝进他怀里，脑袋挨在他胸口，两手紧紧搂住他的腰。

这段日子萧瑾瑜的脸皮总算是习惯了这个动作，看她突然一声不吭乖得像猫儿似的，萧瑾瑜在她身上轻轻拍了拍:"没事,是六王爷的家信。"

楚楚心里一松,脸上接着就有了笑模样,抬起头来看萧瑾瑜:"王爷,六王爷叫什么名儿呀?"

"萧瑾璃。"

楚楚一下子乐了:"小锦鲤?王爷,你家人的名字真有意思!"

萧瑾瑜啼笑皆非,也不跟她计较,挪开靠垫躺了下来。

"王爷,那六王爷字什么呀?"

"字觉然。"

"我还以为他字骡子呢。"

"快睡吧……"

楚楚在萧瑾瑜怀里不安分地蹭了蹭:"王爷,景大哥去办彩礼,那我们明天干什么呀?"

"你不是想带我去添香茶楼,听董先生说书吗?"

"好!"

萧瑾瑜一直以为添香茶楼是个挺大的茶馆,到了才发现就是个最普通的小茶楼,上下两层,楼下摆着几张桌椅和一个说书台,满屋一尘不染,但已经旧得不成样子了。

一大清早,果然清冷得很。

"客官里面请,您想喝什么……呦!是楚丫头啊!"

茶楼掌柜又揉了揉眼睛,才笑着道:"有俩月没见你,咋又变俊了,都不敢认你了!"

楚楚笑得甜甜的:"我去京城啦!"

"去京城干啥了?"

"找六扇门!"

掌柜"扑哧"笑出声来:"你咋还惦记着董先生的那点儿玩意儿啊!"

萧瑾瑜道:"董先生可在?"

掌柜这才发现一块儿进来的还有个人,看着楚楚道:"这是?"

"在下安七,是京城来的茶商,跟掌柜是半个同行。"

掌柜慌得连连摆手:"不敢当不敢当!我就是个卖口茶水的,可不敢高攀京城的老板,快里面请,里面请。您想喝壶什么茶啊?不对不对……您是京城来的茶老板,我这儿的茶实在入不得您的眼!这样,我给您沏一壶我们这儿产的绿茶,没啥好的,您就尝个新鲜。"

萧瑾瑜几次想插话都没插得进去,一听掌柜说完,忙道:"掌柜不必客气。"

"这个一定得客气!楚水镇很少来外人,更别说是京城来的老板了!来了就是客,茶算我请您的。"

"掌柜,"萧瑾瑜不得不扬声截住他的客气,"我是来找董先生的。"

掌柜一愣："找董先生？"

楚楚赶紧点头："我们就是来听董先生说书的！"

掌柜一时笑得尴尬起来："你们来得可不巧，我这两天也正找他呢。他已经有两个早晨没来说书了，连个招呼都没打，我这一时也找不着人替他，正愁得慌呢。"

萧瑾瑜眉心轻蹙，他刚到，这人就不见了，也着实太巧了点儿："可知董先生家在何处？"

掌柜摆摆手："他不是这儿的人，说是京城来的，说书也跟我们这儿的人不是一个路子，古怪归古怪，倒也有意思得很。我也不知道他住在哪儿，他就每天早晨来，说完书就走，有时候也跟客人闲扯几句，跟楚丫头说的话最多。这说了有一年多了，突然不见他人还怪不习惯的。"

楚楚着急得很："那他是不是回京城了呀？"

"这我就不知道了。"

萧瑾瑜轻轻点头："多谢掌柜了。"

"来都来了，喝了茶再走吧！"

"不叨扰了。"

回客栈的一路上楚楚都没说话，回到客栈刚一进屋就哭起来了："王爷，我没骗你！"

萧瑾瑜被她哭得心里发紧，伸手把她拉到身边来："我知道。"

楚楚趴在萧瑾瑜腿上哭了好一阵子，萧瑾瑜说什么都没用，索性抚着她的头发等她哭够了，哭累了，不哭了。

楚楚抬起哭花的小脸，满是眼泪地看着萧瑾瑜："王爷，董先生还能回来吗？"

萧瑾瑜从身上拿出手绢，轻轻擦着她脸蛋上的泪珠子："放心，我能找着他。"

"真的？"

一个费那么大劲儿把他引到这儿来的人，怎么会见都不见他一面，一点线索也不留就消失呢？

萧瑾瑜轻轻点头："真的。"

日近黄昏，楚楚跟景翊去看他置办来的彩礼，萧瑾瑜一个人在房里看白天送来的几本公文，刚看了半本，侍卫就在外面轻轻敲了三下房门。

"进来。"

侍卫闪身进来，迅速关好房门，速度之快好像直接从门里穿过来的一样。

萧瑾瑜把公文搁下，眉心微沉："可查到了？"

"王爷，卑职已找到那个说书先生的住处，在城郊一个荒村里，那个村总共还剩不到十户人家，家家之间隔得远，都没什么来往，没人知道他什么时候住进去的，也没人认识他。"

侍卫说着把手里的小包袱呈到萧瑾瑜面前："他房里除了些过日子的家伙之外没别的什么东西，倒是在他褥底下发现了这两样东西。"

萧瑾瑜解开包袱，第一样东西刚入眼，脸色就倏地一沉。

"让景翊来一趟。"

"是。"

不消多时，景翊带着一抹颇得意的笑从窗口跳进来，转身关上窗子，轻快地道："我就说嘛，这种事我肯定办得比你利索，那丫头一点儿毛病都挑不出来。"

待看到萧瑾瑜桌上摆着的一块鸡血石印时，景翊的一抹笑顿时僵在脸上，满眼错愕："这东西……谁的？"

萧瑾瑜凝着眉头，声音微沉："那个满嘴六扇门的说书先生。"

景翊过去拿起那块印，翻过来看了一眼，印上刻着四个字：探事十六。

"皇城探事司的人怎么会在这种地方？"

萧瑾瑜放低了点儿声音："可还记得吴郡王萧玦谋反的案子？"

景翊脸上一点儿笑意也没有了，眉头也皱了皱："你前年不是查清楚后给他平反了吗？"

萧瑾瑜轻轻点头："平反后他就隐居此地，知道此事的人不多。"

景翊一双狐狸眼瞪得溜圆："吴郡王从天牢出来就剩下半条命了，皇上还让探事司的人盯他干吗？"

萧瑾瑜冷下脸来一眼瞪过去："这是你该问的吗？"

景翊立马闭了嘴。

刚才一惊就忘了形，皇城探事司的事儿别说他不能问，就是萧瑾瑜也没资格问，甚至他们本不该知道这些专为皇上行监视之事的人的存在。

见景翊老实了，萧瑾瑜又拿起桌上的一本薄薄的小册子："这也是从那说书先生的住处找到的。"

景翊随手翻开一页，看了半行脸就绷不住了："猪毛、土蛋、狗尾巴草……"景翊一脸茫然地抬起头来，"这是什么玩意？"

"你也不知道？"

"我怎么会知道！你要不问问你家王妃娘娘，没准儿她能知道。"

萧瑾瑜心里一沉："为什么？"

景翊苦笑着把册子撂回桌上："不为什么，咱们知道的她不知道，她知道的咱们不知道，这会儿咱们不知道了，没准儿她就能知道了呗。"

"这事儿再说，你现在马上到紫竹县县衙去一趟。"

"知道了。"

景翊像鬼魅一样飘进屋里来的时候已经是后半夜了，萧瑾瑜正坐在屋里等他，一股浓烈的酒味迎面扑过来，萧瑾瑜拧起眉头："喝酒了？"

景翊往桌边一坐，稳稳当当地抓起茶壶给自己倒了杯水，脸上和声音里都不带一点儿醉意："郑有德当了十来年县令，早就当成油条了，不灌晕了根本吐不出实话来。我一口没喝，全倒了，是他喝多了非要演猴戏给我看，蹦蹦跳跳撞翻了两坛子酒，洒了我一身。"

"可问出什么了？"

景翊一口干了杯子里的水，摇摇头："我跟他说这是三法司年底对地方衙门的例行抽访，他就一个劲儿地你好我好全都好，然后摆酒请我吃饭，我一边灌他一边明着暗着问，开始还是说哪儿哪儿都好，后来就问什么都不清楚，吴郡王是谁他不知道，那个说书先生在茶楼里编派六扇门的事儿他也不知道。就是个糊涂芝麻官，要不也不至于当了十几年县官了。"

萧瑾瑜若有所思地轻轻点头。

景翊苦笑："这小破地方能出多大的事儿啊？"

"静观其变吧，必定小不了。"

萧瑾瑜的马车一大清早从紫竹县县城进到楚水镇，路过添香茶楼之后就再没有能让这辆大马车过去的路了，于是只好把马车寄放在添香茶楼，楚楚推着萧瑾瑜的轮椅在前面走，两个侍卫用一根扁担担着三箱彩礼在后面跟着，四个人在各种小巷子里弯弯绕绕了好一阵子，越走越冷清，一直走到看见山看见河了，楚楚终于指着一户建在河边的小院子喊起来："到啦到啦！就是那儿啦！"

萧瑾瑜还没来得及出声，楚楚已经推着他过去了："爷爷奶奶！爹！哥！我回来啦！"

还没进院子，一个头发花白、腰板硬朗的老妇人就从屋里迎了出来，楚楚放开萧瑾瑜的轮椅，一头扎进老妇人怀里："奶奶！"

楚奶奶笑着拍拍她的后脑勺："哎！回来了就好，进屋，都快进屋吧！"

看着楚楚跟楚奶奶进去，萧瑾瑜才发现自己刚才紧张得连呼吸都忘了。

连见皇上都不紧张，这是紧张的什么……

一滞之间楚楚又跑了回来，凑到萧瑾瑜耳边笑着道："你别害怕，我奶奶说你长得可好看啦！"

萧瑾瑜脸上一热，还没来得及现出红晕，楚楚已经转身跑进去了。

萧瑾瑜深呼吸了几下才缓缓推动轮椅进屋去，刚进屋就发现除去楚楚和楚奶奶不知道去了哪儿，楚家三个大男人都在客厅里坐齐了，六只眼睛正齐刷刷地盯着门口。

两个侍卫把彩礼箱子搁在门口，跟在萧瑾瑜后面一块儿进了门，进门还没站稳脚，那个二十出头，一脸憨厚老实模样的壮小伙就走过来，眼神落都没落到萧瑾瑜身上，直接一把扯住左边那个一脸英气的侍卫："你要娶我妹妹？"

谁要娶你妹妹……

侍卫差点儿给他跪下，还没来得及张嘴，就听那个四十出头的中年男人拍着大腿道："这楚丫头！咱……咱要一个就行了，咋还领来一帮啊！"

萧瑾瑜脸上一阵青红交替，稳了稳呼吸，颔首拱手道："没有一帮，只晚辈一个。"

楚楚爹一愣，小伙子也把侍卫撒开了，瞪大了眼在萧瑾瑜和两个侍卫身上来回晃荡了好一阵子，最后一脸怀疑地看着萧瑾瑜："那信，是你写的？"

"正是在下。"

小伙子挠头一边打量着萧瑾瑜，一边嘟囔道："不对啊，不都说字儿长得跟人一样吗，那字儿写得跟神仙一样，怎么人是……"一双眼睛又盯在萧瑾瑜的腿上，没好意思再往下说。

被楚家爷儿俩这么一打岔，萧瑾瑜反倒不紧张了，抬起目光淡然一笑："人是凡夫俗子，有负兄台期望，实在惭愧。"

小伙子听得脸上一烫，舌头一阵打结："我、我叫楚河，我、我是楚丫头她哥！"

萧瑾瑜拱手一笑："在下安七，有礼了。"

楚河回头看向楚楚爹，楚楚爹转头看向楚爷爷，楚爷爷直直地看着萧瑾瑜的一双腿，萧瑾瑜就那么静静坐着，神色淡然而谦恭有礼，好一阵子没人出声，生生把两个侍卫紧张得脑门儿直冒汗。

到底还是楚爷爷清了清嗓子，开了口："是你要娶我家楚丫头啊？"

萧瑾瑜微微颔首："是。"

楚爷爷盯着萧瑾瑜上下左右又看了半天，看得萧瑾瑜又隐隐心慌起来。

明明一张圣旨握在手里，不娶也得娶，不嫁也得嫁，可萧瑾瑜就是忍不住紧张，比第一次升堂审案还紧张。

从昨天晚上开始他脑子里就一直在想楚家长辈可能问些什么，想得一晚上都没睡着，准备好的对答的话都能写出一本书了，可看刚才那爷俩的势头，楚爷爷问出来的话肯定是他再想三个晚上也想不到的。

楚爷爷一直把萧瑾瑜看得脸色发白，萧瑾瑜心都提到了嗓子口了，出了一手的冷汗，才听到楚爷爷问了一句："那啥时候娶啊？"

"啊？"

楚爷爷脸一拉："啊啥呀啊？你反悔啦？"

萧瑾瑜慌得连连摆手加摇头，一张脸一下子红起来："没有没有……"

这问题他还真想不到，而且是想都不敢想。

他那一封信里净是文绉绉的客气话，有用的也就只有自己姓什么、叫什么、家在哪儿是干什么的，而且还都不是实话。什么都还没问呢，这就让娶了？

萧瑾瑜愣愣地看着楚家的三个男人："你们答应了？"

楚爷爷白了萧瑾瑜一眼："看你这傻愣愣的模样，肯定不会欺负楚丫头。"

萧瑾瑜赶紧摇头："晚辈决不欺负她！"

楚河挠着头嘿嘿一乐："楚丫头跟你这样的也挺好，你要欺负她，我肯定打得过你！"

"兄台说的是……"

楚河被这声"兄台"叫得不好意思了："都一家人了，还客气啥呀！你喊我'哥'就行了！"

萧瑾瑜嘴角一僵。

两个侍卫默默抬头看向房梁，这不属于吴江指定的护驾范围。

见楚楚爹和楚爷爷还真的一脸期待地看着他，萧瑾瑜硬着头皮叫了一声："哥……"

"哎！"

喊了小的不喊老的实在不成体统，萧瑾瑜向楚爷爷和楚楚爹微微颔首："爷爷，岳父……"

楚楚爹乐呵呵地走过来，宽大的手掌在萧瑾瑜的肩膀上拍了一下，萧瑾瑜心里一慌，差点儿被他拍趴下："这傻孩子，叫啥岳父啊，一个女婿半个儿，喊爹就行啦！"

只见楚爷爷一眼瞪过来。

"爹……"

"哎！"

楚楚这才从一侧屋里跑出来，凑到萧瑾瑜身边笑嘻嘻地在他耳边小声道："我就说吧，他们肯定不欺负你。"

还想怎么欺负啊？！

楚奶奶也从屋里走出来，笑眯眯地看着萧瑾瑜："你俩干过啥楚丫头刚刚都跟我说啦。"

萧瑾瑜脸上"腾"地一红。

看着萧瑾瑜脸红起来，楚奶奶笑得更开心了，伸手在萧瑾瑜脸上轻轻拍了拍："这孩子脸皮儿怎么这么薄呀，脸皮薄了好，心好，人厚道！"

"谢谢奶奶……"

萧瑾瑜一张脸红得要冒烟了，楚楚就只管在一旁看着这颗大红樱桃"咯咯"直笑。

楚奶奶笑着把楚楚揽进怀里，腾出一只手来摸了摸萧瑾瑜的脑袋："看你就是个有大学问的，楚丫头年纪小，没见过啥世面，她要是哪里做得不好，你就说给她听。楚丫头心眼儿实，可聪明得很，一学就会。"

"她……她很好……"

两个侍卫继续默默望着房梁，生怕一不留神多看到点儿什么，随时有被杀人灭口的危险。

萧瑾瑜终于在他们仰头望天的姿态里得到了启发，赶忙道："晚辈把彩礼带来了。"

楚楚爹乐得一拍巴掌："好！楚丫头的嫁妆也都收拾好了，咱说办就能办！"

萧瑾瑜差点儿昏过去，他前天晚上才把信送出去，这才一天工夫，嫁妆都收拾好了？还说办就办？

还没等他急，楚爷爷抢起拐棍"邦"地敲到了楚楚爹的脑袋上："你猴急个啥！没几天就过年了，总得让他俩在家把年过完吧！这小子家在京城，那么大老远的，楚丫头嫁了，跟他走了，那啥时候还能回来过个年啊？"

楚奶奶听了这话眼圈红了起来，又把楚楚往怀里揽了揽，好像生怕有人要抢走她似的。

楚河咬咬嘴唇一脸不舍地看向楚楚，楚楚爹捂着脑袋愣在那儿，笑容也僵在了脸上。

一时满屋寂静。

萧瑾瑜突然觉得自己像是犯了什么不可弥补的滔天大罪，看着楚楚偎在楚奶奶怀里恋恋不舍的可怜模样，心里一乱，脱口而出："我可以每年带她回来。"

一家人"唰"地齐齐转头看向他："真的？"

萧瑾瑜被这阵势吓得一愣："真的。"

爹都喊了，还有什么假的啊……

楚爷爷捋着胡子直点头。

楚河憨憨地一笑："你还真是个好人！"

楚楚爹笑没了眼睛："在家过年好，好！咱家有屋子，能住得下！"

楚奶奶笑眯眯地抓起他的手拍了拍："多招人疼的孩子，瞧你瘦的，做大生意累得很吧？奶奶给你做好吃的，好好补补身子。"

楚楚爹也连连点头："对对对！我这就到后面山上给户人家收尸去，回来给你们煮排骨汤，那俩大个子兄弟也一块儿吃！"

"不不不……不敢不敢！"

"都是一家人，客气啥啊！"

直到楚家人各忙各的去了，楚楚才推他进了间小屋，萧瑾瑜一张脸还红得厉害，楚楚笑嘻嘻地看着他，看着看着，忍不住搂着他的脖子在他脸上亲了一口，趴在他耳边上悄悄地说："王爷，你真好！"

萧瑾瑜都快哭了，长这么大还是头一回在人前狼狈成这副模样，还有两个部下在一边儿听着看着，真是没脸见人了。

萧瑾瑜把楚楚扯起来，一脸的又羞又恼，再怎么板着脸还是跟受了气的小媳妇似的："好什么好，你就看着我在那儿丢人？"

楚楚一脸认真："你才没丢人呢，你说得可好了，他们都夸你啦！"

萧瑾瑜连哭的心都没了，有气无力地靠到椅背上。还好，这种事儿一辈子就一回。

萧瑾瑜轻轻叹气，看着眼睛笑得弯弯的楚楚："我见了你家里人，你愿不愿意跟我去见见我的一个亲戚？"

楚楚一下子睁大了眼睛："你有亲戚在楚水镇？"

"在紫竹县，离这儿不远。"

"好！我肯定不给你丢人！"

从添香茶楼上了马车，楚楚钻进车里就忍不住问萧瑾瑜："王爷，咱们是去看你的哪个亲戚呀？"

"我三哥的长子。"

"就是你侄子？"

萧瑾瑜心不在焉地点了点头："嗯……"

"那他家里还有别的什么人吗？"

"没有。"

楚楚松了口气，眨眨眼睛："他叫啥名儿呀？"

"萧玦。"

楚楚"哦"了一声，嘟囔了一句："咋不是鱼啦？"

王爷家亲戚住的地方，楚楚本以为会是个像安王府那样一不留神就能走迷路的大宅子，下了马车才知道，居然就是个窝在巷子底的幽深小院。

院门紧闭着，青漆剥落的木门上挂着一把锈迹斑斑的大锁，门前积了好一层枯枝落叶，看着像是荒废了好些年了。

楚楚拧起眉头看着院门，凑到萧瑾瑜旁边小声问："王爷，你是不是记错啦？"

萧瑾瑜也轻轻蹙着眉，皇室宗亲的居所在京皆有记录，地方肯定是没错，但这么看着的确不对劲。

一个侍卫围着院墙绕了一圈："王爷，后面有个小门，反锁了的，敲了没人开。"

看见萧瑾瑜眉头皱得紧紧的，楚楚往上跳了跳脚，奈何个儿太小，连院墙顶都没看见，只好胡乱猜："是不是出门了呀？快过年啦，他出去买年货了吧？"

"不会。你俩把门破开。"

两个侍卫一个抽刀砍掉了大锁，一个抬手撞断了门闩，两扇破门经不住折腾，直接从门框上掉了下来，"咣当"一声拍进了院子里。

声响未落，一个带着火气的苍老声音骂着就过来了："这又是哪儿来的熊孩子，忍你们一回两回的还蹬鼻子上脸了啊！让我逮着你们，逮着你们，我——"

老头儿颤巍巍地走到门口，吹胡子瞪眼的神情还挂在脸上，一眼看见端坐在门口的萧瑾瑜，像被人一块砖突然拍到后脑勺上一样，一僵，接着就"扑通"一声跪到地上，像受了天大委屈的孩子似的，"哇"地一声哭起来了。

看着这少说也有六十大几的老头儿哭成这样，两个侍卫一时愣在原地，怔怔地看着倒在地上的门，就这么两扇破门，不至于吧……

楚楚一看老头儿哭得连气都喘不匀了，干巴巴的身子哭得一抖一抖的，赶紧跑过去搀他，急道："你别哭，别哭呀！这门多少钱，我……我家王爷赔你，他有钱，有好多钱！"

老头儿被她说得哭不下去了，抽噎着跪直了身子，泪眼婆婆地看着一脸着急的楚楚："你是什么人啊？"

楚楚笑得甜甜的："我是你没过门儿的婶婶！"

老头儿一口气儿没喘匀差点儿背过气去，噎得一对眼珠子都要瞪出来了。

萧瑾瑜脸色一团漆黑："楚楚，扶田管家起来。"

"啊？"楚楚瞪大了眼睛看着已经欲哭无泪的田管家，"你不是王爷三哥家的大儿子呀？"

"不敢不敢！"田管家慌忙抬手往后面的小楼一指，"我家王爷在房里歇息呢。"

楚楚搀起田管家，侍卫也把萧瑾瑜的轮椅抬了进来，楚楚赶紧小脸泛红地躲到萧瑾瑜身边，压着声儿道："王爷，你不是说他家里没别人了吗？你怎么老说瞎话啊！"

他只当她问的是家眷，谁知道她会把所有人都问进去啊？！这么大一个侄子，她还真敢想。

萧瑾瑜伸手把她往后拨了拨，看着差点儿吓丢了魂儿的田管家："我来此地办点儿私事，顺便来看看他。"

田管家抹了两把泪，摇头叹气："您来得正好。"

萧瑾瑜眉心一沉："怎么了？"

田管家摇摇头，又抽咽起来："还能怎么？病呗，从里到外都是病。王爷命苦，好端端的一个人，说关天牢就关天牢。要不是您给张罗着翻案，就是这半条命也得丢在那里面。从来了紫竹县之后他就让人把大门锁上，院里几个下人进出就走后院小门，谁敲门也不让应，一天到晚就窝在屋里对着棋盘发呆，啥也不干，让人看着心里难受啊。这几天一直发烧，还不肯吃药，老说自己就该走了，得快点儿把那盘棋琢磨出来。"

直到田管家哭得说不下去了，萧瑾瑜才蹙眉轻轻点头："我去看看。楚楚，你跟我来。"

"好。"

萧瑾瑜和楚楚进屋的时候，萧玦正裹着一领狐裘靠在榻上，直直地看着摆在身边矮几上的棋盘，两个人都来到他对面了，他连目光都没动一下。

楚楚站在萧瑾瑜身边好奇地看着这个最多二十岁的年轻人，倒不是他长得多好看，只是她还从没见过一个大活人能这么有尸体的感觉。

萧瑾瑜没看人，倒是轻皱眉头看着那盘棋，这个残局在萧玦还南征北战意气风发的时候就已经跟着他了，一直无人可解，包括萧瑾瑜。

萧瑾瑜沉声道："紫竹县有皇城探事司的人。"

萧玦没有任何反应。

"紫竹县就只有你值得他们来。"

萧玦仍没有反应。

"那个探事司的人失踪了。"

萧玦眼里只有棋盘。

"让她试试吧。"

萧玦目光一动，缓缓看向了萧瑾瑜身边的楚楚。

楚楚听萧瑾瑜说话正听得糊涂，突然被萧玦用这样深不见底的目光看过来，忙往萧瑾瑜身后退了一步。

萧瑾瑜静静看着萧玦："反正你一时破不了，让她试试也无妨，没准儿还能蒙出点儿什么来。"

萧玦微微地点了下头。

楚楚急得直扯萧瑾瑜的袖子，她可不会玩儿这些东西啊！

萧瑾瑜云淡风轻地道："无妨，随便怎么下，把那片被围的白子救出来就好。"

"只要让黑的不围着白的就行？"

"嗯。"

楚楚看看那盘摆得密密麻麻的黑白子儿，又看看面如冰封的萧玦，咬咬牙站到了前面来，下巴一扬："我要是把白子救出来了，你得好好听王爷说话。"

萧玦又点了下头。

楚楚眨眨眼睛："让白子出来就成？"

萧玦仍点头。

看着楚楚扫了眼棋盘，抬起手来。萧玦微倾起身子，轻蹙眉心紧盯棋盘，余光瞥见楚楚落手没去抓棋子，而是抓住了棋盘一角，还没反应过来，楚楚已经扬手往上一掀，"哗啦啦"地把棋子掀了一地。

撂下棋盘，楚楚拍了拍手，笑眯眯地道："好啦，白子全出来啦！"

萧玦瞠目结舌地僵在那儿，愣愣地看着一地的棋子。

萧瑾瑜轻勾嘴角，他就知道会是如此，早几年前他就想掀这棋盘了。

萧玦愣了好半天，才盯着楚楚说出句话来："你是谁？"

声音虚弱，哑得厉害，缥缈得像是从阎王殿传来的，再配上那张惨白凹陷的脸，楚楚慌忙地躲回了萧瑾瑜身边。

"她是你还没过门的婶婶，我来娶她，顺便看看你。"萧瑾瑜带着点儿满足的笑意扫了眼地上的棋子，"你现在心事已了，安心养病吧，闲事莫理。"说完就推动轮椅出门去了。

楚楚赶紧跟了上去："王爷，我没给你丢人吧？"

"没有。"

回到楚家的时候天色已暗，屋里灯火通明，没进院门就听见楚家人高高低低的说话声，饭菜香都飘到院子里来了。

萧瑾瑜心里无端地暖了一下，从一片死寂的郡王府沾染来的冰冷沉郁感消融殆尽，整个人像是一下子脱下了一身铁皮铠甲，疲惫之余又感到格外轻松。

不知怎么，突然觉得是到家了。明明是个还没待满一天的地方。

"我们回来啦！"

"正好！"楚楚爹端着一盆排骨汤笑呵呵地从后门进屋来，"都做好了，吃饭吧。"

"好！"

萧瑾瑜坐到桌边往桌上看了看，桌上荤荤素素摆了一大片，都是最普通的家常菜，可一看就是费尽了心思往精细里做的，香气热腾腾地挤了一屋子，把萧瑾瑜向来迟钝的食欲都唤醒了。

楚奶奶盛了满满一大碗饭放到萧瑾瑜面前，笑着道："小地方也没什么好吃的，就吃个新鲜。多吃点儿，不够锅里还有！"

"够了，够了，谢谢。"

楚奶奶笑着伸手拍了拍萧瑾瑜的后脑勺："这傻孩子，老客气什么呀。"

"应该的。"

楚楚爹舀了一碗排骨汤递给萧瑾瑜，碗里的排骨堆得高高的："我就这个汤做得最好，你尝尝好吃不，你要爱吃，回头我教你！"

楚河直笑："爹，人家是京城的大老板，才不跟你学做汤嘞！"

"我学。"

"你学个棒槌！"楚爷爷翻了个白眼，夹起一只硕大的鸡腿塞进萧瑾瑜碗里，"你看你瘦的，一不留神再把自己当排骨煮喽。"

"您说的是。"

楚楚也笑盈盈地往萧瑾瑜碗里夹了几筷子菜："你爱吃素的，我们这儿的菜可比京城的菜水灵多啦，你多吃点儿！"

萧瑾瑜看着面前堆得跟小山似的饭碗，额头上默默冒出了一层细汗。

要是把这些一口气儿吃下去，一直到冬天过去都不用再吃饭了吧……

抬头看见楚家五口人齐刷刷地看着自己，一副他不吃他们就都不吃的架势，萧瑾瑜赶紧拿起勺子喝了几口汤，又拿起筷子胡乱扒了几口饭。

萧瑾瑜刚嚼了几下，就听楚爷爷问了一句："咋样？"

萧瑾瑜一紧张，立马想说个"好"，结果一口饭咽得急了，突然呛咳起来，咳得脸颊都红了。

楚楚赶紧凑过来帮他拍背："你慢点儿吃嘛！"

楚奶奶一边给他倒水一边埋怨楚爷爷："你这老头子，吃饭还堵不上嘴！"

喝了几口水顺过劲儿来，萧瑾瑜摆摆手，想说自己没事儿，可还没出声，脊骨里倏地蹿过一阵强烈的疼痛，萧瑾瑜身子一颤，疼痛迅速沿着骨头蔓延开来。

这是？

第二章

萧瑾瑜直觉得呼吸控制不住地急促起来，趁着剧痛还没把意识耗尽，萧瑾瑜一把抓过楚楚的手放在自己的腰带扣上："药……"

看着萧瑾瑜脸色突然变得煞白一片，楚楚吓了一跳，还没反应过来是怎么回事儿，楚河一下子跳了起来，伸手就把楚楚扯到了自己身后，一脸愤愤地瞪着萧瑾瑜："你要干啥！"

楚奶奶把楚楚揽到了身边，意味深长地看着靠在轮椅中气息不匀的萧瑾瑜："孩子啊，这样可不成，提亲是提亲，得拜了堂才能算数。"

萧瑾瑜一张脸上又白又黑，冷汗顺颊而下，喘息得说不出话来，更别说去解什么腰带扣，只得直直盯着楚楚，指望她能想起点儿什么来。

楚楚爹在楚楚和萧瑾瑜之间来回看了看，看着萧瑾瑜死死盯着楚楚不放，挠着头嘿嘿一乐："我都不知道咱楚丫头还能让人稀罕成这样呢。"

被萧瑾瑜这样盯着看，楚楚猛地想起来那天侍卫是怎么摔了他的腰带扣取了颗药给他吃的，往他腰间一看，正是个一模一样的腰带扣。

他又沾着什么脏东西了？

楚楚急着冲过去："你忍着点儿，我帮你！"

还好她记得起来。

楚楚上前就要解萧瑾瑜的腰带扣，楚河一把拉住她的手，一张脸通红："不行！"

以前咋不知道这丫头片子这么大胆，当着一家老小三辈的面就敢……

楚楚抬起胳膊肘使劲儿往楚河胸口一顶，把楚河推到一边儿，急道："你快点儿弄凉水来，要带冰的，他得泡到冰水里才行！"

楚河一愣，怔怔地看着大汗淋漓、喘气急促的萧瑾瑜，看他身子单薄得跟纸糊的似的，还是个残废的，他这向来好心眼儿的妹子咋对自己男人下得了这狠心啊。楚河咬咬牙，抓起楚楚的胳膊把她扯开，一张脸憋得发红发紫，才憋出一句话来："要不，要不我来……"

萧瑾瑜快疯了，刚要提起点儿力气开口，就听楚爷爷把拐棍往地上一顿，沉声道："都闪开！"

楚爷爷走过来一把抓住萧瑾瑜的手腕，萧瑾瑜一惊，想挣没挣得开，楚爷爷往他脉上一搭，脸色一沉："把他抱到里屋床上去。"

楚楚爹怔怔地看看萧瑾瑜，又看着楚爷爷。

"你还愣着！"楚爷爷拐棍一顿，"想给女婿收尸啊？"

楚楚爹一惊，奔过来摸了下萧瑾瑜的脉，一拍脑门儿叫起来："呦！这是——"

"是个棒槌！快啊！"

"哎……哎！"

楚楚爹和楚河手忙脚乱又小心翼翼地把萧瑾瑜送进屋里抱上床，楚奶奶一直把楚楚揽在身边，不让她往前靠，楚楚急得直叫："快把他的腰带扣拿下来摔了！快点儿给他泡冰水！我得给他扎针！"

楚爷爷正一手拿着个小坛子走进来，抬起拐杖就往楚楚小腿上抽了一下："叫！知道他是啥病啊你就叫？"

"他……"楚楚看着躺在床上已经疼得意识不清的萧瑾瑜，张嘴结舌。

她就知道他有风湿，他胃不好，他怕黑怕脏，可这怕脏也算不上是病啊。

楚楚发愣的时候，楚爷爷已拿着坛子凑到了床边，揭了坛子盖，屋里顿时漫开一阵浓烈的酒药混杂的气味。楚爷爷掰着萧瑾瑜的嘴，把坛子里深褐色的汁水硬灌着让他喝下去，一直灌了大半坛子，萧瑾瑜突然趴到床边吐起来，楚河赶紧递上个痰盂。

萧瑾瑜开始还吐的是秽物，吐着吐着突然呕出一口暗红发黑的血来。楚爷爷这才把那坛子搁到了一边,伸手搭了搭他的脉:"行了,捡回条命来。"

"那他是啥病啊?"

楚爷爷扭过头来瞪了楚楚一眼:"他是啥病,你咋不问他啊?"

楚楚往后缩了缩,楚爷爷沉着张脸看着她问道:"楚丫头,这人到底是干啥的?"

楚楚缩到楚奶奶怀里:"他、他是京城的大老板,卖茶叶的。"

楚爷爷"咚"地把拐棍往地上一顿:"才出趟门就学会扯谎了!卖茶叶的?卖茶叶的上哪儿染上这么厉害的尸毒啊?"

看着楚楚一下子瞪大了眼睛,楚奶奶也着急了,拍拍楚楚的肩膀:"楚丫头,他有啥病你咋都不知道啊?快说吧,这孩子到底是干啥的呀?"

"楚楚没说谎,是我有所隐瞒。"

一家人的目光本来都集中在楚楚身上,突然听见床上传来的微弱声音,"唰"地一下全都看了过去。

萧瑾瑜已经恢复了意识,身上还在疼着,但疼得明显没有那么剧烈了,萧瑾瑜勉力撑起身子,楚河搀了他一下,扶他靠着床头坐了起来。

"谢谢。"

萧瑾瑜淡淡看着愣在楚奶奶怀里的楚楚,勉强提着力气,虚弱却也清晰地缓缓道:"我确实做茶叶生意,只是不光做这个,我在京里还是个当官的,查案子的官。先前恐行事不便,有所隐瞒,还望见谅。"

楚河眼睛睁得溜圆,盯着这个坐都坐不稳当的人:"你、你是京城里的官儿?"

萧瑾瑜轻轻点头。

"那、那是多大的官儿啊?"

"没品阶,但只要是案子,我就能管。"

楚河眼珠子都要瞪出来了:"那、那不得比郑县令官儿还大啊!"

萧瑾瑜点点头:"大一点儿。"

楚楚爹小心翼翼地看着这个长得一点儿都不像大官的官:"你这尸毒是查案子时染上的吧?"

"是,有三年了,有回查案没留神,被人钉进了一口装着腐尸的破棺材里。关了三天才被救出来,后来就发现染了尸毒,也再不敢待在没光亮的地方了。"萧瑾瑜浅浅苦笑着看向楚楚,"我怕她嫌我,没敢说。"

楚楚一急,从楚奶奶怀里挣出来,奔到床边一头扑进萧瑾瑜怀里就哭开了:"我不嫌你!一点儿都不嫌你!"

被楚家人齐齐看着,萧瑾瑜脸上微微泛红,勉强抬手轻轻拍了拍楚楚的背:"谢谢。"

楚楚突然松开萧瑾瑜,转身拉住楚爷爷的胳膊,仰起一张挂着泪珠子的小脸,带着哭腔道:"爷爷,你救救他吧,他是好人,大好人,我保证!"

楚爷爷脸色沉着，盯着面色惨白却神情淡然的萧瑾瑜看了一阵，摆摆手叹了口气，走到桌边摆开笔墨，边写边道："我写个方子，你跟你奶奶去找秦郎中拿药。尸毒这玩意儿邪乎得很，染上的人也少，一般郎中都不会治。要不是你太爷爷染过，我也没法子。他这都拖了三年了，都进到骨头里去了，一时半会儿治不好，得慢慢儿养过来。"

楚楚抹抹眼泪，接过楚爷爷递来的方子，又跑过去抱抱萧瑾瑜："你肯定能好。"

萧瑾瑜浅笑点头，看着楚楚跟楚奶奶出了门，向楚爷爷颔首，真心实意地道："谢谢爷爷。"

哪知道头还没抬起来，楚家三个男人齐刷刷地给他跪下了。

每天给他下跪的人数都数不过来，还从没人把他跪得这么心慌过，萧瑾瑜惊得急道："快请起来，晚辈不敢当！"

三个人不但没起来，楚楚爹还磕了个头："你是查案子的大官儿，早晚能查出来，我们还是自己先招了吧！"

萧瑾瑜一怔，楚河赶紧道："我们要是自己招了，就算自首，不重罚吧？"

萧瑾瑜鬼使神差地摇摇头，这话说得是没错，可他完全不明白这是说的什么。

这么一家人能犯什么大罪？

楚爷爷抬起头来看向萧瑾瑜："你说要娶楚丫头，其实是来查楚丫头身世的吧？"

萧瑾瑜心里咯地一沉，脸色微变。

楚爷爷叹了口气："我就知道，村里穷得揭不开锅的都嫌我们仵作家，京城里的大官哪会自己找来这小地方提亲啊？要是楚丫头还有别的地方能去，我们也不愿意这么耽误她一辈子，那么好的一个丫头，就因为在仵作家，被人家嫌弃这个嫌弃那个，就没一家人家愿意娶她。"

萧瑾瑜凝起眉头，声音微微有点儿发颤："楚楚到底是什么人？"

楚河咬咬牙："她是我爹在棺材里捡的。"

萧瑾瑜一愣："棺材里？"

楚楚爹点点头："那天大半夜有户人家来叫我帮着收个尸，说是个女人病死了，我就去了。

"黑灯瞎火地把棺材抬回来，想给她换寿衣的时候才看清楚是个大着肚子的，都足月了，我摸着孩子可能还能救，就试了试，没承想拿出来还真是个活的。这女人夫家有俩媳妇，她排老二，都对她不好，婆婆还老打她、骂她，都快生了还把她往柴房里关，这才出的事儿。我琢磨着他家肯定不会要这从死人肚子里拿出来的孩子，干脆也没告诉他家，就把楚丫头悄悄留下当自己亲闺女，啥也没跟她说过。镇上的人都猜楚丫头是我在外面鬼混生的野种，可那也比说她是棺材子强多了啊。"

萧瑾瑜心里如刀割、针刺一样发疼，比骨头里的疼痛还强得多，疼得几乎喘不过气来。

看着萧瑾瑜轻皱着眉头没说话，楚河赶紧道："我家从来不骗人，就这一回！你要是因为这事儿治我家的罪，可千万别让楚丫头知道，她够可怜的了，要是再知道这事儿，得难受一辈子。还有，你跟她说不娶她的时候慢慢儿说，别一下子告诉她，她肯定受不了。"

"我一定娶她。"

楚家三个男人都愣了一下："你说啥？"

萧瑾瑜清清楚楚地又说了一遍："你们放心，我一定娶她，好好待她。"

楚爷爷怔怔地看着萧瑾瑜："你真是来提亲的？"

萧瑾瑜认真地点头："是。"

楚楚爹一脸错愕："楚丫头她是个棺材子，你不嫌她晦气？"

萧瑾瑜浅笑："我不也是从棺材里捡来的一条命吗，她不嫌我，我为何嫌她？"

楚河一下子乐得能看见后槽牙了："你还真是个有大学问的，你肯定是个好官！"

"谢谢。"

楚楚爹激动得直摆手，眼圈都红了："不不不！你待楚丫头好，我们谢你，谢你！"

楚爷爷拄着拐棍站起来，从上到下把萧瑾瑜看了一遍："就是这身板儿太弱了，回头给你挑几个方子好好调调，别耽误了跟楚丫头的正事儿。"

"谢谢爷爷。"

楚爷爷临出门时又皱着眉头嘟囔了一句："身板儿弱点儿倒也好，没劲儿找别家闺女了……"

楚家三个男人都出去了，门口轻轻闪进一个人来。

一个侍卫脸色煞白地往萧瑾瑜床前一跪："卑职该死，又让王爷遇险。"

楚家三个男人给他下跪的时候侍卫就到了，他给侍卫暗号让他藏好了等着。

"不碍事，方才所闻，只字不得外泄。"

"是。"

"吴郡王处可有动静？"

"他把棋盘棋子都扔了，之后就一直躺在屋里。"

萧瑾瑜轻轻点头："再去帮我查件事，我今晚病发恐怕与楚家这顿晚饭有关，替我查查因由。"

"是，王爷。"

侍卫走后，萧瑾瑜躺下来慢慢闭上了眼睛。

这回尸毒发作得确实有些蹊跷。但凡接触腐物，尸毒很快就会发作，所以肯定不在别处，就是在楚家沾到的。

楚家虽也做收尸入殓的生意，但都是在院后面那间独立的小屋里做的，死人的东西根本不会弄进过日子的屋里来。毒发前只被楚楚碰过，而楚楚一天下来一直跟他在一块儿，根本没碰过什么可疑的东西。

这么算着，可能有问题的就只有他胡乱吃下的那几口饭了。排骨汤、米饭、清炒山药、芹菜肉丝。

可楚家世代仵作，不比凝香阁，尸体误上饭桌的可能实在微乎其微。但若除去这个……

药酒的后劲儿袭上来，萧瑾瑜想着想着就昏昏睡着了，再被疼痛折腾着醒来的时候天都快亮了，视线刚清楚起来，就看见楚楚坐在床边的小板凳上，枕着胳膊趴在床边，小嘴微微嘟着，看起来睡得正香。

萧瑾瑜抬手轻轻抚上楚楚的肩膀，刚低低地唤了她一声，楚楚就一下子坐了起来，揉着眼睛迷迷糊糊地道："你醒啦？我给你端药，你得把药吃了。"说着就去端放在床头矮桌上的药碗，刚拿起来就拧起了眉头，"都已经凉透了。你等一会儿，我这就给你再熬一碗去。"

萧瑾瑜伸手把她拉住，借着昏黄的光亮看见她睡眼惺忪的模样，心里一暖，轻声道："别去了，天快亮了，先睡吧。"

楚楚摇摇头："爷爷说了，你醒了得吃药。"

"我还想再睡会儿。"

楚楚搁下药碗，坐回小板凳上："那你睡吧，我在这儿看着你。"

萧瑾瑜在自己身边轻轻拍了拍："上来躺着看吧。"

"好。"

楚楚脱了外衣爬上床钻进被窝，小心翼翼地贴到萧瑾瑜怀里，隔着衣服轻轻地摸他消瘦的身子，轻到像是生怕把他碰碎了似的，喃喃地道："爷爷说，尸毒要是进到了骨头里，发作的时候能把人活活疼死，你怎么一声都不叫呀？"

萧瑾瑜轻轻搂着她，她这满是心疼的神情倒是把他看得心疼起来了："没那么疼。"

"你怎么就被人钉到棺材里了啊？"

萧瑾瑜浅浅苦笑："笨死了，是不是？"

楚楚一下子把他抱得紧紧的："才不是呢！"紧紧抱了一会儿才又问道，"你把那个害你的坏人抓住了吗？"

"唐严抓住的，当场就杀了。"

"杀得好！唐捕头真厉害！"

"嗯……"

楚楚安静了一会儿，突然道："王爷，我以后不找六扇门了。"

萧瑾瑜微怔，他还以为这辈子都不会听见她说出这句话来呢："为什么？"

"我以后就专帮你一个人查案子，你查的案子里的尸体我都帮你验，再也不让你身上的尸毒发作了。"

萧瑾瑜一时不知道该高兴还是该歉疚，就把怀里的小身子搂得紧了些："谢谢。"

声音未落，腰背间的疼痛冷不防地狠狠加重了一下，萧瑾瑜身子倏地一颤，倒吸了口凉气，搂在楚楚腰背上的手也僵了一僵，瞬间出了一层薄薄的冷汗。

楚楚忙爬起来看他："王爷，你又疼了？"

萧瑾瑜咬牙忍过去，勉强牵起一点笑："没事，没事。"

楚楚急得眼圈发红，小手在他身上一阵乱摸："你到底哪儿疼呀？"

让她这么摸下去还不知道会摸出点儿什么事儿来，萧瑾瑜只得老老实实地道："腰……腰上。"

萧瑾瑜刚松出半口气，衣服一下子就被楚楚剥开了，楚楚轻轻抚着萧瑾瑜腰间苍白微凉的皮肤。

萧瑾瑜吓得身子发僵："楚楚，你干什么？"

楚楚没说话，萧瑾瑜只觉得像是药酒的后劲儿又上来一回似的，全身发烫，煞白的脸上红云密布，喘息也乱了起来。

"楚楚，你别……"

楚楚终于停下来，萧瑾瑜脑子里乱得一塌糊涂，咬牙强忍着才没发出让他想要一头撞死自己的动静来。

"你还疼吗？"

疼死他也不敢再说疼了："不疼，一点儿都不疼。"

楚楚这才扯好被子钻回他怀里，重新抱住他，得意地笑："我小时候要是摔着哪儿，我奶奶就给我轻轻摸摸哪儿，摸几下就不疼啦！"

萧瑾瑜不记得自己是什么时候怎么睡着的，只记得是在楚楚睡着很久之后的事儿了，再一睁眼天都大亮了，第一眼就看见景翊坐在床边的小板凳上，托着腮帮子眯着狐狸眼，带着一抹意味深长的笑容看着他的胸口。

萧瑾瑜低头一看，差点儿背过气去。

昨晚楚楚扯开他衣服之后根本没再给他扯回去，他脑子一乱也忘了个干干净净，这会儿楚楚衣衫微乱地趴在他肌肤袒露的胸口上，被子还好巧不巧地往下滑了一段儿，正好滑到个若隐若现，让人浮想联翩的地方。

萧瑾瑜阴着张脸扯起被子把自己和楚楚一块儿裹了起来，压着火气也压着声音道："你到这儿来干什么？"

景翊勾着嘴角："你放心，楚家爷儿俩在衙门干活儿呢，楚爷爷给你找药去了，楚奶奶出去买菜去了，家里没人，我就是看看你在老丈人家里过得怎么样，看起来也没那么凶险嘛。"

萧瑾瑜一眼狠瞪过去，景翊猛然站了起来："我来报案的！"

楚楚听见声响，迷迷糊糊地醒过来，看见景翊站在床边，一下子爬了起来，惊喜地叫道："景大哥，你咋来啦？"

她一起来不要紧，被子一下子掀开来，萧瑾瑜刚刚遮起来的身子又一下子露了个干净。

景翊看得眉梢微挑，这么个见天儿糟蹋自己身子的人，怎么就能养得比他还细皮嫩肉的，这是什么世道啊……

景翊勾着一抹笑容，看着萧瑾瑜脸色青黑手忙脚乱地裹好衣服："我来接王爷去县衙住几天。"

萧瑾瑜一怔，楚楚已经和身扑到了他身上："不行！他得在我家过年！"

景翊苦笑："他要是再在你家住着，肯定过不了这个年。"

楚楚一时没听明白，萧瑾瑜轻轻推开她，撑着身子坐了起来，微皱眉头看向景翊："为什么？"

景翊向楚楚看了看，萧瑾瑜轻轻点头。

景翊微微一怔，苦笑摇头："不行不行，还是回头让你那侍卫跟你说吧，我怕我这会儿说了，你得十天半个月吃不下饭去。"

楚楚一头雾水地看着景翊："为啥呀？"

萧瑾瑜默默吸了一口气："说吧，我吃了什么东西？"

"其实也没啥，你就别问了，收拾收拾赶紧跟我走吧。"

楚楚身子一挺跳下床去，张开两手拦在萧瑾瑜前面，气鼓鼓地看着景翊："你要不说为啥，他就不能走。他都答应我爷爷在家过年了，每年都在家！"

景翊可怜兮兮地看向萧瑾瑜，看了好一阵萧瑾瑜都没有一点儿动容，只得叹了口气："你让我说的啊，回头胃疼可别怨我。不是吃了什么东西，是水的事儿。"

楚楚不服气地瞪着景翊："水咋啦？我家吃的都是院后面那条小河里的水，那水是从山上流下来的，可甜可干净啦！"

景翊苦笑摇头："就是因为这水是从山上流下来的，"景翊看向萧瑾瑜："你那侍卫查你昨晚吃过的东西，发现都挺正常的，就怀疑是水的事儿。"

萧瑾瑜轻轻点头。

"楚家院里没挖井，吃的是院后面那条河里的水。你的侍卫沿着河往上找，找到后面凤凰山里，发现这水流过一个山洞。"景翊顿了一顿，向萧瑾瑜投去两束满是同情的目光，"山洞里堆的全是把胳膊、腿、脑袋和身子拆开了的尸块，据他说得拆散至少十几个死人才能堆成那样，又正好全泡在了水里。"

萧瑾瑜胃里一阵翻涌，默默抬手掩住了口。

景翊对萧瑾瑜这副像是吞了一盘子苍蝇似的表情甚是满意，再看楚楚，小丫头眼睛瞪得溜圆，一副惊呆了的模样。

她也能有被尸体恶心到的时候啊……

景翊正饶有兴致地欣赏着这百年不遇的画面，就听楚楚叫了起来："我还从没见过一个案子里面有这么多尸体呢！"

景翊差点儿给她跪下，这丫头片子是吃什么长大的啊？

萧瑾瑜默默无语地把楚楚从眼前拉到身边，脸色微青地看向景翊："郑有德知道了吗？"

景翊摇摇头："还没告诉他，你的侍卫跟我说完我就来找你了。"

萧瑾瑜皱起眉头："他人呢？怎么不自己来说？"

"他昨儿在这儿喝了几口水，这会儿吐得正惨呢，哪敢来见你啊。"

楚楚拉拉萧瑾瑜的袖子，抿了抿嘴唇："王爷，你能不能别去查这个案子呀？"

萧瑾瑜一怔："为什么？"

"那么多烂了的尸体，你万一碰上怎么办呀？"

萧瑾瑜浅笑："好，不去。"说着声音一沉："景翊，这案子就归你了，随你怎么跟郑有德说，别提我就好。"

景翊差点儿哭出来："王爷，十多个死人啊！"

萧瑾瑜眉梢微扬："再有两天就过年了，多积点阴德没坏处。"

景翊正想找片墙皮挠几下，就听楚楚认真里带着点儿不情愿地对萧瑾瑜道："王爷，你还是去郑县令家住吧，郑县令家有好几口水井，他家的水肯定干净。"

景翊赶紧道："对对对……你还是赶紧去县衙吧，万一再出点儿什么事儿，王府里那群暴徒非活剥了我不可。"

萧瑾瑜没理景翊，拉着楚楚问道："你告诉我，家里为什么没挖水井？"

楚楚咬咬嘴唇，耷拉下脑袋："我家就在河边上，河水一直都挺好的，挖井得花好多钱。"

萧瑾瑜这才看向景翊："今天天黑之前找人在这院子里挖口井，我要在这里过年。"

"王爷……"

楚楚高兴得一把抱住萧瑾瑜："王爷，你真好！"

"不过有条件，你得帮景翊查案子。"

"没问题！"

楚楚跟景翊刚进县衙大门，郑有德就带着一脸饱满的笑容屁颠屁颠地迎了出来："景大人，您回来啦！"

景翊无声叹气，他是真不想回来。

"啊，回来了，刚才那案子审完了？"

郑有德胸脯一挺："审完了，保证不偏不倚，正大光明！"

看着四十大几的郑有德一本正经得跟刚收编入伍的愣头小兵见将军似的，景翊轻勾嘴角："那你把那只大公鸡到底判给齐家还是赵家了？"

"我让衙门的厨子把鸡宰来炖了，一家分了半锅。"说着又赶紧补了一句，"我没收他们柴火钱！"

楚楚在景翊身边儿直拍巴掌："郑县令，你真是好官！"

郑有德这才看见楚楚，慌地把楚楚从景翊身边拉过来："你这楚丫头，啥时候进来的！这是京城来的大官，可别乱说话，小心打你屁股。"

楚楚笑得甜甜的，看着杵在一边满脸无奈的景翊："才不会嘞！景大哥也是好官，不打好人！"

"大哥？"郑有德一愣，"你认识景大人啊？"

景翊怕楚楚嘴里蹦出什么能让自己立马撒手人寰的话来，赶紧道："她是我朋友家没过门的娘子。"

"楚丫头要嫁人啦？"

楚楚使劲儿点了个头，小脸红扑扑的："嗯！他都到我家来提亲啦！"

郑有德小心翼翼地看向景翊："景大人的朋友……那也是京里的大官儿吧？"

景翊忙道："不是！不是，他没官职没品阶，这些日子只做茶叶买卖。"

"那也得是个大老板吧！"

楚楚满脸自豪地点头："是呢！"

景翊听得心里扑腾扑腾直跳，再让郑有德问下去，他可就未必能兜得回来了，趁郑有德张嘴还没出声，赶紧道："那什么，上面临时派给我一个案子，我找楚楚帮忙验验尸。"

郑有德一下子把眼睛睁得跟铃铛似的："您亲自查案子？在紫竹县？"

"就在楚家后面那座凤凰山上。尸体有点儿多，你这儿要是不忙，让楚家爷儿俩也去给我帮把手吧，我争取明年开春之前就把人还回来。"

楚楚听了忙摆手，清清脆脆地道："用不了那么多天，我跟我爹、我哥一块儿干，十来具尸体，一两天就能验完啦！"

郑有德脸都白了："十、十来具？"

"你别紧张，别紧张，这事儿不赖你。你该忙什么忙什么，借我几个人手就行了。"

郑有德脸色一正："案子出在下官辖区之内，下官责无旁贷！"

景翊默默叹气，萧瑾瑜把案子塞给他的用意他还是懂的。

那个说书先生的下落没查明，那本小册子是什么意思也没搞清，吴郡王又把自己搞得神经兮兮的，现在出了这么档子事儿，虽说看起来八竿子打不着，但不怕一万就怕万一。

尤其还是郑有德这么个迷糊官。

"你想参与这案子也行，不过一切都得听我的。"

"全听景大人吩咐！"

"好，你找几个人，天黑之前在楚楚家院里挖出口水井来。"

郑有德一愣："挖井？"

"办案需要，你不愿干也没关系，你忙你的去吧。"

"愿意愿意，下官马上找人挖去！"

"有劳郑大人了。"

"下官责无旁贷！"

楚奶奶从市集上回来的时候，郑有德已经带着三个衙差在院子里叮叮咣咣地挖开了，连他自己也卷着袖子拿着把锹，吭哧吭哧地挖得满头大汗。

楚奶奶吓了一跳："郑县令？您这是干啥呀，咋挖我家的院子啊？"

郑有德使劲儿掘出一锹土来，呼哧呼哧地喘着粗气："挖井……"

楚奶奶一愣："挖井干啥呀？"

郑有德抬手往屋里一指："让你家女婿给你说，天黑前得干完，忙着呢！"

楚奶奶急忙忙地走进屋去，见萧瑾瑜正坐在堂屋里悠悠闲闲地翻书，忙问："孩子，这外面是咋回事儿啊？"

萧瑾瑜把书搁下，看着楚奶奶浅浅笑着道："您别着急，他们就是来给家里挖口井。"

"这好端端的，挖啥井呀？"

"后面河水污了，近两年喝不得，他们已把缸里的水都换过了，井水能用之前就先用缸里的水吧。"

楚奶奶愣了愣："污了？咋污了呀？一大早儿的时候不还好好的吗？"

虽说楚家世代仵作，可楚奶奶不是当仵作的，萧瑾瑜看着眼前这一脸温和慈祥的老太太犹豫了一下："河的上游发现了尸体。"

楚奶奶立时一脸吃惊："死人啦？"

萧瑾瑜生怕老太太会有什么强烈反应，几分紧张地看着她，轻轻点头。

哪知道楚奶奶惊讶没消就叹了口气："唉，这年关底下的，真是作孽啊。没事儿，个把死人不碍的，哪个河里没漂过几个死物呀？快让郑县令他们别挖了，瞧他们给累的，这是急的啥呀。"

到底是仵作家的人……

"奶奶，不是个把死人。至少十余个。"

楚奶奶一下子瞪大了眼睛："这么多啊？"

萧瑾瑜忙道:"您放心,衙门会尽快清掉尸体,查明真相。您别、别太往心里去。"

楚奶奶若有所思地点点头:"好,好。"说着冲萧瑾瑜亲切地笑了笑,"不往心里去,人死了就是尘归尘土归土,跟泥啊水啊的没啥两样,不脏。想明白就好啦。"

"您说的是……"

楚奶奶往门外看了看:"就让他们挖吧,你身子骨弱,得吃得干净点儿才行,要不又得生病了。瞧你昨晚上难受的时候,可把楚丫头心疼坏了。"

萧瑾瑜脸上一红:"谢谢奶奶。"

楚奶奶转过头来,皱皱眉头担心道:"一下子死这么多人,那楚楚她爹他们得忙活到啥时候呀,明儿就年三十了,可别回不来喽。"

"您放心,不会的。"

楚奶奶笑笑:"那就好,我去厨房收拾收拾,你接着看书吧。"

看着楚奶奶挎起篮子慢悠悠地往后面走,萧瑾瑜突然想起点儿什么:"奶奶,我帮您干点活儿吧。"

"啊?"楚奶奶一愣,回过头来看看他。

"您是长辈,没有您干活我闲着的道理。我也不知道能干什么,请您吩咐,我一定尽力。"

听着萧瑾瑜说得诚诚恳恳一本正经的,楚奶奶心里一热乎,一时也不忍心拒绝他了,想着道:"也没啥活儿好干的。对了,我早晨出门还没喂猪呢,你就帮我把后院那两头猪喂了吧,猪食都弄好了,就在猪圈边儿上,能成不?"

"您放心吧。"

听萧瑾瑜答应得痛快,楚奶奶就安安心心去厨房忙活了。

泡上菜,腌上肉,蒸上糕,楚奶奶想到后院地里拔两棵小葱,进到后院往猪圈那边望了一眼,顿时吓得心里一扑腾。

萧瑾瑜就趴在猪圈栏杆上,一手撑着拐杖,一手拿着舀猪食的木勺伸进猪圈里,伸长了胳膊使劲儿往窝在圈中央的那头大白猪嘴边儿够,站得晃晃悠悠的不说,半边身子都悬空了,好像来阵风从后面一吹,他就能一头栽进猪圈里去。

楚奶奶吓得脸都白了,慌得一溜小跑奔过去,赶紧把他搀住,一把把那木勺夺了过来:"你这是干啥呢?"

萧瑾瑜一紧张,手上力气一松,整个人往下一栽,楚奶奶扔下木勺扶住他,把他扶到轮椅上坐下来,看着萧瑾瑜那张红透的脸,楚奶奶好气又好笑:"你这傻孩子,你那是要喂猪吃食,还是要喂猪吃你啊!"

"我、我喂好一个了,另一个、另一个趴在里面不动。"

楚奶奶一愣,伸头往猪圈里看了看,食槽里干干净净的:"喂好的那个,你是咋喂的呀?"

"那个、那个趴在边上，勺子刚好能伸到它嘴边，另一个在里面，我叫它过来它不听，我也够不着它。"

楚奶奶"扑哧"一声笑开了，忍不住伸手拍拍萧瑾瑜红透了的脸："这傻孩子呦！你当是楚丫头喂你呀，还给喂到嘴边儿上！"

萧瑾瑜一张脸顿时红得冒烟了。

楚奶奶笑着捡起木勺，拎起盛猪食的桶，走到食槽边上伸下木勺"当当当"地敲了几下，两头猪屁颠儿屁颠儿地跑了过来，楚奶奶一股脑儿把猪食倒了下去，两头猪就把脑袋往食槽里一扎，撅着屁股"吭哧吭哧"地吃了起来。

楚奶奶还没把桶搁下，就听见楚爷爷的声音从后面响起来："你这当大官儿的，咋连个猪都不会喂。"

萧瑾瑜这会儿只想找个地缝往下钻，硬着头皮颔首道："晚辈愚钝。"

楚爷爷绕到萧瑾瑜面前，拿着拐棍在地上敲了敲："不知道老百姓咋过日子，咋给老百姓做主啊！你瞅瞅人家郑县令，这会儿在院子里给咱挖井呢！"

"您教训得是。"

楚奶奶赶紧过来把楚爷爷往边儿上一扯，护在萧瑾瑜前面，脸往下一拉："你这老头子，孩子好心帮个忙，你咋就那么多的事儿！你不是到后面山上抓蛇，要给他泡治风湿的酒吗，蛇呢？"

楚爷爷赌气地把手里的一个布袋子往背后一藏："没抓着！"

"没抓着？没抓着过年不给你酒喝！"

楚爷爷瞪着眼，气得胡子一翘一翘的，到底还是乖乖把布袋子往楚奶奶手里一塞，敲着拐棍就进屋去了。

楚奶奶笑着拍拍萧瑾瑜的后脑勺："你爷爷就这臭脾气，甭理他！"

"是我愚钝。"萧瑾瑜轻轻蹙眉看着楚奶奶手里的布袋子，"爷爷抓蛇，可是在后面凤凰山上？"

楚奶奶点点头，抬头看了眼那座就在屋后不远处的山："是呢，这座山不高，也不险，但树林子密，里面净是些蛇啊虫啊的，一般没人敢往里进。原来家里揭不开锅的时候，他就上山里面抓蛇，到郎中那换点儿钱，这手艺到现在都没扔下。"说着对萧瑾瑜笑笑，"我这就把蛇收拾收拾，让他给你泡药酒去，回头让楚丫头拿药酒多给你揉揉，阴天下雨就没那么疼啦。"

"谢谢奶奶。"

楚楚和楚家爷儿俩到大半夜才回来，郑有德那帮人早已经把井挖好回衙门交差了。楚楚把自己从头到脚洗干净，换了身干净衣服进房里来的时候，萧瑾瑜已经靠在床头坐着睡着了。

楚楚爬上床，凑到他脸上亲了一下，萧瑾瑜一下子惊醒过来，看见楚楚笑嘻嘻地看着他，浅浅一笑伸手把楚楚搂进怀里："这么晚，累了吧？"

楚楚在他怀里蹭了蹭："一点儿都不累。"

"都验完了？"

"还早呢，那些尸体都被切开了，而且不是一块儿死的，腐烂的程度不一样，挺容易认出来哪个跟哪个是在一块儿的。可就是太多了，我跟我爹、我哥拼到现在都还没拼完呢。"

"可看得出来死因？"

"我爹都看不出来，他说这些人死得可怪了。"楚楚突然从萧瑾瑜怀里抬起头来，"对啦，我还拼着了一个我认识的人呢。"

第三章

萧瑾瑜微愕，不由自主地把身子坐直了点儿："什么人？"

"黑石头。"

萧瑾瑜一愣："石头？"

楚楚认真地纠正道："黑石头，他叫黑石头，是个瞎眼的叫花子，我认得他，他脾气可坏啦。"

萧瑾瑜眉心微蹙："叫花子？"

"嗯，就是穿得破破烂烂的，在街上端着个碗跟你要钱的那种。"

"我知道。"

萧瑾瑜轻轻皱着眉，他总觉得黑石头这个三个字的组合好像是从哪儿见过，而且是刚刚才见过。

想着想着突然听到楚楚好奇地问："王爷，这是什么呀？"

萧瑾瑜抬眼一看，楚楚手上正拿着那本从董先生住处搜出来的小册子，他睡着之前一直在翻,迷迷糊糊地睡着之后手一松就掉到床上了。

脑海中倏地一动:"楚楚,你看看这个册子,上面写的什么,可认识?"

楚楚随手翻开一页,刚扫了一眼就道:"这不都是人名吗?"

"这些人,你都认得?"

楚楚边翻边摇摇头,皱起眉头来:"这可说不好,我们这儿老是有人叫一样的名儿,我知道的就有两个土蛋、三个狗尾巴草呢,我也不知道这上面说的是哪个。"

"你们这儿的人都叫这种名字?"

"嗯!"楚楚笑得甜甜的,"贱名好养活!"

他算是明白那个小金鱼和毛驴是怎么被她喊得那么顺口的了。

萧瑾瑜把册子拿过来收好,看着楚楚轻轻笑道:"既是如此,为什么你家人的名字不是这样的?"

楚楚小脸一扬,得意地道:"我爷爷说啦,忤作家的人命硬,叫啥名都好养活。"

"有道理。"

萧瑾瑜刚躺下来,楚楚就钻进他怀里不安分地乱蹭。

"王爷,你抱抱我吧。"

萧瑾瑜微微一怔,抬手圈住她的腰:"怎么了?"

"没怎么。"

"嗯?"

小脑袋又贴着他的胸口蹭了一下,脸埋在他怀里小声道:"就是想你了。"

萧瑾瑜啼笑皆非,低头在她头发上轻轻吻了一下。

事实上,一天没见她,萧瑾瑜心里也莫名其妙地感觉空落落的,直到刚才睁眼看见她,心里才算重新填满,安稳下来。

被楚楚在锁骨窝上亲了两下,萧瑾瑜赶紧拍拍这窝在他怀里暖炉一样的小身子:"楚楚,你可知道,爷爷喜欢什么酒?"

"他都是喝镇上秦氏医馆旁边那个小酒坊里酿的酒,十文钱一斤的那种。"

"明天带我去那家酒坊吧。"

楚楚急得往他胸口上一趴,头顶差点儿撞上萧瑾瑜的下巴:"你病着呢,不能喝酒!"

萧瑾瑜抚着她的后背轻轻苦笑:"我不喝,就是买些来送给爷爷,我今天惹他生气了。"

楚楚一愣,眨眨眼睛:"为啥呀?"

萧瑾瑜默默叹气,脸上微微有点儿发烫:"我喂猪喂得不好。"

楚楚认真地问:"怎么不好啦?"

萧瑾瑜一脸挫败地道:"不提了。"

楚楚窝回他怀里,紧紧搂住他的腰:"王爷,你放心吧,回头我教你,你肯定能学好的!"

"嗯。"他这辈子是再也不想看见猪了。

楚楚一大清早就带萧瑾瑜去了那家酒坊,酒坊没开门,整条街都是静静的,倒是旁边的秦氏医馆门口有一个五十来岁的半大老头正往下拆着门板。

楚楚跑过去甜甜地喊了一声:"秦大叔!"

"呦,楚丫头啊,这么早,抓药啊?"

"不抓药!"楚楚指了指旁边那个小到连个名字都没起的小酒坊,"我想给爷爷买酒,王大爷家咋还没开门呀?"

秦郎中笑着摆手:"这傻丫头,过日子过糊涂了吧?今儿年三十,除了我这郎中家,都不开门啦!"

楚楚一拍脑门儿:"呀!我光想着拼尸体了,都把过年给忘啦!"

秦郎中吓了一跳,手一抖差点儿把门板砸到脚背上:"拼……拼啥?"

"尸体,凤凰山上抬下来十多具尸体,都是一段一段拆开的,数出来脑袋有十多个,但还是得全拼好了缝回去才能知道到底死了多少人,我和我爹、我哥昨天忙活了一整天都还没收拾完呢!"

秦郎中脸都白了,想笑一笑却死活笑不出来,嘴角一抽一抽的:"是吗,是吗,那你家今年……今年算是开门大红了啊,呵呵……"

楚楚小手一拍:"还真是,我都没想到呢!"

"呵呵,是吧……"

萧瑾瑜在一旁听得脊背发凉、头皮发麻,忍不住轻轻干咳了两声。

秦郎中这才注意到楚楚后面还有个人,还是个坐在轮椅上的人,目光不由自主地落在萧瑾瑜的一双腿上:"呦,这位是那天大晚上,你和你奶奶来给他抓药的那个吧?"

"是呢!"楚楚退了两步,往萧瑾瑜身边一站,对萧瑾瑜道,"秦大叔是紫竹县最好的郎中,郑县令家都找他看病呢。"

萧瑾瑜迎上秦郎中的目光,客气却清冷地道:"在下安七,做茶叶生意的,楚楚是我未过门的娘子,那夜还要多谢先生,唐突打扰之处万望见谅。"

秦郎中刚想客气客气,楚楚突然盯住秦郎中的手道:"呀,秦大叔,你手上咋生疮啦?"

秦郎中笑笑:"前几天采药的时候冻了一下,不要紧,误不了过年!"

听见"过年"俩字,楚楚一下子又想起酒来,忙道:"秦大叔,先不跟您说啦,我得上王大爷家找他买酒去!"

"别去啦,"秦郎中叫住楚楚,又往萧瑾瑜的腿上看了看,"王大爷家那边的路上上下下那么难走,你别让他费那个劲儿。我这屋里正好还有几坛子,王大爷前两天送的,比

· 208 ·

你爷爷总喝的那种要好呢。反正我生疮忌酒，一时半会儿喝不着，你急着要，就先拿走吧。"

楚楚一喜："谢谢秦大叔！"

"多谢先生。"

"没事儿没事儿。"

进到医馆里，楚楚跟着秦郎中到后院去拿酒，萧瑾瑜坐在堂里等，漫不经心地四下打量。

医馆虽小，倒是干净规整，药橱里的药也齐全得很，常见的药一应俱全，甚至还有几个抽屉上刻的药名是萧瑾瑜闻所未闻的，有个名字叫"美人眉"，诗意得不像个药名，萧瑾瑜一时好奇想去看看，刚推动轮椅，就从门外一头扎进个人来，还没站稳就喊了一声："秦先生！"

萧瑾瑜看清来人，微愕："田管家？"

这火烧屁股似的一头扎进医馆的正是吴郡王府上的田管家。

田管家转头看见萧瑾瑜，一愣，慌得就要往下跪："安——"

萧瑾瑜抬手拦住他，沉声把话截住："是你家公子病了？"

田管家一愣，马上回过神来："是是是……"

秦郎中在后院听见那声喊，赶紧走了出来，一见是田管家，忙道："吴公子又犯病了？"

田管家连连点头，老迈发抖的声音里带着点儿哭腔："发烧几天不退，这又开始吐血了，人都说胡话了。您赶紧去瞧瞧吧！"

萧瑾瑜眉心不察地一蹙。

"好，好……"秦郎中利落地抓起药箱往肩上一背，向萧瑾瑜一拱手，"安老板，失礼了。"

"您请便。"

田管家跟在秦郎中后面出去，匆匆向萧瑾瑜弯腰拜了一下，萧瑾瑜点点头，田管家就跌跌撞撞地追出门去了。

楚楚抱着两坛子酒从后面进来的时候，堂中就剩萧瑾瑜一个人在那轻轻皱着眉头。

楚楚四下看看，窄小的屋子一目了然："秦大叔呢？"

萧瑾瑜轻描淡写地道："出诊去了。"说着从身上拿出块碎银，搁到书案的砚台边上："钱就给他留在这儿，咱们去县衙。"

"我自己去县衙就行啦，你得回家好好歇着。"

"我找景翊谈点事。"

"那……去县衙有点儿远，你抱着酒，我推你去。"

"好。"

景翊顶着一张睡眼惺忪的黑脸跑到大堂上，正默默诅咒那个大年三十大清早把鼓敲得没完没了扰他清梦的冤家，结果刚往堂下扫了一眼就睡意全无了。

"那什么……退堂！"

书吏一愣，小心翼翼地凑上前来，小声提醒："景大人，是升堂。"

"升堂！"

"威——武——"

"退堂！"

等一班衙役都顶着一头汗水退走了，景翊这才看着堂下一脸泰然自若的萧瑾瑜，笑得跟哭似的："爷，这又是哪一出啊？"

萧瑾瑜细细地环顾略显寒酸的大堂："没什么，本想看看郑有德是如何审案的，你怎么出来了？"

景翊往案桌上一趴，打着哈欠道："郑有德带媳妇回老家拜祖宗去了，我以为又是两家老太太抢大公鸡呢，想着替他把堂升了算了，反正他回来也是让厨子把鸡炖了，早炖上还熟得快点儿，不耽误年夜饭。"

萧瑾瑜只听明白了第一句："腊月三十祭祖？"

"当地风俗，年夜饭前得拜祖宗，郑有德家祖坟在邻县呢，一早就走了。"

萧瑾瑜若有所思地点点头："这案子先停一停。"

景翊一愣，把下巴尖儿立在桌板上看向萧瑾瑜："有发现了？"

萧瑾瑜轻轻点头："有一些，还待查证。今晚除夕了，你跟郑有德衙门里的人说，今日午时过后衙门放假，都回家过年吧，初三再来。"

景翊一下子来了精神，"噌"地从桌上爬了起来："好！"

"你也回京，回家过年吧，我会传书给吴江，让他放你进城。"

景翊正觉得这话美好得不像是从萧瑾瑜嘴里说出来的，就听萧瑾瑜又补了一句："你顺便替我找齐所有与吴郡王当年案子有关的案卷记录，初三前务必悉数带来。"

"王爷——"

"替我问首辅大人安。"

"我先替他谢谢你。"

"不客气，应该的。"

萧瑾瑜回到楚家的时候已经是下午了，离院门老远就看见楚楚站在门口四下看，目光一落到他身上，立马就跑了过来，急道："你去哪儿了呀？我从停尸房出来就找不着你了，还以为你到家了呢，结果家里也没有。我还以为你走丢了，正要出去找你呢！"

萧瑾瑜微微发窘，在离开衙门最开始的半个时辰里，他就是走丢了。走惯了京城横平竖直的路，水乡小巷绕得他脑仁儿直发疼，稍微走了个神就不知道自己绕到哪儿去了，偏偏家家户户都关起门来准备过年，连个能问路的都没有。

鉴于这两天已经在楚家丢人丢得都要把先祖皇帝的脸一块儿丢没了，让他大年下敲开人家大门说一句我走丢了，不现实。

幸好派去查探吴郡王府的侍卫急着有事报，硬是把萧瑾瑜在七拐八绕的巷子里找出来了。

萧瑾瑜一脸镇定地跳过这段："我去买了些东西。"

楚楚这才看见站在他身后的侍卫肩上挑着个扁担，扁担两头各挂了一个大竹筐，沉甸甸地把扁担压弯了。

楚河听见外面的声响，从屋里迎了出来，看见萧瑾瑜就乐开了："我就说吧，这么大个人，不疯不傻的，咋会走丢！"

萧瑾瑜嘴角抽了一下，硬着头皮道："是，今天才想起来没备过年的礼，镇上商铺都关门了，就去县城采办了一些，没来得及跟家里说一声，让你们担心了。"

楚河往筐里望了一眼，嘿嘿一笑挠了挠头："还从没有人过年给我们家送礼呢，你们当大官儿的真讲究！"

"应该的。"

再不讲究，更没脸见祖宗了。

楚河领着侍卫去放东西，楚楚看着那两个沉得晃都晃不起来的大筐，抿了抿嘴唇，转过头来小声道："王爷，你真好。"

"真的？"

楚楚眼睛笑得弯弯的："真的！"

楚楚跑去厨房帮忙收拾年夜饭，萧瑾瑜一个人推着轮椅进屋，刚进门就被端坐在客厅里的楚爷爷一眼瞪过来，立时怔在原地。楚爷爷扬起拐棍指了指堆在墙角的两个大筐："你拿这么些东西来，是要干啥呀？"

楚河和侍卫俩人并排着跟大筐一块儿站在墙角，腰板站得笔直，脑袋耷拉着看向脚尖，就像上树偷桃被当场揪下来罚站的小孩似的。

萧瑾瑜怔了怔，在脑子里打了个草稿，比在朝堂上议事还要谨慎地道："来得匆忙，未备过年的礼，今日特意备齐补上，失礼之处，望爷爷莫怪。"

楚爷爷把拐棍往地上"咚"地一顿："楚丫头就是没人要，楚家也不要这样的女婿！东西拿走，滚蛋！"

侍卫一惊，倏地抬起头来，萧瑾瑜及时一眼看过去，侍卫一动不敢动。

"爷爷息怒。"让他自己想到明年他也肯定想不出来什么地方搞砸了，萧瑾瑜定定心神，"晚辈愚钝，不知何处冒犯，请您明示。"

楚爷爷胡子一抖一抖的："早就跟楚丫头说过，嫁给掏大粪的也不能嫁给当大官儿的！要不是听你说话清透，我早就把你轰出去了。这才装了几天就露尾巴了！昨天喂猪喂得不像话，说你两句就送起礼来了，拿来两坛子酒不说，还又搞来这么些大包小包的。我看你就跟那些大官儿一个样，吃着朝廷的俸，贪着百姓的钱，把身子骨都烧坏了！楚丫头要是嫁给你，还不得跟你一块儿遭报应啊！"

萧瑾瑜被骂得狗血淋头，倒是把楚爷爷的着火点抓着了。难怪楚楚要他用茶商身份提亲。

萧瑾瑜正起腰背低头拱手道："爷爷容禀，晚辈虽为京官，却无阶无品，亦不按品阶食俸，家中开销用度一靠祖宗荫庇，二靠数家商号盈润，向不与人行礼尚往来之事。晚辈自幼丧父丧母，不谙孝敬长辈之道，冒犯之处还请爷爷多多包涵。"

楚爷爷愣了一阵，胸膛一鼓一鼓的，怒气在脸上凝了一凝："你说的是啥意思啊？"

楚河忙道："爷爷，他说他当官朝廷不给他钱，白干，他家是靠做生意吃饭的，有祖宗保佑，都是自己挣的，不是当官贪的。他爹娘死得早，没人教他，不知道咋孝敬您，也怪可怜的。"

楚爷爷脸上挂不住，憋得发红，拐棍一顿，白了楚河一眼："有你个啥事！"

楚河吓得脑袋一缩。

"晚辈正是此意。"

"是个棒槌！满嘴里跑舌头，哪有不给钱的官啊！"

萧瑾瑜抬手在自己毫无知觉的腿上轻轻拍了拍："那您看，可有这样的官？"

楚爷爷一噎。

萧瑾瑜微微带笑："承蒙朝廷不弃，赏我个活儿干，感激不尽，岂敢胡来？"

楚爷爷心里无端地一酸，脸上发烫，一个劲儿地捻胡子，勉强板着脸："不是孬官就成，以后不能这么浪费，自己挣的也不行，那是辛苦钱，得用对地方。"

"是。"

"往后、往后有错改错，不能再拿送礼糊弄事儿了。"

"是。"

"过了年好好跟楚丫头学喂猪。"

"是。"

"我去看看那药酒泡成啥样了。"

"您慢走。"

楚爷爷拄着拐棍几步就钻进屋里去了，萧瑾瑜脱力地靠到椅背上，阖上眼睛沉沉舒了口气，才感觉自己出了一身的冷汗，整个后背都汗湿了。

跟打了一场仗似的，还是险胜。

楚河悄悄地凑过来，不好意思地小声道："我一高兴忘了跟你说了，爷爷就这脾气，恨大官儿恨得牙痒痒，恨不得逮着他们脖子挨个儿咬上一口。"

萧瑾瑜顿时觉得喉结上一阵发紧,情不自禁地抬手抚了一下,微皱着眉头睁开眼睛:"为什么?"

"为啥咬脖子?"

"为什么恨大官儿?"

楚河不好意思地憨憨一笑:"哦……因为奶奶,奶奶原来是县里大户人家的闺女,家里因为做买卖惹到个当官儿的,闹到衙门里去了,那当官儿的给衙门里的大老爷送了好些礼,那大老爷就判奶奶家有罪,把房子啥的都收了。"

楚河说着攥了攥拳头:"奶奶家不服气,一路往上告,告到哪儿那个当官儿的就把礼送到哪儿,到哪儿都输官司挨打,最后告到京城,京里的大官儿把奶奶家的五口人都抓起来活活打死了,就活下来奶奶一个。"

"那会儿奶奶就跟楚丫头这么大,被打得皮开肉绽的,还愣是用块破床板子把一家人的尸体从京城全拉回来了,跪到我家门口求我太爷爷给她几口棺材。我太爷爷看她几天没吃饭了,还到处是伤,人都快不行了,就帮着她把家里人葬了,把她留家里了。"楚河挠挠头憨憨一笑,"然后我奶奶就成我奶奶了。"

"可知道当年审案的京官是谁?"

楚河摇摇头:"这都是我爷爷和我爹给我讲的。大过年的,可别提这事儿,哪回说了奶奶都得掉眼泪。那天听着你说自己是京里的大官,奶奶就躲到屋里抹了好一阵子泪呢。"

萧瑾瑜轻轻点头:"谢谢你。"

楚河低头看看萧瑾瑜困在轮椅里的身子,咬咬牙:"你要不是这样,肯定能当个很大的官儿,把那些脏官全都钉到棺材里去,我给他们打棺材,不要钱!"

萧瑾瑜心里微热:"人在做天在看,早晚的事儿,打好棺材等着吧。"

"哎!"

楚河一走,侍卫才走过来,小心翼翼地看着脸色苍白的萧瑾瑜:"爷……"

萧瑾瑜微微摇头,压低声音道:"没事,你继续盯着吴郡王府,千万别在年关里出乱子,传到京师又是麻烦。"

侍卫颔首:"是。"

"辛苦你了。"

"王爷言重了,"侍卫抬头一笑,"卑职不会打棺材,能钉钉棺材盖也成。"

萧瑾瑜莞尔:"我尽快把棺材瓤抓来。"

天一黑,楚楚爹就在院里摆上了个香案,请出几个牌位,燃了一把香。本来楚爷爷脸上还别扭着,看着萧瑾瑜硬撑着拐杖站起来,跪到楚家祖宗面前一丝不苟地磕了九个头,顿时什么脾气都没了。

别人不知道，他可是清楚得很，尸毒犯过之后萧瑾瑜身上的风湿怎么也得跟着犯上个三五天，这么一跪就得是钻心的疼。看着萧瑾瑜忍痛认真磕头的模样，楚爷爷心里揪得难受，一见他磕完，抢在楚楚前面过去把他搀到了轮椅上，趁机小声嘟囔了一句："家里有现成的药酒，晚上让楚丫头给你揉揉。"

"谢谢爷爷。"

进屋在饭桌边上坐下，楚爷爷把炭盆往萧瑾瑜身边挪了挪，又让楚楚到屋里拿个靠垫给他垫在后腰上，再拿床被子给他裹到腿上，众目睽睽地把萧瑾瑜窘了个大红脸，又没胆子开口拒绝。

看着楚河咧着嘴发笑，楚爷爷一眼瞪过去："笑啥！风湿没药治，得养，这小子傻乎乎的，你们以后都给他注意着点儿！"

楚河吐吐舌头："哎！"

"谢谢爷爷。"

楚奶奶从后院抱出来一坛酒，楚爷爷看着直摆手："不喝这个，不喝这个。喝孙女婿买的那个！"

楚奶奶抿着嘴笑："刚才谁说不要了来着？"

被楚楚瞄着小嘴看过来，楚爷爷一窘，拐棍一顿，眼睛盯向楚楚爹，"谁、谁说的！"

楚楚爹一愣，忙道："啊！我看、看错了，以为是那天剖尸盛肠子的罐子忘了埋呢……"

楚爷爷满意地白了他一眼："不长记性！"

楚奶奶把萧瑾瑜买来的酒拿来，楚河把酒倒进酒壶里烫了一会儿，从楚爷爷那里开始挨个儿倒，倒完楚爷爷、楚奶奶和楚楚爹的杯子，接着就要倒萧瑾瑜的，楚爷爷抽起拐棍在楚河小腿上敲了一下："病人咋能喝酒啊！"

楚河挠挠头一脸同情地看着萧瑾瑜："这大过年的，也不能喝啊？"

楚楚爹也道："就喝一点儿，没啥事儿，女婿头一回来家里过年。"

楚楚急得在旁边直扯萧瑾瑜的胳膊，萧瑾瑜轻轻拍了拍她抓在他臂弯上的手："初次登门，尚未向长辈敬酒，少喝几杯无妨。"

见楚爷爷没说话，楚河乐滋滋地把萧瑾瑜和楚楚的杯子都满上了。

萧瑾瑜从楚爷爷、楚奶奶，到楚楚爹和楚河，挨个儿敬了一杯，四杯酒喝下去，胃里就开始隐隐发烫了。楚楚看他轻皱起眉头，赶紧给他端了碗汤，又夹了几筷子菜，萧瑾瑜硬是等着楚楚和楚河都给长辈敬过酒了，才拿起筷子慢慢吃着。

说是只喝几杯，可楚家三个男人喝得高兴了，就拉着萧瑾瑜一块儿喝起来，萧瑾瑜也不推辞，一杯杯喝得很是爽快，楚楚起初还担心得很，可看着萧瑾瑜连喝了好几杯都没变脸色，也就放心地帮着楚奶奶里里外外地张罗起来。

萧瑾瑜还不记事的时候父皇就驾崩了,母后殉葬而去,在他的记忆里,过年要么是一大群人的事儿,比如百官朝贺、天坛祭祖、安王府诸将在府里折腾得鸡飞狗跳,要么就是一个人的事儿,比如窝在三思阁处理紧急案子,或者躺在一心园的病床上昏睡不醒。

这一家人给他的感觉,好像他从来就没有家,没过过年。鸡零狗碎东拉西扯,酒喝得多了,被这一家人的热闹围着,心里既暖融融也空落落的,空到好像灌进去多少杯酒都填不满。

萧瑾瑜不记得自己喝了多少,也不记得自己是怎么离开饭桌躺到床上的,只感觉有人用温热的毛巾仔细地帮他擦脸,迷迷糊糊睁开眼睛,看见昏黄灯光下楚楚柔和的轮廓,一把就把她搂进了怀里。

楚楚吓了一跳,惊叫了一声就跌进了他怀里:"你干吗呀?"

萧瑾瑜一点儿都没松手的意思,抬起另一只手抚上楚楚细嫩红润的脸颊,修长清冷的手指在楚楚秀气的五官上轻轻地勾勒描摹着,微哑着嗓音轻道:"什么时候才能娶你……"

楚楚被他摸得痒痒,笑着把他的手抓住按了下来:"你喝醉了刚才吐得那么厉害,还难受吗?"

萧瑾瑜像是没听见她说话似的,目光迷离而炙热地直直看着她:"你嫁给我……"

楚楚咯咯直笑,温软的小手摸上萧瑾瑜发烫的额头:"王爷,你都喝糊涂了,我当然嫁给你啦,皇上的圣旨上写着呢,二月初八就嫁呀!你提亲,我爹和我爷爷、我奶奶都答应啦。"

萧瑾瑜皱着眉头摇头:"不好……"

"什么不好呀?"

"二月初八不好,"萧瑾瑜把手挣脱出来,捧着楚楚的脸,在她花瓣一样柔嫩的嘴唇上落下一个含着醉意的吻,"你的生辰才好,没什么日子比你出生的日子好,你是老天爷特意留给我的。"

楚楚笑着看他,王爷喝醉的时候脸色红润多了,声音有点儿哑,可听着特别温柔,说出来的话也让人心里痒痒的。

楚楚摸着他清瘦的脸:"王爷,你都不知道我的生辰是什么时候吧?"

"祥兴二年正月初九。"

"我爷爷告诉你的?"

萧瑾瑜暖暖地笑着:"你自己说的,你跟刑部的书吏说,正月出生的女孩有福,是娘娘命。"

楚楚一下子睁圆了眼睛,抚在萧瑾瑜脸上的手都滞住了:"你怎么知道?"

"这事归我管,我当然要知道。"

楚楚怔怔地看着他:"那你知道我为啥没考上吗?"

"你考上了，我没要你。"

楚楚一下子从萧瑾瑜怀里挣了出来，连带着把萧瑾瑜猛地晃了一下，萧瑾瑜醉得一团糨糊的脑子倏地一醒，蓦地意识到自己刚才说了什么："不是——"

"你骗人！"

楚楚冲出屋子，一口气跑到屋后的小河边上，河岸边用石头砌着简单的河堤，楚楚直奔到最里面的半浸在河水里的一块大石头上，往石头上一坐就忍不住哭起来。

小时候第一回受人欺负她是向楚河告状的，楚河跑去跟人家打架打破了头，在床上躺了好几天，打那之后楚楚受欺负受委屈就不跟人说了，都是跑到这小河边上大哭一场，哭够了也就不难受了，就能忘了。

可不知道怎么回事，这回越哭越觉得委屈，越哭越难受，怎么哭都不管用。哭着哭着，突然被人从后面搂住了腰，整个人被往后一带，倚进了一个清瘦微热还带着酒气的怀里。

这大半个月来天天都窝在这个怀里睡觉，这个身子上每一寸皮肤的感觉，每一根骨头的位置，她都烂熟于心了，不回头看也知道是他。

楚楚一下子更委屈了，使劲儿地掰开他搂在她腰间的手，眼泪扑哒扑哒直往下掉："你不是不要我吗？！"

那双手又扶上了她的肩头："我不是这个意思。"

楚楚头也不回，拧着肩膀把那双手甩开，哭得更厉害了："那你是啥意思啊？我都考上了，你凭什么不要我？"

为这事儿她伤心失落了好长时间，以为自己的手艺跟人家比要差一大截，差点儿就背起包袱准备回家再从头学起了。

那双手没再碰她，声音哑着："不是不要你，怨我有私心，就想把你留在安王府，只帮我一个人。"

"又骗人，要是这样，你干吗不早告诉我？"

"你一心找六扇门，我怕你不答应，"声音顿了顿，那双手小心地搂上她的腰，"你不答应，我就没办法了。"

楚楚咬咬嘴唇，抹抹眼泪，没再把他的手挣开："爷爷说的对，你就是傻乎乎的。"

那个清瘦发烫的身子慢慢贴到她的后背上，两手把她抱得紧紧的，带着酒气的呼吸轻轻扑在她脖子上："嗯，傻得要命。还生气吗？"

被他这样抱着，楚楚的声音都软了："我没生气。"

"那扔下我就跑，还跑到这种地方，爬过来好累。"

楚楚一惊，挣开他的怀抱慌忙转过身来，只见萧瑾瑜跪坐在石头上，就只穿着那件她之前刚给他换上的中衣，雪白的衣服上满是泥土。说道："你、你爬过来的？"

"嗯，又疼又冷。"

楚楚急得在他身上乱摸起来:"伤着了?哪儿疼呀?"

萧瑾瑜轻搂着她的腰,下颌挨在她的肩膀上,凑在她耳边醉意浓浓地道:"哪儿都疼,全亲个遍好不好?"

"在这儿不行……你看你都发烧了!"

"你亲我。"

"我亲,全都亲,回屋里就亲!"

连醉酒带高烧,胃疼得像刀割一样,还有全身骨节虫蚁啃噬般的疼痛,萧瑾瑜的意识已完全模糊了,靠在楚楚身上不成句地说着胡话,夹杂着忍痛的闷哼声,最后的意识停留在楚楚把他背了起来,骨头突然疼得厉害,眼前一黑就昏过去了。

再醒来的时候天已经大亮了,睁眼就是一阵晕眩,头疼得像是要裂开了,胃里烧得难受,全身骨节发疼,脑子里一片空白。

"爷,您醒了?"

萧瑾瑜这才看清楚,楚楚不在屋里,倒是两个侍卫并肩站在他的床前,一脸诡异的神情看着他。

萧瑾瑜想坐起来,手刚往床上一按就蹿过一阵尖锐的刺痛,抬起手来一看,双手上都裹着一层绷带。

昨晚……这是干什么了?

萧瑾瑜还茫然着,一个侍卫已颔首沉声道:"爷,卑职昨晚监视吴郡王府,未有异动,却有异常。昨晚秦氏医馆郎中秦业突然到访,帮吴郡王……与一女子交欢。"

萧瑾瑜微愕:"什么女子?"

"像是个侍女。卑职尚未细查,先来禀报王爷。"

"昨晚为何不报?"

两个侍卫相互看了看,胆大的一个硬着头皮道:"您喝多了。"

萧瑾瑜皱着眉头揉着太阳穴:"醒酒的药就在箱子里,怎么不知道跟楚楚说一声。"

"您……您一直要娘娘亲您,娘娘就……卑职不敢打扰。"

萧瑾瑜脸上一阵黑一阵红,强忍着没把被子掀过头顶闷死自己。

以前醉酒也没……

另一个侍卫忙道:"爷,卑职查到,那个说书先生名董言,是皇城探事司排行十六的密探——"

萧瑾瑜脸色一沉,倏地扬手把侍卫的话截住:"只需报与吴郡王是否有额外牵系,勿言探事司之事。"

"是。董言与吴郡王确有牵系,且是吴郡王有恩于董言。三年前吴郡王带兵驻守南关之时,一次军中行猎,曾一箭射偏误杀山贼,恰巧救了董言性命。"

萧瑾瑜眉心轻锁:"知道了。一切与吴郡王府有关的人与事不可再往下查,只继续盯着，有事速报。"

"是。王爷，娘娘回来后可需告诉她醒酒药在哪儿？"

"不必了，她去哪了？"

"娘娘给您包完手上的伤之后突然跑出去了。卑职听见她与楚河说尸体什么的。"

"知道了。"

两个侍卫在屋里消失之后，萧瑾瑜轻皱眉头拆下了一只手上的绷带。

整个手掌轻微红肿，上面有好几道醒目的擦伤划伤，有几道划得深了还渗出了血来。

昨晚到底干什么了？知道酒喝多了容易出事，不是第一回喝这么多酒，可这是第一回出这么大的事。除了弄伤了自己，除了让楚楚亲他，他总记得昨晚好像还干了什么要命的事儿……

正想得头痛欲裂，楚奶奶一掀门帘走了进来。

"奶奶。"

楚奶奶端着一只小碗进来，笑眯眯地看着一脸憔悴的萧瑾瑜："刚才看见那俩大个子从你屋里出来，就知道你肯定睡醒啦。昨晚上吐得那么厉害，胃里难受了吧？楚丫头让我给你熬碗粥，吃了粥再吃圆子。"

"谢谢奶奶。"

楚奶奶搭手把他扶起来，把枕头往他腰上垫了垫，在床边坐下端起碗就要喂萧瑾瑜，萧瑾瑜忙道："奶奶，使不得，我自己来。"

楚奶奶指指他那只揭了绷带的手："瞅见了吧，伤成这样，咋自己来啊？"楚奶奶笑着拍拍萧瑾瑜的脑袋，"这傻孩子，没几天就跟要楚丫头成亲了，还跟奶奶见外啥呀！"

萧瑾瑜窘了一阵才突然反应过来："几、几天？"

二月初八，他再昏睡也不至于昏睡一个来月吧，怎么就没几天了？

楚奶奶抿嘴直笑："今天初一，初九成亲，你说几天啊？"

萧瑾瑜一怔："初九？"

第四章

"楚丫头说是你定的呀，说二月初八日子不好，啥日子都不如她出生那天日子好，是你说的不？"

萧瑾瑜很想说不是，因为他实在想不起来自己到底在何情何景下说过这种话。但不能不承认，这话的确在他脑海中存在过，而且已经不是一天两天了。

昨晚醉成那样，还有什么不可能的？

萧瑾瑜无力地叹气："是。"

"早点成亲好，早成亲，楚丫头早给你家续香火。呵，你这孩子，咋又红成蒸螃蟹啦！"

萧瑾瑜正窘得连目光都不知道该往哪儿落了，突然门帘一掀，楚楚钻了进来："奶奶！"

"楚丫头，来得正好，你照顾他把粥吃了，奶奶给你们煮豆沙圆子去。"

"好！"

楚楚接过粥碗，笑嘻嘻地坐到床边。楚楚刚洗过澡，脸蛋儿粉嫩中带着红晕，微湿的头发散在肩头，看着格外水灵清透："还疼吗？"

萧瑾瑜毫不犹豫地摇头，刚一摇就一阵晕眩，抬手要揉太阳穴，却一下子被楚楚按住了手。

"你别动！"

这一按才注意到萧瑾瑜这只手上的绷带已经掉了，楚楚立马把碗搁到了一边，急道："你怎么把它弄掉了呀！"

"没事的。"

楚楚气鼓鼓地看着他："什么没事儿呀！你要再不小心，碰疼了我可就不亲你了！"

萧瑾瑜脸上烫得像刚烧开的锅似的，被楚楚盯着，一句话也说不出来，索性伸手把楚楚拉进了怀里，一边脸抵在她侧颈上，不被她看着了，也不看着她了，总算说出句话来："对不起。"

贴在萧瑾瑜发烫的怀里，听见萧瑾瑜微哑的声音里带着一点轻颤，楚楚忙道："你别害怕，我吓唬你的！"

"楚楚，以后我再说那样的醉话，不必理我。"

楚楚一愣，很是认真地问："哪样的？"

"就是、就是让你亲我。"

楚楚感觉挨在她一边脖子上的那张脸又热了一重，笑着搂住萧瑾瑜的腰，低头隔着衣服在他肩膀上亲了一下："不要紧，我愿意亲你，亲多少遍都行！"

萧瑾瑜羞得快要去撞墙了，楚楚才挣开他的怀抱，拿来药膏、绷带，仔细地给他往手上涂药。

药膏涂在手上一阵清凉，慢慢把萧瑾瑜烧煳了的心神定了下来，看着自己手上陌生的伤口，萧瑾瑜轻皱眉头："楚楚，你记不记得，我这是怎么伤到的？"

"你不记得啦？这是你昨天晚上爬出去找我的时候在地上磨破的呀。"

爬出去？昨晚还干了些什么啊！

楚楚捧着萧瑾瑜的手，手指尖儿沾着药膏轻轻柔柔地抹过那些在萧瑾瑜苍白皮肤上显得格外扎眼的伤口："要不是你爬这一回，我都想不明白那些尸体到底是怎么个怪法呢！"

萧瑾瑜一怔："尸体？"

楚楚一边继续温柔地涂着药膏，一边清清脆脆地道："嗯。我昨天拼尸体的时候就发现啦，那些还比较新的尸体里，有一大半是手心里也有这样的伤的，有的比你的重，有的比你的轻，我想不明白为什么，我爹和我哥也弄不明白。我昨天晚上给你涂药的时候才想起来，没准儿他们跟你一样，也是从地上爬的时候弄的。我就叫上我哥一块儿到衙门停尸房剖验了几具，结果还真是，他们的第一节和第二节腰骨中间都断了，别说不能走路，连坐都坐不起来，你说怪不？"

萧瑾瑜本来还因为她这联想的理由脸色黑了一些，听到这儿不禁眉心微蹙："全是这样？"

"我和我哥一个人验了三个，都是。"楚楚涂好了药，一边小心地裹上绷带一边道："我拿来给我爹和我爷爷看了，他们都说那肯定是给什么钝物砸断的，劲儿使得巧，皮肉上不留啥印子，骨头也好好的，就只在骨节那断开了。"楚楚说着补了一句，"我想起跟景大哥说来着，可他不在。"

还好不在，这要是让景翊知道她为什么大过年的突然跑去验尸，他这辈子干脆就不要回京城了。

"他回家过年了，过两天回来。"

"好。"

楚楚把他的手包好，凑到嘴边轻轻亲了一下才给他塞进被窝里，端起粥碗来喂他喝粥。

没喝几口，萧瑾瑜胃里突然一阵抽痛，趴在床边吐了起来，直到把胃里的东西全吐空了还在干呕，疼得冷汗顺着两颊直往下淌，楚楚扶着他发抖的身子，吓得脸色煞白："王爷，你怎么了？是不是水不干净，尸毒又犯了？我去找爷爷来！"

萧瑾瑜忙抓住她的胳膊，勉力摇摇头，待呕吐勉强止住了，呼吸平稳了些，才虚弱不堪地道："胃病，不要紧……"

楚楚倒了杯温水给他漱口，小心地扶他躺下来，熟门熟路地到那口大药箱里翻出治胃病的药来喂他服下，一只手给他擦拭额头上的冷汗，另一只手伸进被子里，摸索到胃的大致地方，给他慢慢地揉着暖着。

"没事，一会儿就好了。"

"我给你揉揉，能舒服一点儿。"

"忙了一晚了，歇歇吧。"

"不累。"

楚楚一直揉到他身子不发抖了，有力气抬起手来把她搂进了怀里。

"楚楚，我真的说过要正月初九娶你？"

楚楚在他怀里点头，不忘赶紧补了一句："年关里不能骗人！"

"嗯，不骗人，就正月初九。"

"那……"楚楚抿抿嘴唇，抬起头来看他，"皇上的圣旨可怎么办呀？"

萧瑾瑜轻笑着拍她："你还知道有圣旨啊？"

楚楚一下子紧紧抱住他，生怕萧瑾瑜生气，急道："我就想早点儿嫁给你！"

"那就别管圣旨了。"

楚楚抬起头来，看着微微带笑的萧瑾瑜："真的？"

"有我呢，怕什么。"

"王爷，你真好！"

萧瑾瑜轻轻抚着楚楚的头发："有关这件案子的事，再查到什么，直接告诉我吧。"

楚楚眨着亮亮的眼睛看他："这个案子不是景大哥来办吗？"

萧瑾瑜微微点头："我来查，让他审。"

"为什么呀？"

萧瑾瑜清浅苦笑："让他查，初九前哪能结案？"

让这一家子作作脑子里都惦记着十来具碎尸的时候为他们操办婚事，他想都不敢想。

楚楚笑得甜甜的："这样好！我还没见过景大哥升堂审案呢！"

"我也没见过。"

"真的？"

"嗯。"

"那到时候咱俩一块儿看去！"

"好，楚楚，我昨晚还说了什么？"

"可多啦。"

"嗯？"

"我不告诉你！"

初二一早，萧瑾瑜把酒劲儿醒得差不多了，跟楚家人说去探个故交，便带着楚楚出门了。

"王爷，这回是看谁呀？"

"还是我那个侄子，萧玦。"

楚楚忽然紧张起来，抿抿嘴唇："王爷，我掀了他的棋盘，他不生气吧？"

据侍卫报，萧玦这些日子再没碰过棋子。萧玦早对那盘残局烂熟于心，他若还惦记着，不可能摆不起来。那就只有一个解释，这丫头或许真的鬼使神差地解了他这个结。

"不会。"

"那他的脾气也挺好的。"

"他一向脾气很好。"

楚楚一下马车就看见上回被侍卫撞开的那两扇破木门还躺在地上，院门口还是一堆枯枝败叶，里面一片死寂。

楚楚拉拉萧瑾瑜的袖子，小声地道："王爷，你会给他压岁钱吧？"

"嗯？"

楚楚指指地上的破木门："过年了，他都没钱修院门。"

萧瑾瑜轻蹙眉头看了一眼，还没来得及说话，田管家就闻声迎了出来，一脸又惊又喜："安王爷，您来了！"

萧瑾瑜声音微沉："门是怎么回事，还真等我来给他修吗？"

田管家忙摆手："不敢不敢！是我家王爷吩咐，不让修。"

萧瑾瑜眉梢微挑："为什么？"

"这老奴哪敢问啊。"

"他人呢？"

田管家张了张嘴，犹豫了一下，叹了口气，道："屋里呢，您快去看看，劝劝吧。一直那样，谁受得了啊。"

一直哪样？

萧瑾瑜轻蹙眉头，侍卫没再报什么异常，能有什么事？

进到楼里，推开萧玦的房门，萧瑾瑜一眼看过去立马明白了。

萧玦的卧房是推门见床的，门这么一开，正看见萧玦一丝不挂地躺在一张铺着殷红床单的大床上，一名女子只穿了件肚兜，跨坐在他身上。

难怪侍卫没再报异常，居然折腾到这会儿了。

门突然大开，女子吓了一跳，慌张地丢下萧玦，扯起被子只管把自己的身子裹了起来，尖声问道："你们是什么人？"

躺在床上的萧玦慵懒地转了下头，毫不在意自己枯骨一般的身体晾在众人的目光下，漫不经心地道："七叔，有失远迎了。"

女子花容失色，裹着被子就跪在床上直磕头："七王爷千岁！"

萧瑾瑜脸色沉得吓人："出去。"

"是，是。"

女子连鞋也没来得及穿，裹着被子就从卧房后门跑了出去。

楚楚看得呆在原地，直到萧瑾瑜都进去拉开床上的另一床被子把萧玦一片冰凉的身子盖起来了，楚楚这才回过神来，赶忙跑到萧瑾瑜身边。

萧瑾瑜阴沉着脸色看着萧玦："这女人是谁？"

萧玦勾起嘴角，探出舌尖轻轻舔了一下血色浅淡的嘴唇："侍妾绣娘，美吧？"

萧瑾瑜深深吐了口气，沉声缓缓地道："你这些日子，身子可好些了？"

"好不好……"萧玦冷笑，盯着萧瑾瑜的腿，一字一句地道，"七叔，你就是比我废得轻么一点点，也不过一样是个残废，轮不到你可怜我。"

楚楚原本是在小心翼翼地看着萧玦的。上回见他的时候，他是靠在榻上的，裹着狐裘一动不动地盯着棋盘，楚楚根本没留意他的身子。刚才门一开，乍一看到这个人完整的身体，发现这个人的骨架长得格外好看，修长匀称又挺拔饱满，但因为太久不动，腰骨往下的皮肉萎缩得厉害，连累上半个身子也枯瘦得触目惊心，整个身子就只剩下了这一副好看的骨架，被惨白单薄的皮肉包裹着，像张一戳就透的白纱似的。

楚楚有种很奇怪的感觉，就好像眼前这个人的上半个身子还在挣扎着吃力地活着，下半个身子早已经是具散发着腐气的尸体了。

死人的身子楚楚见得多了，可这样的活死人她还是头一回见，直把她看得全身凉飕飕的，汗毛竖了一片，凑在萧瑾瑜轮椅后面小心地看着他，一声不吭。

突然听见这活死人嘴里冒出这么一句话，楚楚心里像是被狠掐了一把似的，疼得一下子醒过神来，一步蹿了出来，站到萧瑾瑜身边怒气冲冲地瞪向萧玦："他才不跟你一样呢！"

萧瑾瑜脸色没什么变化，只把眉心沉下来，张手把楚楚往后拦了一拦。

萧玦一抹冷笑挂在瘦得凹陷的脸上，幽深的目光玩味地看着楚楚："哪儿不一样？你还没碰过他吧,你知道他身上的风湿有多重吗?早晚有一天,他还不如我。"

"你胡说!"楚楚又气又急,小脸憋得通红,"他好着呢!比你好,比你好多了!"

萧瑾瑜没来得及开口,萧玦笑意又深了一重:"好?他要不是王爷,要不是大权在握,他哪里还好?"

"他就是好!怎么样都好!"

萧玦笑出声来,笑得身子发颤:"怎么都好?好,我告诉你,嫁个瘫子最好了。随你怎么摆弄,爱干什么干什么。你还没试过吧?不难,就像你刚才看见那样,快试试啊,不懂的地方也好让绣娘教教你。"

"萧玦!"

楚楚本来气得差点儿要去捂萧玦的嘴,突然被萧瑾瑜这一声厉斥吓了一跳,赶忙转头看他,只见萧瑾瑜脸色煞白,手紧抓着轮椅扶手,握得指节发响,目光冷厉如刀地盯着笑得喘不过气来的萧玦。

"王爷……"

萧瑾瑜盯着他看了好一阵子,萧玦喘得胸膛起起伏伏的,还趁着喘息的间隙往外挤着刺耳的笑声。

"我不会再来,你好自为之。"

出了院子上到马车里,萧玦那像哭一样的笑声才彻底散干净。

天阴沉得很,可再沉也没沉过萧瑾瑜的脸色。

侍卫把萧瑾瑜搀到竹榻上躺下来,马车刚动,楚楚就趴到榻边,拉起萧瑾瑜冰凉的手,小心翼翼地看着他:"王爷,你别生气。"

萧瑾瑜勉强苦笑,抬起另一只手在她手背上轻轻拍了拍:"对不起,让你受委屈了。"

楚楚抿抿嘴唇,像下了什么决心似的:"王爷,我能帮你出气。"

萧瑾瑜一怔,一时没反应过来:"出气?"

楚楚点点头:"要是山洞里的那些人是吴郡王杀的,或者是别人帮他杀的,你就能像在上元县杀季县令那样杀了他吧?"

萧瑾瑜微惊。

这不是她第一次说杀人的话,可先前说这样的话的时候,她都是一副嫉恶如仇的模样,一听就是随口说说解恨的,这回却说得平平静静,很是认真。

萧瑾瑜半坐起身子,眉心微沉:"楚楚,你查到什么了?"

楚楚眨了眨眼睛,看起来越发认真了:"你先说,你杀不杀他?"

"宗亲犯法,罪加一等。若真是他干的,我决不会姑息。"

楚楚这才放心地道:"他刚才被那个女人抱着的时候我看出来了,他是腰骨断了,就是在第一节和第二节的地方,正好跟那些尸体断得一样,你说巧不巧?"

萧瑾瑜眉心紧了紧。

他知道萧玦的腰骨断了，那是三年前被判谋反当天打脊杖打的，不知执杖差役得了谁的授意，在萧玦腰上一处连着狠打了几下，活生生打折了腰骨，废了他半个身子。

那会儿正赶上萧瑾瑜被害，中尸毒昏迷，等萧瑾瑜醒过来的时候，他已在天牢里躺了大半个月，再有几天就要问斩了。

本来皇上为这案子烦得挠墙皮，严禁任何人为萧玦说项，可萧瑾瑜赶进宫的时候还虚弱得连句囫囵话都说不出来，把皇上着实吓得不轻，忙不迭地就答应让他再查一遍了。

案子是薛太师会同三法司一起办的，证据确凿程序严谨，萧瑾瑜花了将近一年的时间才找出漏洞帮他翻了案，其间没见萧玦一面，案子一翻萧玦就离京了。所以萧玦到底是伤在哪块腰骨上的，萧瑾瑜先前还真不知道。

"楚楚，一会儿你先回家。景翊回来了，我去衙门找他谈点事。"

"我陪你去。"

"不用，我谈完就回。"

"那你早点儿回来。"

"嗯。"

年初二，按着萧瑾瑜的吩咐，衙门里的人还都在放假，萧瑾瑜到的时候，整个衙门里除了少数几个看门扫院子的仆婢，就只有一大早从京城回来的景翊了。

景翊把萧瑾瑜带到后衙的一间客房，指着屋里书案边的一口箱子，颇得意地轻勾着嘴角："吴郡王案有关的案卷记录全在这儿了，保证只多不少。"

萧瑾瑜过去掀开箱子，看着里面摞得齐齐满满的案卷，微微点了下头，伸手拿出一叠细细翻着。

景翊抱手站在一边，盯着萧瑾瑜的侧脸看了一阵，皱起眉头："你脸色怎么难看成这样啊，生病了还是生气了？"

"生气，"萧瑾瑜头也不抬地浅浅一叹，"差点儿被萧玦气死。"

景翊一愣："萧玦气你？别逗了！他可是黏着你长大的，谁敢气你他都得跟谁急啊！"

萧瑾瑜没说话。

景翊说的是事实，但他方才在吴郡王府听见的也没有假。

景翊看着那口箱子苦笑："光看三年前你刚出事那会儿，他能把两万大军往岭南一撂就跑回来看你，皇上气得连降他三级都没把他赶回去，我还以为他早晚得把吴江的活儿抢了呢。"

就是因为急着赶来看他，萧玦擅自离开驻地返京，匆忙中给了有心之人绝佳的时机，不声不响地就栽进了那么一个严谨又巧妙的布局里，险些丢了性命。

萧瑾瑜无声轻叹，向景翊扬了扬手里的卷宗："所以我得弄清楚，他到底为什么气我。"

"成，你慢慢看，我得找个有点儿人气儿的地方睡觉去了。"

"等等。"萧瑾瑜叫住景翊，从怀里拿出一个薄薄的折子本，"立即把这个送回京，务必面呈皇上。"

景翊刚看见折子本的封皮就惊了一下，这种式样封皮的折子一年都出现不了几本，二品以下的官员连往这样的折子本上写个字都是要掉脑袋的。景翊忙问道："又出什么事儿了？"

"大事。你速去速回，这里的案子我会查明，但还需你来升堂。"

"你放心。"

屋外下着细密的冷雨，天阴得像烧煳的锅底似的，萧瑾瑜点着一盏灯，坐在书案后一页页翻看那一箱子的案卷。

这些案卷三年前都看过，他还记得很清楚，可还是边看边随手记下些字句，从中午一直看到夜深。

屋里本就不暖，外面又是个正月里的阴雨天，僵坐得久了，萧瑾瑜风湿犯得厉害起来，不得不捧着纸页靠在椅背上看，目光扫见一行字，勉强立起脊背捉笔想要写下来。手刚握住笔，笔尖还没点在纸上，手腕突然一阵刺痛，手指一松，笔就掉了下去，一下子在纸上、手上、衣摆上画下一道连贯的墨迹，最后"啪嗒"一声掉到地面上。

萧瑾瑜无声苦笑，三年前身子最为不济的时候，也不过如此吧。

萧瑾瑜弯腰想把笔拾起来，哪知刚弯下一个浅浅的弧度，整个脊背就蹿过一阵强烈的疼痛，疼得身子一颤，拿在手里的案卷顿时散了一地，眼前一黑就往前栽了下去。

"王爷！"

萧瑾瑜刚往前一栽，身子就一下子被一个柔软的力量扶住，半扶半抱地送回椅背上靠好。

萧瑾瑜微愕地看着不知道什么时候从哪儿冒出来的楚楚："怎么到这儿来了？"

楚楚麻利地捡起笔，敛起案卷，齐齐地摆到桌上，蹲到他身前隔着衣服小心地抚着他的膝盖道："你这么晚还没回家，天下雨了，爷爷说你的风湿肯定要犯，我就拿药酒来给你揉揉。"说完像是怕萧瑾瑜赶她走似的，赶紧补了一句，"我给你揉了药酒就走，不耽误你办正事。"

萧瑾瑜心里微热，整个冰冷发僵的身体好像也跟着有了点暖意，疲倦一下子全涌了上来，眼皮都有些发沉了："好……"

楚楚把他搀到里屋的床上，给他脱了衣服，从后颈开始不轻不重地揉着。

萧瑾瑜静静俯卧着，在楚楚揉到他肩胛骨的时候轻轻唤了她一声："楚楚……"

"哎。"

"萧玦说那样的话，你不要太往心里去。"

"那个人是疯子，说的全是疯话，我才不听他瞎说呢！"

萧瑾瑜沉默了一阵子才道："奏请皇上改婚期的折子已经让景翊送去京里了。"

"好！"

"只要没拜堂，你随时可以反悔。"

"我现在就后悔啦。"

萧瑾瑜的身子明显僵了一下，被楚楚揉抚着的脊背顿时绷紧起来："你、你后悔了？"

"嗯，我那天要是跟皇上说，让你马上娶我就好啦！"

楚楚认真地揉过萧瑾瑜身上每一个受着疼痛折磨的关节，等到楚楚仔细地揉过他微微红肿的脚踝，萧瑾瑜已经昏昏沉沉地睡着了，连帮他穿上衣服和盖上被子都没把他弄醒。

从上元县出来以后，还是头一回见萧瑾瑜累成这样，睡得这么沉还皱着眉头，苍白的脸上满是疲倦，连呼吸都是时急时慢的，好像在睡梦里还想着什么很重大的事情。

他办的案子比童先生讲的那些神捕们办的案子都大，他办公事或者想事情的时候楚楚决不敢去打扰他，哪怕他是在睡梦里想事情，楚楚也生怕惊了他，不敢像往常那样凑到他怀里，就只小心翼翼地躺到他身边，捏着他的衣袖睡着了。

睡得正迷迷糊糊的时候，捏在手里的衣袖突然一动，指间一空，虽然动得很轻，楚楚还是一下子睁开了眼睛，朦朦胧胧地看见萧瑾瑜已经从床上坐起来了，赶忙一骨碌爬起来，揉了揉眼睛。

"王爷，怎么了？"

她眼皮明明沉得抬不起来，却还努力睁着，模样可爱得很，看在萧瑾瑜眼里却是一阵心疼。他根本不想惊醒她，可没料到这么晚了她还睡得这么浅。

萧瑾瑜扶着她的肩膀放她躺回去，给她拉好被子，拂开垂到她额前的碎发，在她额头上落下一个吻，轻轻拍着她的身子："我有点事要做，睡吧，我就在外面。"

"唔，外面冷，你多穿点，别生病。"

"好。"

被萧瑾瑜轻抚着，楚楚很快就睡熟了，不知道睡了多久，睡梦里翻身想窝进那个熟悉的怀里，扑了个空，一下子就醒了。

屋里的灯已经熄了，能清楚地看到一道昏黄的光亮从门缝底下透进来。

天都蒙蒙亮了，他还在外面？这么久，外面的炭火要烧光了吧？要是着凉，又得大病一场了。

楚楚这么想着，一点儿睡意都没了，麻利地从床上爬起来穿好衣服，一走出去就看到萧瑾瑜坐在外间那张书案后面，微蹙着眉头，专注而迅速地看着手里的纸页，看完一小沓就搽到手边，已经搽了高高的三叠了。

那个放在他近旁的炭盆里没有一点儿火星，看样子早就已经冷透了。

楚楚抱着一床被子轻手轻脚地走过去，蹲下来裹到萧瑾瑜的腿上，萧瑾瑜全神看着手里的案卷，直到楚楚把被子围上来，他才惊觉楚楚的存在。

楚楚一直把被子裹到他的腋下，把他裹成了个粽子，又抓起他冰凉的手揣进自己怀里暖着："爷爷说了，你不能受凉，你怎么就是不听话呀！"

萧瑾瑜脸上微微泛红："对不起。"

楚楚腾出一只手，心疼地摸上他熬得发青的眼底："你得睡觉了。"

萧瑾瑜浅浅苦笑，把手轻轻地从她怀里挣出来，拍了拍放在他轮椅另一侧的那口箱子："我得把这些看完，时辰还早，你再去睡会儿吧。"

"还有一半呢，得看到什么时候呀？"

楚楚一急，向他摊在桌上正在看的那页纸上扫了一眼，刚巧扫见了一个熟悉的名字，一愣。

"王爷，这个萧玦，就是吴郡王吧？"

萧瑾瑜也不避她，轻轻点头。

"那这一箱子，都是说他的？"

萧瑾瑜又点了点头。

楚楚看着那张用标准卷宗格式写得密密麻麻的纸页，咬了咬嘴唇，狠狠地道："他肯定以前就干了可多坏事儿了，王爷，你这回一定得重重罚他，判他个大罪，让他到阎王爷那儿胡说八道去！"

萧瑾瑜觉得像是被刺了一下似的，身子微微一颤，轻蹙眉头，伸手把楚楚揽到了身边："楚楚，他以前从没干过坏事。"

萧瑾瑜说得格外严肃郑重，光是那沉沉的语调就让人不由自主地想要相信他，这要是搁到别的事儿上，楚楚兴许立马就点头了，可这会儿楚楚还是犹豫了一下，盯着桌上的纸页扁了扁嘴："那怎么有这么多卷宗是说他的呀？"

"他是被人陷害的。"

楚楚一下子睁大了眼睛："陷害？"

萧瑾瑜轻轻点头，喉结微颤了一下，声音又沉了一些："他原来是个很厉害的将军，当朝最年轻的将军，每战必捷。后来被人陷害入了狱，我替他翻了案，但已经很迟了，害他成了现在这样子。"

楚楚小心地看着脸色发白的萧瑾瑜："那他是因为怪你救他救晚了，才对你那样说话？"

"他从不对我那样说话。"

"可他就是说了，咱俩都听见了！"

萧瑾瑜轻抚着楚楚的腰背，牵起一丝苦笑："所以我在查原因。"

楚楚拧起眉头，看着强打精神还是满脸疲惫的萧瑾瑜："王爷，你跟他特别亲吗？"

萧瑾瑜认真地点头。

"那他要是凶手的话，你怎么办呀？"

"依法严办。"

楚楚一下子笑了："我就知道你是个好官！"

萧瑾瑜轻轻苦笑，浅浅叹气，把一片僵麻的脊背轻轻靠到椅背上，缓缓阖上眼睛。

若真是萧玦干的，他倒宁愿自己当的不是个管刑狱的官。

自从给萧玦洗冤之后，他已经很久没被一个案子折磨得这样心力交瘁了。

这里每一页案卷的内容其实都一直牢牢记在他的脑子里，可他就是生怕忽略了什么，弄错了什么，宁可从头到尾再看上一遍。

而一看到这些，当年的后悔、自责、痛心就再一次把他勒得紧紧的，累得筋疲力尽，却没法入睡。

他很清楚再照着这个牛角尖钻下去会有什么后果。

"楚楚。"

"嗯？"

"跟我说说那些尸体吧。"

"现在？"

"嗯。"

"我不告诉你。"

萧瑾瑜没想到等来这么一句话，噎了一下，皱着眉头睁开眼睛："为什么？"

楚楚一脸认真地看着他："你得答应我一个条件。"

"什么条件？"

"你去床上躺着，我就告诉你。"

"我要是不答应呢？"

"那我就让我哥和我爹都不告诉你！"

萧瑾瑜更衣躺到床上，楚楚钻进他的怀里，抱着他的腰在他胸口心满意足地蹭了两下，萧瑾瑜一片冰凉的身子都要被她蹭热了："说吧。"

"你还没亲我呢。"

"等你说完。"

"那你再抱紧点儿。"

等到萧瑾瑜把她抱得不能再紧了，楚楚这才道："死的那些人有十多个，全都是男的，都是死了以后被人用一种很钝的带刃利器把胳膊、腿和脑袋割下来的，就是从这地方割的。"

楚楚说着就把原本抱在他腰上的手滑到了他的腹股沟上比画起来，这个部位萧瑾瑜还是能感觉到的，慌忙把她的手捉住，脸色微黑："他们都是什么时候死的？"

"都是在这一两年内死的，最早的有一年多，最晚的也就十来天前，反正那个凶手这一两年一直挺忙的，就没咋停过。"

"可查到死因了？"

"查是查着了，但是这些人不全是一个死法。"

"嗯？"

"有的是饿死的，有的是冻死的，还有些是病死的，肺病、胃病什么病都有，"萧瑾瑜手上一松，楚楚的手就挣了出来，在萧瑾瑜腹间打圈圈地揉着，"比你身上的病还齐全呢。"

萧瑾瑜没那么些多余的力气抓她，只得由她像验尸似的在自己身上四处乱摸，一面还得满脸正色道："他们的腰骨都是断的？"

"那倒不是，我问我爹了，他说就只有近半年的这些还没彻底腐烂的尸体是断了腰骨的，再往前的那些就不是了。"楚楚把手塞到他的背后，一节一节地摸过他的脊骨，"我爷爷说了，人的脊梁骨最金贵，断了就是断了，没法治，再好的大夫也不行。"

萧瑾瑜轻轻点头："还有别的吗？"

楚楚想了想："还有一样，我就是觉得怪，还没想明白是啥。"

"你说。"

"就在那些还算完好的尸块上，老是能看见一种擦伤，像是来来回回磨蹭好多下弄的，那些擦伤还都是十字花形的。"

萧瑾瑜微怔："十字花？"

楚楚点头，抓起他的手，用手指在他手心里画了短短的两道："就像这样的。"

萧瑾瑜若有所思地轻轻点头："还有什么要说的吗？"

"有。"楚楚抿抿嘴唇，秀气的眉头拧了个结："王爷，我又觉得……这不像是咱侄子干的了。"

萧瑾瑜一时没转过弯儿来："咱侄子？"

"我爹都是你爹了，你侄子不也是我侄子了吗？"

道理是这个道理，可萧瑾瑜怎么琢磨这句话都觉得好像被她占了什么便宜似的。

"他肯定砍不动也搬不动那些人。推断本来就不是件作该干的事儿，王爷，我以后要是再瞎推断，你就打我屁股！"

萧瑾瑜轻笑："你不生他的气了？"

"当然生气啦！不管他想干什么也不能那样说你。"楚楚像抱着一件唯恐被人抢走的宝贝一样紧紧抱着萧瑾瑜，"你就是好，哪儿都好，怎么都好！"

萧瑾瑜在她后脑勺上拍了两下："别总说这样的话，让人听了要笑话的。"

"谁爱笑谁笑去！你就是好，就是好，就是好。"

"好，好……"萧瑾瑜微颔首看着那个埋在他胸口的小脑袋，"楚楚，我要是有一天像萧玦那样，躺在床上动不了了，你怎么办？"

楚楚听得一个激灵，慌得抬起头来看他："王爷，你怎么了？"

"没怎么。"

楚楚急得快哭了："你是不是又生了什么病没告诉我呀？"

"真的没有。就是问问你，知不知道该怎么办？"

楚楚紧紧地贴在他怀里："我天天都陪着你，我一定会好好照顾你，不像那个绣娘那样。"

"傻丫头……"萧瑾瑜伸手捧起她的脸，手指细细地勾勒她清秀的眉眼，满目疼惜，"要真有那么一天，你就回家来，跟家里人好好过日子。"

"不——"

楚楚一个字还没说全，就被萧瑾瑜微凉的嘴唇堵上了。

既害怕又委屈，还不能说话，被萧瑾瑜吻着，楚楚忍不住掉下眼泪来。

萧瑾瑜不得不停下来："别哭，我只是随口一说。"

楚楚一下子哭出声来："我不嫁给你了！"

"楚楚……"

楚楚使劲儿从萧瑾瑜怀里挣开："你娶别人去吧！"

"对不起，我错了，我不好。"

听着萧瑾瑜一连串的道歉，一直看到他慌得脸都红透了，楚楚才抹了把眼泪，嘟起小嘴，心满意足地道："我就是随口一说。"

第五章

突然被楚楚这么折腾一下,萧瑾瑜额头上都渗出了细密的汗珠,心脏乱七八糟地跳了好一阵子,楚楚挂着泪痕瞪着他要求他睡觉的时候,他一句话也不敢多说,立马老实躺好闭上了眼睛。

这么一闹,心里一松,浓烈的倦意席卷而来,居然眼睛一闭就沉沉睡着了。

这一觉萧瑾瑜睡得很沉很踏实,只隐约记得那软绵绵暖融融的身子曾想从他怀里溜出去,被他在迷迷糊糊中伸手圈了回来。

再醒来,不是因为睡饱了,而是外屋房门被敲得震天响,门外的人像被烧着屁股一样火急火燎地大喊:"景大人出事了!出事了景大人!"

楚楚早就睡醒了,只是被萧瑾瑜紧搂在怀里不松手,就一直陪他躺着,突然听见这样的动静,赶紧推萧瑾瑜:"王爷,景大哥出事啦!"

萧瑾瑜实在懒得睁眼:"不会……"

昨晚上刚传书交代他去办另一件事,最快也得两三天才能回来,出事儿也出不到这儿。

门外继续喊:"景大人出事了!"

楚楚一骨碌爬起来,一边匆忙往身上套衣服,一边急道:"是郑县令,肯定出事了!"

萧瑾瑜皱皱眉头,不大情愿地睁开眼睛:"郑县令?"

"是郑县令的声音,我认得!"

楚楚胡乱套起外衣就跳下床去,奔到外间门口,突然一开屋门,原本一边敲门一边急得趴在门上听动静的郑有德一下子重心不稳,往前一栽直接滚了进来,脑袋不偏不斜地正撞上摆在屋子正中央的青花大鱼缸,只听"当"的一声响。

"哎哟我的观音娘娘哎……"

楚楚赶紧过去想把眼冒金星的郑有德搀起来,奈何郑有德正晕乎着,那分量也不是

· 232 ·

她能搀得动的，楚楚干脆蹲下跟他说话："郑县令，景大哥怎么了？"

"我哪知道……"郑有德揉着被撞得天旋地转的脑袋，好半天才想起来哪儿不对，捂着脑袋瞪大了眼睛看着头发散乱、衣冠不整的楚楚，"楚丫头，你咋在这儿啊？"

"我昨天晚上来得晚了，就没走，住这儿啦。"

郑有德愣愣地看着楚楚，这可是他专门为景翙安排的客房，景翙还说了，别随便让人进来，之后他就亲眼看见入住头一天晚上景翙带回来一个打扮得花红柳绿的大姑娘。

这丫头昨晚来了就没走，不是说要嫁人了吗？

"郑县令，你快说，到底出啥事儿了呀？"

郑有德还在努力用自己晕得发疼的脑袋搞清现状，就听见一边儿传来一个平平静静的声音："哪个景大人出事了？"

声音清冷中带着浅浅的愠色，一听就不是景翙的动静，郑有德"唰"地一转头，转得太快了，忘了自己正倚着鱼缸坐着，一边脸"咚"一声又跟鱼缸撞了个结结实实，大半个脸都撞麻了，耳朵里面一阵嗡嗡作响，脑袋更晕乎了。

天旋地转中看见一个白衣人不远不近地端坐着，勉强看清是个男人的轮廓，还是个很好看的男人，只不过是坐在轮椅上的。

楚楚见萧瑾瑜出来，赶紧站起来凑到他身边去了。

郑有德抱着脑袋叹气，光女的不够还有男的，这景大人果然是京城大官儿。

"你俩快请景大人出来啊！"

萧瑾瑜眉梢微扬："景大人不是出事了吗？"

"放屁！"

郑有德一急，扒着鱼缸就要站起来，猛一起身脑袋晕得厉害，两只手撑着整个身子的重量一下子全压在了鱼缸的一侧，鱼缸没受得住，重心一斜，压着郑有德就倒了下来，大半缸水泼过郑有德的上半身，在地上漫延开来。

萧瑾瑜的心本来提了一下，看见缸里泼出来的只有水没有鱼之后，稳稳当当地又落回去了。

郑有德被砸得生疼，还被浇了一身凉水，沉重的鱼缸还压在身上动不了，气急败坏地叫："你俩傻愣着干吗？过来帮忙啊！"

楚楚刚想跑过去，脚都没抬就反悔了，偎在萧瑾瑜身边眨着水灵灵的眼睛看着郑有德。

谁让他骂王爷来着，该！

圆形的鱼缸压在郑有德圆形的身子上，起是起不来，搬也搬不动，索性就地左右晃肚子，企图把鱼缸从身上晃下来。

主簿带着几个衙差闻声赶来的时候，看见他们的县令大老爷全身湿透地躺在地上，怀里抱着个硕大的鱼缸努力地左右晃着，旁边楚丫头挨在一个坐着轮椅的白衣男人身边，

· 233 ·

俩人正看得兴致盎然。

主簿一时摸不清情况，张手把衙差们拦在门外，自己小心地走进来，凑到郑有德身边小声道："大人，学生愚钝，您这是在干什么啊？"

鱼缸又大又厚实，郑有德快累昏过去了，喘着粗气瞪向主簿那张又尖又白的书生脸："你身上压着个鱼缸能干什么！"

主簿被骂得一哆嗦，慌地招手把衙差叫进来，衙差手忙脚乱地把鱼缸搬开，主簿一边费劲儿地搀起水淋淋的郑有德，一边满脸虔诚地念着："年年有鱼，碎碎平安……"

楚楚看着疼得龇牙咧嘴的郑有德，忍不住嘟囔了一句："鱼缸没碎呢。"

"老子骨头碎了！"

"哦……"

主簿身形瘦长，跟郑有德站在一块儿活像一张大饼边上配着一根油条。

萧瑾瑜轻皱眉头，昨天一天就吃了一顿早饭，果然是饿了。

"要是没什么要紧的，我们该用早饭了。"

郑有德攀着主簿瘦削的肩膀，愣是把主簿竹竿一样的身板压出了不堪重负的声响，一张脸又黑又湿，睁圆了眼睛瞪着一脸浅笑的萧瑾瑜："你是哪儿来的？"

萧瑾瑜不急不慢地道："京城。"

郑有德一愣："你是那个卖茶叶的？"

"你要茶叶吗？"

郑有德身子一抖，差点儿连带主簿一块儿栽了下去。

这会儿满屋子人就只有楚楚还惦记着正事儿了："郑县令，景大哥到底有啥事儿啊？"

"景大人没事儿，本官找景大人有事儿！"

萧瑾瑜还是淡然地看着他："什么事？"

郑有德的鼻子都要被这人气歪了，也不管什么京城大老板了："这是衙门里的事儿，是公务，是你一个草民能问的吗？"

萧瑾瑜浅笑着把楚楚揽到身边："我是替她问问。若她也问不得，我们这就吃饭去，不在这儿碍事了。"说着还抬手拢了下楚楚乱七八糟的头发："饿了吧？"

抢在楚楚点头之前，郑有德急道："不行！楚丫头不能走！"

楚楚扁扁嘴，王爷这么一说，她还真饿了："为啥呀？"

"你爹和你哥都忙着，你得留下，验个……不是，验块儿尸！"

楚楚一下子睁圆了眼睛："又有新尸体了？"

"我哪知道是新的还是旧的。"

楚楚一时间连肚子饿都忘了："在哪儿呢？我这就看去！"

"衙门，衙门后院东墙根底下。"

楚楚一愣："那不是厨房吗？"

"不是，厨房北边的猪圈里。"

楚楚皱起眉头来："停尸房满了也不能放到猪圈里呀！"

郑有德满脸漆黑："你这话跟那个抛尸的说去啊！"

萧瑾瑜这才微微蹙起眉来："尸体是被人扔到衙门猪圈里的？"

"不然呢？那俩老母猪自己叼来的吗？"

再出现尸体萧瑾瑜倒是不意外，那人连着杀人杀了一两年，要么是嗜杀成瘾，要么就是为了什么重要目的，不管是其中哪一样，都不会因为弃尸地暴露就停下不干了。

听侍卫描述，那座凤凰山虽然不高，但毒蛇、毒虫颇多，那山洞还是在半山腰上，有功夫的人攀上去都要费点儿力气，何况还要带着尸体。

这人能选这样麻烦的地方抛尸，还一抛就是一两年，肯定有他的理由。要么是别无选择，要么就是最佳选择。

所以他让一个侍卫盯紧吴郡王府的同时，也让另一个侍卫去盯紧了山洞。

山洞那边一直没有任何异动，居然是抛到县衙来了，还抛到了猪圈里。

萧瑾瑜还在想着，楚楚已经迅速拢好了头发整好了衣服，精神满满地对郑有德道："我这就去！"

萧瑾瑜道："我跟你一起去。"

郑有德还没来得及张嘴，楚楚已经把他的话说出来了："不行！你不能去！"

萧瑾瑜伸手搂在她腰上："不要紧，我只在一边看看。"

"那也不行！"

"我想看你验尸。"

王爷这话说得特别温柔，听得楚楚脸都泛红了："那……"

郑有德一听楚楚的动静软了，赶紧道："那也不行！"

楚楚嘴一噘："那我不验了！"

萧瑾瑜轻勾嘴角："也好，咱们吃饭去。"

"好！"

"等会儿！"郑有德黑着脸咬着牙，"去！都去！"

猪圈在县衙后院的东北角，楚楚推着萧瑾瑜，主簿和衙差一边儿一个地搀着衣衫湿透了、裹着被子的郑有德，楚楚和萧瑾瑜都到了，郑有德还在龇牙咧嘴地慢慢挪着。

楚楚让萧瑾瑜等在三步外，自己跑过去往猪圈里一看，"呀"地叫了一声。

"怎么了？"

楚楚还没答，就又"咦"了一声。

"楚楚……"

楚楚还没来得及转头说话，就听见郑有德的声音传来。

"你俩……你俩看够了吧？看够了验尸啊！"

郑有德还隔着七八步远就吼了起来，奈何累得喘着粗气，还冻得打着哆嗦，吼出来颤悠悠的，一点儿官威都没有。

楚楚转过身来，为难地抿抿嘴："这种尸体不归我管。"

郑有德感觉自己脑袋顶上都要冒烟了，肯定是过年拜祖宗的时候那俩新纳的小妾在边儿上瞎起哄，把祖宗给得罪了，不然怎么衙门刚开门就没一件顺心的事儿，连平时说啥都听话的楚丫头都跟他杠上了："不归你管归谁管啊？"

楚楚朝前面的厨房努了努嘴："他们管。"

萧瑾瑜和郑有德都愣了愣。

尸体……归厨房管？

萧瑾瑜忍不住推着轮椅过去，往猪圈里巴望了一眼，就看见猪圈里两头大白猪闭着眼一动不动地躺着，嘴里还淌出血来，明显是死了。

可除去这两头死猪，还真没看见郑有德说的什么一块尸体。

萧瑾瑜轻蹙眉头看着还在慢慢往这边挪的郑有德："郑县令，你确定在这里面看见的是一块人尸？"

"废话！那么老大一条胳膊呢！"

已经满头大汗的主簿忍不住添上一句："学生也亲眼所见，确是人手无疑，读书人不打诳语！"

萧瑾瑜皱着眉头重新往猪圈里细细看去，目光最后落在两头猪之间的泥沼上。

"楚楚，"萧瑾瑜抬手指过去，"看看那是什么……"

楚楚顺着萧瑾瑜的手指看过去，黑泥里露着一点儿白，像是埋着什么东西。楚楚跑到厨房外面的柴垛边上，抽了根长长的枯枝，伸进猪圈里对着那一点白拨拉了一下，污泥拨开一点，人手的轮廓就清楚一点。

"呀！还真有条手臂！"

楚楚赶紧又拨拉了几下，一条手臂完整的轮廓终于从泥沼里拨拉了出来。

郑有德好不容易挪了过来，气急败坏地凑到猪圈栏杆边："本官早跟你说了……哎？猪咋死了！这尸体谁藏泥里的？一定是凶手又来过，埋了碎尸，还杀了猪！谁干的！"

萧瑾瑜清冷地看着见鬼了似的郑有德："你刚才看见碎尸的时候，这两头猪还活着？"

"何止活着，还吭哧吭哧地满圈跑呢！"

萧瑾瑜神情又冷了一分："你也没设衙差在此处看守？"

郑有德已经觉得倒霉到家了，这会儿还被个卖茶叶的这么质问，彻底火大了："这是老子的县衙！县衙！谁敢造次？猪啊？"

"就是猪。"

郑有德一愣，楚楚也愣了一下，凑到萧瑾瑜耳边悄悄道："王爷，猪都死了。"

萧瑾瑜轻轻点头："掩埋碎尸的就是这两头猪。"

"胡扯！"郑有德忍无可忍了，"猪是县衙养的，深受本县教化，一身正气，怎么会做出帮凶的行为啊！"

萧瑾瑜轻皱眉头："你会养猪吗？"

郑有德一愣，还是答了："会啊。"

"连猪喜欢做什么都不知道，重新学吧。"

郑有德抓栏杆抓得胖手直发白："那你说猪喜欢做什么？"

"猪是不会出汗的，鼻盘最是怕干，所以频频拱动污泥温润鼻盘，以求喘息通畅。"萧瑾瑜看了一眼被楚楚挑出来的碎尸，"拱动之间，也就把碎尸掩于污泥之下了。"

楚楚听得频频点头，她从前只知道猪爱拱泥，可不知道里面还有这样的学问。

"还真是！我家的猪也爱拱泥！"

郑有德拉不下面子，却也无法反驳，臭着张大饼脸攀起主簿的肩膀，一步两晃地走过去亲自看。

楚楚凑到萧瑾瑜身边，小声道："王爷，你怎么知道这些呀？"

"书上看的。"

"你看的那些文集里面还有讲猪的呀？"

萧瑾瑜清浅苦笑："没有，是养猪的书里讲的。"

"你还看养猪的书呀？"

萧瑾瑜把声音压得小得不能再小了："爷爷不是让我学喂猪吗……"

楚楚一下子跳起来："不行！你不能再学喂猪了！"

萧瑾瑜一愣，他是不知道有多高兴能听到这句话，可习惯所迫，还是问了一句："为什么？"

"你要是掉进猪圈里被猪埋了怎么办呀！"

萧瑾瑜想过很多种死法，这种还真不在他的考虑范围内。

"好……不学了。"

郑有德看了好一阵子也没看出什么名堂来，只得又一步步挪回来，勉强板着黑脸看向同样脸色微黑的萧瑾瑜："猪拱泥就拱泥吧，怎么还能把自己拱死啊？"

萧瑾瑜眉头微微蹙着，又看了看猪圈里的两头死猪："毒死的。"

郑有德怔怔地看过去："毒？这泥里有毒？"

萧瑾瑜轻轻点头："算是吧。这人服了毒，毒血流出来混在污泥里，毒死了拱泥的猪。"

"胡扯！"堂堂县令大老爷的官威全被这个卖茶叶的搅和没了，郑有德好不容易能理直气壮地说句话，赶紧指着那条白花花的手臂瞪眼道，"这手臂白花花的，不青不黑，怎么是毒死的啊！你一个卖茶叶的，不懂别瞎说！"

237

楚楚一步站了出来："谁说中毒的肤色非得是青黑的啊，我还见过红的、黄的、绿的呢！"

她见没见过绿色的骨头没人知道，反正这会儿郑有德脸上的绿色是清晰可见的，憋了半天，郑有德终于想起来自己一大清早为什么会惹到这俩冤家了："你俩说，景大人呢？"

虽然是在衙门里发现的尸体，但搞不清是不是跟那十多具碎尸的案子一码事儿，景翊先前说了，那案子但凡有一点儿动静都要立马告诉他，否则后果自负。

景翊没说清楚是怎么个自负法，但当时那张板得一本正经的脸足以让郑有德浮想联翩了。

所以他一发现碎尸，什么都没来得及吩咐就火烧屁股地冲到景翊房门口，结果撞了脑袋、湿了身子、砸了腿脚，还惹上了这俩祖宗。

折腾一大圈，居然就是这最要紧的事儿还没办！

看着身上直打哆嗦、脸上却火急火燎的郑有德，萧瑾瑜云淡风轻地道："出去了。"

"去哪儿了啊？"

"不知道。"萧瑾瑜又扫了一眼圈里的死猪，"在他回来之前，最好把这两头猪和猪圈一起就地焚烧干净。"

郑有德又是一愣，这俩猪招他惹他了啊，死得已经够冤的了，还得连窝一块儿烧："为什么？"

萧瑾瑜静静看着被一床被子裹成了个完美球形的郑有德："你疏忽失职，致使死者尸体被牲畜凌辱，你认为景大人该治你何罪？"

郑有德脸色"唰"地煞白一片，甭管治他什么罪，挨打、罚俸、削官、罢职，一样他都受不起，郑有德立时道："来人！点柴火！"

萧瑾瑜轻勾嘴角，微微点头，看在郑有德眼里，萧瑾瑜这副神情好像就差冲他说一句孺子可教了。

郑有德脸上一阵青一阵白，咬着后槽牙愤愤地补了一句："本官要烤火！"

衙差赶忙抱来几把柴火丢进猪圈里，浇了油，萧瑾瑜看着他们把火信丢下去，才推起轮椅离开。

楚楚赶紧跟上去，帮他推着轮椅，低头凑近他耳边小声道："王爷，你为啥要郑县令烧猪圈啊？"看见萧瑾瑜嘴角微扬，楚楚语气坚定地补了一句："反正肯定不是你说的那样。"

萧瑾瑜笑意微浓，这才多少日子，她都能瞧出他的心思来了。

萧瑾瑜低声道："猪是被毒死的，猪圈临近厨房，不烧干净容易出事。"

"那你干吗不告诉郑县令啊？"

"不必费那些口舌。楚楚，带我去停尸房看看。"

楚楚一下子把萧瑾瑜的轮椅停住了："不行！"

"你放心，我不碰尸体，只看一个地方，我若看懂了，这案子兴许就结了。"

楚楚从他身后蹿出来，张手拦在他面前："那也不行！停尸房里面都堆满了，还有好些没拼完的尸体就摆在院子里呢，蛆虫到处乱爬，尸水淌得满地都是，你要是进去肯定又得生病了。"

"我会小心，不碍事。万一真病了，还有爷爷的药呢。"

楚楚急得脸都红了："不行，就是不行！"只要一想起他尸毒发作的时候痛苦难当的样子，楚楚眼泪都要掉下来了："你得好好的，还有六天你就要娶我了！"

她一拿出这副快哭出来的模样，萧瑾瑜就什么办法都没了："好，我不进去，我在外面等，你把尸体拿出来给我看。你拿着我看，我不碰，行不行？"

楚楚看着萧瑾瑜，抿着嘴唇认真地考虑了一阵子："那……好吧。"

楚楚把萧瑾瑜推到停尸房的院子外，离院门少说也有十步远就停住了。

这样的距离，这样阴寒的天气，萧瑾瑜已经闻到了停尸房特有的腐烂的气味，比寻常停尸房里的气味不知道要强多少倍。

难以想象这院墙里面是个什么场面。

被这样强烈的气味刺激着，萧瑾瑜空荡荡的胃里一阵翻涌。

见萧瑾瑜脸色泛白，楚楚紧张地道："王爷，你是不是已经觉得难受了？要不再等两天，等把这些尸体全部规整好了，你再来看吧。"

"不碍事，我只看看那个十字花形的擦伤。"

"好，我这就给你找去！"

楚楚转身跑进院子里，从院里出来的时候身上套着个黑围裙，脚上换了一双满是泥泞的黑布鞋，罩着白布手套的手上小心地捧着一条白花花的人腿，离萧瑾瑜还有两步远就停下了。

楚楚把手上那条人腿的小腿前侧转向萧瑾瑜，指着上面一处明显的伤痕道："就是这儿。"

萧瑾瑜刚想把轮椅推近一点儿，楚楚忙道："就在这儿看，不能再近了！"

"好。"

萧瑾瑜就在原地微探身子，轻皱眉头，看了一阵才道："楚楚，你帮我看看，这条腿上还有别处有这样的擦伤吗？"

楚楚翻来覆去仔细找了一遍，总共给萧瑾瑜指出三处来，分别在大腿上侧、小腿前侧、脚背上。

萧瑾瑜若有所思地轻轻点头："你爹和你哥哥还在里面忙着？"

"是呢，还有些没收拾好呢。"

萧瑾瑜看着她这身很像是那么回事儿的打扮："你去帮忙吧。我出去一趟，晚些时候回来。"

"你一个人？"

"放心，我就出去转转，顺便去医馆旁边的那个酒坊，看看成亲用的酒。"

"好，"楚楚捧着那条光溜溜的人腿笑眯眯地道，"等你回来，我给你煮排骨汤！"

"好……"

迷过一次路，萧瑾瑜就把县衙附近的大街小巷牢牢记住了，从县衙出来，慢慢绕了近半个时辰，累是累了点儿，但还是准确无误地找到了那家小酒坊。

上回来的时候门锁着，这回来，门该怎么锁着还是怎么锁着的。

初三了，附近还是没有一家商铺是开门的，一眼看过去，一整条巷的店铺就只有酒坊旁边秦氏医馆的门是开着的。

萧瑾瑜推着轮椅进去的时候，秦业正在翻着一本医书，一边翻一边认真地抄录着，两只手都裹了厚厚的一层绷带，写起字来略显吃力。听见轮椅碾轧地面的声响，秦业抬起头来，见是萧瑾瑜，愣了一下，忙从案后站起身来，拱手笑迎："安老板。"

萧瑾瑜拱手回礼，顺便扫了一眼那本被秦业顺手合起来的骨伤医书，客客气气地道："在下是来买酒的，可酒坊还是没开门，从县衙一路过来有点疲乏，想借秦先生的地方歇一歇，讨口水喝。"

秦业看着萧瑾瑜发际周围的细汗："咳，安老板这么客气干什么！外堂有点儿冷，当心再染了风寒，到后堂坐会儿吧，我给你沏杯新茶。"

"叨扰了。"

"别客气，别客气……"

秦业把萧瑾瑜请到后面一间更小的屋子里，把炭盆摆到离萧瑾瑜近些的地方，又小心端来一杯热茶递到萧瑾瑜手上，刚一坐下，目光又落到了萧瑾瑜的腿上。

萧瑾瑜淡然自若地撇了撇杯盖，新茶特有的纯净清香扑面而来，浅呷一口，萧瑾瑜淡然地道："在下这双腿一向都是摆设，就不劳先生费心了。"

秦业一愣，干咳了两声："对不住，当郎中的毛病，安老板见谅。"

萧瑾瑜以同样好奇的目光看向秦业裹着绷带的手："先生的冻疮还未痊愈？"

"早好了。"秦业不好意思地扬了扬手，"烧水的时候烫了一下。"

见萧瑾瑜抬眼打量起自己的屋子，秦业忙道："地方小，寒酸得很，让安老板见笑了。"

萧瑾瑜捧着热乎乎的杯子，浅浅含笑："医馆乃济世救人之处，安某岂敢。还要多谢先生的赐药之恩、让酒之恩、赏水之恩。"

秦业正听得脸上直发烧，听到"让酒"俩字，突然一拍脑门儿："瞧我这脑子，差点儿就给忘了。上回是安老板在我这儿留了银子吧?"

"正是,若是留少了,还请秦先生直言相告。"

"咳,什么留少了!"秦业说着就三步并两步地奔了出去,转眼回来,指尖捏着萧瑾瑜日前搁在他书案上的那块碎银,"那酒本来就是酒坊老板送的,当我借花献佛,送给楚家爷爷,安老板快把钱收回去吧!"

萧瑾瑜捧着杯子,一动也不动,仍是浅浅笑着:"给准丈人家送礼怎么能不花钱呢?秦先生就当成全安某吧。"

"不行不行!一码归一码,你这些钱都够把老王家半个酒坊买下来了,我可不敢拿,你赶紧收着吧!"

萧瑾瑜还是不动,稍稍想了一下:"这样,我向秦先生问些不合医家规矩的事,这些钱权当是为安某的无礼之举赔罪了,可好?"

听萧瑾瑜说得一点儿都不像是随口开玩笑的,秦业怔了一怔:"什么不合医家规矩的事儿?"

萧瑾瑜捧起茶杯又呷了一口,看着秦业,平静地道:"安某想向先生打听一个人的病情。"

"这……"

萧瑾瑜声音微沉:"若先生实在为难,安某不敢强求。只是此人对安某很重要,但因种种误会无法当面探望,甚是挂念。"

秦业轻轻皱起眉头:"照理来说,当郎中的,这些事还真不能随便跟人说,可安老板这样说了……反正安老板也是好意,我掂量着看看,就能说多少说多少吧。"

"多谢先生。"

"安老板是想打听什么人的病情啊?"

"就是那日有人来请先生为其出诊的吴公子。"

秦业听得一怔:"吴公子?"

萧瑾瑜沉了沉声:"他的腰骨断了。"

"哦!"秦业恍然道,"你说的是在燕子巷最里头那家的吴公子吧?"

"正是。"

秦业叹了口气,把手里的碎银子搁到那张破旧的圆木桌上,为难地皱起眉头道:"你要是问别人,我还能说几句,这吴公子,他家管家老爷特意交代好几回了,什么都不让说啊。敢问安老板跟吴公子是什么交情啊?"

"没什么交情,就是我的一个小辈。"萧瑾瑜神色微黯,"他脾气犟得很,出事之后便再不肯见我,不瞒先生,我那日恰在先生这里遇见跟他多年的管家,听他病得厉害,就想从先生这里打听些他的近况,否则实在放心不下。"

萧瑾瑜薄唇轻抿,眉头聚成了一个"川"字,细密的睫毛微垂着,看着杯中缓缓浮沉的茶叶，捧着茶杯的手指苍白修长，微微发颤，这副忧心感伤的模样把秦业看得一下子慌了手脚，赶忙道："安老板，你别急，别急，你是他家亲戚，那有啥不能说的。你别着急，先喝点儿水，我这就拿医案去！"

"多谢先生了。"

"应该的，应该的……"

只听着外面丁零当啷好一阵子，秦业满头大汗地夹着几本大小不一的医案走进来，放到萧瑾瑜面前的桌上："我给吴公子治病有一年了，医案写得潦草，安老板别见怪。"

萧瑾瑜又认真地道了声谢，拿起最上面一本慢慢翻开。

秦业抹了把汗，一边往快燃尽的炭盆里添炭火，一边叹道："安老板，你别怪我不会说话，吴公子这身子，能撑到现在可真是不容易啊。"

"让先生费心了。"

"也怪我才疏学浅，医术不精。好在吴公子性子强，被折腾成啥样都从没有过轻生的念头，好几回眼瞅着都不行了，还硬是让他给熬过来了。"

萧瑾瑜看着写得密密麻麻的医案，也说不出心里是个什么滋味："他就是这样的脾气。"

"说到底，还是让他腰上那伤给害的，也不知道是遭的什么罪，让人打成那样。治得太晚了，差点儿就连上半截身子也给废了。你是没瞧见，我头一回见他的时候，他整个身子都动不了，身上褥疮都烂得连成片了，瘦得跟副骨头架子似的，干睁着眼睛连句话也说不出来，就一直盯着一个棋盘，那真是又吓人又可怜啊。"

难怪当年萧玦连个招呼都不打就匆忙离京了。萧玦那么骄傲的一个人，就是被个寻常路人看到自己那副样子也崩溃，何况是满京敌友。

萧瑾瑜心里揪了一下，蓦地一阵晕眩，手上一松，医案"啪嗒"一声掉到了地上。

秦业赶忙从炭盆边站起身来，走过来拾起医案，一边搭脉一边紧张地看着脸色煞白的萧瑾瑜："安老板，怨我嘴上没个把门儿的，你没事儿吧？"

萧瑾瑜不动声色地挣开秦业搭在他脉上的手，按着额头微微摇头，浅浅苦笑："让先生见笑了。"

"没有的事儿。"秦业苦笑着叹气，"怨我，吴公子要是遇上个有本事的郎中，没准儿他这会儿都能站起来了，摊上我这么个穷乡僻壤的野郎中，到现在还是……实在惭愧啊。"

萧瑾瑜声音微哑："先生言重了。先生对他如此用心，是他修来的福气。"

"安老板别这么说，我可实在受不起啊。"

萧瑾瑜轻轻摇头，缓缓靠到椅背上，静静看着满脸谦逊的秦业："先生若受不起，那便没人受得起了。除了先生，这世上还有什么人能为了治他，一连杀死十多个人呢？"

秦业像是冷不防被人狠抽了一巴掌似的，连表情带身体一下子全僵住了。

"安老板，在下不明白。"

萧瑾瑜把目光落在那盆烧得正旺的炭火上，烧红的炭火模糊成红艳艳的一片，喉咙里勉强发出的声音传到自己耳中已经缥缈得像从天外传来的了："我也不明白，你在炭火里加迷药，是想做些什么？"

楚楚一直在县衙停尸房忙到太阳西斜，跑回家仔细洗了澡换好衣服，才又跑回县衙来借着厨房煮排骨汤。

虽然外面连猪带圈都烧成灰了，可厨房到底是离那个猪圈最近的地方，厨子心惊胆战得很，郑有德也心有余悸，索性让厨房关门一个月，主簿还煞有介事地在门楣上贴了张从观音庙求来的符，说是驱驱邪气，可看着更让人浑身发毛了。

楚楚找人讨来钥匙进去的时候，整个厨房里里外外一个人都没有。反正是要给王爷做饭，她才不愿意让别人帮忙呢！

自从过年醉了一次酒，王爷的胃口一直不大好，每回吃饭就吃那么两口，谁劝也吃不下去，整个人看着都没什么精神，这锅排骨汤一定要做得香香的，让他多吃点儿。

楚楚一边乐滋滋地想着，一边收拾着生上灶火、焖上米饭，再洗净那盆剁好的排骨，熟门熟路地煮起排骨汤来。

她还特意选了两段鲜嫩的粉藕切过去，又撒了把枸杞子，汤煮得差不多了，又烧了一荤一素，一顿饭做好，原本冷冰冰的厨房已经暖呼呼香喷喷的了。

饭做好了，端进屋里摆好了，可直到放凉了，还没见萧瑾瑜回来。

楚楚趴在桌上耐心地等着，心里还是忍不住犯嘀咕。就是去酒坊看看酒，怎么能看上一天啊？

难不成是王大爷的热情劲儿上来，拉着他尝酒，把他灌醉了？还是王大爷知道了他是京城来的，跟他聊天聊忘了时辰？

要么……

楚楚胡乱想着，想着想着迷迷糊糊就睡着了，再一睁眼，天都黑透了，屋里、门外还是没见着萧瑾瑜的影子。

他答应好了回来吃饭的，他说了过年不骗人的，那是突然有急事，还是突然出了事呀……

楚楚这么想着就心慌起来，等也等不下去了，奔出衙门一口气跑到酒坊，远远看见酒坊的门关着，心里一下子急得要着起火来了。

旁边秦氏医馆的门还开着一半，从里面透出明晃晃的光亮，楚楚脚都没停就冲了进去，喊了好几声，秦业才匆忙从后院走进来。

"呦，楚丫头，这是怎么了？咋跑成这样啊？"

楚楚连汗都顾不得抹一下，急道："秦大叔，酒坊今天开门了不？"

秦业背着手笑道："你这丫头又过糊涂了吧，这还没过初五呢，谁家开门做生意啊？"

楚楚悔得直跺脚，光算着成亲的日子过了，怎么就把正经日子都忘了呀！

"你俩人也真有意思，安公子才来问了一遍，你咋又来问一遍啊？"

楚楚一听这话，心里一喜，忙道："秦大叔，你看见他啦？"

"看见啦，就是今天白天时候的事儿，他来买酒，酒坊没开门，他就到我这儿歇了歇脚。"

楚楚赶紧追问："那他后来去哪啦？"

"说说话就走了。走的时候还跟我打听上凤凰山哪条道好走来着，估摸着是上山去了吧。"

"就他一个人？"

"是啊，咋啦？"

他昨晚还犯着风湿，上山，这么晚都没回来……

楚楚刚落下的心又重新揪了起来，比刚才揪得更紧了。

"没什么……谢谢秦大叔！"

"没事没事，你慢点跑，别摔着！"

"哎……"

第六章

萧瑾瑜恢复意识的时候，最先感觉到的就是冰冷空气中浓重的血腥味，空得发热的胃里一阵抽痛，原本还有些昏昏沉沉的意识一下子就清醒了。

他能感觉到自己正直挺挺地躺在一张草席子上，草席子直接铺在地上，又冷又硬的地面硌得他脊骨生疼，却连翻身挪动一下的力气都没有。空气里游荡着股股血腥与汗臭混杂的气味，不用看就知道一定是个脏得不能再脏的地方。

那十多个人里，不知道有多少人死前躺过这张床，躺过这张床单。

萧瑾瑜吃力地抬起仍有点儿发沉的眼皮，从一片昏黄模糊中渐渐辨出一间屋子的轮廓。

目光所能触及的半间屋子范围里，有土墙、圆顶，墙上没门没窗，一边墙角有个破旧的木楼梯，从地面一直延伸到顶上。

说这是间屋子，却更像是个地洞，潮湿、阴冷、憋闷，浓烈的血腥味里夹杂着令人作呕的霉腐味，而血腥味的源头就堆在他正前方的墙根底下。

一具四肢、头颅与躯干拆分开来的尸体随意地堆着，血水在尸体堆下漫延开来，像一堆寻常的腐烂淌水的垃圾一样，尸体的脑袋正面朝着萧瑾瑜，一双眼睛空洞地看着前方，非常平静。

在这堆被拆分开的身体里，正好缺了一条胳膊。

萧瑾瑜正盯着那堆尸体看，与楼梯相接的顶上声音一动，一束比屋里更亮几分的光从楼梯上面投下来，秦业低身钻进来，转手盖上顶子，慢悠悠地从楼梯上走下来，把破旧的楼梯踩出刺耳的吱嘎声。

看见席子上的萧瑾瑜睁着眼睛，循着他的目光看过去，秦业略带遗憾地道："我拉着板车往医馆里拖人，正巧给他撞见，说书的人嘴太快，不然也用不着他这把年纪的。你放心，我不会这样对你。"

萧瑾瑜静静浅笑，平静得好像这会儿还是坐在医馆内堂的小屋里，围着炭盆捧着热茶，跟一个仁心仁术的淳朴郎中闲聊一样。他问道："那要怎样对我？"

秦业不急不慢地走到席子边上，缓缓卷起衣袖蹲下身来："我知道那个吴公子是什么人。你跟他是亲戚，年纪跟他差不多，腿也是残废的，在你身上试验医治他的法子最合适不过。我给你把过脉，你身体虽然不好，但还是比吴郡王要好些，残废程度也比他轻，只要行几套针，把你五脏六腑伤损到跟他差不多的程度，再敲断你的腰骨就成了。你放心，我会很小心，在医治吴郡王的法子研究出来之前，你不会死的。"

秦业说得很平静，平静里带着种司空见惯的麻木。

萧瑾瑜比他还平静，平静得好像刚才说的不是自己，这会儿正被一件件剥下衣服的也不是自己一样，只目不转睛地盯着他也被绷带缠裹着的手臂："你在十多个人身上研究了这么久，不会一点收获都没有吧？"

"当然有。"秦业一边娴熟又小心地脱着他的衣服，一边漫不经心地道，"早先用的都是活蹦乱跳的人，给他们灌上迷药，让他们躺着动不了，等不多的时候就能生出褥疮来，给吴郡王治好褥疮的药就是这么试出来的。再往后治他腰骨的伤，那就得把人腰骨敲断了试，开始手劲儿、位置都没个准头，还没开始试药人就死了，后来练熟了就有准儿了。"

秦业把萧瑾瑜身上的衣服脱净，端起一盆温水"哗"地一下泼满萧瑾瑜的身子，然后抓起一方粗布毛巾，开始给他从上往下擦身子。

他病得起不来的时候，楚楚没少帮他擦洗身子，有时也是他意识清醒的时候，他以为自己已经习惯被人碰触了，可这会儿被秦业这样擦着，没有那种温暖清爽的舒适感，只觉得一阵阵的恶心，恶心自己似乎越擦越脏的身子。

秦业认真地擦着，仍然漫不经心地说道："之后又发现吴郡王身上的其他病对治腰骨的伤也有影响，就用一套前人研究的伤经损脉的针法，把敲断腰骨的人的脏腑伤到跟他一样的程度。开始也是没个准头，试死了不少，后来慢慢就成了，但人跟人还是不一样，吴郡王能撑这么久，他们这些人都撑不过多少时候，所以过一段日子就得再找个新的从头来。"

萧瑾瑜任他摆弄自己瘫软无力的身子，静静地接话："一年多，十多个人，就没人向衙门报失踪吗？"

"都是些附近的流民、乞丐、穷酸汉，死了活了没人在意，能为救治吴郡王而死，就算他们祖坟上冒青烟喽。我倒是好奇，连县衙都没发现，你才刚来这儿没几天，怎么就知道那些人是死在我这儿的啊？"

萧瑾瑜静静浅笑："从知道山里被抛了十多个死人开始，我就在想，进那座山难，爬上那个山洞更难，再带着尸体就难上加难。选那种地方抛尸，必定是个对凤凰山极为熟悉的人。"

秦业像抹桌子一样擦抹着萧瑾瑜没有知觉的双腿，哂笑道："那么大座山摆在那儿，熟悉凤凰山的人多了去了。"

"是，但这座山特别，路难走，蛇虫多，一般人不敢进。若接连一两个年头频频出入这座山，不被人注意，不遭人怀疑，那就只有几种人：砍柴的、捕蛇的、采药的。"

秦业擦完了正面，扳着萧瑾瑜的一边肩膀和侧腰把他翻过身来，就像是在砧板上翻过一扇待割的肉一样，萧瑾瑜几乎是被摔过来的，骨头撞击地面的钝响清晰可闻。萧瑾瑜紧皱眉头，没出一点声音，身子却因为挨不住骨节中骤起的疼痛，不受控制地微微发颤。

秦业一边擦着萧瑾瑜脊背上的水渍，一边饶有兴致地道："说得有理，往下说吧，还这么些人呢，凭啥就落到我身上了？"

萧瑾瑜的声音明显弱了一重，却还是一片平静："因为分尸。"

秦业擦过萧瑾瑜瘦得突兀的脊骨，粗厚的手指在他第一节与第二节腰骨之间满意地摸索了一阵，然后才漫不经心地道："砍柴的刀不是更好使吗？"

萧瑾瑜忍到秦业把手从他脊骨上移开了，道："与刀无关，是分尸的原因。"

"什么原因？"

"我原以为，杀人分尸的原因不外乎两种，要么便于掩藏尸体，要么便于掩藏身份。那山洞既然能容十来具碎尸而不阻水流，说明抛尸地空间充裕，没有先剖再弃的必要。

找到的尸体头颅尚在，没有刻意损毁容貌的迹象，几乎都能重新拼接成完整尸体，显然也并非为了掩饰身份。今早一条死人胳膊被扔进县衙猪圈里，我才想明白，你分尸，是为了便于携带。"

秦业听得有点儿恼，不是因为被他说中了事实，而是恼他那种好像躺在自家床上扯闲篇一样的平稳清淡的语调。

秦业潦草地在他身后擦抹了几下，又抓起他的肩膀，故意地重重把他掀了过去。脊骨狠狠撞在地上，萧瑾瑜疼得眼前一黑，眉头紧皱，仍是强忍着没出声。

忍过这阵疼痛，萧瑾瑜勾起嘴角对秦业浅笑："你轻点，我没有吴郡王那么能熬，我要是死了，你就白伺候我这一场了。"

看着秦业嘴角发僵额头发黑，萧瑾瑜这才淡然地闭眼："我看过从山洞里移出来的尸体，一条还没开始腐烂的腿，大腿前侧、小腿前侧、脚背上，都有种十字花形的擦伤，与你放在墙角的那个竹编背篓的纹路一样。尸体不是一具一具送上山的，是一块儿一块儿……塞在竹篓里背上去的，山路颠簸，尸体在竹篓里磨来蹭去，难免有擦伤。捕蛇人用的是袋子，樵夫用的是绳子，频频上山还会背着背篓的，就只有需要进山采药的郎中了。"

"紫竹县周围还有别的山，我怎么就非得是在凤凰山里采药的？"

"上次来，我看见你前堂药柜上标着一味药，叫美人眉，楚家爷爷说，我不认识也不算丢人，因为这种草药只长在凤凰山上。"

秦业声音沉了沉："我听说，你是个卖茶叶的。"

"官家的买卖做多了，总会长点见识。"

秦业一阵子没说话，脚步声走远又走近，蹲在席子边上冷哼了一声，萧瑾瑜倏地感到一点冰凉的刺痛，睁开眼来，一根银针已经刺在了左边锁骨下面，秦业嘴角微微上扬："我要想扔尸体，还有的是地方能扔，扔进县衙里就是想吓唬吓唬那些当官的。"秦业带着点儿发酸的冷笑，在他左胸口又落下一枚针："当官的都胆小惜命，脑子可没你这么清楚，把他们吓迷糊了就不会多管闲事了。"

看着萧瑾瑜仍是一脸平静清冷的神情，秦业在他肋骨下面落下第三枚针，狠狠往深处一扎，萧瑾瑜顿时感觉胃疼得像是在被好几个人往各个方向使劲儿撕扯，喉咙里一下子涌上一股甜腥，上半身不由自主地蜷缩起来，腿动不了，身子就蜷成了一个怪异的形状发着抖。

迷药的作用还在，萧瑾瑜没法控制自己的身体，眼看着自己的身子在持续的剧痛中发抖、抽搐、扭曲着，一种强烈的厌恶感堵上心口，堵得喘不过气来，只得咬紧牙关把头别向一边，硬把那股甜腥咽下去，用尽力气强忍着不发出任何声音。

秦业漠然地看着，猛地把针抽出来，引得萧瑾瑜的身子又大幅度地颤了一下，蜷得更紧了些，汗水成股地从他汉白玉一样光洁细腻的脊背上淌下来，落在身下水淋淋冰冷冷的席子上。

秦业用粗厚的手掌按着把他发抖的身子展平，用手抹掉他上腹的汗水，又落下一枚针，慢慢捻着，再开口，声音明显轻松愉悦了许多："你什么都知道，怎么还自己送上门来？"

萧瑾瑜声音虚飘，却平静清冷如故："还有一事不知。"

"说吧，看在你自己送上门来的分上，我要是知道肯定告诉你。"

"为什么治他？"

秦业笑出声来，抓起他的胳膊，在他上臂中部下了一针："你不是挺会猜吗，你猜为什么？"

"不是为他，就是为你女儿。"

秦业手僵了一下，针尖随着一沉，萧瑾瑜胸腔里突然疼得像是要裂开了，呼吸一下子滞住，身子抖得像筛糠一样，几乎要昏过去的时候秦业才回过神来，针尖往上拔了一拔，憋闷消失，萧瑾瑜还没来得及喘气，就剧烈地咳嗽起来。

秦业阴着脸沉着声："你是吴郡王的什么亲戚？"

待压住咳嗽，把气喘匀，萧瑾瑜的声音已经哑得不成样子了，却还带着一点儿调笑的味道："远房亲戚。"

"你怎么知道我有女儿？"

"卷宗里写着，吴郡王侍婢秦氏绣娘，祖籍苏州紫竹县，父秦业。"

秦业瞪着萧瑾瑜，在他臂弯处深深扎下一针："她不是侍婢，是侍妾！"

萧瑾瑜忍过胸腔里又一阵疼痛，勉强冷笑："你知道你女儿在做些什么吗？"

"她在给祖宗争脸面！"秦业发泄似的一根接一根把针往萧瑾瑜身上扎，"我就这一个女儿，花容月貌，十来岁就被送到吴郡王府当丫鬟，吴郡王得势的时候都不带正眼瞧她的，现在失势了，没人搭理他了，绣娘把他伺候得舒舒服服的。只要我把他治好了，让他能站起来，能再带兵打仗，他就得感激我一辈子。到时候我女儿就是正房王妃娘娘，我就是神医，就可以扬名天下，有享不尽的荣华富贵，光宗耀祖！"

原以为他若不是一心为了萧玦好，那就是一心为了自己女儿好，还真没想过竟是这么个简单粗劣到可笑的理由，还值得如此冠冕堂皇地把祖宗搬出来遮羞。

萧瑾瑜浅浅苦笑："还真是误会你了。"

秦业说得激动，萧瑾瑜声音微弱如丝，一时没听得清楚："你说什么？"

萧瑾瑜无力地咳了几声，展颜露出一个虚弱却满是安心的微笑："没什么，你肯医他就好。"

秦业一愣，看着几乎被自己扎成刺猬还笑得安然的萧瑾瑜，突然意识到刚才情绪失控，沉了沉脸色，慢慢拔下那些胡乱扎上的针："你要是真为他好，就老老实实配合我。"

萧瑾瑜微微带笑："我也是为了救你来的。"

秦业又是一愣，看着眼前这个出汗出得就像是刚从水里捞出来似的人："救我？"

萧瑾瑜吃力地把目光投向墙根底下的那堆尸体："你把这个人分尸之后，身上就开始发痒长疮了吧？那种东西是尸毒，脓疮一破就没多少日子了，我中尸毒好几年了，你要是还想活到光宗耀祖的那天，就试试那天楚家人给我抓的方子吧。"转眼看见秦业既惊愕又怀疑的神情，萧瑾瑜轻勾嘴角："你若不放心，可以先熬一碗给我喝。"

看着秦业皱起的眉头，萧瑾瑜在闭起眼睛之前淡淡地补上一句："你千万别死，你要是死了，我就要饿死在这儿了。"

楚楚从医馆出来，一口气就跑到山脚下，已经是下半夜了，山里漆黑一片，什么都看不清。

楚楚在那条所谓上山最好走的路上时急时慢地走着，不知道山里是不是还有什么别的人，不敢开口喊王爷，也不敢喊萧瑾瑜的名字，只得仔细地四下看着。说是最好走的路，楚楚这样走着还跌了好几跤，想着萧瑾瑜要推着轮椅走这样的路，楚楚就心里直发慌。

好在是冬天，蛇虫大都窝着没出来，否则他要是遇上个毒蛇什么的，可是躲都躲不及。

可山里一点儿光亮都没有，他那么怕黑，要是一慌从哪儿摔下去……

楚楚越想越揪心，只顾着沿路翻找，一点儿也没留意身边的响动，突然被人在后面轻拍了下肩膀，楚楚吓得一声惊叫，脚下一松往下跌去，被后面的人及时拦腰一扶，站稳了身子，扶在她腰间的手也不动声色地迅速撤开了。

"娘娘，您怎么到这儿来了？"

黑暗里那人的身形很是模糊，可这低沉的声音楚楚一下子就认出来了，是王爷的侍卫！

楚楚遇上救星似的紧紧拉住侍卫的胳膊："侍卫大哥，你也是来找王爷的吧？"

侍卫听得一愣，王爷让他盯着山洞附近，几天都没动静，刚发现点儿动静就跟了上来，结果发现居然是她。她三更半夜上山来，是来找王爷的？

"王爷上山来了？"

楚楚连连点头："天没黑就来了，该吃晚饭的时候都没回去。"

"王爷和什么人来的？"

"就他一个人！"

侍卫眉头微紧，这种山路凭王爷一个人的力气肯定上不来，就是真勉强上来了，他也不会一点动静都没察觉，侍卫沉声道："您先回去，这里我来找。"

"我跟你一块儿找！"

"不必。没准儿王爷已经回了，您先回去，别让王爷着急。只要王爷在这山里，我一定很快就能找到他。"

"好，你要是找着他，赶紧送他到衙门来！"

"是。"

楚楚跌跌撞撞地奔下山去，也顾不得衣服被石头、树枝刮破，膝盖、胳膊都跌得生疼，用最快的速度冲回衙门时天都快亮了。

衙门后院那间屋子的灯亮着，一个人影印在窗纸上。人影坐着，坐在桌边低头翻阅着什么。

楚楚心里一阵狂喜，推门奔了进去。

"王爷！"

桌边的人错愕地抬起头来，楚楚才看清，这人虽然穿的也是白衣，可不是萧瑾瑜那样的白衣。

景翊诧异地看着狼狈得像是刚逃狱出来的楚楚："你这是怎么了？"

被景翊这么一问，楚楚一下子哭了出来："景大哥，王爷走丢了！"

景翊忙站起来，从书案后走出来，拍着楚楚的肩膀："别哭别哭，什么叫走丢了啊？"

"就是找不着了！"

景翊愣了一愣，他之所以提前出现在这间屋里，就是突然接到萧瑾瑜传书，一张纸上就写着俩字儿：速回。

收到传书也不过就是上午的事儿，这还没说让他回来干吗呢，能去哪儿啊？

景翊耐着性子问："什么时候丢的？"

"他早上说去酒坊看酒，说好了晚上回来吃饭的，但他晚上没回来，我到酒坊找他，秦大叔说他上山了。我上山找他，侍卫大哥说没看见。"

前半截景翊听得云里雾里，听到最后一句才微微一惊："他的侍卫也不知道他去哪儿了？"

"嗯，侍卫大哥在凤凰山，他让我先回来，说王爷可能已经回来了，他还在山里找呢。"

凭景翊对萧瑾瑜的了解，一定会有一个侍卫始终守着吴郡王府，要是另一个侍卫一直在山里，也就是说萧瑾瑜是一个人出去的，而且谁也不知道他去了哪儿！

想起萧瑾瑜传给他的那两个字，景翊心里隐隐发毛。萧瑾瑜叫他回来干什么，他大概已经明白了。

景翊不笑的时候有种不同往常的严肃认真，楚楚隔着一层眼泪看着他："景大哥，王爷是去干什么了啊？都已经一晚上了。"

不知道他这一天吃没吃饭，晚上睡没睡觉，胃是不是又疼了，风湿是不是又犯了……

他要是在山里病起来了，也没人给他端杯热水，没人替他拿药，没人帮他揉揉……

从京城出来之后，跟他就没分开过这么长时间，现在他一个人……

楚楚急得五脏六腑都要烧着了，又想他想得心揪成一团，可就是一点儿法子都没有。

景翊被她这一副可怜兮兮的模样看得一时不知道该说什么好，他还从没对着一个女人这么没办法过。

还没想好该怎么开口，屋里倏地刮进一股冷风，负责守山洞的侍卫脸色凝重地站到了屋里，看见景翊也在屋里，愣了一愣。

这一愣的工夫，楚楚已经抓住了他的胳膊。

侍卫是一个人回来的，可楚楚还是抱着那么一丝丝的希望："侍卫大哥，你找着王爷了吗？"

被楚楚满是期待的目光望着，侍卫颔首低声道："山上查遍了，王爷没上去过。我在沿途街巷里也找过，王爷没留任何标记。"

侍卫这话让景翊突然一醒："楚楚，你刚才跟我说，秦大叔说王爷上山了，哪个秦大叔？"

听到侍卫说没有，楚楚的心冷了半截，景翊问话，她也答得漫不经心了，"就是、就是秦氏医馆的秦大叔。"

景翊眉梢微扬："他是个大夫？"

楚楚点点头，心不在焉地道："都喊他秦郎中。"

"他名字叫什么？"

"秦业，建功立业的业，我听他是这样跟人说的。"

这名字……景翊闪回桌边一通狂翻乱找，终于拎出一页纸来。

看着景翊那一脸罕见的严肃，侍卫皱了皱眉头，沉声道："这人……初一那天老五跟王爷报告吴郡王府情况的时候提过，三十那天晚上就是这个秦业帮吴郡王跟一个女子交欢来着。"

景翊错愕地抬起头来："那女人叫什么？"

"那会儿老五还没查，王爷就什么都不让查了，只让盯着。"

景翊看着手里的纸页拧着眉头："你们有没有查过一个叫绣娘的？"

侍卫摇摇头，楚楚却被这个名字一下子扯回神儿来，忙道："我知道有一个绣娘！就在吴郡王府见着的，王爷也见着了。"楚楚突然眼睛一亮："王爷会不会是去吴郡王那儿了呀！"景翊还没张嘴，楚楚眼神又暗了下来，低头抿了抿嘴唇，声音里满是失落："不对，王爷说过，不会再去看他了。"

想起初二那天萧瑾瑜进衙门时候的脸色，景翊从纸页中抬起目光看向楚楚："楚楚，你还记不记得那天吴郡王是怎么气王爷的？"

楚楚点点头，那样说王爷的话，她这辈子都忘不了。

"你把原话跟我说一遍。"

楚楚低头咬着嘴唇不出声。

只要是说王爷不好的话,她都一个字儿也不愿意说,何况是那样的话。

"楚楚,你不说,我就没法帮他。"

楚楚顿时一喜:"你已经知道他去哪儿啦?"

"你说了我才能知道。"

楚楚赶忙把那天的事儿一字不落地讲给景翊听,从看到绣娘是怎么伺候萧玦的,一直咬着牙说到萧玦是怎么把萧瑾瑜气走的。

侍卫听得耳根子发烫,景翊却默默倒吸冷气,脊梁骨上蹿过一阵冰凉。

他以为萧瑾瑜是让他回来救驾的,可这会儿这么听着……

楚楚刚说完,景翊就两手扶住楚楚的肩膀,微躬身子,隔着噙在楚楚眼睛里的一汪泪水盯住她黑亮的瞳仁,一字一句地正色道:"楚楚,王爷之前有没有亲口对你说过,他一定会娶你?"

楚楚满心满脑子都是萧瑾瑜的安危,突然被景翊这么一问,楚楚愣了一下,才使劲儿点了点头:"都已经请皇上改圣旨了,正月初九就成亲!"

改圣旨的事儿景翊当然知道,折子还是他亲手送到皇上面前的,皇上刚看到折子封皮的时候脑门儿上一下子惊出一层细汗,展开折子之后细汗就成了黑线。

象征着当朝最高级机密的折子里就写了一句话:臣奏请改婚期于龙纪五年正月初九。

萧瑾瑜简明扼要,皇上更重点突出,二话不说提起朱笔在"改"字上打了个圈儿,又让景翊把折子带回来了。

按道理讲,这事儿就算是板上钉钉的了,但景翊想问的跟圣旨上写的是两码事。

"不是圣旨,"景翊又认认真真地问了一遍,"是他有没有跟你说,亲口跟你说,他要娶你?"

楚楚仔细想了想,咬着嘴唇摇了摇头。

景翊心里刚刚一沉,就听楚楚小声地补道:"他就只在喝醉的时候说过,就是年三十那天晚上,还说了好多好多遍……"

楚楚低着头抿了抿嘴唇,声音小得几乎听不见:"我知道,那些都是醉话,不能算数……"

景翊浅浅舒了口气,他还有亲口答应的事儿没做到,那就好。

景翊拍拍楚楚的肩膀:"放心吧,从他嘴里说出来的话,就数着醉话最算数了。"

楚楚抬起水汪汪的眼睛:"真的?"

景翊很认真地点点头,抬头沉声对侍卫道:"这儿的事我来办,你帮我到苏州刺史那儿接个人。"

"什么人?"

"王爷请来的人,我来得着急,先拜托给苏州刺史了。"景翊前移了两步贴近侍卫耳边快速低声耳语了一句，"王爷的性命就靠那个人了。"

楚楚什么都没听见，侍卫可听得真真切切的，错愕地看向景翊，但景翊从神情到语调都不像是逗他玩儿的。于是答道："好，我尽快回来。"

侍卫话音未落就从屋里闪出去了，赶在楚楚回过神儿来再追问萧瑾瑜下落之前，景翊问道："楚楚，王爷离开县衙之前在干什么？"

景翊一说他管这里的事儿，楚楚看他的眼神儿都变了，答他的话也答得毫不犹豫："看尸体。"说罢还生怕说得不够仔细，又赶紧补道，"他说要看尸体上的十字花，我就给他拿来一条腿。我拿着给他看的，离得远远的，没让他碰着尸体！"

想到尸体，想到停尸房，楚楚使劲儿拍了下脑门儿："我怎么忘了报官了呀！求郑县令派人去找，肯定快！"

"也是个法子。这样，你叫郑县令来，我给他下令，他一定全力去找。"

"好！谢谢景大哥！"

景翊把桌上所有案卷收进箱子里之后就在屋里等着，本以为郑有德得是被楚楚连拖带拽拉来的，结果还没见着楚楚，就先冲进来一个两人抬的担架，郑有德就跪在担架上，睡衣外面裹着穿得乱七八糟的官服，脑袋上缠着纱布，腿上绑着木板，担架一落地就开始猛磕头。

"下官有罪！下官有罪！下官有罪……"

景翊只当是楚楚一急把什么都跟他说了，才把他活生生吓成这么个模样，赶紧道："没事儿没事儿，将功补过还来得及，来得及。"

郑有德都快哭了："来不及了，都烧干净了！"

这句着实把景翊吓得不轻："什么烧干净了？"

"猪、猪圈，都烧干净了。"

景翊脑子一阵犯晕，看在他狼狈成这样的分上，耐着性子问了一句："为什么烧啊？"

郑有德一边磕头一边货真价实地痛哭流涕："下官一时糊涂，受那个京城来的卖茶叶的蛊惑，把猪和猪圈都烧了，妄图逃过惩处，实在是死罪可免活罪难逃啊。"楚楚一说景翊找他，这套说辞就在心里打好草稿了。

景翊听得一头雾水，倒是把一样听明白了，虽然他俩说的压根是两码子事儿，但郑有德说的事儿是跟萧瑾瑜有关的："你从头到尾说一遍，说实话，我就准你死罪可免活罪难逃。"

"是是是……"

郑有德从发现尸体到发现猪尸体，一把鼻涕一把泪地说到烧猪尸体，景翊皱着眉头打断他："那个卖茶叶的他让你连猪带圈一块儿烧了，是为了不让我知道？"

"对对对对，此人实在居心叵测，罪大恶极！"

郑有德话音还没落，就听门口传来一个气喘吁吁，同时气急败坏的声音："才不是呢！"

楚楚怀里抱着个黑色的大布包跑进来，气鼓鼓地看着郑有德："才不是这样呢，他那么说是怕你不肯听，骗你的！那两头猪是被有毒的尸体毒死的，他说了你不信，他怕毒物离厨房太近，不烧干净会害人，才那样骗你让你快点儿把毒物烧干净的！"

景翊微愕："楚楚，那中毒的尸体，从外表上是不是看不出什么异常？"

郑有德忙道："可不是！白花花的，一点儿都不像中毒啊！"

楚楚气得跺脚："我是仵作，我说了才算！"

中了毒却看不出中毒的尸体，毒性还强到让萧瑾瑜不惜耍心眼儿也要骗郑有德立马烧干净才放心，景翊脑子里一下子闪过一个名字，脊背一僵。他算是彻底明白了，萧瑾瑜叫他回来不是为了救场，而是为了配戏的。搞到现在这样，他不演都不成了。

景翊默默深吸了口气："郑有德，那个卖茶叶的不见了，你能带多少人就带多少人，全紫竹县范围内找，务必把他给我找出来。"

郑有德一下子来了精神："是！下官这就去发官榜，全县通缉，一定尽快把他缉拿归案！"

景翊差点儿给他跪下："谁让你抓人了，是找人，找着了就请回来，找不着你就别回来了，懂了吧？"

"是是是是……"

楚楚忙道："我也去！"

"你就在县衙里等着，免得他突然回来连口热水都没得喝。你顺便把那些尸体的验尸单全理好，等他回来就要结案了。"

楚楚不能不承认景翊说得有理，低下头不吭声了，一低头间看见自己手里抱着的黑布包才一下子想起来："景大哥，我把他出门之前看过的那块尸体拿来了，你看吧！"

郑有德手一软差点儿趴到担架上，景翊差点儿跳上房梁："不用不用！你好好看看就行，你好好看看。我出去一趟，找找线索，找找线索……"

"你要是找着他，一定快点儿让他回来！"

"一定，一定……"

景翊从衙门出来就直奔了吴郡王府，吴郡王府的院门还铺躺在地上，景翊还是从墙头无声无息地掠了进去，鬼影一样地闪进小楼，找到萧玦的房间。

萧玦在清浅的睡梦中突然觉得身子腾空了起来，仅剩的半截有知觉的身子清楚地感觉到被人抱在怀里，耳边冷风呼呼而过，刮得他久不见天日的皮肤一阵阵发疼。萧玦惊愕之下睁开眼睛，周围景物因为前行速度太快一片模糊，只能看清那个把他连人带被子一块儿抱出来的人。

"景翊……"

"你还记得我就成。"

萧玦被忽上忽下的快速移动晃得一阵阵头晕，虽然紧裹着被子，但还是被冷风呛得咳起来："你……咳咳……咳咳……你干什么……咳咳……"

"找个能说话的地方，跟你谈点儿事儿。"

景翊脚下速度又快了些，一阵急速向上，等到他停下来的时候，萧玦已经面无人色，挨在他怀里咳得上气不接下气了。

看着抱在怀里的这个虚弱得像初生婴儿一样的人，想起几年前那个单手三招就能夺下吴江佩刀的少年将军，景翊心里也泛起一种说不出来的滋味，就地坐下，小心地放他躺到自己腿上，给他把被子裹紧，隔着被子轻抚他的胸口帮他顺气。

萧玦稍稍喘过气来，冷厉地瞪向景翊："把手拿开！"

景翊拿开了抚在他胸口的右手，却报复性地用左手胡乱揉了几下他的脑袋，把他齐整的头发揉了个乱七八糟，轻勾嘴角看着气得直翻白眼的萧玦："这就生气了啊？忘了你气安王爷的时候了？"

萧玦整张脸僵了一下，惨白的嘴唇抿成一条线，扭头看向另一边，这才注意到周围全然陌生的环境："这是什么地方？"

"凤凰山的山顶啊，离你家这么近都没上来过？"

萧玦转过脸来重新瞪住景翊："到这儿来干什么？"

"想跟你商量件事儿，你家说话不大方便。"

萧玦冷然一笑，满目嫌恶地看着自己躺得像死人一样直挺挺的身子："有你这样商量事儿的吗？"

"事儿有点儿急，你先将就将就吧，大不了下回让你把我抱出来。"景翊无视萧玦狠狠对他翻的白眼，"我先问你，你知不知道安王爷派了人盯着你？"

"盯我的人还少吗？"

"也就是说你知道。"景翊轻皱眉头，"那你年三十晚上跟绣娘搞的那一出，就是为了引他来见你？"

萧玦阖上眼睛没吭声。

"你引他来，再气他走，就是不想让他掺和你的事儿？"

听出景翊声音里的一丝埋怨，萧玦皱着眉头睁开眼睛："你是真傻还是装愣？你明知道三年前他为什么出事，要不是我跟他走得太近，那些贼人怎么会用他作饵？明明是跟他八竿子打不着的事，还差点儿害得他……"话说到一半，萧玦猛然醒过神来，目光一厉，"他是不是出事了？"

景翊苦笑着没回答，萧玦的手从裹紧的被子里挣了出来，努力却无力地揪着景翊的衣襟："你说！"

景翊轻而易举地把他冰冷的手抓了下来，塞回被子里才道："不算出事儿，我要是没会错意，他这会儿应该是为你杀人去了。"

萧玦一愣："杀人？杀什么人？"

景翊眉梢微挑："你为什么气走他，你自己还不知道吗？"

"田坤？"

轮到景翊发愣了："田坤？不是秦业吗？"

"秦业是谁？"

"田坤是谁？"

一时间两人四目相对，默默无语。

"田坤是我府上管家……"萧玦有气无力地咳了几声，深深皱起眉头，"跟了我好些年了，我离京就只带了他一个人。可是等出了京才知道，他是京里派来看守我的。"

景翊一惊："他也是皇城探事司的人？"

萧玦吃力地摇摇头："皇城探事司的人一旦暴露身份就只有死路一条，他从出京第一天就明明白白跟我说，他是来看管我的，让我老实点儿。"

景翊拧起眉头，声音微沉："你知道皇上派了探事司的人来吧？"

萧玦微微点头："田坤不是皇上的人。"

萧玦把手挣出被子，把裹在身上的被子往下拉了拉，剥开单薄的衣襟，露出瘦骨嶙峋的胸膛："看见这些疤了吧……"

几道明显暗于肤色的伤疤横在萧玦惨白的胸口上，景翊皱皱眉头，点点头。

萧玦凄然苦笑："身上还有的是，都是刚出京的那些日子里被他用马鞭打的。"

景翊错愕地看着那些伤疤，萧玦原先是个带兵打仗的人，后来入狱又吃了不少苦，身上有几道伤疤绝对不是什么惹人怀疑的事儿，就算是萧瑾瑜留意到了，也必然不会多想。

一阵山风吹过萧玦袒露的胸膛，惹起他一阵剧烈的咳嗽，景翊忙帮他裹好被子，把他发抖的身子往自己怀里搂了搂，带着点儿歉意道："不好意思，这回的事对王爷的侍卫也得保密，只能带你到这儿来。"

萧玦微微摇头，咳嗽缓下来之后声音虚弱得几乎要淹没在山风里了："我知道的也不多，他打我不管因由，说什么做什么都能被他挑刺。本以为他是要找理由让我死，但每次我快撑不住的时候他都会找大夫及时救我，后来我感觉他只是想折磨我，就装作被他折腾得崩溃了，每天说点儿疯话，盯着棋盘不动。他就没再打过我，到紫竹县后，还不知道从哪儿弄来了一个叫绣娘的女人伺候我。"

景翊苦笑："我告诉你从哪儿弄来的。这绣娘原来就是你府上的侍婢，恐怕你原先都没正眼看过人家吧？"

萧玦一脸茫然。

"想不起来不要紧，你那天把王爷气走，是怕他发现田坤的事儿，给他惹麻烦？"

"嗯……"萧玦浅浅苦笑，"他第一次来的时候把我吓傻了，什么话都不敢说。后来想到他肯定派人在附近守着我，怕他看出点儿什么，索性让他以为我真的疯了。我能看出来，我骂他那个还没过门的小娘子的时候，他真的气坏了，我还以为办成了。"

景翊哭笑不得："他确实被你气得不轻，可惜他那脑子是分成两半用的，一半气糊涂了，另一半还能灵光得很。不过你这回装得确实很像，他还真没怀疑到这事儿上来。"

萧玦既迷茫又着急："那他要杀的那个到底是什么人？"

"秦业，就是一直给你治病的那个大夫，也是绣娘的亲爹。"

萧玦迷茫不减："为什么杀他？"

"前些日子就在这座山的一个山洞里发现一堆被肢解了的尸体，我要是没猜错的话，王爷发现这些人就是秦业杀的。好巧不巧的是，皇城探事司派来盯着你的那个人以前被你救过命，发现为你看病的大夫在不停杀人的时候不敢上报，怕给你招祸，他就拿安王府近年办的案子编成话本，在楚水镇的一个茶馆里讲六扇门的事，想引安王府的人来帮你，结果安王爷来之前他就被秦业杀了。"景翊看着这个喘气都喘得吃力的人，苦笑着道，"你想想，一个竭心尽力给你看了一两年病的人突然把监视你的密探给杀了，再加上你三年前的案底，这事儿要是传到京里，十个安王爷也救不了你。"

萧玦错愕地盯着景翊："那他就一个人去了？"

"他一个人出去一天一夜了，一个标记都没给侍卫留，给我传书就写了两个字，让我速回，这些还都是我猜出来的。事关皇城探事司，谁沾上都是一辈子的麻烦，他恐怕是觉得他比我们都担得起这些麻烦。"景翊轻叹，"不过最要紧的还是他一直觉得欠了你的。"

看着萧玦目瞪口呆的模样，景翊苦笑："他那会儿一听说你出事儿就想明白这里面的道道了，还病得爬不起来呢就急着去给你翻案，他一直怪自己当时不够谨慎，把你给害了。他就怕这事儿万一真跟你有什么关系，再让你受罪，所以他得在秦业被抓起来堂审之前单独把话问清楚，然后彻底了结。你要是再在他眼皮子底下出点儿什么事儿，他这辈子心里是不会安生了。"

萧玦身子微微发颤："这跟他一点儿关系都没有，我听说他出事的时候就已经猜到是个局了。"

景翊一愣："那你还不管不顾地往京城跑？"

"他老是想着把谁都照顾得好好的，就是没空管自己，他病得那么厉害，我能放心吗？"萧玦近乎乞求地看着景翊，"你去帮帮他……"

"我跟你商量件事，你答应了，我才能去，否则他就白忙活了。"

萧玦急道："我什么都答应，你赶紧去！"

景翊不管他急成什么样，还是沉声道："我先问你，你跟我说实话，秦业杀人，你到底知不知情?"

萧玦用尽力气使劲摇摇头。

"那好,你能不能到县衙击鼓鸣冤,状告秦业?"

萧玦一怔。

"怎么告,我回头会教你,但一定要你亲自到县衙告,动静闹得越大越好。田坤的事我会帮你想办法。"景翊轻皱眉头,"我知道你不愿见人,更不愿见官家的人。"

"我答应,都听你的。"

"好。"

景翊把萧玦悄无声息地送回那个小院子里,再回衙门的时候已日近中午了,楚楚还在那间屋里,景翊一进门,楚楚就一下子从书案后面跳了出来。

"景大哥,王爷回来了?"

景翊还以为她这会儿是在停尸房收拾尸体呢,看了看空荡荡的桌子,轻皱眉头:"验尸单都整理好了?"

"我哥和我爹在做了,他们比我做得好。"楚楚垂下微微红肿的眼睛,抽了抽鼻子,"这会儿要是碰了尸体,王爷回来我就不能靠近他了⋯⋯"

景翊默默叹气,突然有种自己和萧瑾瑜都当了一回坏人的感觉,伸手拍拍楚楚的肩膀:"洗把脸,我带你去找他。"

楚楚一下子抬起头来:"你找着他了?"

"猜的,应该错不了。"

楚楚心里一松,眼泪差点儿掉下来:"那他是干什么去了啊?"

景翊犹豫了一下:"回头让他自己说吧。"

景翊赶着安王府的马车载着楚楚,五个衙差跟在后面跑着,直奔到秦氏医馆已经中午了,医馆的门还紧关着。

景翊在医馆门前停住脚:"楚楚,这医馆平时什么时候开门?"

"一大早,天不亮就开了。"

景翊心里沉了一下,一天,他应该还能撑得住吧⋯⋯

景翊皱眉低声对衙差吩咐道:"撬开,小声点儿,我先去看看,在前堂等我消息。"

"是。"

楚楚怔怔地看着医馆的木门,王爷⋯⋯在医馆里?

那秦大叔怎么说他上山了啊?

楚楚一怔的工夫,景翊已经纵身跃上了屋顶,跳进了后院里。

景翊什么都没说,可楚楚就是觉得心里慌得很,衙差小心地把一块木板门撬下来的时候，楚楚毫不犹豫地冲了进去。

屋里空无一人，静得可怕。楚楚急忙冲到后堂，也是空的。奔到后院，景翊正从一口地窖里走上来，怀里还抱着一个人。那人赤着脚，身上松垮垮地裹着景翊的外衣，头向后微仰着，头发散乱，一动不动。

楚楚顿时觉得全身从里到外都凉透了，腿上像是灌了铅，沉得一步也迈不动，怔怔地定在原地，直直地看着那个既熟悉又陌生的身影，脑子里一片空白。

景翊抱着怀里的人眨眼就掠了出去，楚楚就在原地僵着，不知道什么时候景翊又回到了她面前，拍了拍她的肩膀："还在这儿愣着干什么，快带他回去，找个大夫。"

楚楚僵了好半天才反应过来，不知道是吓的还是激动的，声音直发颤："他……他还活着？"

景翊微蹙着眉头，声音又稳又快："你先找个大夫给他看看，要是实在没有办法了，你就在药箱里找一种叫凝神散的药给他吃，一定要让他撑到我回来，记住了吗？"

"我记住了！"

楚楚撒腿就跑了出去，两个衙差已经在门口等着了，楚楚刚跌跌撞撞地爬上马车，马车就飞奔起来。

躺在床上的人脸上白得不见人色，眼底青黑，唇边有血渍，呼吸微弱如丝，好像轻轻一碰就会碎掉了。

楚楚挨在他冰冷的怀里，一直紧紧抱着他，贪婪地听着他微弱的心跳声，感觉着他的胸膛浅浅起伏。

他还活着，活着就好，活着就好……

到了添香茶楼附近要换坐小轿，楚楚不让衙差碰他，也不知道哪儿来的力气，愣是一个人把比她高出一个头的萧瑾瑜抱了起来，抱下马车，再抱进轿子里。

看着一天没回家的楚楚这样把萧瑾瑜抱进屋来，楚奶奶吓了一跳："这、这是咋啦？"

楚楚小心地把他放到床上，给他盖上被子，才发现手臂已经酸得发僵了："奶奶，快让爷爷来，让爷爷救救他！"

"好好好……别着急，别急啊。"

楚奶奶急匆匆地出去，眨眼工夫就拉着楚爷爷进来了，楚爷爷看着萧瑾瑜的脸色，愣了一下，刚抓起萧瑾瑜的手腕，脸色一下子就沉了下来，急问楚楚："他这是干啥去了啊？"

楚楚也答不上来，扯着楚爷爷的胳膊直掉眼泪："爷爷，你救救他……"

"怎么救他啊！"楚爷爷一把抓过楚楚的手，按到萧瑾瑜的脉上，"你自己摸摸，这是什么脉啊！"

"你救救他……救救他！"

看着楚楚哭得像个泪人似的，楚爷爷咬咬牙，埋怨地看了萧瑾瑜一眼，转头对楚奶

· 259 ·

奶道:"我没这个本事,赶紧找秦郎中去!"

楚楚哭得更厉害了:"秦郎中是坏人,他就是在秦郎中家的地窖里找着的。"

楚爷爷跟楚奶奶满脸错愕地对视了一眼:"到底出啥事儿了啊?"

楚楚眼泪汪汪地看着安静得像尊塑像一样的萧瑾瑜:"我也不知道,爷爷,你救救他,求求你救救他……"

楚爷爷为难地皱起眉头,深深叹了口气:"别求我,我真没法子,我都没见过人身子给糟蹋成这样还活着的,脏腑经脉给毁成这样,连今天前半夜都熬不过去啊。"

"他能熬过去!"

楚楚一急,倏地想起景翊的话,赶忙奔到药箱边上一通翻找,找出一个贴着"凝神散"三个字的药瓶,把瓶子里的白色药粉往摆在桌上的茶杯里倒出一些,兑水化开要喂给他喝,还没扶他起来,楚爷爷一把就把杯子夺了下来,满脸阴云:"别胡闹!他这样哪喝得下去啊,喝下去也没用,伤的是脏腑经脉,你不懂啊?"楚爷爷皱着眉头,既怨又怜地看了看萧瑾瑜,声音软了下来:"你愿意陪他就陪陪他,别再折腾了。"

楚爷爷扬手想把杯子里的药泼掉,犹豫了一下,还是把杯子稳稳地搁到了桌上,沉沉叹了口气走了出去。

楚奶奶走过来把楚楚揽到怀里,心疼地抚着她哭花的小脸:"你跟他说说话,他能听见,你别哭,他要走,你就高高兴兴地送他走。"

楚楚一下子从楚奶奶怀里挣出来:"我不让他走!"

"楚丫头……"

"我就是不让他走,你们不救他,我自己救!"

看着楚楚使劲抹了几下眼泪,又把桌上的茶杯抓了起来,楚奶奶心里像被扎了一刀似的,这话,好像几十年前她自己也曾说过……

楚奶奶声音微颤:"楚丫头,他胃不好,药里兑点儿热水。"

楚楚愣了一下,楚奶奶转身出去把炉子上的水壶拎了进来,往杯子里加了点儿热水,帮她把萧瑾瑜冰凉瘫软的身子扶了起来:"你把他的嘴掰开,狠狠心,一气儿给他灌下去。"

楚楚怔怔地看着突然就改了主意的楚奶奶:"奶奶……"

楚奶奶低头看了看靠在她怀里毫无反应的萧瑾瑜,浅浅叹气:"你试试吧。他舍不得你,心疼你啊,没准儿就不走了。"

楚楚咬着嘴唇用力点点头,捏着萧瑾瑜瘦得微微凹陷的脸颊,撬开他紧闭的牙关,一股脑把药灌了进去。

眼见刚灌进去的药汁紧接着就顺着他的嘴角淌了出来,楚楚的心刚刚一凉,就看见他的喉结上下大幅地动了一下。激动地叫道:"奶奶!他喝进去了,喝进去了!"

"好,好……"

楚楚等了一阵子，见他的呼吸真变得有力些了，赶紧又兑了一杯，再灌进去，萧瑾瑜把大半杯都咽下去了，楚楚刚帮他擦掉嘴边的残渍，正想着要不要再喂一杯，萧瑾瑜就缓缓睁开了眼睛，毫无血色的嘴唇微启，在喉咙口挤出一个呻吟似的微弱声响，可楚楚还是听清了，他努力地说了一个"楚"字。

楚楚觉得，从小到大，这是她的名字被人叫得最动听的一次。

第七章

楚楚一下子扑进萧瑾瑜怀里，像抱住一件失而复得的宝物一样紧紧抱住他，紧到好像萧瑾瑜已经成了她身体的一部分，再也分不开了："我就知道你能醒！我就知道……"

楚奶奶鼻子一酸，眼眶也泛红了："我再去烧点儿热水。"说完就擦着眼泪转身出去了。

楚楚把萧瑾瑜按在床上，一边决堤似的流泪，一边发疯了似的亲吻他。

萧瑾瑜轻皱眉头，吃力地把脸别到一边，胸膛不安地起伏："别，我脏，很脏……"

他身上确实不干净，沾满了土灰，身上的气味也不好闻，血腥味混着汗酸味，还有尸体腐烂的恶臭味，可楚楚还是不管不顾地吻他。萧瑾瑜的身子起初还在发抖，被她狂风暴雨一样地亲着抚着，反倒慢慢平静了下来，歉疚又疼惜地看着这又一次被自己吓坏了的小丫头。

不知道吻了他多久，不经意碰到他的右手，楚楚才意识到他的手一直紧攥着，攥得指节都发白了，微微发颤。

楚楚猛地醒过神来："对不起，对不起，对不起……我没想欺负你，没想弄疼你……我喜欢你，我想你……我害怕……"

楚楚的脸挨在他的胸前，他看不见她的脸，但大滴大滴滚烫的眼泪就落在他的胸口上，不用看都能猜到她哭成了什么样子。

听着楚楚这样语无伦次的道歉，萧瑾瑜感觉以心脏为中心，五脏六腑都疼成了一团。

· 261 ·

他最怕看她哭，可每回归根到底都是自己惹哭她的。

萧瑾瑜想帮她擦擦眼泪，想抱抱她，想亲她一下，可就是一点儿力气也使不出来，一样都做不到。

他只能轻轻地道："不疼，没事。"

楚楚抓起他紧攥的右手，凑到唇边轻柔地吻着，在她的轻吻下，萧瑾瑜吃力地一点儿一点儿松动手指，还没全伸开，就从他手心里掉出一样东西来。

一个被攥得发皱的护身符。

皱得不成样子了，可楚楚还是一眼认出来，那就是他生辰那天她在观音庙给他求的那个。

看着楚楚怔愣的模样，萧瑾瑜浅浅笑着："它在，没事的。"

在秦业脱光他的衣服之前，他就悄悄在身上摸出了这个符，紧紧攥在手里，秦业以为他是握着拳头忍痛，一直没在意，他就一直这样攥着，紧到指甲在手心里压出了四个半月形的血印，手指已经僵得几乎没有知觉了。

这是她送给他的唯一一件东西，他手里攥着这个护身符，就好像她一直陪着他似的，后来地窖里的灯烛全燃尽了，一团漆黑，他居然也不觉得有多恐惧了。

"帮我放在枕头下吧。"

楚楚把护身符塞到他的枕头下面，小心地揉着他僵得伸都伸不直的手指："王爷，今天初四了，还有五天你就要娶我了，你得说话算数。"

楚楚的小脸哭花了，眼睛也红肿着，这样满眼泪水可怜兮兮地看着他，看得萧瑾瑜恨不得从床上爬起来，立马拉她去拜堂，可这会儿就只能心疼地看着她，认真地点头："一定……"

萧瑾瑜说罢便轻轻闭上眼睛，楚楚一下子就慌了，急忙捧住萧瑾瑜的脸："王爷，你别闭眼，别闭眼！"

"别怕，我只想睡一会儿……"

楚楚近乎乞求地看着他："你再等等，再等一会儿，就一小会儿，景大哥一会儿就来，你得等着他！"

萧瑾瑜努力抬了抬眼皮，楚楚凑在他嘴唇边上才听清楚他努力说出来的最后一句话："他来了喊我……"

萧瑾瑜一睡过去就发起烧来，冰凉的身子不到半个时辰就烫得吓人了，楚楚怎么喊也喊不醒他，只能拿凉水打湿毛巾给他冰着额头，结果烧还没退下来，他身上几个大骨节就跟着肿了起来，一碰就疼得身子发颤，楚楚再兑药喂他，他就一点儿也喝不进去了。

楚楚好不容易把楚爷爷求来，楚爷爷看了一眼就直摇头："跟你说熬不过今天晚上，你还非折腾他。"楚爷爷看看眼泪都哭干了的楚楚，又看看苍白安静得毫无生气的萧瑾瑜，沉沉叹了口气，"就一两个时辰的事儿，撑到现在已经够不简单了，还有啥话，赶紧跟他说说吧。"

楚楚红肿着眼睛，咬着嘴唇："爷爷，他……他真熬不过去吗？"

"我糊弄你这个干吗？"

楚楚恋恋不舍地摸着萧瑾瑜仍然烧得发烫的脸，这人还是像平时一样安静，一样好看："那我现在就跟他拜堂，现在就嫁给他。"

楚爷爷一愣，"咚"地把拐棍顿到地上："胡闹！"

楚楚旁若无人地伏到萧瑾瑜胸前，在他的颈窝里留恋地磨蹭着，声音轻轻的，像是生怕吵到了他，又格外坚定，像是早多少年前就想好了似的："他断过那么多案子，把那么多坏人都送到阎王那去了，现在他自己要去了……他身体不好，要是没人给他摆灵位，没人给他烧香、撒纸钱，他吃不饱，又没钱，那些坏人要是欺负他，他可怎么办呀？我是仵作家的闺女，阴德积得足，我要是跟他拜了堂，成了他的娘子，阎王就能对他好一点儿了。"

楚奶奶在一边听得直掉眼泪，楚爷爷张口结舌，半晌没说话。楚奶奶过去扯了扯楚爷爷的胳膊，楚爷爷又皱了一阵眉头，到底心疼得没法子了，不得不叹了口气："拜，拜吧……"

楚爷爷话音还没落，屋里一阵风似的闪进来一个白影，还没看清模样就先听见了声音："等会儿！等会儿再拜！"

楚楚听见这个熟悉的声音，一下子就跳了起来："景大哥！"

楚奶奶被这从天而降的白影吓了一跳，楚爷爷也瞪大了眼睛看着，拐棍都扬了起来，就等着白影站定后直接往他身上抡了，听见楚楚这一声，俩人都愣了一愣。

看见景翊，楚楚心里猛地一松，"哇"一声就哭出来了："景大哥！你可来了！"

景翊向床上看了一眼，拍拍楚楚的肩膀："别急，大夫马上到。"

楚爷爷看着那白影是人不是鬼，还是个公子哥模样的年轻人，立时板下了脸来："你是干吗的啊？"

景翊指指床上的萧瑾瑜："给他跑腿打杂的。"

楚爷爷刚想再问，一个走得气喘吁吁的白胡子老头掀开门帘钻了进来："出去出去，都出去！"

楚楚抹着眼泪就笑出来了："顾先生！"

顾鹤年看都不看她一眼，背着药箱就直奔到床边，一边开药箱一边不耐烦地道："出去出去，全出去等着，要不他活不下去可别赖我！"

楚爷爷气得直瞪眼，这白胡子老头儿大晚上突然闯进自己家来，还把自己往外面赶，楚爷爷刚想问问这是哪儿来的野郎中，就被楚楚连拉带拽地赶出了屋。

景翊从屋里出来一句话没说就又匆匆闪走了，楚爷爷、楚奶奶不管问楚楚啥，楚楚都像没听见似的，就一直守着门口，盯着门帘，一动不动地盯了将近两个时辰，厚厚的门帘终于开了。

楚楚赶忙凑上去："顾先生！"

顾鹤年微皱着眉头，不急不慢地道："好在他心里还有念想，一直撑着，否则神仙也没法子了。我一会儿让人把药送来，一定得让他把整服药喝下去，多给他喝点儿水，暂时什么都别让他吃，要是这两三天熬过去，烧退了，能吃东西了，那就好了。"

楚爷爷一愣："这就救活了？"

"我可没这么说啊！活不活得了还得看他自己。"顾鹤年沉声补道，"有一点得多加小心，他伤损在经脉，晚上脏腑经脉运行的时候会难受得很，但这种时候不能给他吃药，得让他忍过去，否则再扰乱经脉运行他可就真活不成了。"

楚楚连连点头："我记住啦！"

不知道顾鹤年对萧瑾瑜用了什么法子，虽然他这会儿还是那么安安静静地躺着，可脸上已经能看出那么一点儿活色了，气也喘得匀称有力些了。

楚楚摸着他的脸，一边哭一边笑着，能有机会嫁给活着的他了，真好，真好……

不到半个时辰，侍卫就送来一堆包好的药。萧瑾瑜昏睡着，唤不醒，却勉强可以咽下些东西了，可到底是咽得很费劲，只能一点一点地喂，楚楚生怕药凉了伤胃，就先煎好一服慢慢喂他，楚奶奶帮忙煎着另一服，这碗不热了就换新的一碗喂，一直喂够一服的量才不再煎了，一服药喂完，都已经煎了四服了。

半夜，萧瑾瑜被脏腑里的疼痛折腾醒了，身子一直发抖，疼得冷汗层出，喉咙里无意识地溢出微弱的呻吟声，一遍一遍含混地唤着楚楚的名字。楚楚抱着他，亲吻他，拍抚他的身子，一直到第二天日上三竿的时候萧瑾瑜才筋疲力尽地睡过去。

高烧一直持续了三天，这样的情景也就重复了三天，不过三天光景，萧瑾瑜整个人都瘦脱了相，偶尔睁开的眼睛里没有一点神采，勉强动动嘴唇也发不出声儿来。但他只要睁开眼睛就一定是去寻楚楚的所在，一旦找到，就一直留恋地看着，楚楚挪到哪儿他的目光就追到哪儿，楚楚出去一会儿他就直直地望着门口，一直望到楚楚回来，目光又黏回到她的身上，一直到楚楚再次搂住他，才又昏昏睡过去。

这三天里顾鹤年每天来看一次，也不多说什么，只是一天换一个药方，第四天来的时候，顾鹤年皱着眉头仔仔细细看了半天，长长叹了口气："他想吃什么就给他做点儿什么吧。"

楚家也是做丧葬生意的，这句话楚楚可没少听过，听见这样的话从顾鹤年嘴里说出来，楚楚心里倏地一凉，膝盖一软，一下子就给顾鹤年跪下了，仰脸看着顾鹤年，眼泪顺着脸蛋儿就滚下来了："他、他都退烧了啊！您别不管他，再试试吧！他能撑得住，肯定能！"

顾鹤年还没张嘴，一块儿跟进屋来的楚河就一把把她拉了起来，愤愤地看着顾鹤年："楚丫头，咱不求这跑江湖的野郎中，咱楚家人都命硬，我看他就是有福相，塞进棺材里也能爬出来！"

顾鹤年气得直跺脚，瞪着楚河直吹胡子："谁说把他塞进棺材了，谁说了啊？我说他熬过来了，能吃饭了，饿了他这么些天了，还不得是他想吃啥就给他做点儿啥，你们一个个猴急啥啊！你这小兔崽子说谁野郎中呢？"

楚河忙不迭地点头哈腰："我我我……我是野郎中，我是，我是……"

楚家人全都闻声赶进来，顾鹤年抓起药箱就要往外走，楚楚爹忙道："郎中先生，您还没收钱呢，该给您多少，您说就成。"

顾鹤年往床上扫了一眼："等他好了，让他自己找我结账就行了。"

"那您家医馆在啥地方啊？"

"跟他说顾老头儿，他知道我在哪儿。"

顾鹤年走了以后，楚爷爷才凑近床边，半信半疑地摸了摸萧瑾瑜的脉，末了嘟囔了一句："这小子命这么大，还真像我老楚家的人。"

楚河抓抓脑袋，看着睡得很是安稳的萧瑾瑜："要我说还真是命，要不是那个吴公子从秦郎中家的地窖里爬出来，被景大人撞见知道了这事儿，及时救他出来，他还不知道会被秦郎中折腾成啥样呢。看那个吴公子瘦得跟骨头架子似的，动都动不了，被人抬着上堂告状，还一句三喘的，忒可怜了。"

前几天满脑子都是萧瑾瑜的病情，楚楚这会儿才有心思问问他到底是为啥弄成这样的："那秦郎中干吗要折腾他啊？"

"听那个吴公子在堂上说，秦郎中做梦都想当神医，就抓人试针、试药，山洞里那些人都是被他试死的。"楚河皱起眉头，"听衙门里的人说景大人赶到的时候秦郎中已经死在地窖里了，还没来得及把尸体抬出来检验，在地窖里点蜡烛的时候不小心着火了，连尸体带地窖全烧着了。"楚河又看看萧瑾瑜，补充道，"不过看他给折腾成这样，那吴公子说的肯定假不了。"

"这些都不是啥要紧的事儿。"楚奶奶温和地截断楚河的话茬，把楚楚揽进怀里，看着她满脸的疲惫，拍拍她的后脑勺，"楚丫头啊，明儿可就是初九了啊，他这样……那成亲的事儿咋办呀？"

楚楚答得毫不犹豫："就明天，说好了的！"

她一天都不想再等了，要是这会儿能嫁给他，她真想马上就拜堂。

楚奶奶为难地看看楚爷爷："这孩子……能成不？"

不等楚爷爷说话，楚楚就从楚奶奶怀里挣了出来："能！肯定能！他已经好了，全都好了！"

楚爷爷抬起拐棍在楚楚脚脖子上抽了一下，一张脸拉得老长："他还不急呢，你急的个啥！"

"他急！他比我还急！！"

萧瑾瑜原本吃了药睡得迷迷糊糊的，半睡半醒里听见楚家人在讨论婚事，不好意思睁眼，可听着听着就发现，他要是再不睁眼，恐怕这辈子都没脸在楚家人面前睁眼了。

听见身边传来两声咳嗽，楚爷爷立马从床边站了起来，跟床拉开几步远的距离，板着脸瞅向萧瑾瑜。

倒是楚楚一步凑了过去："你醒了？"

被一整家子人齐刷刷地看着，萧瑾瑜几天没见血色的脸上泛起了点儿红晕，撑着身子想要坐起来，奈何药的作用还在，身上一片虚软，手上使不出什么力气，楚楚还一点儿帮忙的意思都没有。

楚楚也不管萧瑾瑜有多窘，仔细地给他塞了塞被角，把他裹得严严实实的："你饿坏了吧，想吃什么，我给你做去。顾先生说了，你想吃什么都行啦！"

萧瑾瑜脸上血色丰盈，声音压得低低的："我不饿……"

楚爷爷可劲儿地咳嗽了两声，把屋里人的注意力全从萧瑾瑜身上引了过来，才板着脸道："三天不吃还不饿，你属啥的啊，你要是不想吃饭，那也甭想娶楚丫头了！"

萧瑾瑜忙道："我想……"

楚爷爷瞪着一会儿工夫就满脸红晕的萧瑾瑜："想吃啥？"

楚楚见萧瑾瑜被问得发愣，赶忙偷偷往自己一边的肋骨上指了指。

上回说好给他做排骨汤的，他还没吃上呢！

萧瑾瑜看得一怔，脱口而出："楚楚……"说完才意识到自己说了什么，顿时恨不得把自己捂死在被子里，被楚家人五双睁得溜圆的眼睛齐齐盯着，萧瑾瑜慌张地解释，"不是，我不是那个意思……"

楚爷爷意味深长地白了他一眼。"我知道你啥意思，"然后又嘟囔了一句，"你还真是比楚丫头都急。那明天就明天吧，反正啥都是现成的，我去收拾收拾。"楚爷爷说着就出门了，楚楚爹也跟着出去了，边走边道："我去帮帮忙，别的不要紧，咋也得收拾出来个像样的洞房才成。"

楚河笑道："除了洞房也没啥好收拾的，你俩热闹了就行了，反正咱也不用请啥人！"

萧瑾瑜本来脸上烫得都要昏过去了，听见楚河最后这句，勉强把神色定了一定："要请，远亲近邻都请，就在院子里摆酒。"

楚楚一愣，她一直以为他不喜欢热闹的："为什么呀？"

"总得让镇上的人都知道，楚家姑娘已经有主了。"

这话把楚奶奶说得心里一热，楚河还是挠了挠头："人家都嫌咱仵作家晦气，摆了酒要没人来可咋办啊？"

"喜帖已发出去了，总有人会来。"

楚河一愣："你啥时候发的喜帖啊？"

萧瑾瑜还没答话，房梁上传来个幽幽的声音："刚发完。"

景翊本来是想等着楚家人都出去了才下来，但听到说这个让自己又一回跑断了腿的活儿，忍不住插了句嘴，顺便就从房梁上飘下来了。

"景大哥！"

楚奶奶像见鬼了似的看着从天而降的景翊，楚河赶紧搀住楚奶奶："奶奶，这是景大人，京里来的大官儿，也是个好官儿。"

景翊连连摆手，一副受宠若惊的模样："不敢当不敢当，我就是个跑腿打杂的。"景翊看看床上那个脸红得冒烟的人，"我得跟他说点公事，不知道能不能行个方便？"

"能能能……"楚河忙道，"奶奶，楚丫头，咱做饭去吧？"

楚奶奶看着这个比萧瑾瑜更不像大官儿的大官儿，还是点了点头："哎，好……景大人也留下来吃饭吧？"

景翊眯着狐狸眼笑得一脸乖巧："好，谢谢奶奶！"

楚家人一出去，景翊就凑到萧瑾瑜床边，笑得意味深长："王爷，饿坏了吧？"

萧瑾瑜毫不留情地瞪过去，景翊赶紧干咳两声，一张脸立时一本正经："那什么，这案子差不多能结了，其他的都准备好了，就差你一份证词。别的倒是都好说，就是秦业的死因，到底是什么啊？"

萧瑾瑜微皱眉头："暴毙……"

景翊眉梢微挑："是在卷宗上写暴毙，还是真暴毙啊？"

"你说呢？"

"你说了算。"

萧瑾瑜呛咳了两声："算是真暴毙，要真的验尸，验出来也是突发心疾而亡。你知道探事司的人为保秘密，一遇到生命危险都会服一样剧毒，死状极似突发心疾。他把董言分尸，手触毒血，便已经染了毒，本就活不了多久了。我又骗他服了含人参的药，加速毒发。"

萧瑾瑜轻轻闭上眼睛，云淡风轻地道："怎么写进卷宗里，你再琢磨琢磨吧，别提我，别提探事司就好。"

"这段能略过不写吗？"

"不能。"

自打萧瑾瑜被救回来，楚楚就没睡过一个安稳觉，这一晚上窝在萧瑾瑜怀里睡得很是香甜，做了各种各样的美梦，早上爬起来的时候却发现萧瑾瑜已经不在身边了。

楚楚使劲儿地揉揉眼睛，在自己胳膊上掐了一下，才确定自己不是在做梦。

萧瑾瑜真的不在床上，不但人不在床上，衣服、鞋子、轮椅都不见了。

楚楚一骨碌从床上爬起来，慌得连鞋都顾不得穿，外衣也没穿，跳下床就奔了出去，楚奶奶正在外屋看着楚河贴大红喜字，看见楚楚这副模样跑出来，吓了一跳，赶紧把她拉回屋去:"楚丫头,这是咋啦?"

楚楚看着空荡荡的床:"他、他又不见了!"

眼瞅着楚楚急得眼圈都红了,楚奶奶忙道:"别慌别慌,他是出门去了,一早就出去了。"

楚楚更急了:"他病还没好呢,怎么能一个人出去啊!"

"不是他一个人,跟他一块儿来的那俩大个子陪着他呢。"楚奶奶摸着楚楚乱蓬蓬的脑袋,"你别着急,我看着他精神多了,还是自己推的轮椅呢,他说得给你时间打扮,他要是在家里啊,你又得围着他转啦。等吉时一到,他就回来跟你拜堂。"

"那啥时候是吉时呀?"

"等他啥时候到啥时候就是了,赶紧梳梳洗洗,换个衣裳,都是要嫁人的闺女了。"

"哎!"

楚楚认认真真地洗了个澡,楚奶奶给她在洗澡水里撒了些香粉,洗完之后整个人都是香香的,楚奶奶给她拿来一套大红衣裳,仔细地给她穿上,前后左右来回看了好几遍:"奶奶给你缝了好些日子了,可算是看见穿在你身上是个啥模样了。好看,比谁家的闺女都好看!"

楚奶奶又给她梳了个精巧的发髻,描画了眉眼,最后让她坐到床上,拿来个绣着并蒂莲的红盖头:"楚丫头,你嫁给他,就是他的人了。他虽然是个当官的,可看着也是本分人,往后好好跟他过日子。"

楚楚认真地点头:"我记住了。"

红盖头一盖上,楚楚就只能在床上坐着干等,等了不知道多久,外面人声越来越多,越来越大,可就是竖起耳朵也没听见那个最想听的声音。

楚楚一直坐得昏昏欲睡了,楚奶奶这才走进屋来,在她手上拍了拍:"楚丫头,吉时到了。"

楚楚感觉跟做梦似的:"要拜堂了?"

"是呀,你不是盼了好些日子了吗?他就在外面等着呢,还来了好些街坊,连郑县令都来了,全都在等着你呢!"

"咋……咋都来了啊?"

楚奶奶抓着楚楚的小手,轻轻拍着:"别慌,别慌,人来得多了好,热闹,吉祥话说得多,以后你俩的日子能更红火。"

"真的?"

"奶奶啥时候跟你说过瞎话啊?"

楚楚被楚奶奶搀着从屋里走出去,不知道哪家大婶过来帮忙搭了把手,楚奶奶把楚楚交给她,坐到了楚爷爷旁边的座位上。

楚楚牵着大红绸子的一头，看不见绸子另一头的人，但能在盖头底下看见他没坐在轮椅里，而是撑着一支拐杖站在她旁边。

楚楚原来见过他撑着拐杖站起来的模样，一看就吃力得很，何况现在病还没好……

还没由得楚楚担心，就听见一个熟悉的总是带笑的声音道："一拜天地！"

能有这么个正当理由近距离观看萧瑾瑜拜天地，景翊也不介意当着楚水镇父老乡亲的面喊上几嗓子了。

萧瑾瑜跪得很慢很小心，楚楚就陪着他慢慢跪下，等认真拜了天地，再陪他慢慢站起来。

"二拜高堂！"

"夫妻对拜！"

"礼成！"

楚楚在一众恭喜声中被送到布置好的洞房里，萧瑾瑜没跟着进来，她就坐在床边等着，一会儿整整自己的嫁衣，一会儿摸摸床上的大红床单，总觉得跟做梦似的。

前几天差点儿就跟他在病床上拜堂了，现在他是站起来跟她拜堂的，还能张罗着招呼客人，实在像是从悬崖底一下子飞上了天，高兴得她都不知道该怎么高兴了。

萧瑾瑜进来的时候外面人声都小了，萧瑾瑜推着轮椅过来，撑着拐杖坐到楚楚身边来。等萧瑾瑜靠近了，楚楚闻见一股酒味："你喝酒了？"

"嗯……"

楚楚急了："你还病着呢，怎么能喝酒啊！"

"不能在街坊面前给楚家丢人啊。"

楚楚急得要掀盖头："那你喝得多不多，胃疼吗？"

萧瑾瑜把她的手按住："不许动，这是我的。"

"那你快拿走，我想看看你！"

"平日里还没看够吗？"萧瑾瑜隔着盖头轻轻描摹楚楚的眉眼，"倒是你现在这样子，一辈子就只能看这一回。"

他等这一天也等了好久了，差点等不到了，可到底还是被他等到了。

萧瑾瑜这样看了好一阵子才动手掀了盖头。

楚楚描了眉眼、染了红唇、擦了胭脂，秀气的五官里多了几分妩媚的味道。萧瑾瑜喝了不少酒，意识有点儿迷糊，这样看着，觉得她像极了一朵开得正饱满的红荷，既纯净又热烈。萧瑾瑜贪婪地看着，伸手一寸一寸地小心抚过去："真好看。"

被萧瑾瑜抚过的皮肤都微微发热起来，楚楚不自禁地往他怀里凑了凑："王爷，你也好看……"

楚楚从没见过萧瑾瑜穿红衣，这会儿他被这么热烈的颜色包裹着，整个人看起来都是暖暖的，让人不由自主地想挨近一点儿，再近一点儿。

萧瑾瑜从她的脖颈抚上她的脊背，勾勒着她流畅的腰线，顺着她的眉眼浅浅地吻着，越吻越觉得不真实，眼前的一切都像是一个美好却虚幻的梦境。

"王爷……"头一次被他这样吻着，楚楚全身像是着了火似的。

萧瑾瑜吻着楚楚，温柔而热烈，缠绵着久久不舍得分开……

萧瑾瑜很少在睡前不去猜测天亮之后会发生什么事，这回算是一次。

因为他明确知道这次醒来之后等待他的是一件什么样的事。

是一件他想了很久的事。

她是他名正言顺的娘子了。

番外·酒酿圆子

萧玦的幸福

景翊把萧玦从衙门送回去的时候，吴郡王府的院门已经装回去了，院墙上的青苔、杂草被清得干干净净的，院子也被收拾过了，整洁而错落有致，一下子从凄冷荒院成了宁静小居，把萧玦看得目瞪口呆，直到景翊把他抱到床上还没回过神来。

"别这么看着我啊，"景翊给他盖上被子，眯起狐狸眼，"我可没闲工夫给你打扫房子。"

"那是谁？"萧玦在视线最大范围内茫然地看着，"田管家呢？"

"我还没来得及查他呢，他就跑了，你放心，早晚查清楚。"景翊展开一个内容饱满的笑，"田坤走了不要紧，皇上派了个更好的人来管你。我还有事儿，先走了，你好好歇着吧。"

萧玦还没来得及出声，景翊已经从窗口跳出去了。

皇上派来的？

更好的人？

萧玦怔怔地看着收拾一新的屋子，窗前桌边还摆着个花瓶，几枝黄蜡梅插在瓶子里，幽香隐隐。

这是他最喜欢的花，摆到在床上躺着的时候最容易看到的位置。

床头矮桌上摆着一盘下完的棋，萧玦一眼就看出来了，那是先前被楚楚掀了的那个残局的解，解得既巧妙又顺理成章。

屋里四角摆着四个燃得正旺的炭盆，这间屋子里还从没这么暖过，从他受伤之后就特别怕冷，冬天过得极为辛苦，只是他没说过，或许说过，只是没人上过心。

什么人能既熟悉自己的过去，又了解自己的现在？

还是皇上派来的……

早上就被景翊接去了衙门，一直耗到这会儿日落黄昏，萧玦疲惫极了，被满屋的温暖幽香包围着，还没来得及往远处想，就已经昏昏睡着了。

这一觉睡得很沉很舒服，三年来还没睡过这么安稳的觉，直到在昏昏沉沉里隐约听到一个熟悉的声音在唤他："萧玦……萧玦，醒醒……"

这声音那么真实，真实得好像就在身边，但怎么可能……

他十三岁在宫里第一眼见到那个英姿飒爽的将门千金的时候，心思就全被她牵走了。他从没告诉过她，甚至没跟她说过几句话，他一直在等着一个时机，等凭自己的努力建成功业，就向这个当朝一品大将军的爱女、皇后宫中的侍卫长表明心迹。

本来他已经准备好了，就在三年前的那个夏天，打完岭南的最后一场仗就回京向她表白，只要她不拒绝，他立马就向冷家提亲，都开始打算着送哪些彩礼了。可偏偏刚开春就出了那件事，如今这副样子……

能在梦里听听她的声音实在很奢侈，他哪里舍得醒。

"萧玦……萧玦，醒醒，该吃药了。"

他何尝不想每日喂他吃药的是她，要是那样，再苦再难喝的药他也一定毫不犹豫地全部喝光。

可是一个让男人都敬仰三分的女子，怎么会屈尊给自己这样的人喂药？

一时间脏腑难受得拧成一团，眉头不由自主地皱了起来。

声音停了，一只手突然轻柔地抚上了他的额头，萧玦一惊，睁了眼，模糊的视线里乍现一个熟悉又陌生的轮廓，一时不敢相信，想眨眨眼看看是真是幻，又恐怕是幻觉，一眨眼眼前的人就要消失了，缓缓道："嫣儿……"

"哪儿不舒服吗？怎么把眉头皱成这样啊？"

被萧玦见鬼一样地直直盯着看，冷嫣挑起眉梢："怎么，不认识我了？"

萧玦还是愣着，贪婪地看着眼前的人，比三年前更成熟了些，更妩媚了些，还是那么一副冷静沉稳的模样，让人看着既心动又心慌，萧玦此刻心脏差点儿就不跳了。

"你怎么……怎么是你？你……你是真的……"

听着萧玦语无伦次还舌头直打结，冷嫣抬手就在他脑门儿上敲了个结结实实的毛栗子,萧玦疼得叫出声来。

冷嫣没好气儿地白他一眼:"出息,现在知道我是真是假了?"

萧玦愣愣地点头,一直到冷嫣端着药碗一勺一勺仔细地喂他把整碗药喝完,萧玦才回过神来。

是她,就是她。

但是……

"你怎么来了?"

冷嫣搁下空碗,揉揉萧玦的头顶:"来找你算账。"

"什么账?"

冷嫣抚上萧玦瘦得不成样子的脸颊,微眯凤眼,低身凑得近近的,近到萧玦都能感觉到她头发上清爽的香味,紧张得不敢呼吸,只听冷嫣清清冷冷地道:"我听说有人对我动了歪心思,还动了好多年。"

萧玦一怔,轻抿嘴唇,把脸别到了一边。

她是皇上、皇后身边的红人,而他一直是皇城探事司的重点监视对象,她要是知道他的想法,那也不足为怪,只是在她眼中,那竟都只是些歪心思。

萧玦轻轻咬牙:"没有。"

"真没有?"

"没有。"

冷嫣轻轻叹气,动手把萧玦的脸别过来:"那就要委屈委屈你了。我一直对你有歪心思,等你那么多年都没个消息,都等成老姑娘了,这回就别怪我不客气了。"

萧玦还没回过劲儿来,苍白的嘴唇就陷进一片温热柔润之中,盖在身上的被子被掀开来,看着自己枯骨一样的躯体就这么呈现在心上人面前,萧玦痛苦地把脸扭开,连他自己看着都觉得这副身体丑陋得不堪入目,何况是她。

"别看……"

"你喜欢我,我知道。"

冷嫣抓起萧玦使不上什么力气的手贴在她的心口上:"我喜欢你,你也得知道。"

手紧贴在冷嫣胸前,清楚地感觉到她快速而有力的心跳,萧玦反倒清醒冷静了,无力挣开她,就只能镇定地看着她,沉声道:"嫣儿,你别这样,我已经废了,不值了……"

冷嫣按住萧玦微微发抖的身子:"你废没废,自己说了不算。"

"嫣儿……"

冷嫣又迫近了些,近得都能感觉到她长长的睫毛在眨眼间扇出的微风:"我只问你,你娶不娶我?"

"嫣儿……"

"娶，还是不娶？"

"嫣儿……"

"那就是娶了。"

冷嫣果断地用一个吻堵住他所有的声音。

萧玦从来不知道，被心上人热烈地吻着，竟是这样一种死而无憾的愉悦，萧玦已然被她吻得意乱情迷："嫣儿……"

"还不承认喜欢我？"

"我喜欢你……喜欢……"

"娶不娶我？"

"娶……"

冷嫣低声叹气："萧玦，我第一眼看见你就喜欢你，你怎么敢让我等这么久？"

"对不起……"听着思慕已久的心上人如此清晰果决的告白，萧玦又开始怀疑这来得突然的幸福，"嫣儿，我……"

此时沉浸在幸福中，萧玦一动也不敢动。看着冷嫣，轻声说道："原来听京里人说，你做的红烧肉特别好吃。"

冷嫣若有所思地抚过萧玦挨在她怀里的身子："是该补补了，瘦成这样，抱着都硌得慌。"

冷嫣把肉炖好回来的时候，萧玦已经睡着了，睡梦里闻见浓郁的肉香，迷迷糊糊就醒了。

"好香……"

"外面传的话都是瞎吹的，你可别期望太高，怨我骗你啊。"

冷嫣端着一碗红烧肉坐到床边，夹起一块轻轻吹了两下，送到萧玦嘴边，萧玦整块咬了过去，嘴里塞得满满的，满足地大嚼着："好吃……"

看着萧玦吃得像个玩了一天回到家里饿坏了的孩子似的，冷嫣一阵心疼。以前这个人策马挎刀叱咤疆场的时候，连她征战了大半辈子的爹都对这个出身尊贵还吃苦耐劳的后生赞不绝口，现在别说拿刀，他就连双筷子都握不牢……

"慢点儿吃，都是你的。"

冷嫣喂他吃了几块，就把碗搁到一边儿了，萧玦满眼哀伤地看着："刚说了都是我的……"

"胃不好还想贪吃，以后吃饭得少量多餐，剩下的待会儿再热给你吃，没人跟你抢。"

"嫣儿……"

"又想说什么胡话？"

"没，没有……"

"嗯？"

萧玦抿抿嘴唇，临时抓词："我离开这儿之前要跟七叔道个别，你……"

"你不说我还忘了。"冷嫣笑着俯下身来，"是得跟安王爷道别，我得让所有人都知道，你是我的了。"

看着美得生动鲜活的冷嫣，萧玦的神色又黯了下来："肯定没人跟你抢，倒是肯定有人跟我抢。"

"这点儿出息，你就不会抢回来啊？"

"我还凭什么跟人抢……"

"你说呢？"

"嫣儿……"

"你别忘了，我已经是你的了，"冷嫣抓起他的手，盖章落印似的紧紧按在她的心口上，"一整颗心全都是你的。"

"我也是。"